Catherine Miller

Gebrochene Herzen schlagen gleich

Zum Buch

Manchmal kann ein gebrochenes Herz tatsächlich lebensbedrohlich sein, das hat Keisha schmerzlich erfahren. Vor fünfzehn Jahren geschah etwas, das ihre Welt zum Einsturz brachte. Seitdem ist Keisha im Überlebensmodus. Die Narbe, die sie mit einem Tattoo bedeckt hat, ist eine wichtige Erinnerung: Ihr Herz kann nicht brechen, wenn es gar nicht erst fühlt. Und so lässt sie niemanden an sich heran, um keine weitere Verletzung aushalten zu müssen. Doch Keisha lebt nicht richtig – sie existiert einfach. Kann sie sich ihrer Vergangenheit stellen, um eine Zukunft zu haben?

Zur Autorin

Catherine Miller ist Mutter von Zwillingen. Da dies noch nicht genügend Arbeit war, schrieb sie in jeder freien Minute an ihrem Roman. Zwei Jahre später beschloss sie, ihren Traum Autorin zu werden weiterzuverfolgen. Sie gewann u.a. das Katie Fforde-Stipendium und unterschrieb ihre ersten Buchverträge – eine spannende Zeit, die sie nur mit jeder Menge Schokolade überstand. Nach »99 Tage mit dir« ist »Gebrochene Herzen schlagen gleich« ihr zweites Buch im Diana Verlag.

Catherine Miller

Gebrochene Herzen schlagen gleich

Roman

Aus dem Englischen
von Angelika Naujokat

DIANA

Sollte diese Publikation Links auf Webseiten Dritter enthalten,
so übernehmen wir für deren Inhalte keine Haftung,
da wir uns diese nicht zu eigen machen, sondern lediglich
auf deren Stand zum Zeitpunkt der Erstveröffentlichung verweisen.

MIX
Papier aus verantwortungsvollen Quellen
FSC® C014496
FSC www.fsc.org

Penguin Random House Verlagsgruppe GmbH FSC® N001967

Deutsche Erstausgabe 06/2022

Die Originalausgabe erschien 2020 unter dem Titel
The Missing Piece bei Bookouture, London.

Redaktion: Antje Steinhäuser
Umschlaggestaltung: Favoritbuero GbR, München
Umschlagmotive: © Molibdenis/Shutterstock.com
Autorenfoto: © privat
Satz: Leingärtner, Nabburg
Druck und Bindung: GGP Media GmbH, Pößneck
Printed in Germany

ISBN 978-3-453-36135-5

www.diana-verlag.de

Für meinen Bruder Brian –
danke für all deine Unterstützung!
Falls Sie ihn kennen, richten Sie ihm aus,
er soll mich mal anrufen.

ERSTER TEIL

Das rechte Atrium

Der rechte Vorhof des Herzens,
der sauerstoffarmes Blut aus den Hohlvenen empfängt.
Mit anderen Worten: Der Beginn …

1

Keisha

Ich fühle im Schnitt achtundzwanzig Mal am Tag meinen Puls. Diese Woche beträgt der Durchschnitt achtundzwanzig Komma sieben, um genau zu sein, denn ich habe ein Faible für Genauigkeit.

Im Wachzustand überprüfe ich ihn vorzugsweise zweimal pro Stunde. Sollte ich gestresst sein, auch öfter. Das ist beispielsweise der Fall, wenn ich öffentliche Verkehrsmittel benutze oder an Arbeitstreffen teilnehme oder meine Mitbewohnerin wieder einmal kocht. Es scheint mir sinnvoll, meinen Puls genauer zu überwachen, wenn in einem Tag viel Bewegung und Veränderung steckt oder Lucy aufs Neue versucht, unser Haus in Brand zu setzen. Diese Gefahr ist immer dann am größten, wenn sie sich alle Mühe gibt, den Reis anbrennen zu lassen, die Nudeln zu kochen, bis sie am Topfboden kleben, oder das panierte Hähnchenfleisch einzuäschern.

An Tagen, an denen die Zahl meiner Pulskontrollen über dreißig liegt, weiß ich, dass ich auf mich achten muss. Es ist schon komisch – auch wenn das Herz sämtliche Funktionen meines Körpers bestimmt, sind es nicht die Schläge pro Minute, die mich beunruhigen, sondern wie oft ich es kontrolliert habe. Das ist es, was mir etwas über meine Verfassung verrät. Alles über dreißig bedeutet, dass ich eine Pause einlegen und einen kritischen Blick auf mein Leben werfen sollte. Alles über fünfunddreißig ist ein Signal, dass nicht mehr länger ich diejenige bin, die die Kontrolle hat, sondern meine Angst.

Meine beiden Finger schweben über dem schwarzen Umriss des Blumenherzens auf der Innenseite meines linken Handgelenks. Es ist über meinem Pulspunkt eintätowiert. Und das nicht etwa aus ästhetischen Gründen, wie manche denken, oder weil es als ein Symbol für meine Lebensaufgabe in der Kardiologie steht. Es dient lediglich dazu, diesen Moment zu beschleunigen. Ich kann dadurch leichter den Punkt finden, auf den ich meine Finger lege, um das aufzuspüren, was ich unbedingt fühlen muss.

Während ich meine Haut Richtung Knochen drücke, ertaste ich den Radialispuls. Das durchströmende Blut, das sich rhythmisch unter der Haut bewegt, beruhigt mich sogleich.

Ich bin mir nicht ganz sicher, warum das jedes Mal so ist. Es hat zweifellos damit zu tun, dass ich mir auf diese Weise bewusst mache, am Leben zu sein. Denn diese Maßnahme wäre ja sonst gar nicht möglich. Wieso also bringt mich dieses Pulsfühlen dazu, mich zu entspannen, obwohl es doch ganz offensichtlich ist, dass mein Herz seine Arbeit verrichtet?

Tief in meinem Inneren weiß ich, warum. Warum das Vorhandensein eines Pulsschlags eine Beruhigung im Vergleich zu der Erinnerung ist, in der es keinen gibt.

Ich werfe einen Blick auf meine rosa Swatch mit dem Lederarmband, deren Farbe so ganz anders als mein Hautton ist, und warte darauf, dass der Sekundenzeiger die zwölf erreicht. Ab da beginne ich zu zählen.

Eins. Zwei. Drei.

Der Schlag ist regelmäßig, während der Sekundenzeiger im

Kreis tickt. Fast im gleichen Rhythmus wie mein Puls, was eine weitere Bestärkung ist.

Manchmal, wenn ich gerade nichts zu tun habe, nehme ich mir eine ganze Minute Zeit, um meine Pulsfrequenz zu ermitteln. Doch meistens – wie jetzt auch –, kann ich mir keine vollständige Überprüfung genehmigen und muss mich stattdessen mit fünfzehn oder dreißig Sekunden begnügen und entsprechend multiplizieren.

Ich schaue kurz zur Eingangstür meines Lieblingscafés hinüber, die ich von meinem Stammplatz aus im Blick habe. Noch nichts zu sehen. Also riskiere ich einen Dreißig-Sekunden-Check.

Achtzehn. Neunzehn.

Beim Zählen verlangsamt sich die Zeit, während meine Pulsfrequenz zuzunehmen scheint. Ich bin für einen Moment wie in einer Blase, doch statt Ruhe und Gelassenheit empfinde ich oft Panik. Ich versuche, den Motor des Lebens, das wohl wichtigste Organ des menschlichen Körpers, wertzuschätzen. Doch mit jedem Pumpen des Herzens, das ich registriere, beschäftige ich mich damit, wie es funktioniert. Wie kommt es mit dem Stress zurecht, den ich verursache? Ist es das wirklich wert? Wäre mein Herz nicht viel besser geschützt, wenn ich ihm all dies gar nicht zumuten würde?

Ruhepuls: Achtundsechzig Schläge pro Minute. Über meinem persönlichen Durchschnitt, aber nicht überraschend angesichts dessen, was gleich bevorsteht.

Eigentlich sollte dies nicht mein Lieblingscafé sein, weil es so gar nicht meinem Geschmack entspricht. Zum einen gibt es zu viel Glitzer. Tess, die Besitzern, hat eine Vorliebe für Einhörner und alles, was glänzt. Die gesamte Einrichtung lässt sich eigentlich nur so beschreiben, als hätte jemand zu viel Zuckerwatte gegessen und sich dann hier drinnen erbrochen. Ich bin mir nicht sicher, ob eine solche Menge an Pastelltönen Migräne verursachen oder heilen könnte, da die Anzahl der Objekte zum Thema Einhorn (Salzstreuer, Blumentöpfe, Spiegel, Rahmen, Schirmständer) immer weiter zunimmt und für viel zu viel Ablenkung von diesem besonderen Forschungsprojekt sorgt.

Aber da ich nun schon einmal hier warte, ist es zu spät, um einen Rückzieher zu machen, obwohl ich jedes Mal wieder mit dem Gedanken spiele. Nicht, dass Tess das zulassen würde. Dies hier ist ein Experiment, bei dem sich unsere beiden Welten treffen.

An der Tür des Cafés ertönt ein Glöckchen und kündigt Tess damit Kundschaft an. Wir sind uns beide der Tatsache bewusst, dass dies die Person sein könnte, auf die wir warten.

Es gibt eine Menge Gründe für mich, das Café trotz seiner Einrichtung zu lieben, doch der Hauptgrund ist Tess. Es ist nach ihr benannt: *Tess's Treats*. Auch wenn »Tess' Einhorn-Menagerie« passender wäre. Ich komme jeden Tag zum Mittagessen her, und an den Tagen, an denen nicht so viel los ist, setzt sie sich zu mir. Ich muss hier nicht einsam sein. Ich glaube, wir könnten sogar Freundinnen sein.

Der Mann, der gerade das Café betritt, ist der, auf den ich warte. Er ist kleiner als in seinem Datingprofil behauptet. Es fehlen mindestens fünf Zentimeter an seinen angeblichen ein Meter achtzig. Es ärgert mich, dass er in diesem Punkt nicht genauer gewesen ist. Ich habe nie verstanden, warum es jemand als notwendig erachtet, bei etwas zu übertreiben (oder genauer gesagt: zu lügen), was sich doch ganz leicht mit einem Maßband klarstellen lässt.

Aber ich verkneife es mir, meins aus der Handtasche hervorzuholen.

»Hallo! Keisha? Ich hoffe, ich habe die Richtige erwischt! Aber da du hier der einzige Gast bist, gehe ich mal davon aus.«

Mein Datingprofil ist zweifellos sehr viel genauer als seins. Meine »Einsdreiundsiebzig, schwarzes Haar, grüne Augen, Vorfahren unterschiedlicher ethnischer Herkunft, schlank« entsprechen einer wirklichkeitsgetreuen Darstellung meiner Person über das Portraitfoto hinaus.

Ich erhebe mich und strecke ihm die rechte Hand entgegen. »Hallo, Phil.«

»Oh, okay.« Phil ergreift meine Hand und schüttelt sie verlegen. »Ich hätte den Laden beinahe nicht gefunden.« Er blickt sich um, als wäre er noch nie in einem Themencafé gewesen, wo sich alles um Einhörner dreht. Er ist nervös, und ich frage mich, wie hoch sein Puls sein mag. Soweit ich das beurteilen kann, mit Sicherheit höher als meiner. Ich setze mich wieder hin. Ich habe mir bereits einen Kaffee bestellt und ihn bezahlt, um der Debatte aus dem Weg zu gehen, ob wir die Rechnung teilen sollten.

»Bist du oft hier?«, fragt er immer noch verlegen.

»In diesem Jahr bisher zweihundertsechsunddreißig Mal«, erwidere ich und unterlasse es hinzuzufügen, dass es achtunddreißig Mal aus Anlässen wie diesem war. »Ist nicht weit weg von der Arbeit.«

Er lacht, als wäre meine Genauigkeit bezüglich dieser Zahl nur aus der Luft gegriffen, um einen Witz zu machen. »Möchtest du noch etwas? Ich werde auch was trinken.«

»Nein, ich bin versorgt. Ich wollte keinen Tisch belegen, ohne etwas zu bestellen.« Meine Tasse ist schon halb leer. Zum Glück. Ich weiß bereits, dass er nicht der Richtige ist. Meine beiden

Finger haben die ganze Zeit auf meinem Pulspunkt gelegen und da war kein sprunghafter Anstieg als Reaktion auf meine Begegnung mit diesem Mann zu verzeichnen gewesen. Ich ziehe meine Hand weg, nachdem ich die Informationen erhalten habe, die ich benötige.

»Wo arbeitest du denn?« Phil setzt sich zu mir an den Tisch. Dies ist mein Stammplatz, weil ich von hier sehen kann, wie die Welt vorüberzieht. Wie die ganze Einrichtung besteht auch er aus upgecycelten Möbeln. Dieser Tisch ist in einem zarten Blau gestrichen und mit einer Extraschicht Glitzer versehen. Tess besteht darauf, möglichst allem ein Funkeln zu verleihen. »Ich vermute mal, an der Universität, wenn du hier deine Mittagspause verbringst.«

Das ist keine gute Anfangsfrage, und doch beginnen so viele dieser Dates auf die gleiche Weise – als wollten sie einen sofort an der empfindlichsten Stelle treffen. Manchmal frage ich mich, ob einige von ihnen eine Liste mit Berufen haben, die sie billigen, um mit jemanden auszugehen (Anwältin, Lehrerin, Geschäftsführerin = ja, Zirkusartistin = ein definitives Nein), ohne jede Rücksicht darauf, ob dieser Mensch sie zum Lachen bringt oder ob er ihre Wertvorstellungen teilt – also Dinge, die tatsächlich förderlich für die Langlebigkeit einer Beziehung sind. Ich würde ihm zu gern einen Tipp geben, was gerade falsch läuft, aber ich musste feststellen, dass mein Feedback bei früheren Verabredungen gar nicht gut ankam.

»Welche Musik magst du?«

Ich werde ihm diese Frage nicht beantworten. Ich habe keine Ahnung, wer dieser Kerl ist. Und wenn er schon lügt, wenn es um seine Größe geht, wer weiß, wie viele andere unangenehme Angewohnheiten er noch hat. Am meisten fürchte ich mich vor

Stalkern, weshalb ich niemals verlauten lasse, wo ich arbeite oder wohne. Eine zugegeben etwas schwierige Positionierung im Bereich der Partnersuche.

»Oh, verstehe. Du weichst der Frage aus. Du kannst mir die Antwort ja später geben.« Phil zwinkert mir zu, als er dies sagt. Er ist nicht mein Typ. Er trägt eine Brille, die in einen Film aus den 1980ern gehört, und einen Kinnbart, der ihm nicht steht und den er auf eine nicht angemessene Länge gestutzt hat. Er hat die nervöse Angewohnheit, über seinen Bart zu streichen und dann mit derselben Hand schwungvoll die Brille auf seiner Nase hochzuschieben. Das macht er so häufig, dass ich an mich halten muss, um ihn nicht darum zu bitten, es zu unterlassen. In seinem Datingprofil sieht er cool und etwas schräg aus. Zwei Worte, die Leute in der Vergangenheit benutzt haben, um *mich* zu beschreiben. Ich dachte, etwas schräg würde ausreichen, aber da lag ich offenbar falsch. »Du siehst genauso schön aus wie in deinem Profil«, sagt er.

Ich antworte nicht, nehme stattdessen einen Schluck von meinem Kaffee. Ich höre oft, dass ich schön bin, sogar atemberaubend, und ich weiß nie, wie ich auf ein solches Kompliment reagieren soll. So wie er es gerade gebracht hat, ist es zu früh. Wir sind uns ja eben zum ersten Mal begegnet. Zuzwinkern sollte im Übrigen dem zweiten Monat einer Beziehung vorbehalten sein.

»Okay, also, Musik, die ich mag …«, sagt er, um die peinliche Stille zu füllen. »Ich fand Blur und Gorillaz immer ganz gut, auch wenn sie heute schon Schnee von gestern sind. Ich schätze, das war meine Zeit, und ich höre sie einfach immer noch gern. Was ist mit dir? Was hörst du am liebsten?«

»Den Rhythmus meines eigenen Herzens.«

»Ist das der Titel eines Songs? Oder eine Gruppe? Hab ich noch nie gehört. Lass mich mal auf Spotify nachschauen.« Phil zieht sein Smartphone aus der Tasche und verbringt eine unzumutbar lange Zeit damit, nach etwas zu suchen, was er nicht finden wird.

Ich streiche mit meinen Fingern über das Tintenherz auf meinem Handgelenk. Die Versuchung, noch einmal meinen Puls zu messen, ist groß. Das Verlangen, diese Musik zu spüren, die Phil niemals finden wird, ist wie ein Zwang, und es ist beinahe unmöglich, ihm zu widerstehen. Er streicht sich wieder über seinen Kinnbart, unterbricht die Bewegung und lässt einen Finger kurz in ein Nasenloch verschwinden, bevor er damit seine Brille hochschiebt. Er wirft mir einen Blick zu, in der Hoffnung, dass ich es nicht mitbekommen habe.

Habe ich aber.

»Ich muss mal auf die Toilette.« Keine Ahnung, warum ich das Bedürfnis verspüre, ihm dies mitzuteilen, da er eine solche Fluchtreaktion auf sein Nasenbohren wohl schon des Öfteren erlebt haben dürfte.

Seit er sein Smartphone herausgeholt hat, scheint er jegliche Fähigkeit zur Kommunikation verloren zu haben. Ich bemerke, dass er es bei seiner Suche nach einer Band, die gar nicht existiert, auf die Facebook-App geschafft hat.

»O ja, klar«, erwidert er und weicht dabei ein wenig zurück, weil ich ihn erwischt habe, wie er etwas mehr macht, als nur nach einer Band zu suchen. Ich frage mich, ob er so weit gegangen ist, einen Status zu erstellen, um dieses schreckliche Date zu dokumentieren. Zumindest geht das heute nicht alles nur auf mein Konto.

Tess wartet in der Küchennische, so wie sie es bei solchen

Anlässen immer tut. Ein Daumen zeigt nach oben und der andere nach unten, während sie auf mein Urteil wartet. In ihrem Bemühen, die Welt aufzuheitern, tummeln sich selbst auf ihrer Schürze einige Einhörner.

Ich drücke einen Finger auf den Daumen, der nach unten zeigt, und Tess gibt ein leises zustimmendes Aha von sich. »Hab ich mir schon gedacht«, flüstert sie mir zu.

»Ist da offen?« Ich werfe einen Blick in Richtung des Ausgangs, der sich hinter dem Bereich der Großküche befindet.

»Natürlich. Nachbesprechung dann morgen. Zur gewohnten Zeit.«

Mir ist klar, dass diese Herangehensweise nicht gerade sehr erwachsen ist, aber sie hat mir schon viele Stunden quälender Unterhaltungen erspart, die zu nichts geführt hätten. Ich schaue noch einmal kurz zu Phil hinüber, ob er gerade hersieht, aber er ist so mit seinem Smartphone beschäftigt, dass er gar nicht in der Lage ist, seiner Umgebung oder der Gesellschaft, in der er sich kurze Zeit befunden hat, Beachtung zu schenken.

Das verringert meine Schuldgefühle, und ich schlüpfe am Herdbereich und den Vorbereitungsflächen vorbei, um zu meinem geheimen Ausgang zu gelangen. Tess macht ein Kreuz durch die Nummer 39 auf unserer weißen Rastertafel. Neununddreißig rote Kreuze in einem Raster von einhundert.

Tess ist der Ansicht, dass man Liebe überall finden kann. Dass es dabei nicht darum geht, herumzusitzen und auf *den Einen* zu warten. Sie ist der Ansicht, dass man nur mit genug Leuten ausgehen muss, um irgendwann jemanden zu finden, der zu einem passt. Sie ist die treibende Kraft hinter diesen Dates.

Meine Theorie lautet, dass ich es fühlen werde. Dass mein Körper reagieren wird. Dass mein Herz einen Hüpfer vollführt, wenn es so weit ist. Ich glaube nicht daran, dass man es erzwingen kann.

Als ich an den Abfalltonnen vorbei bin und durch das hintere Tor hinaustrete, verweile ich für einen Moment in der kleinen Gasse und lege Zeige- und Mittelfinger auf die Stelle, die Trost verspricht. Es gelingt mir nicht auf Anhieb, meinen Puls zu finden, doch als ich ihn spüre, beginne ich gleich, leichter zu atmen.

Ich mache eine halbminütige Messung. Es soll schnell gehen. Ich muss los, bevor mein neununddreißigstes Date begreift, dass ich nicht wiederkomme.

Ruhepuls: vierundsiebzig Schläge in der Minute.

Das ist viel zu hoch. Ich bin eindeutig nicht für so was gemacht. Es war ein Date, keine Fitnessübung.

Ich notiere mir die Werte jedes Mal in einem kleinen Notizbuch mit Spiralbindung – wenn nicht sofort, dann sobald ich die Gelegenheit dazu habe. Ich hatte noch nie weniger als achtundzwanzig Aufzeichnungen pro Tag. Ich stecke das Notizbuch mit all seinen Daten wieder in meine Tasche – in die, die meinem Herzen am nächsten ist.

Im Weggehen frage ich mich, ob ich es jemals wissen werde. Ob es mir jemals gelingen wird herauszufinden, wie das Herz reagiert, wenn es sich verliebt. Denn ein Herz, das bei jedem Date davonläuft, scheint nicht für die Liebe gemacht. Man könnte meinen, es sei gar nicht bereit, es zu versuchen.

2

Clive

Clive Ellingtons Welt wurde an einem Dienstag um 2:36 Uhr in seinem Haus auf den Kopf gestellt.

Oder war es an einem Mittwoch um 17:21 Uhr in seinem Schrebergarten?

Er hatte nicht die geringste Ahnung. Dabei wäre er sich gern über die Fakten im Klaren gewesen, aber wie standen die Chancen, wenn er nicht einmal wusste, wo er sich gerade befand?

Nach und nach nahm er mehr wahr. Ein ungewohntes Geräusch: ein Summen, das er noch nie gehört hatte. Ein ungewohnter Geruch: Muffigkeit, gedämpft von Bleiche. Eine ungewohnte Umgebung: ein schmales Einzelbett mit Metallgeländern an den Seiten. Und diese Eile. Dieses Rauschen, das mit Bewegung einhergeht, obwohl er sich sicher war, dass er still dalag. Er war angeschnallt, wie mit einem Sicherheitsgurt, aber er befand sich definitiv nicht in einem Auto.

Er hatte einige Sekunden gebraucht, ehe ihm klar wurde, dass er nicht zu Hause war, aber er benötigte sehr viel länger, um herauszufinden, wo er sich befand. Er war im Schrebergarten gewesen, nicht wahr? Oder doch nicht?

Und dann fiel es ihm wieder ein. Die Erkenntnis, was ihm zugestoßen war, durchströmte ihn. Das Grauen, das ihm begegnet war. Die Erinnerung fegte durch ihn hindurch, verursachte einen Schmerz in seiner Brust, als ob es mit seinem Leben zu Ende ging.

Und so war es auch gewesen.

Deshalb war er hier.

Clive setzte sich auf, hielt sich die Hand an die Brust und versuchte sich auf seine Atmung zu konzentrieren, während er sich bemühte, das, was um ihn herum war, in sich aufzunehmen.

»Ganz ruhig, Clive. Wir sind auf dem Weg ins Krankenhaus. Legen Sie sich wieder hin.« Die Stimme schien zu keinem Körper zu gehören. Zumindest zu keinem, den er sehen konnte.

Clive war vollständig bekleidet, sein Hemd geöffnet. Mit einem Anzug im Bett zu liegen war verwirrend. Dieses Engegefühl in seiner Brust, als hätte jemand einen Schraubstock um seine Rippen gelegt, nahm zu, als ihm all das durch den Kopf ging, was Nancy an diesem Nachmittag zugestoßen war. Nancy, die Liebe seine Lebens, seine zweite Hälfte, die nun nicht mehr da war.

»Hilfe!«, stieß Clive verzagt hervor, wohl wissend, dass dies vielleicht das Ende war und sich lediglich sein Überlebensinstinkt meldete, der wollte, dass er gerettet wurde. Der Rest von ihm fragte sich, ob dies die Gelegenheit war, Nancy zu folgen. Das wäre ihm eigentlich lieber. Wenn sie tot war, dann wollte er es auch sein.

Der Schmerz den dieses Wissen hervorrief, pumpte durch ihn hindurch und wurde zu einem immer quälenderen, körperlichen Schmerz, der nicht nachlassen wollte und wieder seine Brust umklammerte.

Wenigstens trug er sein bestes Jackett, wenn nun auch verknittert, dachte er, als er die Augen schloss, bereit, seinem Schöpfer gegenüberzutreten. Es war besser so. Er wollte sich nicht selbst retten, wenn das Leben, das er hinter sich ließ, ein Leben ohne Nancy war. Der Gedanke war schlicht unerträglich.

Der Schmerz, den er verspürte, hatte nun etwas Tröstliches an sich. Er brachte ihn dem Ort näher, an dem er sein wollte. Das war einer seiner letzten Gedanken, bevor es dunkel um ihn wurde und er spürte, wie er fiel.

Er hätte nie geglaubt, dass er nach seinem Tod, wenn er auf der anderen Seite angelangt war, noch irgendetwas fühlen würde. Doch sein Weg in den Himmel erfolgte mit einer Bruchlandung und ohne jede Raffinesse.

Wie sich herausstellte, entsprach Clives Version des Himmels seinem Schrebergarten. Dieser war schon vor seinem Tod sein Nirwana gewesen, sein Glücksort, daher war es keine Überraschung, dort oben darin zu landen. Auf dem Stückchen Land, wo er Obst und Gemüse anbaute, vermochte er zu einer gewissen Ausgeglichenheit zu finden. Doch dort zu sein erinnerte ihn an etwas, das ihn aufwühlte. Etwas Neues. Etwas, das sonst nicht dort war.

Im Jenseits gab es alles, was er jemals angebaut hatte, in Fülle – was in Wirklichkeit in den meisten Jahren nicht der Fall gewesen war. Die Stangenbohnen ächzten unter der Last der Schoten. Die Stachelbeeren waren reif, und die Rhabarberpflanzen erschienen doppelt so groß wie letztes Jahr. Und die leicht duftenden Gladiolen, die er immer für Nancy züchtete, blühten mit einer solchen Pracht, dass er ihr jeden Tag einen Strauß mitnehmen müsste.

Nancy.

Da war sie … Diese wundervolle Hoffnung.

Er musste nur den Schrebergarten verlassen und nach Hause gehen.

Sie wären wieder vereint, und das wäre in der Tat himmlisch.

Aber seine Beine wollten ihm einfach nicht gehorchen. Und auch die Straße, die er hinuntergehen musste, sah nicht so aus, wie sie es eigentlich sollte. Genau genommen stimmte alles irgendwie nicht ganz. Eine Art Schleier schien seinen Schrebergarten zu umgeben. Er konnte wohl seinen Schuppen und seine Parzelle sehen, aber darüber hinaus war alles verschwommen.

Er versuchte noch einmal seine Beine zu bewegen. Er musste bloß einen halben Kilometer zurücklegen, wenn überhaupt. Es war keine große Entfernung, und dennoch hatte er sich noch nie so weit weg gefühlt.

»Clive. Clive, können Sie mich hören?«

Das war nicht Nancys Stimme.

Und sie gehörte auch keinem seiner Freunde aus der Kleingartenanlage.

»Bestätigt!«

Der Ausruf überraschte Clive. Ganz besonders, da er von ihm selbst gekommen war.

»Alles in Ordnung, Clive. Wir dachten nur für einen Moment, dass wir Sie verloren hätten.«

Hattet ihr auch, dachte er und fragte sich, was er tun musste, um dorthin zurückkehren zu können. Aus irgendeinem Grund rief ihn der Schrebergarten zu sich, auch ohne dass Nancy dort war. Es kam ihm so vor, als wäre dies der Ort, wo er sein sollte. Der Ort, an dem er für all das eine Lösung finden würde.

»Ich bin tot«, hörte Clive sich selbst sagen. »Lasst mich weiter tot sein.«

»Nicht während meiner Schicht. Heute stirbt mir keiner.«

Clive öffnete die Augen, doch er war nicht imstande, seinen Blick auf den verschwommenen Sanitäter oder auf die anderen vom medizinischen Personal zu fokussieren, die ihn umringten. Das Einzige, was in sein Blickfeld rückte, war der Defibrillatorwagen neben dem Bett, in dem er lag. Sein Verwendungszweck war durch sein leuchtendes Gelb und die drei großen roten Buchstaben REA auf einer Seite eindeutig.

Der Tod war nur vorübergehend gewesen.

Wie sich herausstellte, war er immer noch ziemlich lebendig.

3

Keisha

Die Behauptung »Ich mag meinen Laborkittel« stimmt nur bedingt. In Wahrheit *liebe* ich ihn. Er schützt, ist praktisch und dient auch dazu, sich gegen die Welt abzuschirmen. Ich finde es gut, dass ich mir nicht groß Gedanken darüber machen muss, was ich zur Arbeit anziehe, weil ich ja eh meinen Laborkittel anhabe. Damit entfällt die Notwendigkeit, mich dem Modediktat zu beugen. Was eine Erleichterung ist, da meine Fähigkeiten in dieser Hinsicht nicht besonders ausgeprägt sind. Dieses Kleidungsstück ist mit verantwortlich dafür, dass ich nach meinem Abschluss in Kardiologie als wissenschaftliche Mitarbeiterin an der Universität geblieben bin. Abgesehen natürlich von meinem Wunsch, dabei zu helfen, Herzerkrankungen auszurotten.

Wir haben einen langen Tag im Forschungslabor vor uns. Wir dokumentieren die Ergebnisse aus zwei Projekten, und nebenher arbeite ich noch an meiner Doktorarbeit. Sämtliche Zeitfenster für die Studienteilnehmenden unserer Herzforschung sind ausgebucht. Das finde ich gut, denn mir sind die Tage lieber, an denen viel zu tun ist.

»Möchtest du auch eine Portion *Oat So Simple*?«, ruft Lucy von der kleinen Teeküche herüber.

»Was soll das sein?«

»Haferbrei. Man muss nur noch kochendes Wasser hinzufügen.«

Lucy ist meine engste Freundin. Wir sind nicht nur Kolleginnen, sondern leben auch in einer WG. Die meisten Leute glauben, damit sei eine Katastrophe vorprogrammiert. Manchmal glaube ich das auch, aber den Rest der Zeit funktioniert es. Irgendwie brauchen wir einander. Ist es nicht so, dass man zwei Gestörte benötigt, um ein funktionierendes Ergebnis zu erzielen?

»Also möchtest du auch was davon?«

»Ich hatte etwas Reis zum Frühstück.« Ich unterbreche die Prüfung meiner Listen, um sicherzugehen, dass sie nicht überall kochendes Wasser verschüttet. Lucys verknitterter Laborkittel ist alles andere als tadellos.

»Das ist kein normales Frühstück.«

»In manchen Kulturen schon.«

»Ich muss nur das Wasser bis zur Markierung zugeben und das Ganze zwei Minuten stehen lassen.« Lucy hält das Gefäß gegen das Licht, als ob das Aufspüren der Markierung eine Herausforderung darstellt, die kaum zu bewerkstelligen ist.

Eine Sekunde lang fürchte ich, dass sie versucht, das Wasser direkt aus dem Wasserkocher ins Gefäß zu füllen, während sie es noch in die Höhe hält, und bin erleichtert, als sie es nicht tut. Scheinbar besitzt sie doch ein wenig gesunden Menschenverstand. Obwohl das meiste davon auf Erfahrung beruht und kein Geschenk Gottes ist. Sie muss ihre Lektion wohl aus dem Vorfall mit der Mikrowelle gelernt haben, als sie sich nicht die Mühe gemacht hatte, den Hinweis zu lesen, die Hühnersuppe erst aus dem Beutel mit dem Metallstreifen zu gießen, und infolgedessen die Funken flogen. Die zwei Minuten, die Lucy benötigt, um darauf zu warten, dass sich die Haferflocken in etwas Essbares verwandeln, nutze ich, um eine Messung durchzuführen. Meinen Karotispuls messe ich nämlich, wenn möglich, nicht in aller Öffentlichkeit. Ich mache mir Gedanken darüber, was die Leute von mir halten könnten, wenn sie mich dabei erwischen, wie ich an meinem Hals herumdrücke. Es ist leichter, dort die richtige Stelle zu finden und den Puls zu messen, aber damit ernte ich immer komische Blicke.

Da ich spüre, dass Lucys Eskapaden mein Herz zum Rasen bringen, fällt es mir leicht, meinen Karotispuls zu ertasten. Mein Herz strengt sich zwar mehr an, doch wenn man den Puls insgesamt betrachtet, ist er nicht höher als vor einer halben Stunde.

Es sind diese feinen Details, die ich ganz besonders schätze. Da ich so im Einklang mit dem Rhythmus meines Herzens bin, vermag ich das Herzzeitvolumen, also wie viel Blut innerhalb einer bestimmten Zeit durch meine Adern fließt, ohne die Hilfe von Maschinen recht gut einzuschätzen. Obwohl mein Puls gleich bleibt, ist mein zentraler Venendruck ohne Frage erhöht. Nicht jeder Mensch ist imstande, anzugeben, wann sein ZVD hoch ist. Aber auch nicht jeder Mensch möchte dazu imstande sein.

»Das Zeug ist gar nicht schlecht. Vielleicht ein bisschen zu heiß.«

»Ich vermute, dass man es erst eine Weile abkühlen lassen sollte.«

»Ich wollte es aber unbedingt probieren. Mach dir doch auch mal eine Portion. Das wäre besser als dein Reis.«

»Ich versuche es mit dem Haferbrei, wenn du es mal mit Reis zum Frühstück probierst.«

Lucy verzieht das Gesicht.

Es wäre interessant zu beobachten, ob es eine positive Wirkung hätte, wenn Lucy das Frühstück ausnahmsweise einmal nicht ausfallen ließe und sie dadurch zwischen Arbeitsbeginn und Mittagspause vermeiden würde, ständig zu naschen. Erst gestern hatte ich sie dabei erwischt, wie sie Minifrikadellen in sich hineinstopfte, die eigentlich fürs Mittagessen gedacht waren. Ich beschließe, es ihr selbst zu überlassen, ihre Nahrungsaufnahme im Auge zu behalten. Man kann eben nur eine gewisse Anzahl an Studien pro Tag durchführen.

»Und wie war es?«

»Wie war was?«

»Dein Date?«

»Ach, das.« Ist es schlimm, es bereits vergessen zu haben?

»Ja, das. Es kann doch nicht schon wieder ein mieses Date gewesen sein.«

»Doch, genau das war es.«

»Wieso? Was stimmte denn diesmal nicht?«

»Es gab eine Ungenauigkeit von fünf Zentimetern.«

»Oha! Fünf Zentimeter? Das ist eine Menge. Ich nehme an, wir reden von seiner Körpergröße?«

»Natürlich. Und es war nicht nur das. Es gab Anzeichen für zwanghaftes Nasenbohren.

Vieles spricht also dafür, dass ich mich nicht im selben Raum mit *dem Einen* befinde.« Er wird vermutlich das Gleiche über mich sagen, zumal ich abgehauen bin. Aber was auch immer ich zu empfinden gehofft hatte, bei ihm habe ich es definitiv nicht gespürt. Ich finde dieses ganze Datingding viel zu peinlich und umständlich, was vermutlich der Grund ist, warum ich noch nie einen richtigen Freund hatte.

»Igitt! Ich wünschte, du würdest mir mal erlauben, mitzukommen. Ich würde so gern Mäuschen spielen!«

»Wir haben das doch schon diskutiert. Es bleibt beim Nein.« Ich verbringe schon viel zu viel Zeit mit Lucy. Gemeinsam auch noch auf Partnersuche zu gehen kommt nicht in Frage.

Es hat etwas Gutes, dass wir unsere Mittagspause zu unterschiedlichen Zeiten machen müssen. Das Alleinsein gibt mir die Möglichkeit, mich selbstständig zu machen und bei Tess im Café zu essen. Es ist auch der Grund, warum ich mehr als eine Freundin habe.

»Wenn du dich mit diesen Typen zum Abendessen verabreden würdest, wie ich es dir vorgeschlagen habe«, fährt Lucy fort, »dann könnte ich zufälligerweise an einem anderen Tisch sitzen und dir ein paar Tipps geben.«

»Ich bleibe trotzdem bei meinem Nein. Es ist schon schlimm genug, dass Tess das Geschehen im Auge behält.«

Die anschließende Analyse mit Tess ist oft der Teil, auf den ich mich mehr freue, als auf das Date. Das würde ich später noch mit ihr diskutieren.

Im selben Moment, als die Mikrowelle piept, klingelt das Telefon. Ich blicke zu Lucy hinüber, und sie entscheidet sich, zum Schreibtisch hinüberzugehen und den Hörer abzunehmen. Ich reagiere auf das Piepen und begebe mich in die kleine Küche.

Die Mikrowelle ist leer.

»Was wolltest du denn ursprünglich mal aufwärmen?«, erkundige ich mich, als ich an meinen Schreibtisch zurückkehre.

»Meinen Haferbrei.« Sie hält mir die Schale hin, als sei dies eine durchaus vernünftige Erklärung.

»Aber ich dachte, man müsste bloß noch kochendes Wasser hinzufügen?«

»O ja. Aber das war mir am Anfang noch nicht klar, und ich hatte die Mikrowelle ja schon eingestellt. Und die einzige Möglichkeit, dass sie wieder auf null zurückgeht, besteht darin, sie bis zum Ende laufen zu lassen.«

Ich blicke Lucy entgeistert an und muss kurz an mich halten, damit mir nicht der Unterkiefer herunterklappt. »Dafür gibt es die Löschtaste.«

»Tatsache? Aber ich mache es lieber so, damit ich die Zahlen wieder auf null bekomme. Das ist so eine Macke von mir. O ja, ich glaube, ich habe eine Macke!«

Ich weiß noch nicht mal ansatzweise, wie ich darauf reagieren soll. »Worum ging es bei dem Anruf?«

So früh an einem Donnerstag ist es wahrscheinlich eine Absage.

»Das war unser Lieblingsdoktor.«

»Dr. Hutchins?«

»Ja. Er hat einen Patienten mit Takotsubo-Syndrom für deine Dissertation.«

»Wirklich? Und ist der Patient auch bereit, an der Studie teilzunehmen?«

»Hutchins scheint zumindest dieser Ansicht zu sein. Aber er erwähnte auch, dass es ein bisschen kompliziert sei. Du kannst den Papierkram bald im Krankenhaus erledigen.«

»Hast du die Daten notiert?« Auch wenn Lucy es offenbar für logisch und sinnvoll hält, eine leere Mikrowelle laufen zu lassen, hege ich dennoch die Hoffnung, dass sie nicht die Fähigkeit verloren hat, die Informationen zu notieren, wenn sie Anrufe entgegennimmt.

»Natürlich. Die Patientendaten stehen hier drauf.« Lucy reicht mir einen Post-it-Zettel.

»Haben wir nächste Woche noch Zeit, ihn irgendwann einzuplanen?«

»Dafür ist doch immer Zeit. Wenn du willst, kannst du morgen früh im Krankenhaus vorbeischauen.«

»Kommst du damit klar, die anderen Termine zu übernehmen?«

Lucy und ich haben die gleiche Aufgabe. Es macht keinen Unterschied, wer von uns die nötigen Informationen sammelt. Aber ich muss zugeben, dass ich es bevorzuge, alles im Blick zu behalten, um sicherzustellen, dass es auch absolut korrekt abläuft. Meine Finger streichen über die Innenseite meines Handgelenks.

»Ich muss nichts weiter tun, als die ganzen üblichen Messungen vornehmen«, erwidert sie. »Das kann ich inzwischen im Schlaf, genauso wie die immer gleichen Fragen stellen, die jeder Proband beantworten muss. Ich habe nicht vor, irgendetwas zu versauen. Nur weil ich nicht kochen kann, heißt das nicht, dass ich in allen anderen Bereichen meines Lebens unbrauchbar bin. Ich sollte dich eigentlich gar nicht daran erinnern müssen. Also mach schon einen Termin aus.«

Das ist das Gute an Lucy. Sie weiß immer, wann man mich auf den Boden zurückholen muss.

Ich höre für den Moment auf, mir Sorgen zu machen, bewege meine Finger weg von der Versuchung und wende mich meiner nächsten Aufgabe zu.

Ich rufe auf der Station an und vereinbare einen Termin, um mir Fallbeispiel Nummer fünf anzusehen. Erst der fünfte Proband im örtlichen Krankenhaus, der für die Studie meiner Dissertation über die Takotsubo-Kardiomyopathie – auch bekannt als Broken-Heart-Syndrom oder Syndrom des gebrochenen

Herzens – in Frage kommt. Dabei handelt es sich um ein seltenes Ereignis, das nach einem Schock auftreten kann. Und es gleicht in keiner Weise dem Broken-Heart-Emoji mit dem Riss in der Mitte. Es tritt auf, wenn es zu einer apikalen Ballonierung kommt, die eine plötzliche, zeitweise Schwächung des Myokards verursacht. Der Herzmuskel reißt also nicht, sondern er weitet sich, vermag nicht mehr genügend zu pumpen und das Ergebnis gleicht daher einem prallen Ballon. So sieht ein gebrochenes Herz in Wahrheit aus.

Ich spreche mit Dr. Hutchins, der noch einmal auf die Tatsache hinweist, dass es sich um einen komplexeren Fall handelt, der aber dennoch für die Studie geeignet sei. Offenbar wurde das Interesse des Teilnehmers geweckt, weil er dabei Rote-Bete-Saft trinken soll. Meine Studie untersucht, welche Auswirkungen Stickstoffmonoxid (das der Körper aus Nitrat gewinnen kann, welches in hohen Mengen in Rote-Bete-Saft enthalten ist) auf Patienten nach einem Takotsubo-Syndrom hat. Die Komplexität der Studie ist schwer zu erklären, aber es scheint so, als ob der Saft das Herz gesünder macht und bei Prävention und Genesung hilft, und genau das hoffe ich beweisen, zu können.

Nachdem der Anruf beendet ist, beginne ich mir Sorgen darüber zu machen, dass ich mich nun dafür aus unserem Labor hinausbegeben muss.

Egal wie sehr ich mich auch bemühe, ein von Routine und Ausgewogenheit bestimmtes Leben zu führen, es gibt immer etwas, das mich dazu drängt, meinen Puls zu messen.

4

Clive

Für Clive Ellington waren die vergangenen Tage im Krankenhaus die unglücklichsten seines Lebens gewesen.

Er rühmte sich immer damit, ein fröhlicher Kerl zu sein, der selbst den am schlechtesten gelaunten Menschen ein Lächeln abzuringen vermochte. Doch damit war Schluss seitdem er diese mürrische Maske trug und sich außerstande sah, das verdammte Ding abzulegen. Egal wie sehr er sich auch bemühte, es schien ihm nicht zu gelingen, seiner Situation irgendetwas Positives abzugewinnen.

Es gab eine Vielzahl von Punkten, die dazu führten, dass es ihm schlecht ging, und er hätte sie nur allzu gern stichpunktartig aufgelistet, aber niemand war bereit, ihm zuzuhören. Warum auch, wenn er sich ständig nur darüber ausließ, dass seine Frau tot war und er sich wünschte, er wäre ihr gefolgt.

Niemand wollte sterben und als alter Nörgler wieder aufwachen, aber genau das schien passiert zu sein, und das gefiel ihm gar nicht. Und allen anderen ganz offensichtlich auch nicht. Vor ihm lag ein weiterer einsamer Tag.

Und es gefiel ihm genauso wenig, dass sie jetzt, wo er auf der kardiologischen Intensivüberwachungspflege lag, so viele Untersuchungen bei ihm durchführten. Sie hatten ihn verkabelt. Offenbar fürchteten sie, dass sein Herz jeden Augenblick den Geist aufgab.

Und niemand schien es toll zu finden, dass er es verdammt noch mal sehr begrüßt hätte, wenn es so wäre.

Abgesehen davon, dass er nun Witwer war, gab es noch eine Reihe weiterer Dinge, die er – eingeschlossen der Tatsache, *nicht* tot zu sein – als über alle Maßen deprimierend empfand.

Zunächst einmal bestanden sie darauf, dass er weiterhin ein Nachthemd trug. Zumindest betrachtete er es im weiteren Sinne als solches. Es hatte ein offenes Rückenteil und sah wirklich furchtbar aus. Egal wie viel Mühe er sich auch gab, sie davon zu überzeugen, ihn seinen besten Anzug tragen zu lassen, sie wollten einfach nichts davon hören. Aus Protest trug er seine Anzugjacke über dem Nachthemd. Es war sein Lieblingssakko. Im Patchworkstil gearbeitet und das Beste, was er jemals in einem Secondhandladen gefunden hatte. Ein Unikat.

Das einzige Problem – wenn er darauf beharrte, ein Sakko zu tragen – war die Hitze. Es war furchtbar heiß darunter. Eigentlich müsste er es wieder ausziehen, aber jeder hatte sein Päckchen zu tragen und das hier war nun einmal seins, ob es nun eine dumme Idee war oder nicht.

Als wäre dieses ganze Theater nicht schon deprimierend genug, musste er auch noch in einen Topf pinkeln, weil sie seine Flüssigkeitsaufnahme und -abgabe überwachten. Sie maßen tatsächlich, wie viel Milliliter er zu sich nahm und wie viel er am anderen Ende wieder ausschied!

Anstatt wie üblich die Herrentoilette anzusteuern, gab es alle möglichen Vorgehensweisen zu befolgen. Darunter einige, die das Tragen eines Sakkos ziemlich erschwerten. Aber er weigerte sich, es auszuziehen. Er hatte nicht vor nachzugeben. Denn dann hätten sie gewonnen. Trotz all ihrer Bemühungen, sich um ihn zu kümmern, hatte er eher das Gefühl, dass er sich im Kampf mit dem Klinikpersonal befand, insbesondere mit der Oberschwester. Sie verstanden ihn einfach nicht. Er versuchte ihnen wichtige Dinge mitzuteilen, aber wann immer er versuchte, seinem Schmerz Ausdruck zu verleihen, teilte ihm die Stationsschwester mit, dass sie alle zu beschäftigt seien.

Er machte ihnen keinen Vorwurf. Sie mussten ihre Arbeit erledigen, und alles, was über eine fünfminütige Betreuung hinausging, war nicht Bestandteil des Ablaufs. Aber das half ihm nicht weiter. Es linderte nicht die Depression, die ihn langsam überkam. Wenn Leute ihn darauf ansprachen, dass er bald wieder nach Hause dürfe, und er in Tränen ausbrach, hatten sie keine Antworten für ihn parat. Niemand war in der Lage, Abhilfe zu schaffen, um die Situation zu verbessern, in der er steckte, und das setzte ihm nur noch weiter zu.

Von den Ärzten bekam er immer nur zu hören, dass sie erst einmal seinen Zustand stabilisieren wollten, so als wüssten sie, dass die Chance, sich jemals wieder hiervon zu erholen, schwand. Es war ja nicht so, als ob sein Herz ein einziges Mal gebrochen wäre. Es brach immer wieder. Jedes Mal, wenn er sich daran erinnerte, was geschehen war, kam es ihm so vor, als würde etwas in ihm zerspringen. Als bestünden seine Organe aus Glas.

Vielleicht war genau das geschehen. Wo einst Fleisch und Knochen gewesen waren, war er nun zerbrechlich geworden, und Teile von ihm splitterten bei jeder Gelegenheit.

Er wusste nicht mehr, wie man ein Lächeln aufsetzte.

Das Witzebuch, das er auswendig gelernt hatte, um Leute zum Lachen zu bringen, schien in eine Pfütze gefallen zu sein und war nicht mehr zu retten. Selbst seine Manieren, auf die er so stolz war, hatten rapide nachgelassen.

Es war nicht mehr viel übrig von dem Clive Ellington, den er kannte.

Das wurde ihm an dem Tag bewusst, an dem er im Zorn eine Bettpfanne durchs Zimmer schleuderte. Er war noch niemals in einer Situation wie dieser gewesen, wo er so viele aufgestaute Emotionen mit sich herumschleppte und sie nirgendwo loswerden konnte. Dinge zu werfen war natürlich keine Lösung, und er schämte sich dafür, aber was blieb ihm anderes übrig?

Der Clive Ellington, den er gekannt hatte, war lebendig gewesen.

Dieser Clive Ellington war tot und lebte doch irgendwie immer noch.

Wenigstens besaß dieser Clive Ellington immer noch das beste Sakko, das dieser gesamte Postleitzahlenbereich jemals zu Gesicht bekommen hatte. Und er würde es tragen. Komme, was da wolle.

5

Keisha

Eins vermag ich mit Sicherheit zu sagen: Ich bin kein Fan von allem, was neu und unbekannt ist. Ich bin nie scharf darauf, Neuland zu erkunden. Wenn es irgendwohin gehen soll, wo ich vorher noch nie gewesen bin, ruft das bei mir eine gewisse Angst hervor, die nur schwer zu beschreiben ist. Und das sagt jemand, der nicht einmal behaupten kann, dass er sich in seiner vertrauten Umgebung wohlfühlt! Dies nur so am Rande, um begreiflich zu machen, dass ich mich nicht gerade mit Freuden in ein anderes Umfeld begebe.

Ich habe diese Angst schon früher besiegt und muss mir ins Gedächtnis rufen, dass dies nicht das erste Mal ist. Ich kenne diesen Ort. Es wird mein fünfter Besuch im Southampton General Hospital sein, den ich wegen meiner Doktorarbeit absolviere. Bei jeder dieser Gelegenheiten kam es mir vor, als müsste ich nicht nur den Besuch in einem Krankenhaus bewältigen, sondern vielmehr in einer fremden Stadt. Es ist ein riesiger und einschüchternder Komplex, der mehr Abteilungen und Fachbereiche hat, als ich jemals auflisten könnte, ohne dass mein Gegenüber dabei einschlafen würde.

Eigentlich sollte es eine unüberwindbare Erfahrung sein hierherzukommen, doch dieser Ort hat für mich auch etwas unglaublich Tröstliches an sich: Er ist lebendig. Er hat einen Puls.

Da ist ein Kommen und Gehen – ein Rhythmus – der den Anschein erweckt, als habe dieser Koloss ein Herz.

Am Eingang befindet sich ein Coffeeshop und ich komme nicht umhin, mir einen Kakao zu gönnen und dabei die Leute zu beobachten, wohl wissend, dass sich hier Menschen aus allen Gesellschaftsschichten, mit allen nur denkbaren Unwägbarkeiten durch die automatischen Türen hinein- und hinausbewegen. Ich lasse die beiden rosafarbenen Marshmallows, die auf meiner Untertasse liegen, als halbwegs gesunde Nascherei durchgehen und spüre ihre luftige Zartheit auf meinen Lippen, genieße diesen Moment.

Ich sehe Ärzte, die gerade Pause machen und sich in dem kleinen Laden auf der anderen Seite der Eingangshalle etwas zu essen holen. Ich sehe eine Frau mittleren Alters, die sich die Wangen abtupft, als sie sich hinausflüchtet. Ich sehe einen Vater mit seiner kleinen Tochter, die ein Pflaster über dem Auge hat und sich einen Lebkuchenmann aussuchen darf, mit dem sie zur Kasse gehen.

Das erinnert mich an meinen Vater und an seine überlebensgroße Präsenz, so als hätte er den Verlust meiner Mutter wiedergutmachen müssen, indem er dem Leben mit doppelt so viel Persönlichkeit gegenübertrat. Ich war noch so jung, als es geschah, dass ich mich gar nicht an sie erinnern kann, aber ich frage mich, ob ich jemals solche Momente mit ihm hatte. Ob ich vor seinem Tod sein kleines Mädchen war, das er für seine Tapferkeit belohnte. Ich wünsche diesem kleinen Mädchen, dass es sich diese Erinnerung bewahrt. Dass dieser Moment für die Kleine lebendig bleibt.

Ich wünschte es für mich selbst auch. Aber all diese Erinnerungen wurden verdrängt und von anderen abgelöst. Nur an den Tod meines Vaters erinnere ich mich mit allergrößter Klarheit.

Ich bin nicht die Einzige hier mit Gedanken an den Tod. Man sieht es viel zu vielen Gesichtern an. Den Patienten, den Angehörigen, den Ärzten, den Pförtnern. Aber es gibt auch Hoffnung. Die Behandlungen, die zweiten Chancen, die Neuanfänge. Die Leute schlendern herein und hinaus, ohne einander zu grüßen. Da gibt es höchstens mal ein Nicken oder auch ein Lächeln. Sie sind wie Blutkörperchen, die in dieser Hauptschlagader des Krankenhauses kurz aufeinandertreffen und dann weiterziehen.

Einen Moment lang frage ich mich, welche Abteilung wohl das Herz des Ganzen ist. Die Kardiologie, zu der ich auf dem Weg bin? Die Intensivstation, wo sie versuchen, die totkranken Patienten zu retten? Oder die Zimmerfluchten der Verwaltung, wo alle wichtigen Entscheidungen getroffen werden?

Als ich meinen Kakao fast ausgetrunken und seine köstliche Süße genossen habe, wird mir klar, dass es an einem Ort, der so groß ist wie dieser, vielleicht nicht nur ein Herz gibt. Vermutlich befindet sich das Herz in den Personalräumen. Ist jeden Tag in einer Kaffeetasse verborgen, während die Leute, die dies alles hier am Laufen halten, Kraft schöpfen, um weiterzumachen.

Nach dem letzten Schluck hat das Aufschieben ein Ende. Ich messe meinen Puls und erfreue mich an den Schlägen, stelle fest, dass der Rhythmus dem Takt nicht unähnlich ist, in dem die Menschen durch die Türen des Krankenhauses hinein- und hinausgehen.

Dieses Krankenhaus und ich, wir sind beide lebendig.

Der Gedanke gibt mir die Kraft, das zu tun, was ich tun muss, auch wenn es das erste Mal ist, dass ich mich auf die kardiologische Intensivstation wage. Bei den anderen Studien, die ich betreue, habe ich es normalerweise mit Teilnehmerinnen und Teilnehmern zu tun, denen es gut genug geht, um ins Labor auf dem Universitätscampus zu kommen. Bei der Studie für meine Doktorarbeit ist das anders. Sie erfordert Grundwerte von den Probanden, während sie sich noch im Krankenhaus befinden, und versucht, ihren Stickstoffmonoxid-Spiegel in der Regenerationsphase einer Stress-Kardiomyopathie mit Hilfe von Rote-Bete-Saft zu erhöhen. Wann immer ich versuche, die Studie eingehender zu erläutern, sehe ich mich mit zwei Reaktionen konfrontiert: Entweder ernte ich glasige oder fragende Blicke – wobei Letztere eindeutig darauf hindeuten, dass sich die Person fragt, ob ich noch alle Tassen im Schrank habe. Aber es gibt überzeugende Beweise, dass der Saft bei bestimmten Herzerkrankungen hilfreich sein könnte und ich hoffe, dass ich bis zu einem gewissen Grad in der Lage sein werde herauszufinden, ob er beim Broken-Heart-Syndrom hilft. Sollte die Studie gut laufen, hoffe ich letztendlich auf eine Sicherung der Finanzierung, um die Theorie in einem sehr viel größeren Umfang testen zu können und zu verstehen, wie man verhindern kann, dass sich die Herzspitze ballonartig erweitert und die Hauptschlagader dagegen stark verengt.

Auch wenn die Universität und das Krankenhaus miteinander verbunden sind, hatte ich mir bis zu Beginn meiner Doktorarbeit alle Mühe gegeben, das Southampton General in jeglicher Hinsicht zu meiden. Für eine Einunddreißigjährige befinde ich mich in einer guten gesundheitlichen Verfassung und tue alles dafür, dass es so bleibt. Pulsmessen ist lediglich das i-Tüpfelchen. Ich besuche dreimal in der Woche das Fitnessstudio der Universität. Ich ernähre mich ausgewogen und stelle sicher, dass ich nur selten Transfette oder irgendetwas anderes zu mir nehme, das laut Studien schlecht für das Herz ist. Ich trinke nie Alkohol, und nicht einmal die Vorstellung, dass das gelegentliche Glas Rotwein gut für die Gesundheit sein könnte, hat mich von meinem Standpunkt abbringen können. Ich rauche nicht. Ich meide rotes Fleisch. Ich habe einfach keine schlechten Angewohnheiten.

Mit anderen Worten: Ich bin langweilig. Ich weiche ungern von der Norm ab. Struktur im Leben ist mir wichtig, und ich bewege mich vorzugsweise innerhalb dieses Rahmens. Früher habe ich mich damit herumgeschlagen, als wäre es irgendwie ein Problem. Aber mit der Zeit ist mir klar geworden, dass es in meiner Lage einen Silberstreif am Horizont gibt: Zu wissen, womit ich mich wohlfühle, und mich damit wohlzufühlen, wie ich bin.

Nur manchmal gibt es Zeiten – wie diese –, in denen es sich nicht vermeiden lässt, das vertraute Terrain zu verlassen und neue Leute kennenzulernen.

Als ich an der Schwesternstation der kardiologischen Intensivstation ankomme, sind alle beschäftigt. Die Wartezeit gibt mir Gelegenheit, nervös zu werden. Ich presse sanft auf meine Haut am Handgelenk. Die Mappe, die ich halte, verhindert dabei, dass es jemand mitbekommt.

»Kann ich Ihnen helfen?«, erkundigt sich ein Mitarbeiter bei mir.

»Ich bin mit Mr. Ellington verabredet.« Ich zeige ihm meinen Ausweis.

»Hier entlang, bitte.«

Ich werde in eine Abteilung mit vier Betten geführt, die alle mit Monitoren versehen sind. Sie zeichnen den Herzrhythmus des jeweiligen Patienten auf. Ich bin vertraut mit ihrem Verwendungszweck und weiß, warum sie hilfreich sind, aber ich habe sie bisher immer nur bei gesunden Testpersonen im Einsatz gesehen. Hier, in Stereo, stellen sie eine Kakofonie dar, und da ich weiß, dass diese vier Rhythmen, die ich vernehme, nicht synchron sind, fühlt es sich so an, als würde mein eigener Herzschlag aus dem Takt geraten.

Der Herr, der die Aussicht hat, Fallbeispiel Nummer fünf zu werden, trägt eine orangefarbene Hose und ein offenes Patchworksakko. Seine Brust ist nackt, was es leichter macht, die Kabel an seinem Körper zu befestigen. Er hat mich noch nicht am Fußende seines Bettes bemerkt, da er sich gerade damit abmüht, ein Glasgefäß mit undefinierbarem Inhalt zu öffnen.

»Dieses verdammte Scheißding«, knurrt er und scheint kurz davor, das Glas durchs Zimmer zu schleudern, als sein Blick auf mich fällt. »Stehen Sie nicht bloß rum. Helfen Sie mir!«

»Ich bin wegen Ihres Termins für die Rote-Bete-Studie hier«, sage ich rasch, damit er nicht glaubt, dass ich zum Krankenhauspersonal gehöre. Das Glasgefäß scheint irgendeine Probe zu enthalten, und es ist mein Pech, dass er es zu öffnen versucht, obwohl es voll ist. Ich habe nicht die leiseste Ahnung, was ich tun soll.

»Sie haben doch zwei Hände, oder?«

Ich betrachte meine Hände, als hätte mein Gehirn in der Tat vergessen, dass ich sie habe. »Ja.«

»Also, wenn ich für Sie an dieser Studie teilnehme, dann könnte es nicht schaden, wenn Sie Ihre Hände benutzen würden, um mir zu helfen. Schauen Sie, ich bekomme ihn einfach nicht …« Mr. Ellington versucht wieder den Deckel aufzudrehen, aber seine geschwollenen Gelenke verhindern, dass er ihn richtig zu fassen bekommt, und daher rutscht er erneut ab. »Er will einfach nicht …«

In dem Glas befindet sich eine goldfarbene Flüssigkeit, und ich starre eine geschlagene Minute vor mich hin, während ich zu verarbeiten versuche, wo ich hier gerade hineingeraten bin.

»Würden Sie wohl?«, fragt er.

Zum ersten Mal sehe ich seine Augen. Sie sind blau. Marmorblau. Die Tränen darin lassen sie wie Glas schimmern, so glänzend wie sein kahler Schädel. Ich blicke in diese Augen und für den Bruchteil eines Augenblicks sehe ich, was sich dahinter verbirgt.

»Was ist in dem Glas?«, krächze ich, und es kommt mir so vor, als hätte er gerade auf die gleiche Weise in mich hineinsehen können. »Denn wenn es sich um Urin handelt, werde ich Ihnen nicht helfen.«

»Umpf.« Clive gibt einen Laut von sich, der halb Lachen, halb Grunzen ist, in seiner Kehle stecken bleibt und von dort aus irgendeinem Grund lauter dröhnt. »So was Albernes habe ich ja noch nie gehört. Mir ist bewusst, dass ich inzwischen meinen absoluten Tiefpunkt erreicht habe, aber ich sitze bestimmt nicht hier und klammere mich an meinen Urin. Ich mag vielleicht unter diesen widrigen Umständen nachgelassen haben, aber ich habe noch alle Tassen im Schrank!«

»Es sieht aber eindeutig wie Urin aus«, stelle ich klar und hoffe, dass ich nicht die Einzige wäre, die zu dieser Schlussfolgerung gelangte, wenn ich eine Befragung auf der Station durchführte. Wovon ich mit Sicherheit Abstand nehmen würde.

»Kommen Sie näher«, fordert mich Clive auf.

Ich mache drei Schritte auf ihn zu, sodass ich ihm näher bin, aber nicht zu nah. Dabei lasse ich ihn nicht aus den Augen, und er fixiert mich mit seinem marmorblauen Blick.

»Schauen Sie«, sagt er, während er den Behälter nun obendrein auch noch schüttelt.

Ich vernehme ein schwappendes Geräusch und frage mich, warum es das Personal für ratsam hielt, diesem Mann einen Glasbehälter anzuvertrauen.

Ich werfe einen Blick auf den Inhalt. »Was ist das?« Für gewöhnlich halte ich nichts von Schätzungen, aber dies zählt als Notfall, denn scheinbar befinden sich ungefähr fünfundzwanzig Augäpfel in dem Glasbehälter. Ich bin mir ziemlich sicher, dass mir drei davon zublinzeln.

»Eingelegte Zwiebeln. Die besten in ganz England. Habe sie selbst angebaut, und dann ist meine …« Clives Stimme verstummt allmählich während er in den Behälter starrt.

»Und Sie bekommen das Glas nicht auf? Und Sie hätten gern, dass ich es tue?« Ich spüre, wie mich Erleichterung überkommt, weil ich es hier nicht mit einer Pipi-im-Glas-Situation zu tun habe.

Ich greife nach dem Gefäß und verharre für einen Moment, um den Inhalt zu betrachten. Da ist ein selbst geschriebenes Etikett auf dem nähere Angaben zum Jahrgang stehen. Ich habe eine Menge Fragen. Fragen, von denen ich nie geglaubt hätte, dass ich einmal über sie nachdenken würde. Beispielsweise, wie es diesem Mann gelungen war, an seine eingelegten Zwiebeln zu kommen. Und ob die Verpflegung hier wirklich so schlecht ist, dass er sie als eine gute Snackalternative erachtet.

»Haben Sie noch nie eine eingelegte Zwiebel gesehen?«

Ob Clive so gereizt ist, weil er Hunger hat? Es ist elf Uhr, nur noch knapp eine Stunde bis zum Mittagessen.

»Um ehrlich zu sein, bestimmt nicht aus eigenem Anbau und mit Sicherheit noch nie aus dieser Nähe.«

»Ich habe endlich einen Stuhl für Sie aufgetrieben. Die sind hier immer Mangelware.« Es ist der Mitarbeiter vom Empfang.

»Er da wird es bestimmt schaffen, wenn Sie es nicht hinkriegen. Geben Sie ihm das Glas«, drängt Clive.

»Ich habe es ja noch nicht einmal versucht.«

»Ich lasse Sie beide dann mal wieder allein«, sagt der Mann.

Ich möchte nicht, dass er geht. Ich komme mir eher wie eine Verwandte vor, die einen Krankenbesuch macht und nicht etwa wie jemand, der im Rahmen seiner beruflichen Tätigkeit hier ist.

»Hören Sie auf, das Glas anzugaffen, und öffnen Sie es endlich!«

»Na schön, Sie Miesepeter«, antworte ich prompt, und schon ist das Wort heraus wie Zahnpasta, die man aus einer Tube quetscht und nicht wieder hineindrücken kann. Das war nicht gerade sehr professionell. »Tut mir leid. Das wollte ich nicht. Das ist mir nur so rausgerutscht.«

Clive wirkt mit einem Mal völlig niedergeschmettert. Sein Gesicht nimmt einen so traurigen Ausdruck an, wie ich es noch nie bei einem Menschen gesehen habe, und ich verspüre das Bedürfnis, es wiedergutzumachen. Mit einer einzigen schnellen Drehung öffne ich den Deckel und schaffe es sogar, dabei nichts vom Inhalt zu verschütten, obwohl ich mich von dem Geruch abwende. Es ist eine Erleichterung, dass es ganz offenbar Essig ist, was hier ein so durchdringendes Aroma verströmt.

»Was müssen Sie nur von mir denken, meine Liebe. Dabei möchte ich gar nicht so unleidlich sein.« Clive gibt ein kleines Schniefen von sich und greift nach einem Taschentuch, um sich die Tränen wegzuwischen, die ihm über die Wangen laufen, ganz so, als ob ihn der intensive Zwiebelgeruch erreicht hätte.

Wenigstens hoffe ich, dass das der Grund ist. Ich weiß, dass ich ihn eigentlich trösten sollte, doch stattdessen stelle ich das

Glas auf den Tisch, lege den Deckel daneben und lasse mich auf dem Stuhl nieder. Ich werde rot, weiß nicht so recht, wie ich reagieren soll, und ich merke ihm an, dass er auch verlegen ist.

Die Tränen fließen weiter, und zum ersten Mal sehe ich mit eigenen Augen, worüber ich mehr zu erfahren versuche. Hier habe ich einen Mann mit gebrochenem Herzen vor mir. Das ist ganz offensichtlich, bevor ich überhaupt seinen Puls gemessen habe.

Clive wischt sich ein drittes Mal durchs Gesicht. »Tut mir leid. Ich weiß, dass es lächerlich ist, wegen eingelegter Zwiebeln zu weinen.«

Ich ahne, dass sie vermutlich nicht der Grund sind, warum er so aufgewühlt ist. Es gibt so viele Fragen, die ich ihm stellen müsste, um mehr herauszufinden, aber ich weiß nicht, wie ich weiter vorgehen soll. Was sagt man zu einem Mann, den ein Glas mit eingelegtem Gemüse zum Schluchzen bringt? Stattdessen bleibe ich bei meinem eingespielten Ablauf. »Ich bin Keisha Grant. Ihr Arzt, Dr. Hutchins, wird Sie darüber informiert haben, dass ich eine wissenschaftliche Mitarbeiterin an der Southampton University bin und Sie ein passender Studienteilnehmer für meine Doktorarbeit, bei der ich den Nutzen von Stickstoffmonoxid nach einem kardiologischen Ereignis wie dem Ihren untersuche. Er sagte, dass Sie bereit wären, daran teilzunehmen, wenn Sie sich dem gewachsen fühlen.«

»Ach, ja. Ich dachte mir schon, dass Sie das sind. Es klingt sehr interessant. Ich wusste schon immer, dass Gemüse gut für einen ist. Er hat etwas von Rote-Bete-Saft erzählt, der täglich getrunken werden soll. Ich hatte heute Morgen mein erstes Glas.«

»Ja, das stimmt. Sie werden jeden Tag die gleiche Menge zu sich nehmen, und wir überwachen in den kommenden Monaten

Ihre Fortschritte. Können wir fortfahren? Ich müsste mir ein paar Notizen zu Ihrer Patientenakte machen und einige Messungen vornehmen, aber der Monitor erledigt dabei die meiste Arbeit für mich. Dann wären da noch einige Fragen, die ich Ihnen stellen muss, und einige Formulare auszufüllen. Fühlen Sie sich dazu in der Lage? Falls nicht, können wir unseren Termin verlegen.«

»Mögen Sie auch eine Zwiebel?« Clive greift nach einem Löffel und beginnt eine nach der anderen herauszufischen und auf einem Unterteller abzulegen. Im Gegensatz zum Öffnen des Behälters scheint er hierbei den Dreh rauszuhaben.

»Da bin ich mir nicht so sicher. Ob ich sie mag, meine ich.«

»Sie müssen unbedingt eine versuchen. Ich bestehe darauf. Wenn ich jeden Tag Rote-Bete-Saft trinken werde, ist das nur fair.« Clive schiebt den Unterteller in meine Richtung, als handle es sich um eine Bonbonschale.

»Möchten Sie an der Studie teilnehmen?« Geeignete Kandidaten sind dünn gesät. Aber ich bin mir nicht sicher, ob diese Tatsache ausreicht, mich dazu zu bringen, in dieses bräunliche, eingelegte Gemüse zu beißen.

Das Problem ist die Diagnose, die für die Teilnahme an der Studie erforderlich ist. Es ist selten, dass sie überhaupt gestellt wird, weil die meisten Menschen gar nicht dazu kommen, ihre Geschichte zu erzählen. Ein gebrochenes Herz ist ein gebrochenes Herz. Punkt. Es kommt nicht oft vor, dass es Betroffenen gelingt, wieder auf die Beine zu kommen und davon zu erzählen.

Clive beißt mit einem unüberhörbaren Knirschen in seine Zwiebel und kaut mit lauter Ohhs und Ahhs vor sich hin. »Eigentlich wollte ich sie alle allein essen. Ich biete sie nicht jedem x-Beliebigen an!«

Ich möchte nicht unhöflich sein, daher nehme ich sein Angebot an und hoffe, dass es hilfreich ist, wenn ich den Atem anhalte. Ich holte tief Luft, und dabei bringen mich die Dämpfe zum Husten.

»Der Essig ist von Sarson's. Für meine Nancy war immer nur der Beste gut genug.« Bei diesen Worten werden seine Augen wieder feucht.

»Wenn ich das hier esse, erzählen Sie mir dann, warum Sie wegen eingelegter Zwiebeln weinen?« Die Frage überrascht mich. Sie steht nicht auf meiner offiziellen Frageliste, und ich neige nicht zu Spontaneität. Doch in diesem Moment habe ich das Gefühl, den Antworten näher zu sein als jemals zuvor. Vielleicht ist dies die Versuchsperson, die mich endlich die Antwort auf meine Frage lehren wird: Was verursacht ein gebrochenes Herz, und gibt es eine Möglichkeit, es zu heilen?

6

Clive

Clive nahm sich eine zweite *Allium cepa*. Diese Schalottensorte hier schmeckte ihm eingelegt am besten. Eigentlich sollte er keine zweite essen. Davon bekäme er bloß wieder Sodbrennen. Aber er wollte sie in seinen verbleibenden Tagen genießen, und woher sollte er wissen, wie viele davon noch übrig waren? Er hoffte nicht allzu viele.

Das Problem war, dass die Zwiebeln ihn dorthin zurückversetzten, wo es wehtat. Diese eine Erinnerung, die immer wieder hochkam. Und nun war da dieses junge Geschöpf, das aussah wie eine anmutige Gazelle und sich doch so unwohl zu fühlen schien in seiner Haut. Die junge Frau rieb und drehte unbewusst ständig ihre Hände. Die eine Hand glitt in einer beinahe fortlaufenden Bewegung über die andere hinweg. Es war faszinierend.

Als er in die Zwiebel biss, genoss Clive den kräftigen Geschmack und das Brennen. Wenn er mehr als eine aß, fühlten sich seine Lippen irgendwie taub an, und er wünschte, es wäre möglich, dass sich dieses Gefühl auch auf den Rest seines Körpers ausbreiten könnte.

»Das lässt sich nicht in einem Satz erklären«, sagte er als Antwort auf ihre schwierige Frage. Wie sollte er dieser jungen Frau, die am Fußende seines Betts aufgetaucht war, das alles begreiflich machen? Sie beäugte die Zwiebel, die sie festhielt, mit zunehmendem Argwohn. »Essen Sie nur, und ich starte dann mal am Anfang.«

Sie nahm einen winzigen Bissen, der eher einem Knabbern gleichkam. Ihre Schneidezähne durchdrangen kaum die oberste Schicht. Ihr Gesicht mit den Sommersprossen, die eine Nuance dunkler waren als der Rest ihrer Haut, verzog sich angewidert.

»Sie müssen schon zwei richtige Bissen nehmen, um den Geschmack auch wirklich auszukosten.« Hoffentlich hatte er nicht gerade eine eingelegte Zwiebel an jemanden verschwendet, der das volle Aroma nicht zu schätzen wusste.

»Es ist nur sooo …« Keisha leckte mit der Zunge über ihre Unterlippe.

»Herb? Nehmen Sie einen größeren Bissen. Ich vermute, dass Sie gerade nur etwas Essig von der Oberfläche gesaugt haben.«

Alle Achtung, dachte Clive, als er sah, wie sie die ganze Zwiebel in den Mund steckte, kaute und ihre Grimasse dabei verschwand.

»Was sagen Sie dazu?«

»Es ist sehr … zwiebelig? Ich bin nicht gerade eine Feinschmeckerin, tut mir leid.«

Clive gab ein leises Kichern von sich. Er war beeindruckt, dass sie sie tatsächlich gegessen hatte. Er bot die Zwiebeln dem Pflegepersonal schon seit Tagen an, aber bisher hatte niemand sein Angebot angenommen.

»Ich glaube auch nicht, dass die Erzeugnisse aus meinem Garten unter Feinschmeckern begehrt sind – obwohl sie es selbstverständlich sein sollten.«

Keisha nickte, war immer noch damit beschäftigt, ihren Mund von den Nachwirkungen der Zwiebel zu befreien.

»Zu Hause würde ich Ihnen ja etwas zu trinken anbieten, aber hier lassen die mich leider nicht den Gastgeber spielen. Gestatten Sie mir, Ihnen jetzt zu erzählen, wie ich Nancy kennengelernt habe?«

Das Nicken hielt an, und Clive ergriff die Chance, mit seiner Geschichte zu beginnen.

»Als junger Mann konnte ich nicht besonders gut tanzen. Mein Bruder Ken allerdings schon. Ken überredete mich, einmal etwas anderes auszuprobieren und an einem Tanztee teilzunehmen. Ich war allerdings nicht wirklich mit dem Herzen bei der Sache. Nicht zu einer Tageszeit, wenn jeder in der Lage sein würde, zu sehen, was für ein schlechter Tänzer ich war. Wäre es dunkler gewesen und hätte es etwas Alkoholisches zu trinken gegeben, wäre niemandem der Bursche mit den zwei linken Füßen aufgefallen. Also hielt ich mich aus allem raus und versuchte möglichst nicht aufzufallen. Ich war ziemlich überrascht, als sie auf mich zukam und mich zum Tanzen aufforderte. Selbst als ich ihr erklärte, dass ich dazu überhaupt nicht taugte, ließ sie nicht locker. Wenn man es nicht versucht, kann man es auch nicht lernen, hat sie zu mir gesagt.«

Während Clive davon erzählt, versuchen sich seine Füße an einem Foxtrott, als hätte er eine uralte Sehnsucht geweckt, die Teil seiner DNA war.

»Und, haben Sie es versucht?«, erkundigte sich Keisha, die auf seine zuckenden Füße schaute.

»Zum großen Erstaunen meines Bruders wurde ich schon im darauffolgenden Jahr Meister im Standardtanz.«

Zumindest glaubte Clive das. Der Gedanke schien ihm zu entgleiten, sobald er die Worte ausgesprochen hatte. Es fiel schwer, an den Anfang zu denken, wenn man wusste, dass es zu Ende war.

»Ich habe die Nase voll davon, hier rumzusitzen.« Etwas überkam ihn, und er riss sich die Kabel ab, die ihn an seinen Stuhl und den Bettbereich fesselten. Sie zwangen ihn sogar, einen Nachtstuhl zu verwenden, damit er ständig mit dem Monitor verbunden blieb. Kaum war er aufgestanden, wusste er, dass es wieder Zeit war zu tanzen, die Jahre davonflattern zu lassen und seine Füße tänzelten den Foxtrott. Keiner bei *Let's Dance* konnte ihm das Wasser reichen.

»Sind Sie sicher, dass Sie das tun sollten?«, Keisha stand auf, um den Weg frei zu machen.

»Das ist erst die Aufwärmphase.«

Der Monitor am Bett piepte laut, als die Aufzeichnungen Nulllinien zeigten. Clive, der einmal unter dem Beifall der alten Dame gegenüber im Kreis durch den ganzen Raum mit den vier Betten tanzte, ignorierte es.

»Möchten Sie tanzen?«, fragte Clive seine junge Besucherin. Er war sich nicht sicher, was er vorhatte. Es schien so, als hoffe er Vergangenes festzuhalten. Einen Moment, den er verloren hatte, der aber nun in seiner Reichweite war.

»Ich muss gehen«, sagte Keisha und verließ fluchtartig die Abteilung, blickte sich nur noch einmal kurz um und presste sich dabei zwei Finger an den Hals.

7

Keisha

Piep. Piep. Piep.

Babum. Babum.

Piiiiiiiiiiiiiiiiiiiiiiiiieeep.

Drei Tage später habe ich immer noch die Geräusche des Monitors im Ohr. Es ist so, als wenn man in die Sonne schaut und es die Spur eines Schattens in deinem Sichtfeld hinterlässt, selbst wenn du nicht mehr in diese Richtung schaust.

Und als wäre das Piepen nicht genug, mich an das Geschehen zu erinnern, stößt mir nun auch noch die Zwiebel auf.

Ich bin froh, dass es Zeit fürs Mittagessen ist und dankbar, dass kein Date auf mich wartet, als ich im Café ankomme. Ich habe die Nase voll von Experimenten. Ich will ein geordnetes Leben, das niemand durcheinanderbringen kann.

»Nummer vierzig und einundvierzig sind bereits gebucht«, sagt Tess bei meinem Eintreffen. Ihre Begeisterung für mein Liebesleben ist größer als für ihr eigenes. »Alles in Ordnung bei dir? Du verspätest dich sonst nie.«

Mein Mittagessen wartet bereits an meinem üblichen Platz auf mich. Ich esse immer das Gleiche am gleichen Wochentag, und sobald Tess dahintergekommen war, begann sie die Mahlzeiten für meine Ankunft vorzubereiten. Sie bildet sich etwas darauf ein, dass immer die korrekte Bestellung und ein Cappuccino mit einer dünnen, feinporigen Milchschaumschicht auf mich warten. Es gehört zu den Dingen, an denen ich mich erfreue, und der Anblick des heutigen Gerichts – vegetarisches Chili mit Reis – hat eine beruhigende Wirkung auf mich.

»Ich hatte ein, zwei anstrengende Tage«, sage ich und lasse mich mit einem tiefen Seufzer auf den Stuhl sinken.

»Was hat Lucy denn jetzt schon wieder zerbrochen?«

Es stimmt schon, dass meistens meine beste Freundin dahintersteckt, wenn mich etwas nervt. Beim letzten Mal hatte sie es geschafft, ein Lineal zu zerbrechen, als sie damit eine gerade Linie ziehen wollte. Ich wusste gar nicht, dass so etwas überhaupt möglich ist.

»Nicht Lucy. Ein Patient.« Ich nehme einen Schluck von meinem Cappuccino. Er ist lauwarm, genau wie ich es mag, und das Koffein gibt mir die Stärkung, die ich jetzt benötige. Ich habe zwar nicht viele Laster, aber mein Kaffee in der Mittagspause gehört dazu.

»Du schimpfst doch immer, wenn ich sie als Patienten bezeichne. Erklärst du mir nicht andauernd, dass es Studienteilnehmer oder Probanden sind?«

»Guter Einwand.«

Tess ist eine sehr gute Zuhörerin. Und clever dazu. Sie bekommt immer mehr mit, als ich von ihr erwartet hätte. Ich habe nie herausgefunden, ob das eine angeborene Fähigkeit ist oder das Ergebnis von all den vielen Jahren, die sie schon dieses Café betreibt. Nach einem Versuch mit einem Foodtruck, aus dem sie Sandwiches verkauft hatte, der aber gescheitert war – was im Grunde mehr mit der scheiternden Beziehung zu ihrer Exfreundin zu tun gehabt hatte –, war Tess anschließend auf die Idee gekommen, dieses Café zu eröffnen. Ich glaube, mein erster Besuch hier fand in der Woche nach der Eröffnung statt. Seitdem hat sie ungefähr zweihundertacht Einhörner hier drin untergebracht (und das ist nur deshalb ein Schätzwert, weil sie jede Woche heimlich mehr hinzufügt). Manchmal habe ich den Eindruck, dass sie damit den Verlust der Liebe ihres Lebens, wie sie es bezeichnet, zu kompensieren versucht.

»Ich musste diesen Mann im Krankenhaus aufsuchen, also ist er ein Patient. Das heißt, falls es ihnen gelungen sein sollte, ihn wieder zurück ins Bett zu bekommen.«

»Was soll das denn bedeuten?«

Piiiiiiiiiiiiiee... Ich habe plötzlich wieder diesen nicht enden wollenden Ton im Ohr. Ich trinke mehr Kaffee und hoffe das Piepen zum Verstummen zu bringen, wenn ich mit dem Kauen beginne, auch wenn es nur in meiner Vorstellung existiert.

»Er war ein wenig ... na ja, ›exzentrisch‹ ist wohl das beste Wort, das mir einfällt, um die ganze Sache zu beschreiben.«

»Aha. Das erklärt einiges.« Tess setzt sich mit ihrem eigenen Essen zu mir an den Tisch. An manchen Tagen ist es ruhiger hier, und die Zahl der Gäste schwankt, da das Café ein wenig abseits der Touristenpfade liegt. Es ist ein Geheimtipp.

Tess' eigenes Essen besteht immer aus den Resten vom Vortag. Alles, was aufgebraucht werden muss, landet auf ihrem Teller. Heute ist es Erbsencremesuppe mit Schinken und Nudelsalat. »Bist du denn schon mal in unmittelbarer Nähe von jemandem gewesen, den du als exzentrisch beschreiben würdest?«

»Nicht, wenn ich es vermeiden kann. Ich glaube, du kennst mich gut genug, um zu wissen, dass ich für Unberechenbarkeit nichts übrig habe. Und das gilt nicht nur für Menschen.«

»Also, was ist passiert, um dich zu der Schlussfolgerung zu bringen, dass dieser Mann unberechenbar ist?«

»Ich habe keine der benötigten Informationen erhalten, weil er sich, bevor ich die Möglichkeit hatte, ihn zu befragen, seine Monitorkabel abgerissen hat und anfing zu tanzen.«

»Er hat angefangen zu *tanzen?* Kein Wunder, dass dich das überrascht hat. Hast du mitgemacht?«

»Nein, ich bin davongerannt.« Ich wundere mich, dass ich so ehrlich bin. Tess und mich verbinden Kaffee und Paninis und das gelegentliche Stück Kuchen. Es gibt meist keinen Grund, über die wichtigen Dinge zu reden, da wir wunderbar damit zurechtkommen, uns über die Banalitäten des Alltags auszutauschen.

»Kommt er trotzdem noch als Proband für dich in Frage?«

Ich schiebe mir einen gut gehäuften Löffel Chili in den Mund, habe mit einem Mal einen Riesenhunger. Es ist einen Tick kühler als sonst, aber ich bin so hungrig, dass mir die Temperatur egal ist. Ich zucke mit den Schultern, um nicht unhöflicherweise mit vollem Mund zu reden.

»Graham, der Fachbereichsleiter, und Dr. Hutchins, der leitende Oberarzt, haben mir ausrichten lassen, dass er um Entschuldigung bittet und immer noch gern an der Studie teilnehmen würde. Offenbar ist er ein großer Gemüseliebhaber und möchte sich nicht die Chance entgehen lassen zu beweisen, dass es einen gesundheitlichen Nutzen hat. Ich brauche alle Versuchsteilnehmer, die wir für die Takotsubo-Studie nur auftreiben können. Ich habe zugesagt wieder hinzugehen, aber dieses Mal wird mich Lucy begleiten.« Allein der Gedanke an die Zusammenarbeit lässt meinen Puls ansteigen.

»Du klingst aber nicht, als wolltest du es tun.«

Ich esse mehr Chili. Ich würde es sehr begrüßen, das Thema zu wechseln. »Es war eine seltsame Erfahrung. Ich weiß nicht so recht, wie ich es erklären soll, aber es hat ein Gefühl von Traurigkeit bei mir hinterlassen. Sie betonen immer wieder, dass sein Fall kompliziert ist. Ich mache mir Sorgen, dass seine Geschichte mir auch das Herz brechen könnte, so wie es ihm passiert ist.«

Es war nicht der ganze Unfug mit den eingelegten Zwiebeln oder die Geschichte, wie er Nancy kennengelernt hat, oder sein Wunsch zu tanzen, die mich das hatten spüren lassen. Es war der Ausdruck in Clives Augen.

»Vermutlich ist er traurig. Das wäre ich auch, wenn ich im Krankenhaus liegen würde. Vielleicht hat das auf dich abgefärbt. Aber er war am Ende so vergnügt, dass er tanzen wollte. Vielleicht hat ihm dein Besuch und die Aussicht auf die Teilnahme an deiner Studie gutgetan.«

Ich nicke. Ihre Analyse hat etwas Tröstliches. Denn es fällt mir in der Regel schwer, Menschen zu durchschauen. Insbesondere solche, die von einer Minute auf die andere vom Weinen zum Tanzen übergehen. »Ich werde dich informieren, wie wir miteinander auskommen. Und jetzt erzähl mir etwas über die Nummern vierzig und einundvierzig.« Ich bin froh, die Unterhaltung auf ein anderes Thema zu bringen, selbst wenn es sich dabei um eins handelt, das ich normalerweise vermeide.

Dies ist ein Experiment, bei dem ich nicht maßgeblich an den Verwaltungsarbeiten beteiligt bin. Tess ist die Orchestratorin und hat die Aufgabe mit Freuden übernommen. Und ich lasse sie mit Freuden gewähren. Je früher wir die Anforderungen dieses Experiments erfüllen, desto schneller wird es beendet sein. Sie ist davon überzeugt, dass es mir gelingen sollte, die Liebe zu finden, wenn ich dem Ganzen nur eine Chance gebe. Ich bin zuversichtlich, dass ich alle einhundert durchbekommen werde, ohne dass das passiert. Vielleicht lässt sie mich dann endlich in Ruhe, und die Sache mit der Partnersuche hat sich für mich erledigt.

»Würdest du gern den nächsten Kandidaten sehen?« Bei Tess klingt es, als versuchten wir jemand Geeigneten für die nächste Parlamentswahl zu finden.

»Ich denke schon«, erwidere ich, ohne auch nur den kleinsten Hauch von Begeisterung in meiner Stimme.

Tess steht auf, um ihr Smartphone zu holen, und verbringt einige Minuten damit, in der App nach den Profilen zu suchen, die sie mir zeigen möchte. Ich nutze die Zeit, um meinen Teller leer zu essen, und da es eine anstrengende Woche war, beschließe ich, dass ein zweiter Cappuccino angebracht ist.

»Ich wusste von Anfang an, dass wir die App besser nicht auf dein Smartphone heruntergeladen hätten. Irgendwann solltest du anfangen, sie selbst zu nutzen«, sage ich grinsend, als Tess mir ihr Handy reicht.

»Nein danke. Ich hab's dir schon mal gesagt. Ich hatte meine große Liebe und es hat nicht funktioniert. Jetzt gehört meine Liebe diesem Café. Das ist die einzige solide Beziehung, die ich brauche.«

Tess wird ihren Standpunkt niemals ändern, daher weiß ich, dass sie, wenn wir erst einmal mit diesem ganzen Firlefanz fertig sind, meinen eigenen Standpunkt respektieren und mich in Ruhe lassen wird.

Ich schenke dem Aussehen der Leute auf den Fotos nicht viel Beachtung. Mich interessiert viel mehr, wo das Foto gemacht worden ist. Beide Hintergründe sind gleichermaßen langweilig. Beide Profilbilder sind Selfies, die auf einem Sofa aufgenommen wurden. Es ist nur gut, dass Tess die Auswahl trifft, sonst gäbe es nicht genug Kandidaten, die sich qualifiziert hätten. Wieso nimmt niemand mehr ein Foto draußen auf? Um dem Hintergrund ein bisschen mehr Bedeutung zu geben? Aber ich beschwere mich nicht. Ich möchte die ganze Sache zu Ende bringen. Ein Experiment weniger, um das ich mir Gedanken machen muss. Und auch wenn ein winzig kleiner Teil von mir, tief in meinem Inneren verborgen, widerlegt werden möchte, werde ich auch froh sein, wenn ich die Einhundert hinter mir habe und wieder in mein Singledasein zurückkehren kann. Das ist die einzige Möglichkeit, um mein Herz zu schützen. Von vornherein gar nicht erst zuzulassen, dass es sich verliebt.

8

Clive

Er hätte nicht tanzen sollen. Das war Clive innerhalb von dreißig Sekunden klar gewesen, nachdem er die Kabel entfernt hatte. Damit hatte er der jungen Frau erst mal einen Schrecken eingejagt und die lauten Pieptöne hatten sie dann in die Flucht geschlagen.

Aber nicht nur das. Es hatte auch noch etwas anderes erkennen lassen. Wenn es einem Mann gut genug ging, um herumzutanzen, als befände er sich in einem Tanzsaal, dann hatte er sicherlich den Punkt erreicht, an dem es ihm gut genug ging, um mit der Polizei zu sprechen.

Der Polizist, der sich ihm als Police Constable Doyle vorgestellt hatte, wartete am Fußende seines Bettes und schlug vor, irgendwohin zu gehen, wo sie ungestörter waren.

»Ist das denn wirklich nötig?«, versuchte es Clive ein weiteres Mal mit flehentlicher Stimme.

»Wir müssen uns ein Bild von dem machen, was passiert ist. Alles, woran Sie sich erinnern, könnte für uns von Nutzen sein.«

Clive schluckte, als ließe sich seine Trauer auf diese Weise nach unten drücken, aber ihm war klar, dass dies etwas war, was nicht einfach so verschwinden würde, nur weil er versuchte, es zu ignorieren. »Wenn es sein muss.«

Das einzig Positive daran war, dass er irgendwo anders

hingehen konnte. Er hielt es in diesen vier Wänden, wo seine Privatangelegenheiten niemanden etwas angingen, nicht mehr aus. Mit etwas Glück würde er vielleicht herausfinden, wo der Ausgang war.

Zu seiner Enttäuschung ging es nur ein paar Schritte um die Ecke bis zu einem Büro, das wohl der Oberschwester gehörte. Clive hatte auf ein irgendwie geartetes Abenteuer gehofft, und es hatte nicht einmal zu einem Spaziergang gereicht.

»Nehmen Sie Platz«, forderte ihn PC Doyle auf, nachdem sie eingetreten waren. »Die Stationsschwester wird gleich dazukommen.«

Ausgerechnet. Clive mochte die Stationsschwester nicht. Sie hatte ihm viel zu oft erklärt, dass sie keine Zeit habe, sich mit ihm zu unterhalten, und ihn nach seinem Foxtrott ausgeschimpft, als wäre er noch ein kleiner Junge.

»Kann es nicht jemand anders sein?«

»Ich bin hier die ranghöchste Schwester des Pflegepersonals«, sagte die Stationsschwester, die gerade das Büro betrat. »Niemand sonst hat im Moment Zeit, um herzukommen und zuzuhören.«

»Sie hatten seit meiner Einlieferung nie Zeit, mir zuzuhören. Bitte gehen Sie wieder und schicken Sie jemand anderen. Nur weil Sie hier für mich zuständig sind, heißt das noch lange nicht, dass Sie all die ungeschminkten Details aus meinem Leben erfahren dürfen, sobald ein Polizeibeamter hier auftaucht.« Er wollte eigentlich gar nicht so brummig sein, aber er stellte zunehmend fest, dass es manchen Menschen gegenüber notwendig war. Er konnte sich vorstellen, wie die Stationsschwester beim Abendessen mit ihrem Mann über ihn sprach, obwohl das gegen die ärztliche Schweigepflicht verstieß.

»Besteht die Möglichkeit, jemand anderen herzubitten?«, drängte sie der Polizist.

Es ist schön, jemanden auf meiner Seite zu wissen, dachte Clive.

Nachdem die Stationsschwester durch einen Pfleger ersetzt worden war, der ihm bisher sehr viel mehr Aufmerksamkeit geschenkt hatte, fühlte sich Clive wohler. Auch wenn nichts von alldem hier leicht werden würde.

»Tut mir leid, dass ich so nervig bin«, sagte Clive, als alle ihren Platz gefunden hatten. »Aber in Gegenwart dieser Frau werde ich gereizt. Vermutlich ist sie ein ganz wunderbarer Mensch, aber seit sie mich darauf hingewiesen hat, dass sie ein Diplom besitzt, so als würde sie das irgendwie zu etwas Besserem machen, bin ich kein Fan von ihr.«

»Ich möchte Ihre Version der Ereignisse erfahren, Clive. Es besteht kein Grund, sich Sorgen zu machen«, erwiderte der Polizist. »Könnten Sie mir bitte in Ihren eigenen Worten schildern, was Ihrer Ansicht nach passiert ist?«

Das Problem war, dass dabei etwas in seinem Kopf durcheinanderging. Er war zwar in der Lage, sich an die Geschehnisse zu erinnern, aber er war sich nicht im Klaren über die Reihenfolge. Das Einzige, was er mit Sicherheit wusste, war, wie es geendet hatte. Er hatte keine Ahnung, wie viele Tage seitdem vergangen waren. Seiner Vermutung nach ungefähr eine Woche.

Clive bemerkte die Schachtel mit den Taschentüchern, die strategisch günstig auf dem Holzschreibtisch platziert worden war. Er zog ein paar Tücher heraus, da ihm klar war, dass er sie an einem gewissen Punkt benötigen würde.

»Lassen Sie sich Zeit.«

Clive nickte. »Ich war mit meiner Schubkarre auf dem Rückweg vom Schrebergarten. Ich benutze sie oft, um mein Obst und Gemüse nach Hause zu schaffen. Sie war gefüllt mit Ackerbohnen, meine erste Frühlingsernte. Wenn ich sie dabei habe, nehme ich immer den Weg zur Rückseite des Hauses, um keinen Dreck im Wohnbereich zu hinterlassen. Es gibt da eine Seitengasse, die direkt zum Anbau auf der Rückseite führt. Ich war eine Weile mit dem Ausladen beschäftigt, bis mir auffiel, dass etwas nicht stimmte.«

»Und was ist Ihnen aufgefallen?«

»Normalerweise begrüßt mich Nancy. Setzt schon das Wasser für den Tee auf, bevor ich reinkomme. Wenn nicht sofort, dann spätestens innerhalb von zehn Minuten nach meinem Eintreffen. Aber an dem Tag ließ sie sich nicht blicken.«

»Okaaay.« PC Doyle zog das Wort in die Länge. »Als sie Sie nicht begrüßt hat, war da noch irgendetwas anders als sonst? Ist Ihnen sonst noch etwas aufgefallen?«

»Die Hintertür. Die zwischen der Küche und dem Anbau. Sie stand offen. Das tut sie normalerweise nicht. Nancy friert leicht und hat mir immer schon die Leviten gelesen, wenn ich sie nicht zugemacht habe.«

PC Doyle machte sich ein paar Notizen. Blätterte kurz in seinem Notizblock, bevor er seine nächste Frage stellte. »Gab es sonst noch etwas, das Ihren Eindruck verstärkte, dass etwas nicht in Ordnung war, bevor Sie hineingingen?«

Es war alles verschwommen. Und es fiel Clive schwer, eine einzelne Erinnerung an eine Tür abzugleichen, durch die er tausend Male hindurchgegangen war. Er versuchte an den Raum zu denken. Er hatte den Anbau vor fünfzehn Jahren selbst errichtet, schon kurz nach seinem Eintritt in den Ruhestand. Es war im Grunde die etwas wohnlichere Version eines Schuppens und hauptsächlich so etwas wie ein Sortierbereich für all sein Wirken im Garten. Er hatte dort ein eigenes Waschbecken, damit er das in der Küche nicht schmutzig machte, und er bewahrte dort seine Stiefel und die überzähligen Kartoffeln auf. Nancy sorgte dafür, dass das Haus sauber und ordentlich war und erwartete von ihm, dass es auch so blieb. Beim Anbau stand die Zweckmäßigkeit im Vordergrund. Er war Clives Domäne und diente dem Zweck, die eheliche Harmonie nicht zu gefährden. An dem Tag war er in seinem mehr oder weniger ungeordneten Zustand: Pinsel standen in Terpentingläsern an der Seite, Möhren warteten darauf, verteilt zu werden, mehrere Säcke waren mit Kartoffeln gefüllt, und neben der Tür hingen Zwiebeln. Die hölzernen Pflanzschilder, die er benutzte, um sie mit den Namen der Sorten zu beschriften, die er zu pflanzen gedachte, lagen immer noch dort, wo er sie liegen gelassen hatte, und die neuen Anzuchtschalen warteten darauf, benutzt zu werden. Nichts davon schien in dem Bild, das er vor Augen hatte, am falschen Platz zu sein.

Weiter wollte er nicht denken. Warum sollte er, wenn es doch so wehtat?

»Im Anbau sah alles wie immer aus, aber …« Der Gedanke daran ließ ihn frösteln. Er hatte versucht, nicht daran zu denken, insbesondere, weil ihn all das Grauen ins Krankenhaus gebracht hatte.

»All das wird helfen.« PC Doyle schenkte ihm ein ermutigendes Lächeln.

Würde es das wirklich? Wie sollte es, fragte sich Clive, da es ihm Nancy nicht zurückbringen würde.

»Da war ein Schmierfleck an der Tür. Ein roter Streifen, als hätte jemand aus Versehen mit Farbe entlanggestrichen.«

»Wann haben Sie den bemerkt?«

»Um wie viel Uhr, meinen Sie?

»Ja, und zu welchem Zeitpunkt nach Ihrer Ankunft zu Hause?«

Clive fühlte sich alt. Er wusste, dass er das mit seinen neunundsiebzig Jahren auch war, das war nun einmal eine Tatsache, aber er war immer aktiv geblieben. Wenn diese jüngst diagnostizierte Herzerkrankung nicht ausreichte, um ihn altern zu lassen, würde es das hier mit Sicherheit tun.

»Ich kann Ihnen die genaue Uhrzeit nicht nennen.«

»Können Sie es ungefähr sagen?«

»Ich trage im Schrebergarten keine Armbanduhr, und in meinem Schuppen dort habe ich nur eine batteriebetriebene Uhr.« Clive hatte keine Ahnung, warum er das Bedürfnis verspürte, diese Dinge zu erklären. Er hatte sich nichts zuschulden kommen lassen. »Ich habe nicht draufgeschaut, als ich mich auf den Nachhauseweg gemacht habe, aber es dürfte gegen drei Uhr gewesen sein. Die Gehzeit beträgt ungefähr zehn Minuten, wenn die Schubkarre gefüllt ist, und es war dann vielleicht fünf Minuten später. Warum fragen Sie?«

»Wir versuchen nur einen klaren zeitlichen Ablauf zu ermitteln. Damit wir wissen, in welchem Zeitrahmen sich die Ereignisse zugetragen haben.«

Die Ereignisse. Das Wort ging ihm auf die Nerven. Es war kein *Ereignis*. Ereignisse waren Anlässe, die man feierte: Geburtstage, Weihnachten und Diamantene Hochzeiten.

»Sie meinen, wann meine Frau getötet wurde?«

PC Doyle räusperte sich. »Wir versuchen zu ermitteln, was genau geschehen ist.«

Clive spürte, wie ihn seine Gefühle zu überwältigen drohten. Diese Griesgrämigkeit, die immer wieder an die Oberfläche kam und an die Stelle seines normalen Benehmens trat, gefiel ihm ganz und gar nicht. Er war sich bloß nicht sicher, wie er angesichts der Grausamkeit des Lebens höflich bleiben sollte. »Ich weiß. Es tut mir leid. Es liegt vermutlich daran, dass ich mir gerade wie ein Verdächtiger vorkomme. Aber ich war das nicht. Wirklich nicht.«

Die Vorstellung, dass jemand glauben könnte, er wäre imstande, seiner geliebten Frau etwas zuleide zu tun, trieb ihm wieder die Tränen in die Augen.

»Sie stehen nicht unter Verdacht. Diese Fragen dienen lediglich dazu herauszufinden, was geschehen ist. Fühlen Sie sich imstande fortzufahren, oder sollen wir unterbrechen?«

Clive wischte sich die Tränen weg. Er wollte das hier ein für alle Mal hinter sich bringen. »Machen Sie weiter.«

»Wir können bislang festhalten, dass Sie gegen zehn nach drei zu Hause eingetroffen sind und ungefähr fünf Minuten später festgestellt haben, dass etwas nicht stimmt. Wie ging es dann weiter?«

»Nachdem ich die rote Farbe am Türrahmen bemerkt hatte, habe ich sie mir genauer angeschaut. Ich konnte mir keinen Reim machen, was es damit auf sich hatte und wie sie dahingekommen war.« Clive dröhnte der Schädel. Er konnte die Farbe jetzt in aller Deutlichkeit sehen, obwohl sie vor einem Moment noch nicht da gewesen war. Alle Details, die er zu verdrängen versucht hatte.

»Was haben Sie als Nächstes getan?«

Am liebsten würde er niemals wieder über das nachdenken müssen, was danach gekommen war. Am liebsten wäre er in seiner Erinnerung bis in alle Ewigkeit in seinem sicheren Anbau. »Ich habe Nancys Namen gerufen.« Dieser Wunsch, die Zeit zurückdrehen zu können, war so übermächtig, dass sich Clives Kehle ganz trocken anfühlte. Wenn er doch nur nicht darauf bestanden hätte, eine Reihe Radieschen zu säen. Wenn er es doch auf den nächsten Tag verschoben und sich mit seiner Frau Quizshows im Fernsehen angeschaut hätte.

»Und haben Sie irgendetwas gehört?«

»Ein Summen. Aber nicht von einer Person, sondern von etwas Elektrischem. Ich habe es erst bemerkt, als ich mich auf den Weg ins Haus machte.«

»Sonst noch etwas?«

»Nein, nicht bis ich in der Küche angelangt war.« Er brach in Tränen aus. Und das nicht auf diese würdige Art und Weise, bei der man noch zu verbergen vermochte, wie aufgewühlt man war. Seit dem Tag, an dem er Nancy entdeckt hatte, war er zu einem solchen Weinen nicht mehr fähig. Die Tränen strömten unaufhaltbar über seine Wangen.

PC Doyle reichte ihm mehr Tücher, aber es bestand keine große Aussicht darauf, die Tränen aufzuhalten.

Der Krankenpfleger meldete sich zum ersten Mal zu Wort. »Ich müsste jetzt einige Messungen bei Clive vornehmen und würde die Geräte vorbereiten, wenn das okay ist.«

»Ist schon eine halbe Stunde rum?« PC Doyle schien überrascht, wie schnell die Zeit vergangen war.

»Sogar etwas mehr.«

»Dann schlage ich vor, dass wir für heute Schluss machen. Ich würde gern morgen mit ein paar weiteren Fragen fortfahren, wenn Clive sich dazu in der Lage fühlt.«

»Das wäre wohl das Beste. Geben wir Mr. Ellington etwas Zeit, sich zu erholen.«

Der Pfleger begleitete PC Doyle hinaus und kehrte dann

wieder zu Clive zurück. Die Schachtel mit den Taschentüchern war inzwischen leer, und Clive wischte sich die Tränen mit dem Ärmel seines Sakkos fort.

»Hier ist Nachschub.« Der Pfleger reichte ihm eine neue Schachtel. »Was halten Sie von einem Tee oder einem Kaffee?«

»Ich dachte, wir müssen für die Messungen zurück.«

»Das habe ich nur so gesagt. Meine einzige Sorge im Moment ist, dass Sie dehydrieren könnten. Wir müssen den Flüssigkeitsverlust ausgleichen. Was hätten Sie denn gern?«

Clive griff nach einem weiteren Tuch. Die Analyse des jungen Krankenpflegers amüsierte ihn.

»Tee. Mit Milch, ohne Zucker.«

»Kommt sofort.«

Innerhalb weniger Momente befand sich eine Tasse Tee in Clives Hand, und der Pfleger hielt selbst auch eine.

»Ich dachte, ich verbringe meine Teepause mit Ihnen.«

»Sie heißen George, nicht wahr?« Er befand sich zwar seit über einer Woche hier, und jeder hatte sich mit Namen vorgestellt, aber es waren immer nur flüchtige Augenblicke gewesen, ehe eine medizinische Fachkraft durch eine andere ersetzt worden war.

»Ja, ich bin George. Ich hoffe, der Tee schmeckt Ihnen.«

»Ja, vielen Dank. Das mit der Heulerei tut mir leid.« Clive hätte gern noch mehr gesagt, aber er wusste nicht, wo er anfangen sollte.

»Sie sollten sich nie für Ihre Tränen entschuldigen. Vergießen Sie so viele wie nötig. Das ist nichts, wofür man sich schämen muss.«

Es war wohltuend für Clive diese Worte zu hören, da er so etwas sonst für gewöhnlich nur im stillen Kämmerlein tat.

»Dennoch, ich bin mir nicht sicher, ob das hier als Pause gilt, wenn Sie meine Tränen aufwischen.«

»Aber klar tut es das. Fürs Erste sitze ich schon mal, und ganz unter uns gesagt, ist es in Ihrer Gesellschaft sehr viel interessanter als das, was mich sonst erwartet hätte.«

»Das möchte ich bezweifeln. Zumindest nicht heute.«

»Ich habe morgen auch Dienst. Falls Sie mich noch einmal brauchen sollten.«

»Ginge das? Könnte ich darum bitten, dass man Sie schickt?«

»Aber natürlich. Sie können auf mich zählen.«

»Danke«, sagte Clive. Und zum ersten Mal seit seiner Ankunft im Krankenhaus verspürte er so etwas wie eine zwischenmenschliche Verbindung. Es kam ihm so vor, als wolle ihm die Welt beweisen, dass es noch Spuren von Hoffnung gab, an denen er sich festhalten konnte. Es gab immer noch gute Menschen auf dieser Erde. Es gab noch andere Menschen wie seine Nancy.

9

Keisha

Es gibt nur ganz wenige Dinge, die mich nervöser machen als das, was Lucy mir gerade anbietet.

»Wir haben endlich mal wieder Zeit dafür. Du kommst nicht oft in den Genuss meiner Kochkünste.«

»Meinetwegen kannst du dir die Mühe wirklich sparen. Mir würden Cerealien vollkommen reichen.« Aber ich fürchte, dass meine Versuche, aus dieser Sache herauszukommen, zwecklos sein werden.

»Ich mache dir nur ein Omelette. Das ist gesund, weil Eier die Fette nicht so absorbieren wie andere Lebensmittel.«

Dieser Punkt geht an sie. »Okay«, stimme ich widerwillig zu und frage mich, wie lange es wohl dauern wird, bis ich meinen Puls messen muss. Bisher haben mich meine Nerven noch jedes Mal im Stich gelassen, wenn ich Zeugin von Lucys angeblichen Kochkünsten wurde. Und als sie die Pfanne mit einem Knall absetzt, da weiß ich, dass es dieses Mal nicht anders sein wird.

»Prima. Es ist wirklich schade, dass wir nicht öfter zusammen frühstücken.«

»Es ist wahrscheinlich besser so«, sage ich, während ich mir vorstelle, wie dieses Bild eines harmonischen Miteinanders, wie Lucy es sich vorstellt, in Wahrheit aussehen würde.

Wir wohnen zu viert in diesem Haus. Die Gemeinschaftsräume sind ziemlich schlicht gehalten, und alles in der Küche und im Essbereich ist weiß: Fliesen, Wände, Geräte, Tisch und Stühle. Wir leben bereits zu viele Jahre so, und es ist zu bequem geworden. So spartanisch hausen normalerweise eigentlich nur Studenten. Inzwischen sind wir zwar alle etwas älter geworden, aber ich sehe keinen Sinn darin, etwas, das so einwandfrei funktioniert, zu ändern. Der einzige Wermutstropfen für mich ist Lucy in der Küche, aber wenigstens gibt sie sich Mühe und macht danach immer alles sauber.

Wir leben mit Rob zusammen, Lucys langjährigem Freund. Er ist derjenige, für den sie meistens kocht, und der Grund, warum ich mich nicht dazusetzte, ist der, dass ich nicht immer das fünfte Rad am Wagen sein will. Und abgesehen davon, ist es einfach eine Qual mit anzusehen, wie Lucy kocht.

Rob und Lucy gehören zu diesen Paaren, die füreinander gemacht sind. Sie haben sich in ihrem ersten Studienjahr im Biologieseminar kennengelernt und sind seither ein Paar. Vielleicht war es die Nähe zu einer solchen Beziehung, die mich, wenn auch nur widerwillig, dazu bewogen hat, die »Hundert-Dates-Challenge« von Tess anzunehmen. Von außen betrachtet würde ich sagen, dass sie füreinander gemacht sind. Aber ich habe keine Ahnung, wie eine solche Beziehung von innen aussieht.

Zu meinem Leidwesen versuchen sie mich regelmäßig mit unserem anderen Mitbewohner, Hiro, zu verkuppeln. Das Problem dabei ist, dass Hiro mit niemandem spricht. Er ist morgens früh weg, kommt abends spät nach Hause und bereitet sich das Essen mit dem Reiskocher in seinem Zimmer zu, der in diesem Zusammenhang das Einzige ist, was ich begehre. Er hat ein Zimmer mit eigenem Bad, sodass wir ihm eigentlich nicht einmal auf dem Flur begegnen. Mir ist bewusst, dass ich etwas seltsam sein kann, aber das bedeutet doch nicht automatisch, dass ich zu jemandem passe, der sich mit einer Tarnkappe messen kann.

Andererseits ist Hiro ein perfekter Mitbewohner. Keine Unordnung. Kein Stress. Kein Lärm. Bei ihm muss man sich keine Sorgen um die gesellschaftlichen Umgangsformen machen, die man in einer Wohngemeinschaft für gewöhnlich ertragen muss. Wie sollte man auch, da er ja die meiste Zeit abwesend ist.

Lucy schlägt das erste Ei auf, und es sind mit Sicherheit mindestens drei Stückchen von der Schale mit hineingefallen. Ich sage nichts, als sie versucht, sie mit ihren (Gott sei Dank sauberen) Fingern herauszufischen. Ich habe ihr zu erklären versucht, dass die einfachste Vorgehensweise, um an die Schalenstückchen zu gelangen, die ist, sie mit der verbliebenen Schale herauszuschaufeln, aber wenn es um Ratschläge beim Kochen geht, erledigt Lucy die Dinge lieber auf ihre Weise.

Als sie mir das Gericht schließlich vorsetzt, sieht es aus wie ein misslungenes Bild von Jackson Pollock. Ich würde gerne sagen, dass ich die Geste zu schätzen weiß, aber bei jedem Bissen rechne ich damit, auf Schale zu beißen.

»Ist doch schön, mal nicht zur Arbeit hetzen zu müssen, oder?«

»Es ist wohl eine Abwechslung.« Nicht, dass ich scharf darauf gewesen wäre. Wenn Fallbeispiel Nummer fünf nicht von seinem Monitor geflüchtet wäre, wäre das hier gar nicht nötig.

Ich muss Lucy gegenüber meine Bedenken nicht eingestehen. Das ist das Gute an unserer Freundschaft. Sie ist das Yin zu meinem Yang. Wenn ich Bedenken habe, hilft sie mir dabei, mich zu entspannen. Wo sie unordentlich ist, bin ich ordentlich. Während ich lieber bei meinen gewohnten Vorgehensweisen bleibe, zeigt sie mir, dass es hin und wieder in Ordnung ist, etwas Neues auszuprobieren. Im Prinzip sind wir sehr verschieden und sollten eigentlich überhaupt nicht miteinander klarkommen, aber das Gegenteil ist der Fall. Wir geben einander ein Maß an Funktionalität, das nicht vorhanden wäre, wenn wir uns niemals über den Weg gelaufen wären. Wir sind eine Ackerbohne und eine Erbse in derselben Schote, die die Natur überlistet haben, sodass sie am selben Ort landen konnten.

Nach dem Frühstück kommen wir gerade im vorderen Foyer des Krankenhauses an, als bei mir die Panik einsetzt. »Könnten wir einen Moment stehen bleiben?«

Lucy ist so nett, mich nicht wie so viele andere Leute in der Vergangenheit darauf hinzuweisen, dass mein Bedürfnis nach dieser stündlichen Überprüfung sonderbar ist, oder es als Unsinn abzutun.

Manchmal, so wie heute, nimmt sie sich die Zeit, meinem Beispiel zu folgen. Ich sehe ihr dabei zu, wie sie den Ärmel ihrer Jacke hochschiebt, um den Pulspunkt zu finden.

»Los«, sage ich, und die Sekunden ticken vorbei, bis das Kommando »Stopp« erfolgt.

»Zweiundachtzig. Das ist etwas hoch, selbst für mich. Daran ist der Anstieg auf der Dale Road schuld«, sagt Lucy.

»Neunundsiebzig. Das liegt definitiv am Anstieg. Aber die Bewegung hat uns wenigstens gutgetan.«

In Augenblicken wie diesen möchte ich immer ein »Danke« hinzufügen. Aber jedes Mal, wenn ich es in der Vergangenheit getan habe, hat Lucy mir erklärt, dass das nicht nötig sei, dafür seien Freundinnen schließlich da. Das ist ein Trost. Wie eine Umarmung an einem Herbsttag, wenn der wolkenverhangene Himmel zu deiner Stimmung passt.

Als wir auf der Station eintreffen, spritzen wir uns angesichts der Vielzahl der Keime, denen wir uns durch das bloße Betreten der Flure aussetzen, erst einmal Desinfektionsgel auf die Handflächen. Sicher ist sicher.

Fallbeispiel Nummer fünf liegt immer noch im selben Bett auf der kardiologischen Intensiv. Ich habe mich entschieden, ihn einfach als Fallbeispiel zu betrachten, während ich hier bin. Auf diese Weise erinnert es mich daran, dass ich wegen meiner Doktorarbeit hier bin und er ein Studienteilnehmer ist, der mir hilft, an Datenmaterial zu gelangen. Die Sammlung von Informationen gehört zu meinem Job. Deshalb bin ich hier. Und nicht, um bei Gläsern mit eingelegten Zwiebeln behilflich zu sein.

Lucy übernimmt auf der Station fürs Erste das Reden. Sie ist in einer fremden Umgebung viel selbstbewusster als ich.

»Aha, und wer, sagten Sie, hat noch einmal den Termin ausgemacht?«

»Der leitende Oberarzt, Dr. Hutchins«, erwidert Lucy.

Es ist ein anderer Pfleger als beim letzten Mal. Der Mann ist größer, sieht sehr viel besser aus und kommt mir irgendwie bekannt vor. Er hat braunes Haar, einen fransigen Pony, und seine braunen Augen sind so dunkel, dass sie beinahe schwarz erscheinen. Für einen Augenblick kommt es mir so vor, als würde ich darin versinken. Ich spüre, wie meine Atmung flacher wird, und dieses Gefühl trifft mich völlig unvorbereitet. Ich frage mich, ob er von meinem blamablen Verhalten erfahren hat, und weiß, dass ich praktisch von der Station geflüchtet bin.

»Aha«, sagt er wieder.

»Gibt es da ein Problem?«, wage ich zu fragen.

»Sollte es eigentlich nicht, aber ich bin mir nicht sicher, ob

Sie bereits informiert wurden. Wir hoffen, dass es Ihnen nichts ausmacht, bei der Polizeibefragung dabei zu sein, um einen Teil der Informationen zu erhalten, die Sie benötigen. Ich glaube, einige der Fragen, die Sie an ihn haben, werden dort abgedeckt, und wir möchten nicht, dass sich Mr. Ellington dem Ganzen zweimal unterziehen muss.«

»Hier steht, was wir gern wissen würden.« Ich reiche ihm den Spickzettel mit den Informationen und den Fragen, auf die ich Antworten benötige.

Er liest ihn gewissenhaft durch. »Einiges hiervon wird definitiv abgedeckt werden. Ich wollte Sie nur wissen lassen, dass es nicht so schlimm ist, wie es klingt.«

»Was meinen Sie damit?« Seine Bemerkung erinnert mich an den Ausdruck in Clives Augen vor einigen Tagen.

»Ich bin mir nicht sicher, wie viel ich verraten darf. Die Polizei behandelt diesen Fall alles andere als lasch, das steht fest. Es ist nicht so, wie es scheint. Ich versuche erst einmal herauszufinden, wie viel ich weitergeben darf, und sage Ihnen anschließend Bescheid.«

»In Ordnung«, sage ich, obwohl ich kein Wort davon verstanden habe.

»Kommen Sie doch bitte mit, und nehmen Sie schon einmal Platz. PC Doyle wartet bereits. Ich werde dann Clive holen.«

Als wir alle zusammengepfercht in dem kleinen Büro sitzen, habe ich viel mehr Fragen, als auf meinem Spickzettel stehen.

10

Clive

Dieses Mal haben sie Clive an mehr Monitore angeschlossen als bei seiner gestrigen Befragung durch den Polizeibeamten. George hatte ihm sehr freundlich erklärt, dass er ihn wissen lassen sollte, wenn ihm die Befragung an irgendeinem Punkt zu anstrengend würde, und er hatte das Gefühl, dass George dies mit den ganzen zusätzlichen Geräten nun vermutlich zuerst herausfinden würde, anstatt es Clive zu überlassen, es ihm zu sagen.

Es stimmte. Clive verspürte ein Gefühl von Wehmut, welches verhinderte, dass er irgendetwas zugab. Diese Befragung hatte ihn beschäftigt, und war dafür verantwortlich, dass er in der letzten Nacht nicht richtig schlafen konnte. Dabei war es in dieser Krankenhausumgebung, in der er hier festsaß, ohnehin schon nicht einfach, Schlaf zu finden. Er begann sich nach seinem Zuhause zu sehnen, doch wenn er daran dachte, überkam ihn der Schmerz über das Geschehene.

Nun, da er wieder auf der Anklagebank saß, betrachtete er die Leute um sich herum. Es waren allesamt Fremde, die noch vor zwei Wochen überhaupt keine Rolle in seinem Leben gespielt hatten. Nicht zum ersten Mal haderte er damit, dass ihm das Vatersein verwehrt geblieben war. Wäre es nicht wundervoll, jetzt einen Sohn oder eine Tochter an seiner Seite zu haben?

Stattdessen gab es nur einen Neffen, der vor einigen Jahren nach Australien gezogen war.

Natürlich hatte er Freunde. Die meisten davon kannte er aus der Kleingartenanlage. Sie schauten abwechselnd bei ihm im Krankenhaus vorbei. Es gefiel ihm, dass es bei der Verteilung ihrer Besuche so geordnet ablief wie bei der Pflanzenfolge in ihren Gärten. Aber es wäre seiner Ansicht nach unangebracht, wenn einer von ihnen hier bei ihm wäre und dies mitbekäme.

»Ist es für Sie in Ordnung, wenn wir dort beginnen, wo wir beim letzten Mal aufgehört haben, Mr. Ellington?«, erkundigte sich PC Doyle. Er hatte seinen Schreibblock an der entsprechenden Stelle geöffnet und war bereit, sich Notizen zu machen.

»Wenn es sein muss.« Jegliche Entschlusskraft, heute nicht brummig zu sein, hatte Clive bereits gegen drei Uhr in der Früh verlassen.

»Wenn Sie zu irgendeinem Zeitpunkt eine Unterbrechung benötigen, lassen Sie es mich wissen.«

Clive hätte das hier am liebsten überhaupt nicht fortgesetzt, aber es war seine letzte und einzige Chance, Nancy zu helfen. Vielleicht war er deshalb immer noch am Leben ... Um sicherzustellen, dass der Mensch, der das getan hatte, gefasst wurde. Er nickte, um PC Doyle zu ermutigen fortzufahren.

»Ich fasse noch einmal zusammen. Sie sind nachmittags gegen zehn nach drei aus dem Schrebergarten nach Hause zurückgekehrt. Ungefähr fünf Minuten später ist Ihnen aufgefallen, dass die Hintertür, die von dem Anbau ins Haus führt, offen stand, und dies hat Sie zusammen mit einem roten Fleck an der Tür darauf aufmerksam gemacht, dass etwas nicht stimmt. Ist das so korrekt?«

Clive nickte wieder. Seine Kehle fühlte sich mit einem Mal ganz trocken an.

»Sie sagten, Sie hätten ein Summen gehört. Können Sie uns von diesem Zeitpunkt an ein paar weitere Details nennen?«

Das fiel Clive schwer, denn dies war genau der Zeitpunkt, über den er nicht mehr nachdenken wollte.

»Ich habe etwas an der Frühstückstheke gesehen. Mein Gehirn konnte nicht begreifen, was vor sich ging. Der Gedanke, dass es meine Nancy war, die dort auf dem Boden lag, ist mir gar nicht in den Sinn gekommen.« Das war nur schwer zu erklären. Es war alles ein bisschen durcheinander.

»Was haben Sie als Nächstes getan?«

»Ich habe versucht, dem Summen zu folgen, um herauszufinden, wodurch es verursacht wurde.«

»Und haben Sie die Quelle entdeckt?«

»Es war die Kühltruhe. Wir haben eine Tiefkühltruhe im Korridor stehen. Wir benötigen eine besonders große, wegen all dem, was der Schrebergarten so hervorbringt. Mein Obst und Gemüse reicht immer für den ganzen Winter.« Clive bemerkte, dass er vor sich hin schwafelte. »Der Deckel stand offen. Sie summte, weil sie nicht richtig geschlossen worden war.«

»Und haben Sie sie geschlossen? Ist Ihnen sonst noch etwas Ungewöhnliches aufgefallen?«

Zu dem Zeitpunkt hatte Clive angenommen, dass Nancy oder er selbst es vergessen haben könnte. Solche Momente gab es. Zuweilen taten sie Dinge in der falschen Reihenfolge oder vergaßen Teile des Vorgangs: Teebeutel, die am Tassenboden verblieben, geöffnete Fenster, die eigentlich geschlossen sein sollten, Rechnungen, die nicht mit der gewohnten Zuverlässigkeit beglichen wurden. Es waren alles nur kleine Fehler, die jedem hin und wieder passierten, aber sie schienen in ihrer Häufigkeit zuzunehmen. In dem Moment nahm er an, dass dies wieder einmal ein solcher Fall war, aber es hatte ihn überrascht, dass das Geräusch Nancy nicht schon früher darauf aufmerksam gemacht hatte.

»Ich habe den Deckel der Truhe geschlossen, damit das Summen aufhörte. Es hinderte mich am Denken.«

»Ist Ihnen sonst noch etwas Ungewöhnliches aufgefallen? Irgendwelche anderen Geräusche?«

»Da waren keine anderen Geräusche.«

»Was haben Sie danach getan?«

»Ich habe begonnen, nach ihr zu suchen. Habe erst einen kurzen Blick ins Wohnzimmer geworfen. Dann habe ich im Esszimmer nachgesehen und dann in der Küche, um zu schauen, ob sie mir vielleicht eine Nachricht hinterlassen hatte. Und da habe ich sie dann gefunden.«

Das war der Teil, auf den Clive nicht näher eingehen wollte. Allein bei dem Gedanken daran schnürte es ihm schon die Kehle zu. Er blickte sich im Raum um, und niemand war in der Lage, ihm in die Augen zu sehen, außer Keisha, die junge Frau, die weggelaufen war, als er tanzen wollte. Sie hielt seinem Blick stand, schaute nicht weg. Gut zu wissen, dass es wenigstens einen Menschen gab, der mutig genug war, sich seinen Bericht anzuhören. Dass sie wegen der Geschichte hier war, nicht wegen der Hinweise, die sich daraus ergaben.

»Was fiel Ihnen auf, als Sie sie gefunden haben?«

»Das Blut.« Clive hielt sich mit der Hand den Mund zu, wollte nichts mehr sagen. Sein erster Gedanke war gewesen, dass es sich um einen harmlosen Unfall gehandelt hatte. Dass sie sich den Kopf gestoßen und ohnmächtig geworden war.

»Was ist Ihnen beim Blut aufgefallen? Können Sie mir sagen, wo es sich befunden hat?«

»Muss ich das?« Vielleicht war es an der Zeit aufzuhören. Sie hatten gesagt, dass er jederzeit aufhören könne.

»Nein, das müssen Sie nicht. Ich hatte nur gehofft, etwas Zweckdienliches zu finden.«

»Um herauszufinden, wer das getan hat?«

»Wenn möglich.«

»Es war überall Blut. Auf ihrer Kleidung. An ihren Händen. Die Teppichfliesen waren getränkt damit. Da habe ich erst die Schnittwunde entdeckt und die Polizei gerufen.«

»Haben Sie Ihre Frau berührt oder irgendetwas in der näheren Umgebung bewegt?«

Keisha, die junge Frau, die nicht tanzen wollte, presste wie zuvor er selbst für einen Moment eine Hand auf ihren Mund. »Man hat ihr eine Schnittwunde zugefügt?«

Alle Anwesenden wandten sich ihr zu, und es war eine solche Wohltat, dass sie für einen Moment die Aufmerksamkeit von ihm ablenkte.

Er kreuzte die Arme und strich mit seinen Händen darüber, auf und ab und auf und ab, als würde ihm das irgendwie den Schmerz nehmen und Nancy zurückbringen. War der Schnitt am Arm gewesen? Oder woanders? Die Vorstellung in seinem Kopf wurde unscharf wie eine Aufnahme, die eingestellt werden muss.

»Würden Sie bitte schweigen, wie es abgesprochen war, sonst müsste ich Sie bitten zu gehen«, ermahnte sie PC Doyle rasch.

»Ja«, sagte Clive, bevor man Keisha weiter zurechtwies. »Nancy hatte eine Schnittwunde. Mir war klar, dass es sich um einen Tatort handelte, also habe ich mich entfernt und den Notruf gewählt.« Clive sprach zu dem Polizisten, doch sein Blick war weiter auf Keisha gerichtet. Sie hatte immer noch die Hand vor dem Mund. Es fiel ihm leichter, die Reaktion dieser Frau zu beobachten, als sich in den Moment zurückzuversetzen, den er beschrieb.

»Es wurde also nichts verändert?«

»Nein. Ich wusste, dass sie …« Clive holte tief Luft. »Ich wusste, dass meine Nancy von mir gegangen war. Ich hätte nichts mehr für sie tun können.«

»Darf ich fragen, woran Sie erkannt haben, dass Sie nichts mehr für sie tun konnten?«

»Sie war so furchtbar bleich. Totenbleich. Und da war noch etwas anderes. Sie lag zusammengekrümmt da, so wie in einer Embryonalstellung. Als ob jemand versucht hätte, sie zu verstecken. Sie wäre nicht auf eine solche Weise zu Boden gefallen, jemand muss sie dort so hingelegt haben.«

»Verstehe.« PC Doyle machte sich weitere Notizen.

»Ist das hilfreich? Hilft Ihnen das dabei, denjenigen zu fassen, der das getan hat?« Clive wollte sich versichern, dass etwas Gutes hierbei herauskommen würde.

»Ich habe noch eine Frage, Mr. Ellington. Fällt Ihnen irgendein Grund ein, warum Nancys Leiche nicht dort war, wie Sie es beschrieben haben? Warum wir sie nicht gefunden haben?«

Sobald PC Doyle die Worte ausgesprochen hatte, wusste Clive, dass es der Wahrheit entsprach, und dennoch hatte er überhaupt keine Erklärung dafür. Bruchstücke. Alle seine Erinnerungen waren Bruchstücke.

11

Keisha

Dr. Hutchins nimmt uns zur Seite, bevor wir die Station verlassen.

»Wir sind uns ziemlich sicher, dass das, was Clive uns erzählt, keine tatsächliche Erinnerung an das Geschehene darstellt. Er wurde bei uns eingeliefert, nachdem er ganz in der Nähe seines Schrebergartens zusammengebrochen war. Nichts von seiner Schilderung über seine Frau entspricht der Wahrheit, da er überhaupt keine Ehefrau hat. Natürlich hat die Polizei eine Untersuchung eingeleitet, um sicherzustellen, dass an seiner Geschichte wirklich nichts Wahres dran ist, aber es gibt in seinem Haus keine Anzeichen für einen Einbruch oder ein Unglück anderswo. Wir führen das meiste davon auf sein Delirium infolge einer trinkwasserbedingten Infektion zurück, was bei Patienten in seinem Alter nicht ungewöhnlich ist, und wir bemühen uns, einige seiner alten Krankenunterlagen ausfindig zu machen, die verschwunden sind. Trotz alldem ist er immer noch ein perfekter Kandidat für die Studie. Wir wollten Ihnen nur bewusst machen, dass egal, welcher Horrorfilm auch in Clives Kopf ablaufen mag, es sich um keine Tatsachenschilderung handelt. Aus diesem Grund sind die polizeilichen Untersuchungen auch nicht von dieser Dringlichkeit, wie Clive sie sich erhofft hatte.«

Lucy und ich nicken unsere Bedenken fort. Der Gedanke daran, dass das, was wir gehört haben, nicht der Wahrheit entspricht, ist verwirrend, aber zu erfahren, dass die Geschichte nicht annähernd so schlimm ist, wie wir kurzzeitig geglaubt haben, erfüllt mich mit Erleichterung.

»Und wie verfahren wir jetzt bei der Aufnahme seiner Angaben? Ich muss ihn nach dem Grund seiner Erkrankung fragen. Warum sein Herz seiner Ansicht nach gebrochen ist. Darf ich das überhaupt ansprechen?«

»Genau deshalb ist es ein wenig kompliziert. Soweit es ihn betrifft, ist das der Grund, warum er hier ist. In seiner Vorstellung ist der Tod seiner Frau der Grund, warum er ein Broken-Heart-Syndrom entwickelt hat. Und im Grunde war es auch so, selbst wenn er sich das nur ausgedacht hat. Doch auch wenn wir wissen, dass das Ganze nur Einbildung ist und wir diesen Umstand klarstellen können, nehmen Sie seine Darstellung als bare Münze. Notieren Sie es, als wäre es die Wahrheit. Wir überprüfen zurzeit noch, ob es nicht doch einen anderen Grund als ein vorübergehendes Delir gibt. Und wir wollen ihn nicht noch weiter erschüttern. Wir versuchen ihn so schonend wie möglich mit der Vorstellung vertraut zu machen, dass es nur ein Traum gewesen ist.«

»Also stellen wir nur die Fragen und lassen ihn die Lücken füllen?«, erkundigt sich Lucy und fasst es damit hilfreicherweise zusammen, während ich immer noch kämpfen muss, um Schritt zu halten.

»Dann war also nichts davon wahr? Der Einbruch? Das Blut?«, frage ich.

Dr. Hutchins runzelt die Stirn und zuckt mit den Schultern. »Nein. Soweit wir wissen, ist es lediglich Einbildung. Wir mussten die Geschichte natürlich ernst nehmen und haben die Polizei eingeschaltet, um es nochmals überprüfen zu lassen, aber wie es scheint, handelt es sich nur um einen schlimmen Albtraum, den sein Gehirn für wahr hält. Sie versuchen die wahren Umstände zu klären, um sicherzugehen, dass das Ganze nicht anderswo passiert ist, aber sie sind sich ziemlich sicher, dass es sich nicht so verhält. Zumal man ihn am Garten gefunden hat, im Haus alles in Ordnung war und nach unserer Kenntnis Nancy überhaupt nicht existiert. Zumindest nicht in diesem Leben.«

»Verblüffend«, sage ich. Das alles geht mir nicht in den Kopf hinein.

»Inwiefern?«, erkundigt sich Dr. Hutchins.

»Dass er derartig davon überzeugt sein kann, dass es wahr ist. Bis zu dem Punkt, dass ihm sein Verstand das Herz gebrochen hat. Das ist schon an sich eine Fallstudie wert.« Clives Herz wurde nicht durch den Schock über ein Ereignis in seinem Leben geschwächt, sondern durch den Schock über ein Ereignis, das sein Verstand *erschaffen* hatte. Das ist sowohl für die Studie als auch für mich ein Novum.

»Der menschlichen Körper hat immer wieder neue Überraschungen für uns parat«, betont der Arzt, bevor er sich entschuldigt, um sich wieder seinen anderen Aufgaben zu widmen.

Lucy flitzt zur Toilette. Ich warte mit immer noch offen stehendem Mund darauf, dass sie zurückkommt. Es dauert ewig. Sie war im Laufe der Befragung eigenartig blass geworden und hatte gemurmelt, dass sie keine Lust aufs Mittagessen habe. Keine Lust aufs Essen zu haben ist für Lucy sehr ungewöhnlich.

George, der leitende Pfleger auf der Station, kommt zu mir herüber. »Clive würde gern noch mit Ihnen sprechen, bevor Sie gehen.«

Ich starre für einen zu langen Moment auf seinen Fransenpony, während ich noch versuche, all das, was vor sich ging, zu verarbeiten. »Ist das denn erlaubt? Also, ich meine, nach allem, was Dr. Hutchins uns gesagt hat.«

»Solange Sie ihm das Reden überlassen. Stellen Sie keine Spekulationen an, was möglicherweise oder auch nicht passiert sein könnte, und es sollte auch niemand über das heute Gesagte hinaus erwähnen, dass Nancy gar nicht existiert. Wir hoffen, dass er selbst zu dieser Erkenntnis gelangen wird, wenn es ihm erst einmal besser geht. Er kann keinen weiteren Schock gebrauchen.«

»Wieso will er mich sehen?«

»Er möchte sicherstellen, dass es Ihnen gut geht.«

»Oh.« Ich sollte eigentlich ablehnen. Schon allein in Anbetracht der Tatsache, wie sich unsere erste Begegnung auf mich ausgewirkt hat, aber irgendetwas zieht mich zu diesem Mann hin. Vermutlich Mitleid. »Ich habe im Moment keine weiteren Forschungsfragen an ihn.«

»Er würde trotzdem gern mit Ihnen reden. Trinken Sie einen Tee mit ihm an seinem Bett. Vermutlich braucht er nach der aufreibenden Befragung ein wenig Gesellschaft. Ich würde mich ja zu ihm setzen, aber ich werde woanders gebraucht. Vorher besorge ich Ihnen beiden aber noch etwas Heißes zu trinken.«

Und bevor ich überhaupt dazu komme, ein Nein in Erwägung zu ziehen, macht sich George auch schon auf den Weg.

Nach der Befragung hatte ich meinen Puls gemessen, aber nun mache ich es ein weiteres Mal, um sicherzugehen, dass er sich beruhigt hat. Ich überprüfe ihn an der Halsschlagader als eine Art Zeichen des Respekts vor Nancy, wie eine Ehrenbezeugung, obwohl sie gar nicht existiert. Als ich mir Clives Geschichte angehört hatte, war sie für einen Moment real gewesen, die Panik angesichts der Geschehnisse spürbar, und ich verstehe, warum sein Herz versagt hat, wenn er der Ansicht war, dass es diesen Tatort gegeben hat. Meine Herzfrequenz hat sich um acht Schläge pro Minute verlangsamt. Ich mache mich auf den Weg zu Clive, bevor von meinem Adrenalin gar nichts mehr zu spüren ist.

»Hallo, ich bin Keisha.« Ich stelle einen Besucherstuhl aus Plastik neben seinen Patientenstuhl.

»Ich weiß, wer Sie sind. Ich habe aufgepasst.«

»Das mit der Unterbrechung tut mir leid.«

»Sie müssen sich nicht entschuldigen. Das sollte lieber die Polizei tun. Einfach zu behaupten, dass … dass sie angeblich keine Leiche gefunden haben.«

Ich hole tiefer Luft, als ich es eigentlich beabsichtigt hatte. »Die haben mir nichts weiter gesagt«, erwidere ich einfallslos.

»Ich habe jetzt kein Zuhause mehr.«

»Was meinen Sie damit?«

»Ich kann nicht zurück. Ich kann nie wieder zurück. Ich weiß nicht, was ich tun soll, wenn sie mich hier irgendwann rauswerfen.«

Sprachlosigkeit ist eine meiner Stärken. Mir fehlen des Öfteren die Worte. Und in diesem Moment mehr denn je. Ich kann ihn nicht darauf hinweisen, dass es keinen Grund gibt, sich Sorgen zu machen, dass nichts wegen blutiger Teppichfliesen geregelt werden muss, kein traumatischer Tatort zu reinigen ist.

»Keine Angst. Seien Sie unbesorgt. Wir lassen uns etwas einfallen, wenn es so weit ist«, sage ich panisch.

Clive streckt seine Hand zu mir herüber, deren Haut dünn und papierartig ist und fleckige violette Venen aufweist, ergreift meine eigene und dreht mein Handgelenk, während er sie näher zu sich heranzieht, wobei er mein Tattoo entblößt. Das Tintenherz, das noch niemand außer mir und dem Tätowierer berührt hat.

»Werden Sie mir helfen? Werden Sie mir ganz bestimmt helfen?«

Körperkontakt ist nicht so mein Ding. Ich halte nichts von Umarmungen oder Wangenküsschen bei der Begrüßung. Selbst Händeschütteln geht mir manchmal zu weit. Ich stelle mir dann immer all die Dinge vor, die dem menschlichen Auge verborgen bleiben. All die Keime, die von einem Menschen zum anderen übertragen werden. Normalerweise lässt mich dieser Gedanke erschaudern, und ich weiche zurück, aber heute tue ich das nicht. Es ist seine flehentliche Bitte um Hilfe, die mich davon abhält und der Blick aus seinen kristallblauen Augen, die auf mich gerichtet sind. Es kommt mir so vor, als würde er mich damit durchdringen und auf eine Weise sehen, wie mich noch niemals jemand gesehen hat. Und von der ich nicht sicher bin, ob ich so gesehen werden will.

»Ich werde Ihnen helfen. Ich werde alles tun, was in meiner Macht steht, um Ihnen zu helfen.« Ich habe keine Ahnung, warum es mir so leicht fällt, diese Worte zu sagen. Vielleicht, weil es das Richtige ist.

Clive streckt seine andere Hand nach meinem Handgelenk aus und bricht den Zauber seines Blicks nur, um das herzförmige Tattoo zu betrachten. Als er einen krummen Finger ausstreckt, ist mir klar, dass er es nachzeichnen wird. Ich sollte schreien. Ich sollte ihm sagen, dass er besser die Finger davon lässt. Stattdessen bin ich fasziniert. Wie kann es sein, dass ich sichtbar geworden bin, wenn ich mir doch immer alle Mühe gebe, verborgen zu bleiben?

Sein Finger berührt meinen Pulspunkt, und wieder rühre ich mich nicht von der Stelle. Da ist eine Schwingung, die durch ihn hindurch auf mich übergeht, etwas, das ich nicht zu erklären vermag. Ich bin nicht scharf auf Dinge, die ich nicht erklären kann, und dennoch rühre ich mich immer noch nicht.

Er zeichnet mit dem Finger nach, was seine Aufmerksamkeit erregt hat. Und das ist keine herzförmige Schleife, wie ich gehofft hatte. Stattdessen streicht sein Finger über die verblasste, silbrige Narbe hinweg.

Die Narbe, die das Tattoo verbirgt.

Der Schnitt in meiner Haut.

Der, den ich überlebt habe.

Die Geschichte, die ich nie erzählt habe.

12

Clive

Auf Clives Kissen waren heute Nacht wieder frische Tränen. Er verlor Nancy von Neuem, und er war so durcheinander. Was hatten sie damit gemeint, sie hätten sie nicht gefunden? Warum tanzte das, was ihm heute Morgen noch so klar erschienen war, nun wie eine vage Erinnerung davon? Wie kam es, dass etwas so Konkretes, das er in seinem Kopf vor sich sah, von der Polizei in Frage gestellt wurde?

Die Zeit, in der er so dalag und keinen Schlaf fand, brachte ihm nichts weiter als Zweifel.

Er verfolgte sein Leben zurück zu der Kleingartenanlage. Das war sein Territorium, wo er viele Stunden damit verbrachte, in seinem Schrebergarten den Boden zu bearbeiten, zu pflanzen und zu ernten, während die Jahreszeiten kamen und gingen. Er besaß Kladden, in denen er sich notierte, was er jedes Jahr alles anpflanzte.

Ein Teil seines Verstandes wusste, dass es Nancy war, die dasaß und die Erbsen pulte, wenn er etwas von seiner Ernte mit nach Hause brachte. Und dennoch sah er in der Erinnerung auch seine Hände, gleichsam verbunden mit dem dort verborgenen Wissen, dass er immer schon allein gewesen war.

Es ließ sich unmöglich begreifen. Dieses Wissen darum, die Leiche seiner Frau gefunden zu haben. Während all die Erinnerungen an das gemeinsame Leben davonflatterten, als hätten sie niemals existiert. Was die Polizei da gesagt hatte, stimmte nicht. Da war er sich sicher.

Mitten in der Nacht, während er weinte, war es unmöglich zu wissen, was er glauben sollte.

Das einzig Konkrete, das er wusste, war, dass er ein Haus und einen Schrebergarten besaß, und dieses Wissen war ein weiterer Grund dafür, dass die Tränen bei ihm flossen, da er es nicht fertigbringen würde, auch nur in eins von beiden zurückzukehren. Aber irgendetwas nagte an ihm. Irgendwie wusste er, dass der Schrebergarten die Antworten bereithielt, die die Polizei nicht zu finden vermochte.

13

Keisha

Während der nächsten drei Tage messe ich achtunddreißig Mal am Tag meinen Puls. Ich bin mir nicht sicher, wie ich diese neu aufgetretene Angst in den Griff bekommen soll.

Mein Versprechen, zu helfen, ist schuld daran. Jetzt, wo ich mein Wort gegeben habe, weiß ich, dass ich es auch halten muss. Aber wie soll ich das tun, wenn sich Clive nicht an seine Vergangenheit erinnern kann?

Diese Angst wird noch verstärkt, weil Lucy, die mich für gewöhnlich wieder ins Gleichgewicht bringt, krank ist, seit sie neulich im Krankenhaus so blass geworden ist.

Im Labor ist es still ohne ihre Gesellschaft, und auch wenn mein Tag ohne sie glatter läuft, fühlt er sich chaotischer an. Alles scheint in einer größeren Eile vonstattenzugehen, wenn ich die Arbeit von zwei Leuten erledige. Bin ich beispielsweise gerade mit einem Probanden beschäftigt und das Telefon läutet, ohne dass jemand drangeht, dann verschlimmern sich meine Angstzustände schlagartig.

Aber es ist nicht das erste Mal, dass Lucy ausfällt. Es liegt also nicht nur daran, dass ich mich so fühle.

Zum ersten Mal seit sie krank geworden ist, mache ich mich auf den Weg zu Tess' Café. Vielleicht hilft es ja, wenn wenigstens ein bisschen Normalität in meinen Tagesablauf einkehrt.

Ich messe noch meinen Puls, bevor ich losgehe. Ich kann einfach nicht anders. Und jedes Mal, wenn ich das jetzt tue – egal ob Karotis- oder Radialispuls –, muss ich an Clive denken. An unser Gespräch.

Als ich im Café eintreffe, sitzt ein Mann an meinem Tisch. Nicht auf meinem Stammplatz sitzen zu können versetzt mich sogleich in Panik.

Ich kann nicht atmen.

Ich weiß, dass das albern ist, aber es reicht aus, um mich daran zweifeln zu lassen, ob ich noch in der Lage bin, die Grundfunktionen zu beherrschen, einen Fuß vor den anderen zu setzen und ein- und auszuatmen.

Tess kommt zu mir herüber. »Tut mir leid, das ist Date Nummer vierzig. Ich habe versucht abzusagen, aber offenbar hat er meine Nachricht nicht erhalten. Er ist aufgetaucht, ehe ich eine Chance hatte, dich vorzuwarnen.«

Obwohl sie leise spricht, ziehen wir offenbar die Aufmerksamkeit des wartenden Mannes auf uns.

»Die einzige Gesellschaft, nach der mir heute zumute ist, ist deine«, sage ich ein wenig zu laut an Tess gerichtet.

Der Mann steht vom Tisch auf. Ich sehe aus dem Augenwinkel, wie er auf uns zukommt und wäre am liebsten im Boden versunken. Auf so etwas bin ich nicht vorbereitet.

»Tut mir leid. Mir ist klar, dass das Date eigentlich abgesagt wurde, aber ich wusste, dass du es bist. Ich wollte nur sehen, ob bei dir alles in Ordnung ist. Ist es okay, wenn wir uns duzen?«

Was er da sagt, ergibt keinen Sinn für mich, bis ich begreife, wer da vor mir steht. Es ist George. Clives Pfleger.

Ich murmle etwas vor mich hin. »Ähh … ich … ähm … ja.« Ich hatte ja schon bei unserer ersten Begegnung auf der Station das

Gefühl ihn von irgendwoher zu kennen, und jetzt weiß ich auch, warum. Er ist einer der Treffer, die Tess mir gezeigt hat – mit seinem Selfie auf dem Sofa. Ich weiß nicht so recht, was ich sagen soll, weil mir nach Heulen zumute ist, denn die Ereignisse der letzten paar Tage waren ein bisschen viel für mich.

»Das hier soll kein Date sein, auch wenn es ursprünglich so geplant war. Als mir klar geworden ist, dass du es bist, hielt ich es für unprofessionell herzukommen, aber ich wollte mit dir reden. Ich weiß, dass Clives Fall ungewöhnlich ist, und er hat mir erzählt, dass du ihm helfen willst. Ich wollte dich nur wissen lassen, dass du dich gern an mich wenden kannst, wenn du jemals irgendwelche Bedenken haben solltest. Hier ist meine Nummer, falls du mal das Bedürfnis hast, darüber zu reden. Wir könnten uns dann treffen. Kein Date oder irgendwas Beängstigendes in der Art. Bloß als Freunde.«

Ich nehme das Stück Pappe entgegen. Mir fällt auf, dass George größer und breitschultriger ist, als ich es in Erinnerung habe. Ohne seine Berufskleidung sieht er anders aus, lässig, in Jeans und gestreiftem Poloshirt. Ich verspüre ein Flattern in meinem Bauch und frage mich, worauf diese Reaktion zurückzuführen ist. Vermutlich liegt es daran, dass ich hungrig bin. Ich erinnere meinen Magen daran, dass wir bald essen werden, und ermögliche meinem Gehirn aufzuholen und mir bewusst zu machen, dass George hier ist, um über Fallbeispiel Nummer fünf zu reden.

»Es ist einfach schwer zu begreifen, dass Clive glaubt, es sei so geschehen, wie er es beschreibt, obwohl nichts davon wahr ist. Hat er noch Familie?« Ich hoffe, dass es jemanden gibt.

»Nur noch im Ausland. Ein Neffe, der in Australien lebt, aber so, wie ich es verstanden habe, besteht nur noch selten

Kontakt. Der Neffe hat zumindest bestätigt, dass Clive Junggeselle ist und allein lebt. Sein Vater, Clives Bruder, ist vor einigen Jahren gestorben.«

Ich nicke, frage mich, wie ich jemals meine Hilfszusage einhalten soll.

»Die gute Neuigkeit ist, dass er einen weniger verwirrten Eindruck macht. Ich glaube, ihm wird langsam klar, dass er halluziniert hat. Du solltest ihn bald wieder besuchen.«

»Das werde ich. Wegen der Studie«, füge ich hastig hinzu.

George schnappt sich seine Jeansjacke, die über der Rückenlehne des Stuhls hängt, auf dem ich üblicherweise sitze. Als er sich auf den Weg macht, schaue ich ihm nach, wie er die Straße hinaufgeht. Jeans mit Jeans zu kombinieren ist normalerweise ein No-Go, aber das Wollfutter in der Jacke reißt es wieder raus. Ein paar Sekunden lang vergesse ich mich und starre ihm hinterher, frage mich, was da gerade passiert ist.

»Setz dich hin«, weist mich Tess an.

Es ist genau das, was ich brauche, um wieder in die Realität zurückzukehren.

»Das Übliche?«

»Ja, bitte«, erwidere ich hocherfreut. Es tut gut, dass wenigstens ein Teil der Woche so ist, wie er eigentlich sein sollte.

Nachdem Tess das Essen organisiert hat, setzt sie sich zu mir. »Was ist denn los? Wie kommt es, dass du diesen Typen kennst?«

Ich sollte eigentlich gleich darauf antworten, aber zunächst brauche ich dieses Wohlgefühl, das mir das Essen bereitet. Ich verschlinge drei gut gehäufte Gabeln von Tess' Curry aus dem Slowcooker, bevor ich den wohltuenden Effekt spüre und mich in der Lage fühle, sie um Rat zu bitten. »Er ist Pfleger oben im Krankenhaus. Er kümmert sich um Fallbeispiel Nummer fünf.«

»Oh, also kennst du ihn tatsächlich. Das ist gut. Und er hat dir seine Telefonnummer gegeben.« Tess zwinkert mir zu. Tess zwinkert niemals.

»So ist das nicht. Es geht um diesen komplizierten tanzenden Patienten. Ich habe aus Versehen meine Hilfe angeboten, obwohl ich gar nicht weiß, wie ich das anstellen soll. Es wird keine weiteren Dates mit George geben, nachdem ich mit einer drohenden Panikattacke hier aufgetaucht bin.«

»Warum glaubt er, dass du Redebedarf hast? Was ist passiert?«

Ich schaufele noch ein paar weitere Gabeln von dem Geflügelcurry in meinen Mund und bin froh, dass Tess mich gut genug kennt und ich mir keine Gedanken darum machen muss, unhöflich zu erscheinen. Meine Fähigkeit zu kommunizieren ist immer sehr eingeschränkt, wenn ich hungrig bin.

»Ich bin mir nicht sicher, wie viel ich verraten darf.« Gilt die Schweigepflichtregelung eigentlich auch, wenn das Ereignis gar nicht real ist? Und es ist ja nicht so, als würde der grausame Mord in der Lokalpresse landen.

»Sag mir einfach, was du sagen kannst. Ich verstehe schon, dass es die redigierte Fassung ist.« Tess nimmt einen Schluck aus ihrer Tasse und schenkt mir ihre volle Aufmerksamkeit. Dabei hat sie ihr Zuhörerinnengesicht aufgesetzt.

Ich überlege beim Kauen, was ich ihr anvertrauen kann. »Du weißt ja bereits, dass die meisten Teilnehmer dieser Studie traumatische Erfahrungen irgendeiner Art durchgemacht haben. Der Schock bewirkt dabei, dass sich das Herz aufbläht und sie dadurch krank werden. Es ist zwar sehr ungewöhnlich, aber in Clives Fall existiert dieses Trauma nur in seiner Einbildung. Es gibt keinerlei Beweise für das Ereignis, von dem er berichtet. Im

Augenblick führt man diese Wahnvorstellung auf eine Verwirrtheit infolge einer Wasserinfektion zurück, die in seiner Altersgruppe nicht selten ist. Offenbar war das, was er sich da ausgedacht hat, so realistisch, dass es auch sein Herztrauma zur Folge hatte.« Ich streiche mit dem Finger über die Innenseite meines Handgelenks, spüre dabei die Narbe, bestätige ihr Vorhandensein. Seit Clive sie entdeckt hat, bin ich mir ihrer mehr bewusst.

»Ein noch schlimmerer Albtraum, wenn das das Ergebnis war. Der arme Kerl. Schläfst du nicht genug? Du siehst müde aus.«

»Ich schlafe schlecht. Seine Geschichte hat mir doch irgendwie zugesetzt, auch wenn sie nicht wahr ist. Aber da ich weiß, dass sie in seiner Vorstellung tatsächlich passiert ist, tut er mir leid.« In Wahrheit hatte sie einen Teil meiner Vergangenheit wachgerüttelt, über den ich nicht gern nachdenke. Ich finde mich in unruhigen Träumen wieder, an denen ich lieber nicht teilhaben möchte.

»Ist das der Grund, warum du nicht wie üblich vorbeigekommen bist? Deine Nachrichten haben nicht allzu viel verraten.«

In den letzten Tagen habe ich in der Mittagszeit durchgearbeitet und nur auf die Schnelle zwischendurch ein Sandwich gegessen, um Lucys Arbeit mitzuerledigen. Heute ist der erste Tag, an dem ich in der Lage bin, eine richtige Mittagspause zu machen.

»Lucy geht es seit einer Weile nicht gut. Sie hatte mich ins Krankenhaus begleitet. Anfangs dachte ich, Clives Geschichte hätte ihr Magenbeschwerden verursacht. Oder dass sie sich bei ihrer speziellen Methode Eier zu kochen, eine Lebensmittelvergiftung geholt hätte.«

»So ein Pech. Hoffentlich ist es nichts Ansteckendes.«

Es ist das erste Mal, dass Lucy wegen einer Erkrankung ausfällt und nicht wegen eines Unfalls. Die anderen Ausfälle zuvor waren die Folge ihrer Tollpatschigkeit: Das eine Mal, als sie sich so schlimm die Handfläche verbrannt hatte, dass sie sich zwei Wochen lang von einer Krankenschwester die Verbände wechseln lassen musste, und das andere Mal, als sie sich beim Schlittschuhlaufen den Knöchel gebrochen hatte.

»Es geht ihr jetzt schon eine Weile nicht gut. Ständige Übelkeit. Für eine Lebensmittelvergiftung dauert das zu lange. Wenn sie sich nach dem Wochenende nicht besser fühlt, bringe ich sie dazu, zu ihrem Hausarzt zu gehen. Aber ich meine, es hängt mit Clives Geschichte zusammen. Davon ist ihr schlecht geworden, und sie braucht eine Weile, um sich davon zu erholen.«

»Und was ist mit dir? Wie geht es dir danach? Die Geschichte hat dich ganz offenbar auch berührt.«

»Das lässt sich nur schwer beschreiben.« Ich weiß nicht, wie ich dieses Gefühl der Leere beschreiben soll, das ich nach dieser Erfahrung empfinde – und das hat nichts mit der Geschichte zu tun, sondern mit dem Mann, der sie erzählt hat. Durchschaut zu werden hat bewirkt, dass ich mich verletzlich fühle, mich an Dinge erinnere, die längst vergessen waren. »Ich schätze, ich sorge mich um ihn. Er braucht Hilfe, und ich bin mir nicht sicher, ob er jemanden hat, der ihm die geben kann. Er will nicht nach Hause, aber er kann nirgendwo anders hin.«

»Kannst du nicht mit diesem Pfleger reden? Er hat dir doch seine Telefonnummer gegeben. Vielleicht fällt euch ja gemeinsam eine Lösung ein.«

»Aber ich kenne ihn ja nur durch die Studie. Seine Entlassung aus dem Krankenhaus geht mich nichts an. Meine Aufgabe besteht nur darin, seine Anschlusstermine auszumachen.«

»Aber du könntest es auch zu deiner Aufgabe machen, dich

um diese anderen Dinge zu kümmern«, bemerkt Tess. »Das liegt allein an dir.«

Ich zucke mit den Schultern. Ich mische mich nicht gern in die Angelegenheiten anderer Leute ein. Aber ich habe das Gefühl, als würde mich etwas in diese Sache hineinziehen, um Clive zu helfen. Wenn er niemanden hat, dann kann ich mich nicht einfach abwenden.

»Mag sein. Ich werde es versuchen, aber nur, wenn es das Forschungsprojekt nicht beeinträchtigt.«

»Wann wirst du Fallbeispiel – ach, streich das –, wann wirst du *Clive* wiedersehen?«

»Im ersten Monat wird er wöchentliche Termine haben.« Die Antwort kommt wie aus der Pistole geschossen, denn nun bewege mich wieder auf vertrautem Terrain.

»Dann wirst du ihn wegen deiner Arbeit sehen. Aber ich bin mir sicher, dass du auch Zeit finden wirst, als Besucherin bei ihm vorbeizuschauen. Das darfst du ja in deiner Freizeit machen. George schien durchblicken zu lassen, dass du es tun solltest.«

»Würde das nicht die Studie gefährden?«

»Wieso denn? Wenn du bloß überprüfst, ob es ihm gut geht, sollte das doch keine Auswirkungen auf die Ergebnisse haben.«

Ich spüre, wie mein Herz schlägt, wie es durch mein Trommelfell pulsiert. Ich muss gar nicht erst eine Messung vornehmen, um zu wissen, dass es schneller pumpt als normal.

»Könnte es aber. Möglicherweise.« Ich suche nach einer Ausrede, finde aber keine.

»Könntest du es dir verzeihen, wenn du nicht hilfst? Wenn du das, was dich verunsichert, nicht klärst?«

Ich gebe nach und messe meinen Puls. Tess bemerkt, was ich tue, sagt aber nichts. Sie weiß, dass es schlecht um mich steht, wenn ich so bin, unfähig, gegen den Drang anzukommen, auf der Stelle den Wert zu ermitteln.

»Ich weiß es nicht. Das Problem ist, dass ich keine Ahnung habe, warum es bei mir dieses Gefühl hinterlassen hat.« Ich habe mich seit meiner Teenagerzeit nicht mehr so unbehaglich gefühlt. Es ist, als ob ich mich ein Leben lang auf einem guten Kurs befunden hätte und mich nun mit einem Mal in einem unerwarteten Sturm wiederfinde. Niemand hat mir je beigebracht, wie ich mit solchen Turbulenzen fertigwerden soll.

»Ich vermute, dass das, was du empfindest, eine Art von Empathie ist. Du hast gehört, was er durchgemacht hat, und er tut dir leid. Du möchtest helfen.«

Tess ist gut darin, das zu benennen, was ich nur mit Mühe zu greifen vermag. Ich habe Glück, so verständnisvolle Freunde zu haben.

»Empathie ist das falsche Wort.« Ich hasse es, wie manchmal die Pedantin in mir hervorkommt, um etwas zu korrigieren, das gar nicht korrigiert werden muss. »Empathie bedeutet, dass du nachempfinden kannst, was jemand durchmacht. Das richtige Wort wäre hier Sympathie, was heißt, du hast Mitleid mit jemandem aufgrund dessen, was er durchgemacht hat.«

»Wie dem auch sei, du musst dich entscheiden, was du tun wirst.«

Ich ziehe meinen Ärmel herunter. Ich weiß, dass Mitleid das Einzige ist, was ich anbieten will. Niemand muss etwas von den Dingen erfahren, die ich nachzuempfinden vermag.

»Ich werde ihn besuchen«, sage ich, in der Hoffnung, dass das Hilfe genug sein wird.

14

Clive

Clive gewöhnte sich langsam daran, griesgrämig zu sein. Das Wort gefiel ihm. Wieso sollte er auch anders sein? Wo er doch in den letzten Tagen versucht hatte, zu begreifen, was vor sich ging. In einer Zeit, in der er sich eigentlich damit beschäftigen sollte, die Beerdigung seiner Frau vorzubereiten, war ihm nichts weiter geblieben als ein paar leere Erinnerungen. Inzwischen war ihm wieder eingefallen, dass er die Gladiolen, von denen er glaubte, sie für seine Frau gepflanzt zu haben, an all seine Nachbarn verteilt hatte. Anstelle der Mahlzeiten für zwei waren nun Erinnerungen getreten, in denen er in großen Mengen kochte und Portionen für eine Person einfror. Er begann einzusehen, dass an dem, was sie sagten, etwas Wahres dran sein musste. Dass sie gar nicht existierte.

Und doch waren da diese Bruchstücke, die ihm immer wieder in den Sinn kamen.

Der rote Fleck an der Tür.

Die offene, brummende Tiefkühltruhe.

Das Wissen darum, dass etwas nicht stimmte.

Die Fahrt im Krankenwagen.

Die Befragung durch die Polizei.

Es war so verwirrend. Wie konnten Teile davon wahr sein und andere wieder nicht?

Als Keisha eintraf, fiel ihm ein Stein vom Herzen, dass er sie nicht auch nur geträumt hatte. Diese Befürchtung hatte ihn nämlich langsam beschlichen.

»Wie geht es Ihnen?«, erkundigte sie sich bei ihm.

George hatte Dienst und brachte ihr einen Stuhl. Sein Gesicht trug dabei einen Ausdruck, den Clive erkannte: Da war jemand ganz offenbar hingerissen.

Zum ersten Mal seit Tagen lächelte Clive. »Furchtbar! Das heißt, körperlich geht es mir gut, aber dieser Laden hier macht mich verrückt.« Er wäre gern wieder zu Hause, wenn ihm nur von den Bildern in seinem Kopf nicht immer schlecht werden würde. »Ich glaube nur nicht, dass ich es zu Hause ertragen könnte.«

»Hat man Ihnen denn gesagt, dass es schon so weit ist?«

»Die Rede ist von einem Besuch in meinem Haus, aber ich weigere mich. Ich möchte mich mit alldem nicht auseinandersetzen.«

»Es ist ...«, Keisha schien ihre Worte mit Bedacht zu wählen, »... schwierig.«

»Wem sagen Sie das. Darf ich Ihnen mal etwas verraten, was vermutlich verrückt klingen wird?«

»Nur zu.«

»Und Sie werden es auch keinem hier weitersagen?« Clives Blick huschte umher. Er versuchte sicherzustellen, dass niemand vom Klinikpersonal in der Nähe war.

Keisha reagierte mit einem unverbindlichen Achselzucken.

Clive überlegte einen Moment. Er wollte seinen Aufenthalt hier nicht weiter hinauszögern, indem er eine Mitarbeiterin wissen ließ, dass er ein bisschen mehr plemplem war, als er zugab. Obwohl, wenn sie es herausfänden, würde es vielleicht verhindern, dass er diesen Besuch zu Hause machen müsste, wie sie es angedroht hatten. Es könnte also das Risiko wert sein.

»Ich habe denen jede Menge Fragen gestellt und sie haben mir endlich ihre Version der Dinge geschildert. Also, wenn ich wirklich ein Junggeselle bin, wie sie behaupten, und all diese Vorstellungen von einer Ehefrau auf meine Verwirrtheit zurückzuführen sind, dann erklärt das aber einige der anderen Erinnerungen nicht, die aufgetaucht sind. Ich war überzeugt, dass ich ein Foto von ihr in meinem Portemonnaie habe. Ich habe sogar nachgeschaut, um sicherzugehen.«

»Ich nehme an, da war keins?«

»Stimmt, da war keins, aber ich habe die Erinnerung daran. Als ob es real wäre. Und ich erinnere mich an ihre Pastete mit Hähnchen und Spargel. Ich weiß noch genau, wie die geschmeckt hat. Jede Menge kleiner Erinnerungen. Ich kann mir all das doch kaum innerhalb von einer halben Stunde ausgedacht haben, oder? Und so lange bin ich ja wohl nicht ohne Bewusstsein gewesen. All diese Erinnerungsschnipsel können unmöglich so rasch aufgetaucht sein.«

»Ich weiß wirklich nicht …«

»Tut mir leid. Ich will eigentlich gar nicht so weitermachen. Ich fühle mich nur ein bisschen verloren.« Das letzte Wort entfachte etwas in Clives Erinnerungen und er fühlte sich genötigt, nach Keishas Hand zu greifen. Damit sie ganz in seiner Nähe war. Damit er sich weniger verloren fühlte. Damit niemand sonst ihn hören konnte. »Sie müssen mir helfen. Sie müssen mir helfen, hier rauszukommen. Wir müssen etwas anderes finden, wo ich wohnen kann. Es muss sein. Versprechen Sie es mir.«

Ohne darüber nachzudenken, strich Clive mit einem Finger

über ihre Narbe. Die, die sie mit der Tätowierung zu verdecken versuchte.

Keisha zuckte zusammen. Wenn auch nur ganz leicht. Eigentlich kaum wahrnehmbar. Aber sie tat es. Natürlich tat sie es.

»Ich bin mir nicht sicher, wie ich Ihnen helfen kann.«

Er hatte sich seine eigene Narbe seit Jahren nicht mehr angesehen. Aber es war wichtig, dass er ihr klarmachte, dass sie – und das war das Gute an Narben – mit der Zeit verblassen würde. Nicht nur auf der Haut, sondern auch in der Erinnerung.

Er entledigte sich seines Jacketts und rollte den Ärmel seines Pyjamas in die Höhe. Um zu sehen, ob sie überhaupt noch als solche erkennbar war. Sie befand sich in seiner Armbeuge. Ein breiter silbriger Schatten aus der Vergangenheit. Sie war über die Jahre hinweg verblasst. In jungen Jahren war sie rot gewesen und hatte böse ausgesehen, doch nun fiel sie nur noch auf, wenn das Licht auf eine bestimmte Weise darauf fiel. Sie glänzte wie die Schleimspur einer Schnecke an einem taufeuchten Morgen. Ein Echo von etwas Vergangenem.

»Sehen Sie«, sagte er, während er mit seinem Finger über den blassen Wulst strich. »Sie und ich, wir sind uns gleich. Wir müssen einander helfen. Niemand weiß davon. Es ist mein Geheimnis. Und nun ist es unser Geheimnis.«

15

Keisha

Es gibt eine Menge Szenarien, auf die sie einen im Erste-Hilfe-Kurs nicht vorbereiten. Es schmerzt mich, dass man mich am Arbeitsplatz zur Ersthelferin ernannt hat, aber es hat sich in der Vergangenheit erwiesen, dass dies die einzig sinnvolle Lösung ist. Das Problem bei der Schulung ist, dass sie einem nicht beibringen, wie man mit der Reaktion der Leute umgehen soll. Und ebenso wenig, wie man die eigenen Reaktionen kontrolliert.

In meinen Jahren im Labor musste ich mich bislang erst mit sechs Erste-Hilfe-Vorfällen bei der Arbeit befassen, und glücklicherweise war keiner davon ein Notfall. In Anbetracht der Tatsache, dass wir uns in erster Linie auf den Bereich der Kardiologie konzentrieren und die meisten unserer Probanden eine irgendwie geartete Vorgeschichte mit Herzerkrankungen haben, ist dies schon ein Wunder.

Die Vorfälle beinhalteten eine kleine alte Dame, die über eine Stufe gestolpert war und sich das Knie gestoßen hatte. Sie hatte kein Aufhebens machen wollen, aber da die Schürfwunde blutete, musste ich darauf bestehen, ihr zumindest ein Pflaster draufzukleben und ihr beim Aufstehen behilflich zu sein. Dann war da noch das eine Mal, als jemand geradewegs in eine Glasabtrennung gelaufen war, ohne sie als solche zu erkennen. Sie war Teil des todschicken Umbaus gewesen und die Gestaltung auch durchaus ansprechend, aber leider nicht sehr benutzerfreundlich. Der Herr hatte nicht gut auf den Vorfall reagiert, doch glücklicherweise war es hauptsächlich sein Stolz, der dabei verletzt worden war. Ich musste ihm lediglich einen Eisbeutel bringen und es war wenig überraschend, als kurze Zeit später die gläserne Abtrennung durch das Aufkleben grafischer Darstellungen kenntlich gemacht wurde. Seither hat es keine derartigen Vorfälle mehr gegeben.

Die anderen vier Erste-Hilfe-Einsätze gingen alle auf das Konto von Lucy. Bisher habe ich mich um ihre verbrannte Hand, den Schnitt in ihrem Finger, die Gabelstichwunde an ihrem Bein – ein Versehen – und einen leichten Stromschlag gekümmert.

Ich bin mir nicht sicher, ob ihr heutiges Erscheinen hier als Erste-Hilfe-Vorfall eingestuft werden kann. Wenn man seit einigen Tagen krank ist, aber darauf besteht, zur Arbeit zu erscheinen, bedeutet das, dass ich ein Erste-Hilfe-Formular ausfüllen muss?

»Reich mir mal ein paar Tücher. O Gott, das ist grauenvoll.«

Lucy fühlt sich jetzt seit einer Woche nicht gut. Heute wollte sie es einmal mit der Arbeit versuchen, da sich durch das Zuhausebleiben keine Besserung einstellt. Ich wünschte, das hätte sie nicht getan, denn damit hat sie die Arbeit in eine einzige Kotzveranstaltung verwandelt. Das hat mir diese Woche gerade noch gefehlt.

»Wieso bist du überhaupt hergekommen?«

»Duuu weiiißt, wiiiesooooo«, heult Lucy dramatisch in die Toilettenschüssel.

»Ich habe dir doch gesagt, dass du zum Arzt gehen sollst.« Ich merke, dass mein Umgang mit Kranken in diesem Fall nicht so mitfühlend ist, wie er eigentlich sein sollte, aber sie müsste bei ihrem Hausarzt sein und nicht hier.

»Und was soll ich ihm sagen? Dass mir ein bisschen übel ist?« Lucy heult weiter.

»Ich glaube, es ist inzwischen mehr als nur ein bisschen.« Ich bin zumindest so taktvoll, nicht auf all die Erkrankungen hinzuweisen, bei denen »Übelkeit« und »Erbrechen« auf der Liste der Symptome stehen, so wie ich es mehrfach in der letzten Woche getan habe, um Lucy dazu zu bewegen, zum Arzt zu gehen. Weil sie schon da nicht auf mich gehört hat, scheint jetzt auch kein guter Zeitpunkt zu sein, ihr zu sagen, dass sie es besser getan hätte.

»Findest du?«

»Sehen wir zu, dass du nach Hause kommst.«

»Aaabeeer wiiiieee denn?« Durch den Hall der Toilettenschüssel klingt ihr Geheul wie das einer Furie. Zumindest passt das hier zum Thema meiner Woche. Jeder macht sich Gedanken ums Nachhausekommen, oder – in Clives Fall – wie man es verhindert.

»Mit einem Taxi?«

»Welcher Taxifahrer nimmt denn eine kotzende Frau mit?«

Hm. Das hatte ich nicht ganz zu Ende gedacht. Und dies ist einer der Fälle, die im Erste-Hilfe-Kurs nicht vorkommen … Wie transportiert man eine kotzende Furie?

»Hast du eine Idee?« Wir gehen immer zu Fuß zur Arbeit. Keine von uns fährt Auto, da wir beide so umweltbewusst wie nur eben möglich sind. Das Gleiche gilt für Lucys Freund Rob.

Lucys Antwort besteht darin, sich ein weiteres Mal in die Toilettenschüssel zu übergeben. Allein das Geräusch reicht aus, dass es mir den Magen umdreht.

Am Ende rufe ich Rob an. Es ist keine vollständige Erleichterung, als Lucys Freund und ihr Vater vorbeikommen, um sie abzuholen. Da wäre fürs Erste die Toilette sauber zu machen – eine Aufgabe, die offenbar mir zufällt. Heute Nachmittag stehen noch Termine mit weiteren Probanden für die Arzneimitteltests an, die durchzuführen sind, daher bleibt nicht genug Zeit, um darauf zu warten, dass sich eine Reinigungskraft der Sache annimmt.

Es ist das Letzte, worauf ich gerade Lust habe, aber wenigstens hält es mich vorübergehend davon ab, an Clive und die Geheimnisse zu denken, die wir jetzt teilen. So fühlt es sich nun an, nachdem er mir seine Narbe gezeigt und so wie er sich geäußert hat. Es blieb keine Zeit, um über die Geschichten zu reden, die sich hinter unseren Narben verbergen, denn er wurde von einem Beschäftigungstherapeuten abgeholt, der in seiner Abteilung mit ihm einen Besuch daheim durchspielen wollte. Ich sehe immer noch den angsterfüllten Ausdruck auf Clives Gesicht vor mir.

Sobald ich mit dem Saubermachen fertig bin, werde ich zum Mittagessen ins Café gehen und mir dort die Zeit nehmen, um George anzurufen und herauszufinden, wie Clives Besuch beim Beschäftigungstherapeuten gelaufen ist.

Ich gehe zum Putzschrank, der im Schlaflabor versteckt ist. Es ist ein seltsamer Raum innerhalb eines Raumes, der selten genutzt wird – abgesehen von den Reinigungskräften, wenn sie ihre Putzutensilien holen. Ansonsten wird er nur gebraucht, wenn Studien eine vierundzwanzigstündige Überwachung erfordern. Keine der aktuellen Forschungen erfordert ein solches Maß an Daten. Im Grunde ist es ein ungenutztes Schlafzimmer.

Mit einem Mal kommt mir ein Gedanke, den ich kopfschüttelnd rasch wieder verwerfe. Es ist eine lächerliche Idee und ich konzentriere mich darauf, dem Badezimmer gründlich mit Bleiche zu Leibe zu rücken, um sie wieder aus meinem Kopf zu bekommen.

Als ich im Café eintreffe, ist Tess zu beschäftigt, um sich wie gewohnt zu mir zu setzen, also nutze ich die Zeit, um die relevanten Leute zu informieren, dass Lucy wieder fehlt und schicke ihrem Freund außerdem eine Textnachricht, um sicherzugehen, dass sie einen Arzt aufsucht. Ich betone, dass es nicht normal ist, über einen so langen Zeitraum Übelkeit zu verspüren, die sich dabei noch verschlimmert, statt sich zu bessern. Ich hoffe sehr, dass sie es beherzigen werden. Wenn ich noch einmal darauf hinweisen müsste, käme es mir für meinen Geschmack zu sehr so vor, als würde ich sie bemuttern.

»Alles in Ordnung?«, erkundigt sich Tess über den Tresen hinweg, als sie an der Kaffeemaschine die Rolle der Barista übernimmt.

»Lucy musste krank nach Hause.« Bei so vielen Gästen in Hörweite werde ich nicht ins Detail gehen.

»Schon wieder? Das ist ja nicht so toll für dich. Hast du George mal angerufen?« Tess zwinkert dabei, was ihr nicht leichtfällt und deshalb eher wirkt, als leide sie an Gesichtszuckungen. »Wir müssen aus Date Nummer vierzig unbedingt Date Nummer einundvierzig machen!«

Ich schüttle den Kopf angesichts von Tess' ewigem Optimismus. »Ich werde ihn anrufen, aber nicht aus den Gründen, die du dir erhoffst.«

Sobald sich Tess wieder um ihre Gäste kümmert, beschließe ich, dass es an der Zeit ist, mutig zu sein. Ich stehe gleich vor dem ersten Dilemma, denn ich bin mir nicht sicher, ob ich ihn auf der Station anrufen soll oder auf seinem Handy. Ich entscheide mich für Letzteres. Da er für unser Date, das keins war, im Café vorbeigeschaut hat, fühlt es sich irgendwie so an, als habe es eine kleine Verschiebung von beruflich zu privat gegeben und ihn auf seinem Handy anzurufen, erscheint mir demzufolge angebracht. Ich bekunde damit sowohl mir selbst als auch George gegenüber, dass ich in der Tat sicherstellen möchte, dass es Clive wieder gut gehen wird und dass ich das hier nicht mehr länger ausschließlich wegen meiner Studie tue, sondern weil ich sicher sein möchte, dass er nicht gegen seinen Willen dazu gezwungen wird, nach Hause zurückzukehren.

Das Handy läutet lange. Vermutlich hatte er es während seiner Schicht stumm geschaltet und irgendwo weggeschlossen.

»Hallo, George. Hier ist Keisha«, sage ich, als die Mailbox anspringt. »Ich wollte mich von dir auf den neuesten Stand bringen lassen und nachhören, ob ich irgendetwas tun kann, um Clive zu helfen. Ruf mich zurück. Danke.«

Ungefähr zwei Minuten nach meinem Anruf fällt mir ein, dass er ja gar nicht meine Nummer hat und auch wenn sie vermutlich in der Anrufliste auf seinem Handy erscheinen wird, schicke ich ihm trotzdem noch eine Textnachricht. Wie gut, dass wir uns nicht daten. Wenn wir es täten, wäre das hier so was von uncool.

Ich winke einer beschäftigten Tess zum Abschied zu, schaffe es, zwischen anderen Gästen zu zahlen und so der spanischen Inquisition zu entkommen. Und doch bedauere ich, dass wir heute keine Gelegenheit hatten, uns länger zu unterhalten.

Auf dem Rückweg zur Arbeit und in jedem freien Moment nachdem ich dort angekommen bin, liste ich in Gedanken einige der Gründe auf, warum es Lucy nicht gut gehen könnte. Die

Liste umfasst alles von Schwangerschaft bis zu einer seltenen Tropenkrankheit. Ich steigere mich derart hinein, dass ich bei jeder neuen Diagnose, die mir einfällt, den Drang verspüre, meinen Puls zu messen.

Stattdessen beginne ich die potenziellen Diagnosen aufzuschreiben. Das tue ich mir zuliebe. Ich bin mir bewusst, dass ich sauer bin auf Lucy, weil sie nicht auf meinen Rat hört. Wenn ich nach Hause komme und sie immer noch bei keinem Arzt gewesen ist oder einen Termin ausgemacht hat, werde ich ihr die Liste geben, um darauf hinzuweisen, warum genau es so wichtig ist.

Gerade als ich »Harnwegsinfekt« notiere, klingelt mein Smartphone. Ich bin erleichtert, dass ich nicht gerade einen sechsminütigen Gehtest durchführe, der zu den Standardmarkern gehört, die wir bei unseren Studien verwenden. Wenn das passiert und Lucy nicht hier ist, muss ich ein Klingeln immer ignorieren.

»Hallo«, melde ich mich zaghaft.

»Keisha?«, fragt die Stimme am anderen Ende. Ich erkenne sie sofort und sehe gleich Georges Fransenpony vor mir.

»Ja, ich bin's. Ich hoffe, ich habe dich vorhin nicht bei der Arbeit gestört. Wie geht's Clive?«

»Er weigert sich nach wie vor, nach Hause zurückzukehren.«

»Das überrascht mich nicht.« Es war gar nicht meine Absicht gewesen, das laut zu sagen.

»Es ist eine ungewöhnliche Situation. Das hat selbst die Polizei verlauten lassen.«

»Was passiert denn jetzt? Man kann ihn doch nicht nach Hause schicken, wenn er sich außerstande fühlt, dorthin zurückzukehren.«

»Morgen findet ein fachübergreifendes Treffen statt, um über mögliche Optionen zu reden. Aber ich wüsste wirklich nicht, welche Alternative es im Moment für ihn gäbe. Er hat keine Verwandten, bei denen er wohnen kann. Er weigert sich, in eine Einrichtung für Kurzzeitpflege verlegt zu werden. Das Einzige, was er in Erwägung ziehen würde, wäre der Verkauf seines Hauses und woanders hinzuziehen, aber das Krankenhaus kann ihn natürlich nicht so lange hierbehalten. Er muss vorübergehend irgendwo unterkommen. Es ist schade, dass es keine Verwandten gibt, die ihn für eine Weile aufnehmen können. Leider kann man keine Patenschaft für einen Patienten übernehmen. Wenn ich ihn bei mir zu Hause unterbringen könnte, würde ich das tun, aber meine Eltern würden da nicht mitmachen«, erklärt George.

»Ich hatte ähnliche Gedanken. Er tut mir so leid. Ich wünschte, ich könnte mehr für ihn tun, aber ich sehe keine Möglichkeit. Ich teile mir ein Haus mit einer Mitbewohnerin und zwei Mitbewohnern und selbst wenn ich auf dem Sofa schlafen würde, wäre es nicht praktikabel.« Nun, wo ich es ausspreche, wird mir klar, wie betroffen ich von alldem bin. Clives Geschichte. Die Narben, die uns verbinden. Es entbehrt jeder Logik, und dennoch habe ich ihm versprochen zu helfen. Ein merkwürdiges Gefühl überkommt mich. Ein Gefühl der Zugehörigkeit zu einem geheimen Club, dem ich nie angehören wollte.

»Wann wirst du ihn wieder besuchen?«, erkundigt sich George.

»Ich könnte morgen nach der Arbeit vorbeikommen.« Ich würde ja auch heute noch vorbeischauen, aber es war ein langer Tag, und ich möchte sicherstellen, dass bei Lucy alles in Ordnung ist.

»Dann werde ich zusehen, dass ich auf der Station bin, damit ich dich darüber informieren kann, was das Treffen ergeben hat.«

Ich lächle, wohl wissend, dass er dort sein wird. Das Gespräch lässt mich glauben, dass ich hier gerade zu mehr als nur einem einzigen Menschen eine Verbindung aufbaue.

Nachdem ich aufgelegt habe, stelle ich die Putzutensilien wieder in den Schrank zurück, damit sie für die frühmorgendliche Reinigungskraft bereitstehen, und mir kommt wieder der gleiche Gedanke, den ich abzuschütteln versucht hatte. Dieser leere Raum wird nicht genutzt. Besteht vielleicht die Möglichkeit, ihn einer Nutzung zuzuführen, wenn auch nur für eine Weile?

16

Clive

Man könnte meinen, es handle sich um Zauberei, dass Clive tatsächlich imstande war, eine Tasse Tee zuzubereiten. Er hatte dem Beschäftigungstherapeuten angeboten, ihm auch noch einen Kuchen zu backen, aber der Scherz war bei dem jungen Mann, der ihn begutachten sollte, nicht gut angekommen.

Seitdem war er mehrfach von verschiedenen Seiten beurteilt worden. Abgesehen von seiner Weigerung, sich an Körperöffnungen untersuchen zu lassen, an denen er sich nicht untersuchen lassen wollte, bestand er jedes Mal mit Bravour. Die Ärzte hatten seine medikamentöse Einstellung endlich hinbekommen, und er war nicht länger an diese Überwachungsmonitore angeschlossen. Sie stellten außerdem sicher, dass die Wahnvorstellungen, die er gehabt hatte, genau das und nichts anderes gewesen waren und auch nicht von Dauer. Er hatte es unterlassen, die weiteren Momente zu erwähnen, an die er sich erinnerte, und behielt sie für sich.

Nun, da sie glaubten, dass sich seine Verwirrtheit gelegt hatte und er wieder vollständig mobil war, bekam er immer häufiger die Empfehlung zu hören, die er als beängstigender empfand als alles andere, mit dem er konfrontiert gewesen war: Sie können nach Hause.

Er wollte nicht dorthin zurück. Zu seiner Überraschung war

die Polizei ausnahmsweise einmal auf seiner Seite. Obwohl es im Großen und Ganzen keine Beweise für Clives Erinnerungen gab, hatten sie beschlossen, eine vollständige kriminaltechnische Untersuchung seines Hauses durchzuführen. Es gab Details, die sie Clive nicht erzählten, das war offensichtlich. Aber solange sein Haus ein Tatort war, verschaffte ihm das einen Aufschub. Außerdem machte es ihm Hoffnung, dass er recht hatte. Da stimmte doch etwas nicht, wenn sie bereit waren, alles zu durchsuchen. Dessen war er sich sicher.

Selbst wenn man ihm in Zukunft grünes Licht geben würde, plante Clive, sich zu weigern zurückzukehren. Er wollte ein neues Zuhause. Da er der Besitzer der Immobilie war, machte es das Ganze komplizierter, als wenn er nur Mieter gewesen wäre. Es würde dauern. Das war sein Glück. Er hatte das Haus nach dem Tod seiner Eltern geerbt, die beide im Abstand von fünf Jahren verstorben waren, als er noch in seinen Zwanzigern gewesen war. Das war schon eine Ewigkeit her. Eine Phase seines Lebens, an die er nur noch wenig Erinnerung hatte und die er immer als Trauerjahre beschrieb, wenn sich jemand danach erkundigte.

Das bedeutete, dass Clive eigentlich genug Geld auf der hohen Kante hatte, um eine Wohnung zu kaufen oder zu mieten, ohne dafür auf den Verkauf seines Hauses angewiesen zu sein. Was nicht hieß, dass es so viel war und er es sich erlauben konnte, es vorher noch für einen Hotelaufenthalt zu verplempern. Er musste eine andere Lösung finden.

Das Sozialteam, das sich um ihn kümmerte, suchte nach möglichen Optionen. Da Clive mit moderner Technik nichts am Hut hatte, studierte er auf der Suche nach einer Lösung die Anzeigen in der Tageszeitung, die er sich immer von dem Rollwagen nahm, der vorbeigeschoben wurde. Das ginge notfalls auch, selbst wenn Mieten keine perfekte Lösung war. Er fand die meisten Alternativen verlockender, als in einem Seniorenheim festzusitzen.

Es gab auch einige Häuser, in denen Zimmer frei waren, aber meistens handelte es sich um Studentenzimmer. Er hatte keine Ahnung, wie der Vermieter reagieren würde, wenn er einen Anruf von einem Neunundsiebzigjährigen erhielt, der deshalb bei ihm anfragte. Er war sich sicher, dass die Leute verständnisvoll reagieren würden, wenn er ihnen seine Situation erklärte, aber die Vorstellung von Gemeinschaftsbädern und unordentlichen Küchen hatte ihn bislang davon abgehalten, irgendwelche Anrufe zu tätigen. Er wollte zumindest ein Zimmer mit Bad haben. Genau das war die Sache, wenn man griesgrämig wurde. Er hatte gewisse Ansprüche, und er hatte vor, daran festzuhalten. Er bezweifelte, dass sich ein Studentenhaushalt darum kümmern würde, den Badezimmerboden trocken zu wischen oder die Dusche nach Gebrauch zu reinigen.

Er umkringelte gerade eine weitere aussichtslose Möglichkeit mit einem roten Kuli, als Keisha eintraf. Er war überzeugt gewesen, dass er bei ihrem letzten Besuch einen Schritt zu weit gegangen war und er sie nie wiedersehen würde. Trotz all seiner Schusseligkeit in letzter Zeit erinnerte er sich dennoch daran, dass er ihr seine Narbe gezeigt hatte.

»Geht es Ihnen gut? Sie sehen blass aus«, sagte er.

»Sie sind der zweite Patient, der mir das heute sagt. Meine Freundin Lucy ist ins Krankenhaus eingeliefert worden. Sie ist seit über einer Woche krank, und sie wollen die Ursache herausfinden. Mir geht es gut, ich bin bloß sehr müde. Diese Woche war eine Menge los. Wie geht es Ihnen?«

»Du meine Güte. Ich hoffe, sie können ihr schnell helfen. Da machen Sie sich bestimmt Sorgen.«

Keisha nickte. Sie spürte, wie sie die angesprochene Müdigkeit immer mehr überkam.

»Was mich betrifft, mir geht es viel besser. Und ich möchte raus aus diesem verdammten Laden. Die Ärzte sagen, dass es mir gut genug geht, um entlassen zu werden, das Problem ist nur, dass ich dann nicht weiß, wo ich hinsoll. Wenn ich keine Frau habe, zu der ich heimkehren kann, dann will ich ein neues Heim haben.«

»Sie kommen mir sehr viel munterer vor als bei meinem letzten Besuch.«

»Ich kann es Ihnen gern beweisen und eine Sohle mit Ihnen aufs Parkett legen.«

»Nicht nötig, ich glaube Ihnen auch so.«

»Entschuldigen Sie wegen letztem Mal. Für gewöhnlich rede ich mit niemandem darüber.« Clive rieb sich die Armbeuge. Es war ihm peinlich, dass er seine alte Wunde aus den Trauerjahren so offen gezeigt hatte. Das war sonst nicht seine Art.

»Das trifft auf uns beide zu.«

Clive spürte, dass sie noch etwas hinzufügen wollte, doch sie hielten beide an ihren Wahrheiten fest.

»Stellen Sie sich vor, die Rede ist davon, mich in ein Altersheim zu stecken. Ist das nicht unglaublich? Und das alles nur, weil sie mein Haus jetzt als Tatort betrachten.«

»Tun sie das?«

»Hat irgendetwas mit Einbrüchen in der Nachbarschaft zu tun, und sie wollen überprüfen, ob nicht doch in mein Haus eingebrochen wurde. Dass die Hintertür offen stand, hatten sie auf meine Verwirrtheit durch das Delirium zurückgeführt. Jetzt fragen sie sich, ob nicht doch mehr dahintersteckt. Ich weiß, dass es deren Ansicht nach nicht passiert ist, aber für mich ist es das sehr wohl. Es ist schwer, wenn das, was man für wahr hält, nicht mit der Realität übereinstimmt. Und unter uns gesagt: Dieses ganze Gerede über Einbrüche fühlt sich für mich nicht richtig an. Ich weiß, dass da etwas nicht stimmt. Merken Sie sich meine Worte.«

»Ich glaube nicht …« Keisha verstummte mitten im Satz. »Ich weiß nicht, was ich davon halten soll.«

»Niemand weiß es, glauben tun sie mir trotzdem nicht. Aber ich bin nicht irre, und die Lösung kann nicht darin bestehen, mich in ein Pflegeheim abzuschieben. Ich weiß, dass es mir schlecht ging, aber ich glaube nicht, dass ich schon an diesem Wendepunkt angekommen bin. Sie würden mich ja nicht dort hineinstecken, weil ich Betreuung benötige, sondern weil ihnen sonst nichts anderes einfällt. Jetzt wäre es praktisch gewesen, Kinder zu haben. Ich habe noch nie dringender jemanden gebraucht, der mir seine Schlafcouch anbietet.«

»Gibt es noch andere Möglichkeiten?«

»Ich habe ja schon angefangen, selbst zu suchen.« Clive hob die Zeitung in die Höhe und deutete auf die umkringelten Anzeigen. »Aber die Ausbeute ist nicht groß. Ich bin mir nicht sicher, ob sie einen alten Mann überhaupt in einem Studentenhaus aufnehmen würden.«

»Es sind nicht alle gleich. Ich wohne selbst noch in einem, obwohl ich schon lange keine Studentin mehr bin. Ich würde Ihnen ja Lucys Zimmer anbieten, aber sie teilt es sich mit ihrem Freund, und ich glaube, er hätte ein Wörtchen mitzureden, wenn Sie plötzlich mit im Doppelbett schlafen würden.«

Bei dem Gedanken daran lachte Clive. »Das ist sehr nett von

Ihnen, aber ich werde schon etwas finden. Ich bin mir nur nicht sicher, was. Wie auch immer, Sie sind nicht hergekommen, um sich den Kopf über meine Probleme zu zerbrechen. Sie sind gewiss wegen Ihrer Studie hier. Was müssen Sie zuerst protokollieren? Blutdruck?« Er hob einen Arm, wie er es regelmäßig für die Pflegekräfte tat.

»Nein. Heute nicht. Mein Vorgesetzter hat mir nach allem, was mit Lucy passiert ist, heute freigegeben. Sobald ich wieder da bin, werde ich einen Termin für Sie buchen. Vielleicht sind Sie ja beim nächsten Mal in der Lage, ins Kardiolabor der Uni zu kommen.«

»Sie müssen dort ohne Lucy gerade viel zu tun haben. Wie geht es ihr denn?«

Auf Keishas Gesicht wechselten sich eine Reihe von winzigen Grimassen ab. Ganz offenbar hatte sie seine Frage überrascht. Sie kämpfte mit den Tränen. Clive sah es ihr an. Sie erinnerte ihn an Nancy, wenn sie mit aller Kraft versuchte, nicht zu weinen. Er schüttelte den Kopf, erinnerte sich ebenfalls an all die vielen Abende, an denen er allein vor dem Fernseher gesessen hatte. Diese Erinnerung war nicht möglich. Und doch war sie da. Die Frau, die seine Ehefrau war und doch wieder nicht.

»Sie wird eine Weile nicht arbeiten können.«

Clive benötigte einen Moment, um sich zu erholen. »Ich hoffe, dass es ihr bald wieder besser geht. Eine junge Frau wie sie sollte nicht wegen irgendwelcher Krankheiten in der Klinik landen. Hier, essen Sie etwas Obst.« Er hielt ihr den Korb hin, den er von seinen Freunden aus der Kleingartenanlage erhalten hatte.

Keisha entschied sich für eine Clementine, und Clive nickte zustimmend. Damit wären ihre Hände länger beschäftigt als bei irgendeiner anderen Frucht, und sie war erst einmal abgelenkt.

»Es stammt natürlich nicht alles aus unseren Gärten. Manches haben sie auch beim Obst- und Gemüsehändler gekauft. Meine Freunde aus der Anlage sind in Ordnung.« Dorthin wollte er auf jeden Fall zurück. Irgendwie wurde er das Gefühl nicht los, dass das wichtig war.

Keisha schälte die Frucht bedächtig und zog die weißen Fasern ab, die sich nicht mit der Schale abgelöst hatten.

»Es war nett von Ihren Freunden, dass sie das für Sie getan haben. Danke, dass Sie mit mir teilen. Ich habe das Gefühl, dass ich Vitamin C benötige. Es mangelt mir gerade an Selbstfürsorge. Normalerweise achte ich besser auf mich.«

»Obst und Gemüse sind sehr wichtig. Deshalb habe ich auch meinen Schrebergarten. Lebensmittel aus eigenem Anbau hielt ich immer schon für ein gutes Konzept. Gut für die Umwelt, und ich weiß, dass es bio ist, wenn ich mich allein darum gekümmert habe. Deshalb finde ich Ihre Studie so faszinierend. Mir gefällt die Vorstellung, dass Rote-Bete-Saft irgendwie gut für mich ist.« Er hatte heute Morgen als Erstes ein weiteres Glas erhalten.

»Es wird uns hoffentlich gelingen, das zu beweisen, auch wenn es eine Weile dauert.« Keisha kaute und starrte vor sich hin, während sie eine saftige, fruchtige Spalte nach der anderen in den Mund schob. Sie schien mit ihren Gedanken ganz woanders zu sein, und Clive entschied, sich an dem nachdenklichen Schweigen zu beteiligen und auch eine Clementine zu essen. Es freute ihn nicht nur, dass Keisha zurückgekehrt war, sondern auch, dass sie als Besucherin gekommen war. Es hätte eine peinliche Stille sein können, doch sie war alles andere als das, er empfand sie sogar als angenehm.

»Was wäre, wenn es noch eine weitere Alternative gäbe?«

»Zu Früchten und Gemüse?«

»Zum Pflegeheim. Wenn Sie woanders wohnen könnten. Allerdings nur zeitweise.«

»Hätten Sie denn etwas in petto?«

»Möglicherweise. Nur genau genommen bin ich mir nicht sicher, ob es zulässig ist.«

»Müsste ich mir dabei das Badezimmer teilen?«

»Nein, Sie hätten Ihr eigenes.«

»Müsste ich mir dabei die Küche teilen?«

»Nur mit mir.«

Clive fragte sich, ob er wirklich von seinem Delirium geheilt war, denn im Augenblick fühlte er sich wieder ziemlich verwirrt. »Wo ist der Haken?«

»Es dürfte niemand davon erfahren. Wir müssten vorerst so tun, als würden Sie bei mir im Haus wohnen.«

»Ich verstehe es immer noch nicht.«

»Sie können doch wieder laufen, oder?«

»Durchaus. Ich verbringe die Hälfte meiner Tage damit, diese langweiligen alten Flure abzulaufen.«

»Das hier muss niemand mitbekommen. Machen wir doch einen kleinen Spaziergang, und ich werde es Ihnen erklären.«

Ohne überhaupt gehört zu haben, wie der Plan aussah, wusste Clive, dass er zustimmen würde.

Keisha hatte etwas an sich, das ihn glauben ließ, sie sei diejenige, die ihn retten würde. Was ihn verwunderte, da er die letzten Wochen von einer ganzen Reihe von Medizinern umgeben gewesen war. Sein Leben lag doch gewiss in deren Händen. Aber er würde viel lieber Keisha trauen. Manche mutige Entscheidung musste man mit dem Herzen treffen, und ihrem vertraute er bedingungslos.

17

Keisha

Die Idee ist simpel. Als sie mir in den Sinn kommt, empfinde ich sie als überaus brauchbar, weshalb ich sie nicht zu ignorieren vermag. Bevor ich sie mir wieder ausreden kann (was ich im Laufe des Abends noch des Öfteren versuchen werde), erzähle ich Clive davon.

Und nicht nur Clive, sondern auch George. Eine medizinische Fachkraft, die meinen Vorschlag gutheißt, macht die ganze Sache irgendwie akzeptabel.

Der Plan lautet schlicht und einfach, dass Clive entlassen wird, um bei mir zu wohnen. Was nicht ganz der Wahrheit entspricht, denn er wird im Labor wohnen.

Als mir der Gedanke in den Sinn kommt, sehe ich ihn als Möglichkeit, zwei Probleme auf einmal zu lösen: Clive bekommt eine Unterkunft und ich Gesellschaft während Lucys Abwesenheit. Keine meiner Ängste stürzt sich gleich auf diese Idee. Das wird erst später kommen.

»Was ist denn im Labor? Wo werde ich da schlafen?«, erkundigt sich Clive, nachdem ich mit meiner genialen Idee herausgerückt bin.

»Nun, das ist ja das Tolle. Es gibt dort einen Schlafraum. Wir haben ein Schlaflabor in unserem Institut. Das benötigen wir, wenn Herzpatienten über Nacht überwacht werden müssen. Aber da das bei keiner der laufenden Studien notwendig ist, wird es im Moment nicht benutzt.«

Wir sitzen im Coffeeshop an der Vorderseite des Krankenhauses. Dieser Aufenthaltsort ist zwar nicht gerade top secret, aber der ganze Trubel um uns herum bedeutet, dass niemand unser Gespräch zufällig mitanhört. George verbringt seine Mittagspause hier mit uns.

»Werden es die anderen Unimitarbeiter denn nicht mitbekommen?«, fragt er und nimmt einen Schluck von seinem Kaffee.

»Es ist ein separater Raum innerhalb des Labors, in dem ich arbeite. Nur Lucy und ich halten uns dort auf. Unser Vorgesetzter ist hier im Krankenhaus tätig. Er schreibt unsere halbjährlichen Beurteilungen und lässt uns ansonsten einfach machen. Selbst die Reinigungskräfte treffen erst später am Tag ein, wenn eine Schlafstudie im Terminkalender vermerkt ist.«

Ich weiß nicht genau, wieso, aber mir gefällt der Gedanke, Clive helfen zu können. Die Begeisterung in meiner Stimme überrascht mich.

»Also würden sie gar nicht wissen, dass ich dort bin? Gibt es denn keinen Sicherheitsdienst, der auf dem Campus kontrolliert?«

»Normalerweise würde er das tun, aber wenn eine Schlafstudie stattfindet, teilen wir den Leuten vom Sicherheitsdienst das mit, damit sie wissen, dass sich jemand im Gebäude aufhält.«

»Wird das nicht deinen Chef alarmieren?« George fummelt an einem Zuckertütchen herum. Offenbar ist sein Kaffee nicht süß genug, denn er fügt schon das zweite hinzu.

»Ich werde einfach den Onlineterminkalender mit Schlafstudien blocken, dann wird uns der Sicherheitsdienst in Ruhe lassen. Sie geben so etwas nicht an meinen Chef weiter. Sie hätten keinen Grund, es in Frage zu stellen.«

»Und was ist tagsüber? Da gehen bei Ihnen doch Leute aus und ein, nicht wahr? Muss ich mich dann den ganzen Tag in einem Raum verstecken?«, erkundigte sich Clive.

»Genau das ist der Punkt, bei dem ich hoffe, dass der Plan auch mir zugutekommt. Jetzt, wo Lucy krank ist, gibt es eine Menge zusätzlicher Arbeit, die erledigt werden muss. Ich habe mich gefragt, ob Sie vielleicht aushelfen könnten und ein paar Dinge übernehmen würden.«

»Und was zum Beispiel?«, erkundigt sich Clive in einem Ton, der nicht unfreundlich klingt, sondern eher, als hätte ihn die Neugierde gepackt.

»Ans Telefon gehen. Die Studienteilnehmer mit heißen Getränken und Keksen versorgen. Sicherstellen, dass die Geräte abgewischt sind. Also keine schweren Aufgaben, aber alles Dinge, die mich Zeit kosten und die ich neben dem Sammeln all der Daten eigentlich gar nicht leisten kann. Lucy und ich haben den Laden für gewöhnlich fest im Griff. Wenn Sie das Gefühl haben, es nicht zu schaffen, dann werde ich zusehen, dass mir eine Studentin oder ein Student aushilft.« Es ist viel verlangt, das wird mir erst klar, als ich es ausspreche, denn er ist schon längere Zeit im Ruhestand. Aber ich stelle auch fest, dass ich es viel lieber hätte, wenn Clive mir hilft, anstatt jemand anders. Ich fühle mich ihm verpflichtet, und das wird uns beiden eine Hilfe sein. »Natürlich müssen Sie es nicht tun, aber so könnten wir tagsüber sagen, dass Sie als Ehrenamtlicher aushelfen, und dann würde es niemand in Frage stellen, wenn Sie das eine oder andere erledigen.«

»Hört sich gut an.« Clive nimmt sich ein Marshmallow, das als Beilage zu seinem Kakao gehört, und grinst.

»Wie lange könntest du ihn dort unterbringen? Was machst

du, wenn Lucy zurückkommt?«, fragt George, der ein drittes Zuckertütchen in seinen Kaffee entleert. Seine Besorgnis ist ja ganz reizend, dass er eine Naschkatze ist, allerdings nicht.

Mir wird bewusst, dass ich so weit gar nicht gedacht habe. Clive hat ein Problem, und das hier könnte eine Lösung sein – weiter war ich bisher nicht gekommen.

»Ich glaube, wir könnten damit zwei oder drei Wochen durchkommen. Was Lucy angeht, werde ich es ihr nur sagen, wenn es absolut nötig ist. Sie müssen erst einmal herausfinden, was ihr fehlt und dann dafür sorgen, dass sie wieder gesund wird, bevor sie darüber nachdenken, sie zu entlassen. Nach dem, was sie mir heute erzählt hat, wird es wohl einen Monat dauern, bis sie wieder arbeiten kann.«

»Einen Monat. Die Ärmste«, sagt George in seinen Kaffee hinein. »Das verschafft uns also gut drei Wochen, um eine dauerhaftere Lösung für Clive zu finden. Ist das machbar?«

»Sollte der Notfallplan ein Altersheim beinhalten, ist es mit unserer Freundschaft vorbei, George.« Clive lächelt, während er dies sagt.

»George hat nicht ganz unrecht. Wir müssen uns eine langfristige Lösung einfallen lassen ... Wenn Ihr Haus dafür nicht mehr in Frage kommt, wie geht es dann weiter?« Seit ich auf diese Idee gekommen war, hatte ich kein einziges Mal mehr an meinen Puls gedacht. Bis jetzt. Ich zwinge mich, das Verlangen zu ignorieren.

»Ich habe genug Rücklagen, um mir eine kleine, möglichst seniorengerechte Wohnung irgendwo in der Nähe der Kleingartenanlage zu mieten oder zu kaufen. Auf dem Weg dorthin haben sie doch einiges neu gebaut, das gerade erst fertig geworden ist. Vielleicht kann ich mir da ja etwas reservieren lassen?«

»Wir müssen den Ball so schnell wie möglich ins Rollen bringen. Es ist nicht ideal, aber durchführbar. Auch wenn ich noch nie von so etwas gehört habe.«

George zwinkert mir zu und es durchfährt mich wie ein elektrischer Schlag. Es ist beängstigend und aufregend zugleich. Da ist wieder dieses Flattern in meinem Bauch, und dieses Mal kann ich es nicht so leicht auf das Essen schieben.

»Kann das wirklich funktionieren?« Plötzlich melden sich Zweifel bei mir. Es ist eine simple Idee, bis ich anfange, über all die Variablen nachzudenken.

Clive und George lächeln beide und nicken.

Erst als ich auf dem Nachhauseweg bin, beginne ich all die Dinge aufzulisten, die schieflaufen könnten.

Mein Chef könnte es herausfinden, und ich würde meinen Job verlieren.

Es könnte einen Feueralarm geben und Clive dabei entdeckt werden.

Oder es könnte ein echtes Feuer geben, und man würde ihn gar nicht mehr finden.

Er könnte sich nicht als der nette alte Herr erweisen, für den ich ihn halte, und stattdessen splitterfasernackt über den Campus rennen.

Er könnte wie Lucy sein, und ich müsste regelmäßig die Erste-Hilfe-Tasche hervorholen.

Es gibt so viele Dinge, die schiefgehen könnten, dass ich, als ich zu Hause ankomme, das Einzige tue, wozu ich noch imstande bin … Ich rolle mich unter der Bettdecke zusammen, lege meine Finger auf den Pulspunkt und schlafe zu meinem sanften Herzschlag ein.

ZWEITER TEIL

Der rechte Ventrikel

Die rechte Herzkammer, die das
sauerstoffarme Blut zur Lunge pumpt.
Mit anderen Worten: Wo wir wieder aufleben …

18

Clive

Es war ein echtes Abenteuer gewesen, zu Keishas Arbeitsplatz in der Universität zu gelangen. Das Krankenhaus hatte Clive offiziell zu Keishas Wohnadresse entlassen, was bedeutete, dass er vom Krankentransport dort abgesetzt worden war. Die Mitarbeiter hatten freundlicherweise dafür gesorgt, dass er sicher ins Haus gelangte, und ihm die Taschen hineingetragen.

Clive hatte ein etwas schlechtes Gewissen, dass alles nur Täuschung war. Weder würde Keisha auf dem Sofa schlafen, wie sie behauptet hatten, noch er ihr Schlafzimmer benutzen.

Stattdessen hatte jeder von ihnen eine Tasse Tee getrunken und eine Clementine gegessen, während sie darauf warteten, dass Georges Schicht zu Ende war und er sie zum zweiten Teil der Reise abholte.

Nun war Clive zum zweiten Mal an diesem Tag abgesetzt worden. Dieses Mal hatten George und Keisha einen Tanz um ihn gemacht und dafür gesorgt, dass seine Habseligkeiten und alles andere, was er brauchte, vor Ort waren. Keisha hatte ihn mit Sandwiches und allem Nötigen für ein improvisiertes abendliches Picknick an seinem vorübergehenden Wohnsitz versorgt.

Es war spät am Tag, als die beiden gingen. Er schickte sie fort, versicherte ihnen, dass sie schon genug für ihn getan hätten. Keisha hatte ihm Anweisungen für sämtliche Geräte in der kleinen Küche gegeben. Er hatte der jungen Frau gegenüber nicht unhöflich sein wollen und es unterlassen, ihr zu erklären, dass er durchaus wusste, wie man Wasser in einem Kessel kochte, da er es in seinem Leben schon unzählige Male getan hatte. Sie gaben schließlich beide ihr Bestes, um sicherzustellen, dass es ihm gut ging.

Und es ging ihm gut. Zumindest halbwegs.

Jetzt, wo er allein war, hatte die neue Umgebung doch etwas Unheimliches an sich. Er wurde das Gefühl nicht los, dass er sich irgendwo aufhielt, wo er nichts zu suchen hatte.

Keisha hatte ihm versichert, dass es in Ordnung sei, das Licht in der Kochnische und im Schlafraum selbst anzulassen, aber wenn es dunkel war, sollten die Lichter im Hauptraum ausgeschaltet sein, um keine unnötige Aufmerksamkeit zu erregen. Angesichts der Schlafstudie, die Clive als Vorwand für seinen Aufenthalt diente, hätte das eigentlich kein Problem darstellen dürfen, würde allerdings auch nur ein einziges Mal als Ausrede funktionieren. Die Sicherheitsleute könnten anfangen, Fragen zu stellen, wenn jede Nacht dieselbe Testperson hier herumspazierte. Stattdessen hatte er eine kleine Taschenlampe, die er benutzen sollte, wenn er in der Dunkelheit noch einmal in die Teeküche gehen wollte.

Im Augenblick stand er im Labor zwischen Schlafraum und Küche. Die Taschenlampe war ausgeschaltet, als wäre er ein Einbrecher, der auf Beute aus war und nicht erwischt werden wollte. Für eine Weile genoss er einfach nur das Nichtvorhandensein von Geräuschen. Nach seinem Aufenthalt im Krankenhaus, wo es nachts so laut war wie am Tag, hatte er vergessen, wie es sich anfühlte, von Stille umgeben zu sein.

Jetzt im Dunkeln, als nur die grünen Leuchtzeichen für die

Notausgänge den Raum erhellten, sah es aus wie in jedem anderen öffentlichen Gebäude. Das hier hätte eine Hausarztpraxis sein können oder eine Schule oder ein Fitnessstudio. Hätte er nicht gewusst, wo er sich befand, wäre es ihm schwergefallen, es allein anhand der Einrichtung zu erkennen. Es gab Stühle und Tische und eine einzelne Stange, die an einer Wand entlanglief. Neben einem Heimtrainer befand sich ein großer Bereich, wo Matten auf dem Boden lagen und fünf Rollwagen mit medizinischen Geräten und Ausrüstung standen. An einer Seite lagen Gymnastikbälle, und alles hier war ordentlich gestapelt.

Im Labor gab es nur zwei Fenster zur Außenwelt. Eins in der Nähe des Empfangs und das andere am gegenüberliegenden Ende. Der Schlafraum, der vorübergehend ihm gehörte, hatte auch ein Fenster, aber die Vorhänge waren zugezogen und würden es in absehbarer Zukunft auch bleiben. Er befand sich hier im Erdgeschoss und konnte keine vorbeilaufenden Studenten gebrauchen, die einen Blick auf seine Habseligkeiten warfen. Sein großer Koffer mit seinem Hab und Gut, das die Polizei für ihn zusammengetragen hatte, könnte ein klares Indiz dafür sein, dass er sich nicht nur für ein, zwei Nächte hier aufhielt.

Eines der Dinge, die er im Krankenhaus vermisst hatte, war sein allabendlicher Schlummertrunk: eine Tasse mit heißem Kakao. Man konnte es kaum als Laster bezeichnen, aber er war verrückt nach heißem Kakao, und wenn er hin und wieder Probleme mit dem Schlafen hatte, gab er noch einen Schuss Whisky hinzu.

Hier gab es keinen Whisky. Als Keisha und George ihn gebeten hatten, eine Einkaufsliste mit den Dingen zu schreiben, die er gern hier hätte, hatte er sich in dieser Hinsicht beherrscht. Aber er hatte Kakao auf die Liste gesetzt, und allein, etwas so

Simples wie in der Lage zu sein, sich selbst Wasser zu kochen, war schon ein Luxus. Es hatte ihm ganz und gar nicht gefallen, dass ihn der Beschäftigungstherapeut bei solchen Dingen beaufsichtigte, als wäre er ein kompletter Idiot.

Während er die rote Leuchte an dem Kocher betrachtete, die anzeigte, wann das Wasser kochte, kehrten seine Gedanken zu dem zurück, was ihn hierher geführt hatte. Wann immer er daran zurückdachte, sah er die Blutlache auf den Teppichfliesen vor sich. Und er spürte den Schmerz, der ihn bei diesem Anblick durchfuhr. Diese Bilder waren ihm immer noch so präsent, dass sie unmöglich seiner Einbildung entsprungen sein konnten. Er glaubte nicht, dass er sie sich eingebildet hatte, und das war zum Teil der Grund, warum er es nicht fertigbrachte, zurückzukehren.

Er entschied sich, eine kleine Runde durch den Raum zu drehen, in der Hoffnung, diese Dinge dabei zu vergessen. Um das Gefühl abzuschütteln, einen geliebten Menschen verloren zu haben, was er einfach nicht zu begreifen vermochte. Im Dunkeln kam ihm alles anders vor. Es war merkwürdig, an einem Ort zu sein, der zu dieser Zeit normalerweise nur von Mäusen aufgesucht wurde – jedes Papierrascheln musste man den Geschöpfen der Nacht zuschreiben.

Nachdem er zur Kochnische zurückgekehrt war, schaffte es Clive, alles Nötige für die Zubereitung seines heißen Kakaos zu finden. Im Schein der Taschenlampe trug er die Tasse in den Schlafraum hinüber und schloss sich für die Nacht ein.

Es war ein eigenartiges aber irgendwie auch willkommenes Gefühl in einem so kleinen Kokon. Es sollte ja nur für kurze Zeit sein, und war es nicht so, dass man aus Kokons wiedergeboren werden konnte?

Es gab nicht viel Platz. Da war ein Einzelbett mit einer Nachtkommode und einer Lampe. Das Bettzeug war von etwas besserer Qualität als die Krankenhausdecken, und alles war in Beige gehalten. Der Teppich, die Wände, die Bettbezüge. Offenbar um eine gemütliche Atmosphäre zu schaffen. Verfehlte damit aber sein Ziel.

Da waren noch andere Kleinigkeiten, die in einem normalen Hotelzimmer nicht vorkamen. Zunächst einmal gab es eine Kamera. Keisha hatte ihm versichert, dass sie ausgeschaltet war und nur zu Studienzwecken diente. Außerdem war da auch ein TV-Monitor, der nicht zum Fernsehen gedacht war. Auch er diente Beobachtungszwecken bei bestimmten Studien. Und glücklicherweise befand sich Clive nicht als Proband hier, um über Nacht beobachtet zu werden. Er würde es mit Sicherheit nicht vermissen, mit Messsonden an seinem Körper schlafen zu müssen.

Während er den Kakao ein wenig abkühlen ließ, packte er einige Dinge aus seinem Koffer in die drei Schubladen der kleinen Nachtkommode. In die oberste legte er seine persönlichen Dinge: seine Schrebergartenkladde, das Witzebuch in dem er abends gern hin und wieder blätterte, wenn er niedergeschlagen war und ein paar saubere Taschentücher. In die anderen Schubladen quetschte er so viele Kleidungstücke hinein, wie es eben ging. Den Rest ließ er im Koffer, da es sonst keine anderen Möglichkeiten gab, sie unterzubringen. Nachdem er der Polizei geschildert hatte, was er benötigte, hatten sie ihm einige Sachen mitgebracht, und er freute sich, dass darunter viele seiner Lieblingsstücke waren (wie beispielsweise sein helles Hemd, die Fliege mit Schottenkaro, die er so sehr mochte, und seine Filzpantoffeln).

Es war alles ein wenig gewöhnungsbedürftig, aber auch wenn es nicht perfekt war (denn das würde es niemals wieder für ihn sein), so reichte es für den Moment doch vollkommen.

Zum Glück gab es ein Badezimmer, und darin packte er seinen Kulturbeutel aus, zog seinen Schlafanzug an und machte sich fertig fürs Bett. Er war froh, dass es eine Dusche gab, die er benutzen konnte. Wenn Keisha von ihm erwartete, dass er hier aushalf, wollte er nicht Gefahr laufen, die ganze Zeit über unangenehm zu riechen.

Während er es sich mit seinem Witzebuch und dem Kakao im Bett bequem machte, kam er zu dem Schluss, dass das hier vielleicht nicht gemütlich, aber zumindest praktisch war und einem Aufenthalt im Hotel gleichen würde. Zumindest sorgte der cremige, süße, heiße Kakao für etwas Behaglichkeit.

»Ahhh …«, sagte er laut, nachdem er einen Schluck von dem leckeren Kakao genommen hatte, und lauschte der Stille, die nicht von Bett Nummer vier mit seinem Kreischen nach Aufmerksamkeit gestört wurde. Hätten sie ihn in ein Pflegeheim verfrachtet, wäre das so weitergegangen. Er hatte Glück, dass er sich nun in dieser einmaligen Lage befand, und das hatte er seinen neuen Freunden zu verdanken. Es tat gut, die Erfahrung zu machen, dass es in dieser für ihn so schweren Zeit dort draußen gute Menschen gab. Er wünschte nur, der Grund wäre ein anderer gewesen, und nicht, weil er Nancy verloren hatte. Denn was auch immer geschehen sein mochte, sie war auf jeden Fall fort.

Er erinnerte sich nicht gern zu dieser Tageszeit daran, aber seine Gedanken kehrten unweigerlich immer wieder dorthin zurück.

Als er schließlich die kleine Leuchte ausschaltete und sich die Decke bis zum Kinn zog, wusste er, dass er hier sicher war. In seinem Schlafkokon würde ihn niemand finden. Es waren einzig seine Gedanken, die ihn quälten. Er war noch nicht am Ende des Weges angelangt, dieser Tatsache vermochte er nicht zu entkommen. In Wahrheit wusste er, dass er noch weit davon entfernt war. Etwas beunruhigte ihn. Inmitten dieses ganzen Wirrwarrs aus falschen Erinnerungen musste es irgendetwas geben, das real war. Es *war* Nancy. Dessen war er sich ziemlich sicher. Aber wie konnte das sein? Wenn ihm die Polizei doch versichert hatte, dass es sich anders verhielt?

In dieser fremden Umgebung ergab nichts davon einen Sinn. Hier gab es nichts Greifbares, auf das er seine Erinnerungen stützen konnte. Wenn er irgendwo wäre, wo er sich auskannte, würde ihm vielleicht wieder genauer einfallen, was geschehen war. Auch wenn ihm der Gedanke daran Angst einjagte, würde er gern seinem Schrebergarten einen Besuch abstatten, um herauszufinden, ob das hilfreich war. Möglicherweise würde dann ein klareres Bild in sein Bewusstsein gelangen. Er brauchte etwas in der Art.

Denn egal wie unmöglich es auch schien, er vermochte das Gefühl nicht loszuwerden, dass ein Verbrechen begangen worden war.

19

Keisha

Abgesehen von mir selbst, gibt es nur drei Leute, die über das vorübergehende Wohnarrangement mit Clive Bescheid wissen. Logischerweise Clive selbst und außerdem noch George und Tess.

Es ist besser, niemandem sonst davon zu erzählen. Je mehr Leute Bescheid wissen, desto größer ist die Gefahr, dass etwas durchsickert. Aber auf Tess kann ich mich verlassen. Mit Ausnahme von Lucy ist sie der Mensch, dem ich am meisten anvertraue. Die Vorstellung, jeden Tag zum Mittagessen bei ihr vorbeizuschauen, ohne ihr zu erzählen, dass ich einem älteren Herrn Unterschlupf im Labor gewähre, stellt eine Unmöglichkeit für mich dar. Aufgrund dessen und weil ich viel früher als sonst für die Arbeit fertig bin, gehe ich noch bei ihr im Café vorbei. Ausnahmsweise kommt es mir so vor, als könnte ich etwas Glitzer gut gebrauchen.

»Glaubst du wirklich, dass das die beste Lösung ist?«, erkundigt sich Tess.

»Zumindest ist es überhaupt eine Lösung. Clive hat nicht gerade viele Optionen.« Eigentlich erschien mir das Ganze anfangs simpel, doch inzwischen kommt es mir kompliziert vor. »Außerdem ist er bereits da.«

»Schon?«

»Ja.«

Tess' Reaktion ist nicht so Vertrauen fördernd, wie ich gehofft hatte. Ganz besonders nach einer schlaflosen Nacht voller Sorge.

»Frag ihn doch, ob er Lust hat, morgens zum Frühstück im Café vorbeizukommen. Ein Mann kann ja nicht nur von Mikrowellenmahlzeiten leben.« Ich bin mir ziemlich sicher, dass die Ernährung mancher Studenten diese Theorie widerlegen könnte. Ich wäre sogar bereit, eine Wette abzuschließen, dass eine klinische Studie dies belegen würde, aber ich spreche es nicht aus. Das wäre unpassend, da Tess es so gut mit Clive meint. »Es wäre sehr viel besser für seine Tarnung, wenn er von hier käme, anstatt jeden Tag quasi aus einem Schrank hervorzuspringen. Was glaubst du, was die Reinigungskräfte davon halten werden, wenn er das tut?«

Das ist ein stichhaltiges Argument.

Auf ihren Vorschlag hin rufe ich ihn im Labor an, um ihn zu seiner ersten Mahlzeit im Café einzuladen und damit die beiden sich kennenlernen können.

Im Café ist heute Morgen viel los. Tess hat sich kürzlich eine Menge einfallen lassen, um mehr Gäste anzuziehen und eine beständigere Kundenfrequenz zu erreichen. Offenbar hat sie damit Erfolg. Erst kürzlich hatte sie beiläufig neue Ideen erwähnt, bei denen es um Treuekarten ging und darum, verschiedene Gruppen einzuladen, die das Café als Treffpunkt nutzen könnten.

Anstatt mich hinzusetzen und zu warten, begebe ich mich hinter den Tresen um mitzuhelfen. Ich entdecke mehr und mehr, dass sich die Anzahl meiner Pulsmessungen verringert, wenn ich beschäftigt bin.

»Einen Kaffee bitte, schwarz, und einmal Gib-Gutes-weiter.«

Ich notiere die Bestellung. »Was hat es denn damit auf sich?«

»Etwas Neues, das ich gerade ausprobiere. Ich habe den Preis für Kaffee leicht gesenkt und gebe meinen Gästen die Chance für eine gute Tat, was bedeutet, dass sie den Kaffee für jemand anders bezahlen, der in Not ist. Wenn jemand vorbeikommt, der bedürftig ist, kann er umsonst einen Kaffee trinken. Das Gleiche mache ich beim Frühstück. Also, wenn Clive vorbeikommt, dann geht das Essen aufs Haus. Es funktioniert wunderbar, und es ist schön zu wissen, dass auf diese Weise Menschen geholfen werden kann.« Während Tess mit mir spricht, schafft sie es, gleichzeitig die Kaffeemaschine zu bedienen und sicherzustellen, dass die Bestellungen zum Frühstückskoch in die Küche durchgehen.

»Das ist großartig. Und wo wir gerade von Clive reden, er sollte eigentlich inzwischen hier sein.« Ich nehme zwei weitere Bestellungen entgegen, aber ich merke, dass Tess gut ohne mich zurechtkommt. Wenn man sie hinter dem Tresen in Aktion sieht, ist das ein bisschen so, als würde man sich ein Vortanzen für *Dancing on Ice* anschauen – bloß dass sie mit mir als Partnerin am Ende bei der Bewertung mit null Punkten dastehen würde.

Ich stehe ihr nicht länger im Weg und kehre an meinen Stammplatz zurück und starre von dort aus auf die Tür, als könnte ich Clive durch reine Willenskraft dazu bringen hindurchzutreten.

»Vielleicht ist er unterwegs falsch abgebogen«, mutmaßt Tess.

»Er sagte, er würde ohne Probleme herfinden. Ich hätte mich ja mit ihm getroffen und ihm den Weg gezeigt, wenn ich gewusst hätte, dass er sich möglicherweise verläuft.« Ich wäre besser zurückgegangen und hätte ihn hierher begleitet.

In der Nacht hatte ich eine lange Liste möglicher Probleme

erstellt, die mit Clive im Schlaflabor auf mich zukommen könnten. Sie alle sind natürlich rein hypothetisch, besitzen aber ein gewisses Potenzial, beispielsweise:

- Ein Elefant (in der Größenordnung eines Dinosauriers) könnte über den Campus stürmen und dabei das Schlaflabor niedertrampeln.
- Es könnte ohne jegliche Vorankündigung eine Kontrolle stattfinden.
- Die Entdeckung einer weiteren nicht detonierten Bombe aus dem Zweiten Weltkrieg könnte zu einer Notevakuierung mitten in der Nacht führen.
- Ein Schwarm fliegender Ameisen könnte das Universitätsgelände besetzen.

Die Liste der Möglichkeiten ist umfangreich und wird immer länger, aber während ich so dasitze und warte, wird mir mit einem Mal klar, dass die Liste total falsch ist. Ich habe nicht genug über Clive selbst nachgedacht. Er ist bei dieser ganzen Sache die wichtigste Variable. Die Universität hat ihre Verhaltensmuster: Türen, die zu bestimmten Zeiten geschlossen werden, Sicherheitspatrouillen, die in bestimmten Abständen stattfinden, gewisse Bereiche, die nur von befugtem Personal betreten werden dürfen. Über solche Dinge sollte ich mir überhaupt keine Gedanken machen. Aber über Clive. Clive und seine Herzerkrankung. Clive mit seiner kürzlichen Vorgeschichte von Wahnvorstellungen. Clive, der stürzen könnte. Clive, der wieder verwirrt sein könnte.

Es war noch gar nicht so lange her, da war er in seinem Schrebergarten zusammengebrochen und hatte unvorstellbare Dinge geglaubt. Hatte ich wirklich gedacht, dass er in der Lage sein würde, den Weg hinaus aus einem ihm fremden Gebäude bis zu einem Café zu finden, wo er noch nie zuvor gewesen war? Es war völlig unlogisch von mir gewesen, so etwas anzunehmen, und dennoch hatte ich seiner Behauptung geglaubt, dass es überhaupt kein Problem für ihn darstelle.

In diesem Moment wird mir bewusst, dass dieser ganze Plan möglichweise mehr umfasst, als diesem Mann einfach nur irgendwo für eine Weile einen Platz zum Schlafen zu geben. Für die Dauer seines Aufenthalts im Labor bin ich seine Betreuerin.

»Ich schaue besser mal nach, ob ich ihn finde«, sage ich, nicht mehr länger in der Lage, meine Ängste mit Kaffee zu stillen.

»Sag mir Bescheid, wenn du ihn gefunden hast. Sollte er verschwunden sein, kann ich das Café schließen. Ich bin mir sicher, einige meiner Gäste hätten nichts dagegen, sich falls nötig in den benachbarten Straßen umzusehen. Insbesondere wenn er sich bloß verlaufen hat.«

Ich gehe nach draußen in den frischen Wind. Die grauen Wolken türmen sich, drohen mit Sturm. Mein Herz hämmert, hüpft auf meinem Brustbein wie auf einem Trampolin, und ich spüre die Wärme in meinen Wangen, als mein Körper auf die Vorstellung reagiert, dass Clive nicht dort ist, wo er sein sollte. Das Wetter trägt auch nicht gerade dazu bei, mir etwas von meiner Besorgnis zu nehmen, da es nicht mehr lange dauern wird, bis es umschlägt. Ein echter englischer Vorfrühling eben.

»Alles in Ordnung bei Ihnen, Keish? Sie sehen aus, als wären Sie gejoggt«, sagt eine Stimme, sobald ich das Café verlassen habe.

Es ist Clive, der auf dem einzigen Stuhl sitzt, den man aus dem Inneren des Cafés nicht sehen kann. Und er raucht eine Zigarette.

Zum ersten Mal in meinem Leben verspüre ich das Bedürfnis, jemanden zu erwürgen. Nicht zuletzt wegen seiner beiläufigen Abkürzung meines Namens, die ihn wie »Quiche« klingen lässt.

»Ich heiße Keisha«, betone ich. »Und Sie sollten mit Sicherheit nicht rauchen.« Ich wedle die Reste vom Qualm weg, die der Wind in meine Richtung bläst.

»Macht der Gewohnheit, fürchte ich. Einer der Studenten hat mir eine angeboten, und ich konnte einfach nicht widerstehen. Nancy mochte es nicht, wenn ich geraucht habe, aber ich gehöre zu einer Generation, in der einem nicht klar war, dass das etwas Schlechtes ist. Und ich fand, dass ich mir nach den letzten Wochen wirklich eine Kippe verdient habe. Ich dachte, eine könnte nicht schaden, und falls doch, wäre es mir vermutlich ziemlich egal.«

»Nancy?«, sage ich, traue mich kaum, den Namen zu wiederholen. Er hängt in der Luft wie die Reste vom Zigarettenqualm.

Clive hält die halb gerauchte Zigarette senkrecht vor sein Gesicht, schielt dabei fast ein wenig, so nah ist sie. Es scheint beinahe so, als habe er vergessen, was es ist, und müsse es nun genauer untersuchen. Dann drückt er sie plötzlich in aller Eile aus, als sei ihm klar geworden, dass es sich um Gift handelt.

»Widerliche Dinger. Hatte seit fünfzig Jahren keine mehr. Ich weiß nicht, was in mich gefahren ist.«

»Möchten Sie etwas zum Frühstück?«, frage ich in dem Bestreben, uns zu dem Grund unseres Hierseins zurückzubringen.

»Nicht nötig, aber ein Kaffee wäre nicht schlecht.«

Ich glaube, wir könnten beide einen gebrauchen. Ich schüttle den Kopf, bevor ich hineingehe, versuche, nicht weiter darüber nachzudenken, was gerade passiert ist.

Wir begeben uns so rasch wie möglich in die Wärme des

Cafés, und dabei sehe ich, dass Clive beim Gehen leicht schlurft, sein linker Fuß dem rechten etwas unwillig folgt. Ich frage mich, wie es wohl um seine Gesundheit bestellt ist und ob er bereit wäre, mir, die ich im Grunde eine Fremde für ihn bin, zu erzählen, wie es ihm geht. Ich habe den Eindruck, dass er irgendwelche Probleme nicht zügig mitteilen oder sie möglicherweise überhaupt nicht bemerken würde.

Mir kommt eine Idee. Eigentlich soll ich Clives Vitalwerte für die Studie nur einmal in der Woche erfassen, aber ich könnte dies auch auf täglich erhöhen, um auf diese Weise ein Auge auf die Dinge zu halten. Das wäre nur eine kleine Notlüge, um sicherzustellen, dass es ihm gut geht.

»Das ist Tess«, sage ich, als wir vorn in der Schlange angekommen sind.

»Hallo, Clive. Freut mich, dass Sie hergefunden haben.« Tess springt um den Tresen herum, um Clive kurz zu umarmen. »Wenn Sie frühstücken möchten oder gern einen Kaffee trinken würden, können Sie gern jederzeit vorbeikommen.«

»Aha, Sie müssen die Dame sein, die über unser Arrangement Bescheid weiß.« Clive stupst ihr nicht gerade unauffällig den Ellenbogen in die Seite.

Ich schaue mich um, frage mich, was jemand in Hörweite wohl von dieser Bemerkung halten wird.

»In der Tat«, erwidert Tess. »Ich bin Keishas Freundin, Vertraute, Partnervermittlerin und außerdem die beste Cafébetreiberin, die sie kennt.«

»Partnervermittlerin?« Clive zieht eine Augenbraue in die Höhe. »Davon hat Keisha nichts erzählt.«

»Sie macht gerade eine kurze Pause. Aber wir werden unsere Mission bald wieder aufnehmen.«

»Wirklich? Lassen Sie es mich unbedingt wissen, wenn ich helfen kann. Und Ihr Café ist einfach wundervoll. Genau die richtige Menge an Deko.« Clive lässt einen bewundernden Blick über die Umgebung schweifen.

Ich frage mich, wie wohl Clives Unterstützung in Sachen Partnersuche aussehen könnte. Ich glaube kaum, dass er jemanden kennt, um ein Blinddate für mich zu arrangieren.

Nachdem Tess uns beide mit Kaffeebechern für unterwegs versorgt hat, versuchen wir so schnell wie eben möglich zum Campus zurückzukehren, bevor wir noch in einen Wolkenbruch geraten. Es ist nicht meine übliche Strecke, aber ich glaube, es ist besser für Clive, wenn er den einfachsten Weg von A nach B kennt. Wir laufen an einer Zeile mit Geschäften und Läden vorbei, die Essen zum Mitnehmen anbieten. Ich denke, dieser Weg hat den Vorteil, dass es mehr Orientierungspunkte gibt und Menschen, die man nach dem Weg fragen könnte.

»Sie wissen sicherlich, dass das Rauchen im gesamten Forschungsgebäude verboten ist, nicht wahr?« Ich gebe Lucy die Schuld für meine Herangehensweise an Gesundheitsschutz und Sicherheit am Arbeitsplatz. Mit ihr muss man Klartext reden. Ich neige dazu, dies bei allen Menschen zu tun.

»Machen Sie sich deshalb mal keine Gedanken. Ich rauche schon seit fünfzig Jahren nicht mehr. Und ich habe gewiss nicht vor, in nächster Zeit wieder damit anzufangen.«

»Aber eben, da …« Ich beende meinen Satz nicht, als ich den leeren Ausdruck in Clives Gesicht erblicke. »Wann haben Sie denn das letzte Mal eine Zigarette geraucht, Clive?«

»Seit den Sechzigern habe ich nie wieder einen einzigen Zug genommen. Nicht mal von dem guten Stoff.« Clive lächelt, während er dies sagt, stolz auf das Erreichte.

Das ist nun wirklich die Bestätigung. Clive ist eine tickende Zeitbombe, und ich habe ihn mitten in meine Welt gebracht. In dem Moment öffnet der Himmel seine Schleusen, als wüsste er, dass irgendetwas nicht stimmt.

Ich werde gerade Zeugin einer Fehlfunktion. Ein winziger Gedächtnisfehler und ich frage mich ... Wie viele andere Momente wie diese mag er wohl haben? Wie groß können diese Fehler sein?

Während wir aus dem Regen ins Gebäude hineinlaufen, wird mir eins klar: Wenn ich mir bisher noch keine Sorgen gemacht habe, so wäre jetzt ein guter Moment, damit anzufangen. Wenn Clive selbst kein klares Bild im Kopf hat, dann musste ich wohl herausfinden, was geschehen war, um ihm dabei zu helfen, es klarer zu machen.

20

Clive

Es war schon eine Weile her, dass Clive für irgendjemanden gearbeitet hatte, und in seinen neunundsiebzig Lebensjahren war es nie ein Schreibtischjob gewesen.

Nach seinem Militärdienst war er Briefträger geworden. Er hatte Gefallen an der dabei erforderlichen Bewegung gehabt und war viel lieber herumgelaufen und hatte seinen Bezirk kennengelernt, anstatt in einem Büro herumzusitzen. Seiner Ansicht nach trug ein solcher Job dazu bei, dass die Welt funktionierte. Und die Menschen waren nun einmal verschieden, und er hatte es genossen, einen freundlichen Umgang mit allen zu pflegen.

Als er in Rente ging, war er damit zufrieden gewesen, seine Zeit mit der Arbeit im Schrebergarten zu verbringen.

Doch auch wenn er noch nie in einem Büro gearbeitet hatte, war er durchaus imstande, Anrufe entgegenzunehmen. Es brachte ihn zum Schmunzeln, dass Keisha kleine Anweisungen ausgedruckt und sie mit Blu-Tack an verschiedenen Stellen im Labor befestigt hatte. Glücklicherweise hatte sie es nicht seinetwegen getan, daher blieb ihm diese Kränkung erspart. Aber sie bezog sich gern immer mal wieder darauf, um sicherzugehen, dass er begriff, was sie ihm sagte.

Der Zettel am Telefon war eher eine Checkliste als eine simple Anweisung.

- Mit Guten Morgen/Guten Tag melden, abhängig von der Tageszeit.
- Stelle nennen, wo der Anruf eingegangen ist: Southampton University, Kardiologische Forschungsabteilung.
- Namen nennen, wer spricht – beispielsweise: Guten Tag, Southampton University, kardiologische Forschungsabteilung, John am Apparat.
- Fragen: Wie kann ich Ihnen behilflich sein?

Eine ganz schön lange Liste.

Clives Aufgabe am Morgen bestand darin, ans Telefon zu gehen. Das war wirklich nicht schwer, eher ein bisschen langweilig. Mehr als einmal war er versucht, sich als John zu melden, nur um zu sehen, ob Keisha es mitbekam. Aber er hatte so ein Gefühl, dass nicht viel fehlte, um sie zum Durchdrehen zu bringen, daher ließ er es bleiben. Wahrscheinlich würde sie ihn wegen Anzeichen von Verwirrung gleich wieder ins Krankhaus zurückschicken. Sie hatte vorhin, nach seiner Behauptung, schon seit Jahren nicht mehr geraucht zu haben, den Eindruck auf ihn gemacht, als stünde sie kurz davor. Ehrlich gesagt, wusste er nicht, was ihn da geritten hatte. Zur gleichen Zeit, wie er es abstritt, waren ihm die wenigen Züge eingefallen, die er kurz zuvor vor dem Café genommen hatte. Konfus traf es manchmal nicht annähernd, um zu beschreiben, wie sein Gedächtnis derzeit funktionierte.

Anstatt Keisha zu seinem eigenen Vergnügen zu stressen, machte Clive kleine Ausflüge ins Labor, um die anderen Aufkleber zu lesen. Bei Tageslicht sah es hier ganz anders aus. Zweckmäßiger und nicht so einsam.

In der kleinen Küche wurde er an vielen Stellen fündig. Er stieß nicht nur auf die üblichen Warnungen vor heißem Wasser und »Bitte nach Benutzung ausschalten«-Aufkleber, sondern auch auf eine ganze Reihe, die Keisha offenbar als Hilfe für ihre abwesende Kollegin hinzugefügt hatte. Dazu gehörten:

- Becher bitte nach Gebrauch auswaschen und in den Schrank zurückstellen.
- Vor Arbeitsende immer den Stecker vom Wasserkocher ziehen.

Der Kühlschrank war ein wahres Mekka für Schildchen und gab beiden Kolleginnen ganz offenbar Anlass zu einigem Kummer.

- Reste vom Mittagessen bitte zeitnah entfernen.
- Milch freitags mit nach Hause nehmen.
- Lebensmittel mit überschrittenem Verfallsdatum werden entsorgt.
- Bitte nur das eigene Essen verzehren und die Finger von dem lassen, was einem nicht gehört.

Das brachte Clive zum Lachen. Offenbar hatte dieser Kühlschrank schon so einiges erlebt.

Besonders beunruhigend war ein Aufkleber in der Küche, auf dem stand: *Metall gehört nicht in die Mikrowelle!!!*

»Alles in Ordnung?«, erkundigte sich Keisha, die um die Ecke in die Küche hineinschaute, als sie eine Pause von ihrem Computerbildschirm machte, der voller Zahlen war.

»Ich vertrete mir zwischen den Anrufen nur mal die Beine. Hätten Sie gern etwas zu trinken, wo ich schon gerade hier bin?« Er konnte sich ja nützlich machen. Schließlich hatte er nicht gerade alle Hände voll zu tun.

»Ein Tee täte jetzt gut. Benötigen Sie Hilfe?«

»Geht schon. Das kriege ich hin. Sagen Sie, sind all diese Aufkleber hier, weil solche Dinge wirklich passiert sind?«

Keisha kehrte zu ihrem Stuhl zurück und lehnte sich ein bisschen nach hinten. »O ja, das sind sie. Jedes. Einzelne. Davon.« Sie betonte Wort für Wort und verdrehte dabei die Augen Richtung Decke, als warte sie schon sehr lange Zeit darauf, es einmal aussprechen zu dürfen.

»Sogar Metall in der Mikrowelle?«

»Ja. Es war zwar zugegebenermaßen eine Suppentüte, bei der nur etwas Metall in der Beschichtung enthalten war, aber es wären nur wenige Sekunden nötig gewesen, sich die Anleitung gründlich durchzulesen, um zu erkennen, dass man den Inhalt erst in eine Schüssel geben muss. Lucy ist zwar clever, aber andauernd in Eile.«

»Hoffentlich ist kein allzu großer Schaden entstanden.«

»Glücklicherweise hat es genug Lärm gemacht, dass wir rasch reagieren und sie herausholen konnten, ehe die Funken in der Lage waren, etwas in Brand zu setzen.«

»Das war Glück. Helfen die Aufkleber denn?« Clive deutete auf einen weiteren, den er gerade erst über dem Lichtschalter entdeckt hatte und der mahnte, dass er am Ende des Tages beim Verlassen ausgeschaltet werden müsse.

»Mir helfen sie auf jeden Fall. Wenn es wieder passiert, kann ich sie darauf hinweisen, dass ich es ihr bereits gesagt habe. Verstehen Sie mich nicht falsch, wir kommen gut miteinander klar. Wir sind bloß grundverschieden.«

»Weiß man inzwischen, warum es ihr so schlecht geht?«

Keisha schüttelte traurig den Kopf. »Aber ich hoffe, dass sie es bald herausfinden. Ich vermisse Lucy. Wir wohnen auch zusammen in einer WG, daher spüre ich ihre Abwesenheit überall. Aber es ist schön, dass Sie hier sind. Das hilft.«

Clive kannte das Gefühl nur allzu gut. Er spürte Nancys Abwesenheit immer und überall. Aber wie konnte das sein?

»Ich weiß, was Sie meinen. Auch wenn es offenbar nur ein Traum gewesen ist, eine Ehefrau zu haben, vermisse ich sie dennoch. Ich kann mir nicht vorstellen, wie es ist, mit jemandem zusammen zu arbeiten und zu wohnen, und diejenige ist dann nicht mehr da. Aber zumindest wissen Sie, dass es nur vorübergehend ist.«

»Es tut mir leid. Ich vergesse immer wieder, dass Sie ja in gewisser Weise selbst einen Verlust erlitten haben. Anscheinend müssen wir uns beide an veränderte Umstände gewöhnen.«

Beschämenderweise schossen ihm bei dem Gedanken, Nancy nie wiederzusehen, Tränen in die Augen, und eine kullerte ihm zu allem Übel auch noch über die Wange.

»Ignorieren Sie mich einfach«, sagte er und wischte den Beweis fort.

»Haben Sie sich noch an etwas anderes erinnert, was die Umstände Ihrer Einlieferung ins Krankenhaus angeht?«

»Nein. Glücklicherweise befinde ich mich in einer Umgebung, die mich nicht an das erinnert, was geschehen ist. Sie sind sich vermutlich ständig bewusst, dass Lucy nicht hier ist.« Clive zog ein frisches Taschentuch aus seiner Jackentasche, um sich über die Augen zu wischen.

»Sie wird ja wiederkommen. Ich bin mir sicher, dass ich schon bald wieder neue Anweisungen für sie aufschreiben werde. Haben Sie gut geschlafen? Ich weiß, dass es nur für eine Weile ist, aber ich möchte, dass Sie es bequem haben.«

»Ja, wirklich gut, vielen Dank.« Clive hatte in der Tat sehr viel besser geschlafen als erwartet. Es war verhältnismäßig still gewesen und damit Musik für seine Ohren. Nach all den Wochen unterbrochener Träume hatte er diesen Schlaf in der letzten Nacht als den tiefsten seit langer Zeit empfunden.

»Benötigen Sie noch irgendetwas?«

Seine Unterkunft war zwar nicht sein zu Hause, aber ziemlich gut mit allem ausgestattet, was er in der nächsten Woche oder auch den nächsten drei Wochen brauchen würde.

»Ich glaube nicht. So wie es aussieht, könnte ich noch bei einigen Lebensmitteln aufstocken. Allerdings werde ich vermutlich Hilfe benötigen, um mir eine neue Bleibe zu suchen, und wenn es nicht zu viele Umstände macht, würde ich gern nach meinem Garten sehen. Ich habe mir die Buslinien angesehen, und es gibt keine direkte Verbindung. Ich hatte gehofft, dass Sie vielleicht jemanden kennen, der mich hinfahren könnte.«

Der Wasserkocher hatte aufgehört zu brodeln, und Clive füllte die vorbereiteten Tassen mit dem Wasser. Er wusste bereits, wie Keisha ihren Tee trank, und er spürte, dass er nicht der Einzige war, der etwas Zuwendung gebrauchen konnte. Zumindest ließ es sich auf diese Weise im Kleinen bewerkstelligen.

»Tess wird mit ihrer Arbeit beschäftigt sein, und George ist der einzige andere Mensch, den ich kenne, der Auto fahren kann. Ich habe nicht so viele Freunde, und die wenigen, die ich habe, sind wie ich und leben noch wie Studenten. Ich werde mal mit ihm reden.«

»Würden Sie das tun? Ich möchte nämlich endlich anfangen, richtig zu planen. Ich will Ihnen ja hier nicht länger als eben nötig zur Last fallen.«

»Das tun Sie nicht.«

»Trotzdem. Keiner von uns möchte diese Heimlichtuerei länger als unbedingt nötig fortsetzen. Ich würde gern sicherstellen, dass wir so bald wie möglich eine Wohnung finden. Und ich möchte gern den Garten besuchen. Nachschauen, ob dort nach meiner Abwesenheit noch alles in Ordnung ist.« Der Besuch im Schrebergarten wurde ihm immer wichtiger. Er war sich sicher, dass er dort einige Antworten finden würde, warum er so durcheinander gewesen war.

Die erste Nacht hier war zwar erholsam gewesen, aber er war sich darüber im Klaren, dass er nun, nachdem die Erschöpfung vergangen war, zu viele Nachtstunden wach liegen würde. Jetzt, da ihn so viel beschäftigte, würde sich die Schlaflosigkeit, unter der er gelegentlich litt, mit Sicherheit verschlimmern. In der Nacht hätte er viel zu viel Zeit, um zu versuchen, all das zu verstehen. Und deshalb musste er auch unbedingt zu seinem Schrebergarten. Er hoffte, es würde ihm dabei helfen herauszufinden, was er vergessen hatte.

21

Keisha

Für jemanden wie mich, der sich mit Veränderungen etwas schwertut, war es überraschenderweise in Ordnung, Clive um mich zu haben. Und dies trotz meiner Bedenken wegen seiner kleinen Erinnerungslücke, was aber in der Form nicht mehr vorgekommen ist und was ich deshalb als gutes Zeichen werte. Ich versuche mich davon zu überzeugen, dass es eine einmalige Sache gewesen ist. Ich wünschte, ich wüsste mehr über das, was wirklich passiert ist, aber außer Clive danach zu fragen, habe ich keine andere Idee, wie ich noch etwas darüber herausfinden sollte. Je mehr Zeit ich mit ihm verbringe, umso klarer wird mir, dass ich nur die erfundene Version der Ereignisse kenne.

Ich neige dazu, mir nachts Sorgen zu machen, wenn er allein ist, aber tagsüber, bei der Arbeit, scheinen wir miteinander zurechtzukommen. Ich würde es zwar nicht laut aussprechen, aber er ist meist eine größere Hilfe als Lucy. Zumindest wenn es darum geht, dass alles glatt läuft.

Wenn er Anrufe entgegennimmt, macht er sich Notizen und ergreift, wenn möglich, die entsprechenden Maßnahmen. Wenn er den Tee zubereitet, muss ich ihn nicht noch einmal aufbrühen, weil der Teebeutel tatsächlich volle zehn Minuten gezogen hat. Wenn er etwas sauber macht, muss es nicht wie sonst nachgearbeitet werden, weil mindestens dreiunddreißig Prozent immer noch zu beanstanden sind.

In den ersten Tagen läuft alles wie geschmiert. Bis zum heutigen Nachmittag. Als es plötzlich falsch läuft.

In unserer aufeinander abgestimmten Art und Weise, in der die Tage vergehen, sind wir heute für den ersten der drei Probanden bereit, die wir zu ihren Folgekontrollen herbestellt haben. Für jeden haben wir eine Stunde eingeplant, aber eigentlich sollte der Termin in einer halben Stunde vorbei sein. Wir kalkulieren immer noch ausreichend Zeit ein, um Hetze zu vermeiden und damit wir niemanden zwingen müssen, seinen Tee hinunterzustürzen, sodass wir für den nächsten Probanden bereit sind.

Roy kommt zu seiner abschließenden Beurteilung. Er ist heute der einzige Proband, der Teil meiner Studie über die Wirkung von Rote-Bete-Saft ist – dieselbe Studie, an der Clive teilnimmt. Ich habe keine Ahnung, warum mir das erst jetzt einfällt, als Roy das Gebäude betritt.

Obwohl ich mit Clives Anwesenheit einverstanden war, überkommt mich mit einem Mal das furchtbare Gefühl, dass es mir das ganze Projekt vermasseln könnte, wenn sich diese beiden Menschen begegnen.

»Roy, könnten Sie mal kurz hier warten?« Ich biete ihm den Stuhl am Schreibtisch an. »Ich muss nur gerade noch etwas erledigen, bin aber gleich wieder bei Ihnen.«

»Kein Problem«, erwidert Roy, bevor er Platz nimmt.

Ich habe keine Ahnung, wie es mir weiterhelfen soll, wenn ich die Sache hinauszögere. Clive ist bereits damit beschäftigt, ein Tablett mit Tee und Keksen vorzubereiten. Die aufsteigende Panik treibt mich in die Unentschlossenheit: Spielt es wirklich eine

Rolle, wenn sich die beiden treffen? Würde es sich irgendwie auf das Ergebnis der Studie auswirken? Führt dieser Akt der Freundlichkeit womöglich dazu, dass meine Doktorarbeit schiefgeht? Es ist auf jeden Fall nicht üblich, die Probanden einander vorzustellen.

Da ich keine Antworten auf diese Fragen habe, zögere ich auf meinem Weg zwischen Schreibtisch und Küche. Ich bin mir nicht sicher, ob ich für diesen Termin auf Clive verzichten soll, um die methodische Integrität der Studie nicht zu gefährden und ich bin mir nicht einmal sicher, wie ich es erklären oder was ich unternehmen sollte. Der Notausgang ist alarmgesichert und Clive dort rauszuwerfen würde mir eine Menge Ärger einbringen und Aufmerksamkeit erregen, die wir nicht gebrauchen können. Außerdem ist es dazu bereits zu spät, ohne Roy vorher wieder hinauszukomplimentieren.

Es ist unmöglich, ein Zusammentreffen der beiden zu vermeiden. Abgesehen von der Tatsache, dass sich Clive in der Teeküche befindet, halten sie sich bereits im selben Raum auf. Sind nicht einmal durch eine Wand getrennt. Das Einzige, was zwischen ihnen steht, bin ich.

»Alles in Ordnung?«, erkundigt sich Clive.

Ich habe zwei Finger auf meinen Hals gelegt. Eins. Zwei. Drei. Vier.

Habe es getan, ohne mir dessen bewusst zu sein.

Fünf. Sechs. Sieben.

Ich habe es noch nicht einmal korrekt getan. Habe versäumt zu prüfen, wo sich der Sekundenzeiger der Wanduhr befindet, um zu wissen, wann ich mit dem Zählen aufhören muss.

Acht. Neun. Zehn.

Und was tust du, wenn du nicht weißt, wie du aufhören sollst?

Wenn die Gewohnheiten, die du dir zugelegt hast, kein Ende nehmen?

Clive kommt herüber. Und das bedeutet, dass dieses Zusammentreffen nicht mehr aufzuhalten ist.

Ich stehe wie angewurzelt da. Das Pochen ist heftiger als jemals zuvor. Und je mehr Schläge ich spüre – elf, zwölf, dreizehn –, desto bewusster wird mir, dass sie mir entgleiten, ohne sie für eine Messung genutzt zu haben. Ich fühle meinen Puls nicht, um eine Zahl zu ermitteln, sondern nur, um das tröstliche Gefühl zu spüren, das mir sein Rhythmus vermittelt.

Ich sollte damit aufhören. Ich muss damit aufhören. Aber die Panik lässt es nicht zu.

Clive ist es, der mich dazu bringt. Als meine Atmung flacher wird und mein Herz immer heftiger pocht, greift er ohne Vorwarnung nach meinem Arm und zieht ihn sanft von meinem Hals weg.

Vierzehn. Vierzehn ist nicht da. Meine Finger sind weit genug von der Halsschlagader entfernt, dass ich nicht mehr spüre, wie das Blut durch die Arterie pulsiert. Ich weiß nicht, ob die Vierzehn da gewesen ist oder nicht. Es ist ein erstaunliches Gefühl, so, als wäre mir ein heftiger Windstoß in die Lungen gefahren und ihm gleich wieder die Puste ausgegangen.

Vierzehn ist nicht da, und doch muss sie es gewesen sein, denn ich stehe immer noch.

»Worüber machen Sie sich Sorgen?«, erkundigt sich Clive. Seine kristallklaren Augen durchdringen mich und erblicken in meinem Inneren, was ich verberge. Das, was niemand sehen soll. Wovon niemand etwas weiß.

»Ich bin mir nicht sicher, ob Sie Roy begegnen sollten.«

»Wieso?«

Ich weiß nicht, wie ich es formulieren soll, damit es einen Sinn ergibt. »Sie sollten nicht im selben Raum mit ihm sein«, sage ich, als wäre das eine vernünftige Erklärung.

»Und was passiert, wenn wir es doch sind? Werde ich seinen Herzschrittmacher aus dem Takt bringen?« Ich höre den scherzhaften Ton in seiner Stimme. Ich entspanne mich ein klitzekleines bisschen, und mein Arm entfernt sich einen weiteren Zentimeter von meinem Hals.

»Sie beide sind in derselben Studie. Das könnte die Ergebnisse verfälschen.« Mein Kopf wird wieder etwas klarer. Da sind keine Blitze, die auf das Labor niedergehen. Die vier Wände, der Boden und die Decke werden nicht einstürzen, weil sich die beiden getroffen haben. Das Projekt wird nicht null und nichtig, bloß weil sich Fallbeispiel eins und fünf an ein und demselben Ort befinden. Ich lasse meinen Arm an der Seite herabfallen. »Roy nimmt ebenfalls an der Takotsubo-Studie teil. Ich war besorgt, weil sich nun zwei Teilnehmer treffen.«

In diesem Moment vermisse ich Lucy. Sie wäre dem hier zuvorgekommen. Sie mochte ein Tollpatsch sein, aber sie ging auch äußerst planvoll vor, wenn es sich um Abläufe handelte. Erkannte Formen und Muster und wie sie reagieren, bevor die Grenze erreicht ist. Sie hätte diese kleine Störung beseitigt, bevor sie zu einem Problem geworden wäre.

»Zu viele gebrochene Herzen für ein Labor, nicht wahr?«, fragt Clive.

Ich nicke. Viel zu viele. Und das macht mir wieder einmal bewusst, dass mich dieser Mann, der im Grunde ein Fremder ist, auf eine Weise sieht, die ich mir nie selbst eingestanden habe. Er blickt in mich hinein und scheint es zu verstehen … Ich bin diejenige, die gebrochen ist.

22

Clive

Es hatte zwar einige Tage gedauert, aber Clive gewöhnte sich langsam an seinen neuen Tagesablauf und die Arbeit im Labor. Sobald er angezogen war, trank er seinen Rote-Bete-Saft und machte sich auf den Weg zu *Tess' Treats*. Dort nahm er ein leichtes Frühstück aus pochierten Eiern mit Toast zu sich, um so gestärkt und bereit für den Tag zurückzukehren. Die Probanden unterzogen sich für die einzelnen Studien meist diversen Maßnahmen. Die Vitalwerte mussten gemessen werden, es fand ein Gehtest von sechs Metern statt, außerdem ein kardiopulmonaler Belastungstest, und es galt einen Fragebogen für Herzinsuffizienzpatienten auszufüllen. Obwohl einige der Projekte verschiedene Behandlungsmethoden erforschten, bedienten sie sich oft der gleichen Maßnahmen. Inzwischen war er mit jeder einzelnen vertraut. »Die sind quantifizierbar«, sagte Keisha über die Tests. Was auch immer quantifizierbar bedeutete.

Clives Lieblingsteil des Tages war aber zugegebenermaßen die Zubereitung der warmen Getränke. Da er auch für die Beschaffung der Kekse zuständig war, nahm er kleine Verbesserungen an Lucys bisheriger Wahl vor, die aus trockenen Vollkornkeksen und Butterkeksen bestanden hatte.

Seit Keisha kürzlich bei ihrer Pulsmessung ins Stocken geraten war, hatte Clive auf den richtigen Moment gewartet, um sie danach zu fragen, aber ohne sie dabei zu verschrecken. Die Gelegenheit dazu ergab sich, als sie ihre Teepause machten, ohne dass irgendwelche Probanden anwesend waren. Zuvor bot er ihr auf den bevorstehenden Schreck einen Schokoladenkeks an.

»Wann haben Sie damit angefangen?« Die großen Fragen waren immer die schwierigsten. Er war sich nicht sicher, ob er es richtig anstellte.

»Womit?« Keisha vollführte einen Satz, als hätte sie eine Spinne gesehen und wäre bereit, sie wegzuschlagen.

»Ihren Puls zu messen. Ich habe gesehen, dass Sie sich die Werte notieren. Da habe ich mich gefragt, ob Sie sich noch daran erinnern, wann Sie damit angefangen haben.«

Keisha wurde bleich. Die Anspannung war ihrem ganzen Körper anzusehen, am deutlichstem ihrem Unterarm, der schon bereit schien, Maßnahmen zu ergreifen.

»Das ist bloß etwas, das ich routinemäßig mache.«

»Haben Sie schon einmal darüber nachgedacht, es *nicht* zu tun?«

»Ich tue niemandem damit weh«, sagte sie abwehrend.

»Das habe ich auch nicht behauptet. Ich versuche nur das *Warum* zu verstehen. Und ich bin mir ziemlich sicher, dass es ein Warum gibt.«

Keisha betrachtete ihn auf eine Weise, wie ihn noch nie jemand betrachtet hatte, mit einem bohrenden Blick, der Respekt abnötigte.

»Wieso ist das so wichtig?«

»Ich bin der Ansicht, wenn man einen Menschen verstehen will, dann muss man seine Macken verstehen. Einige nimmt man einfach eher wahr als andere.«

»Und wie sehen Ihre aus?« Keisha nahm sich einen Keks, offenbar noch nicht bereit, ihre Geheimnisse preiszugeben.

Clive hatte so einige, aber an welchen wollte er sie teilhaben lassen?

»Ich habe in meinem ganzen Leben noch nie ein neues Kleidungsstück gekauft. Ich bin vermutlich der Urvater der Upcycler! Ich habe schon immer gebrauchte Kleidung gekauft und dabei ein Vermögen und jede Menge Abfall gespart.« Clive dachte an sein liebstes Kleidungsstück. »Zu Hause habe ich eine Nähmaschine und bin über die Jahre hinweg sehr gut darin geworden, mir Sachen umzuändern. Ich wünschte nur, ich wäre imstande, mir ein weiteres Sakko wie mein Patchworksakko zu schneidern.« Im Moment trug er ein leichteres hellblaues Sakko, denn sein Lieblingssakko war zu dick, um es im Labor anzuziehen. Außerdem musste es nach seinem Aufenthalt im Krankenhaus einmal in die Reinigung.

Keisha sah ihn auf diese eigenartige nachdenkliche Art und Weise an. Sein Beispiel war wahrscheinlich nicht ausgefallen genug. Es war nicht gerade eine schwerwiegende Enthüllung, keine, die dabei helfen würde, ihr die Wahrheit über ihren Tick mit der Pulsmessung zu entlocken.

»Sind Ihre Unterhosen auch gebraucht?«, fragte sie und verzog dabei das Gesicht.

»Da haben Sie mich erwischt. Unterhosen, Unterhemden und Socken sind die einzigen Ausnahmen, und die kaufe ich auch ausschließlich bei Marks and Spencer. Aber abgesehen von der untersten Kleidungsschicht, ist alles andere gebraucht.«

»Und wann haben Sie damit angefangen? Was hat Sie zu dem Entschluss bewogen, immer nur Gebrauchtes zu kaufen und es aufzuarbeiten?«

»Das hängt wohl mit der Zeit zusammen, in die ich hineingeboren wurde. Nach dem Krieg war vieles immer noch knapp. Deshalb mussten wir das Beste aus dem machen, was wir hatten. Wenn Kleidung nicht mehr zu retten war, dann fand sich dafür immer noch eine andere Verwendung. Es wurden Geschirrtücher oder Lappen oder Möbelüberwürfe daraus gemacht. Man sollte irgendwann mal wieder Rationierungen einführen. Eine Menge Fertigkeiten ließen sich erwerben, wenn man nicht alles, was man haben will, immer gleich parat hätte.«

Nun machte sie endlich einen zufriedenen Eindruck. »Ich messe meinen Puls, weil ich das beruhigend finde. Es ist gut, so eine Möglichkeit zu haben, wenn mir danach ist.« Keisha drückte ihr Handgelenk an ihren Körper. »Ich weiß, dass Sie helfen wollen, aber Sie müssen verstehen, dass es kein Problem darstellt, was es zu lösen gilt. Mir ist klar, dass es ungewöhnlich ist, aber es ist doch nichts dabei. Es gibt so viele Dinge auf dieser Welt, die in Ordnung gebracht werden müssen. Aber dass ich meinen Puls messe, gehört nicht dazu.«

Clive nickte und griff dabei nach einem zweiten Keks. »Entschuldigen Sie. Ich war nur neugierig. Ich dachte, es steckt mehr dahinter.«

Er wusste, dass es so war, aber er wusste auch, dass sich diese Mauer nicht mit einem kleinen Schubser einreißen ließ.

Später, nachdem Keisha gegangen war, sah sich Clive wieder mit einer weiteren Nacht konfrontiert, in der er irgendwie die Zeit herumbekommen musste. Inzwischen hatte wie erwartet die Schlaflosigkeit eingesetzt, und dieser ersten anständigen Nacht waren keine weiteren der gleichen Art gefolgt. All dieser Raum um ihn herum und all die Zeit um nachzudenken, taten ihm nicht gut.

Sobald Keisha nach Hause gegangen war, lagen diese langen, nicht enden wollenden Abende vor ihm. Er versuchte sich dann mit etwas zu beschäftigen, damit die Zeit verging. Leider waren die Möglichkeiten dazu begrenzt, und er musste sich auf die Bereiche beschränken, in denen er nicht aus Versehen die Aufmerksamkeit des Sicherheitspersonals auf sich zog. An einem Abend hatte er sämtliche Becher gründlich gespült und dabei die Teeflecken entfernt. An einem anderen die Fitnessgeräte einer intensiven Reinigung unterzogen. Als er das Etikettiergerät gefunden hatte, ließ er sich zum Ausgleich zu all den Anweisungen von denen er umgeben war, einige motivierende Sprüche einfallen.

Offen gestanden, fand er es enttäuschend, dass Keisha diese Veränderungen nicht zu bemerken schien. Er hatte vermutet, dass sie ihr sogleich auffallen würden. Aber offenbar reichte ein Slogan wie *Ein Lächeln kostet nichts*, der nun am Kühlschrank prangte, nicht aus, um ihre Aufmerksamkeit zu erregen, brachte ihm nicht einmal das erhoffte Lächeln ein.

In seiner fünften Nacht gingen Clive langsam die Ideen aus. Da schien es ihm ein guter Einfall zu sein, die Schreibtischschubladen aufzuräumen – schließlich befand er sich nicht bei jemandem zu Hause, und so kam es ihm auch nicht wie ein Herumschnüffeln vor. Er tat es nicht in der Hoffnung, dadurch mehr über Keisha zu erfahren. Nicht, wenn alles, was er hin und her bewegte, lediglich Hefter, Locher und Spitzer waren.

Um ehrlich zu sein, war es kein wirkliches Durcheinander, aber nachdem er erst einmal angefangen hatte, befand Clive, dass das Innere der Schublade verstaubt war und gereinigt werden sollte. Es verschaffte ihm ein gutes Gefühl, sich nützlich zu machen. Er nahm an, dass Keisha für solche Aufgaben normalerweise nicht die Zeit hatte, und während sich sein Leben in einem Schwebezustand befand, war er wenigstens beschäftigt.

Als er den Schubladeneinsatz herausnahm, entdeckte er dabei etwas: Schlüssel.

Seinem Verständnis nach besaßen nur Lucy und Keisha Schlüssel zum Labor, und daher hatte er nicht danach fragen wollen. Laut Plan sollte Clive eigentlich während seines Aufenthalts abends hier drin bleiben. Im Notfall hatte er die Möglichkeit, über den Notausgang nach draußen zu gelangen. Auf diese Weise war die Gefahr geringer, entdeckt zu werden.

»Aber ich wüsste ja wirklich gern ...«, sagte er und freute sich, das Echo seiner Stimme in dem großen Raum zu vernehmen. Fünf Schlüssel befanden sich an dem Anhänger, der von irgendeiner Wissenschaftsmesse zu stammen schien. Sie glichen den Sicherheitsschlüsseln, die die beiden hier verwendeten, und als er das Metall ins Schloss schob, ließ es sich mühelos drehen.

Freiheit.

Es war eigenartig. Er war zwar kein Gefangener – weit gefehlt – aber da er in Anbetracht der Möglichkeit rauszugehen, eine solche Erleichterung verspürte, wurde ihm klar, dass er langsam doch einen Lagerkoller bekam.

Clive schloss die Tür hinter sich, blieb im Dunklen und atmete einmal tief ein. Die Kälte der Abendluft war eine willkommene Abwechslung zu dem Mief in einem Raum, der auf Dauer nicht zum Bewohnen geeignet war.

Er schlüpfte vorsichtig wieder hinein, um sein Sakko zu holen und nochmals zu überprüfen, ob sich die Tür von außen öffnen und wieder verschließen ließ. Nachdem er sich versichert hatte, dass es möglich war, schlüpfte er wieder hinaus, um seine Umgebung zu erkunden. Er wusste, dass sich ein Theater auf dem

Campus befand und nahm an, dass sich einige der Leute, die dort unterwegs waren, auf dem Weg zu einer Vorstellung befanden. Das stürmische Wetter der letzten Tage hatte sich verzogen, und es war ein ruhiger Frühlingsabend.

Clive machte sich mit Hilfe eines Hinweisschilds auf den Weg zum Theater. Vielleicht hätte er die Gelegenheit, sich während seines Aufenthalts hier ein oder zwei Vorstellungen anzusehen. Es war schon eine Weile her, seit er das letzte Mal im Theater gewesen war, aber es hatte ihm in der Vergangenheit immer gefallen.

Bei dem Gedanken daran runzelte er die Stirn. In den letzten Wochen war seine Vergangenheit zu einem Durcheinander geworden. Einige seiner Erinnerungen musste er in Frage stellen: War er allein im Theater gewesen oder in Begleitung? Allein, lautete die Antwort, jetzt, wo er darüber nachdachte. Am besten gefielen ihm Aufführungen, in denen getanzt wurde.

Es war ein großer Komplex mit dem Theater auf der linken Seite und einer Kasse und einer Bar auf der rechten. Ein helles Licht zeigte offenbar an, dass gerade eine Vorstellung stattfand.

Eine Frau blickte an dem Schalter im Foyer auf. »Kann ich Ihnen helfen, Sir?«, fragte sie leise.

Er ging zu ihr hinüber. »Ich bin gerade erst hergezogen.« Das war zumindest nicht gelogen. »Haben Sie ein Programmheft, das ich mir ansehen kann?«

Da lag zwar eins auf dem Tresen direkt vor seiner Nase, aber sie reichte ihm freundlicherweise ein Exemplar.

»Prima, vielen Dank.« Clive freute die Aussicht, eine Vorstellung zu besuchen. Das wäre auf jeden Fall besser als Gymnastikbälle zu desinfizieren. »Ist die Bar geöffnet?« Die Aussicht darauf war noch verlockender.

»Ja. Montags und dienstags ist sie geschlossen. Aber den Rest der Woche ist sie von 19 bis 23 Uhr geöffnet.«

»Wunderbar. Dann schaue ich sie mir einmal an und werfe dabei einen Blick hier rein, wenn das in Ordnung ist.«

»Natürlich«, erwiderte sie mit einem Lächeln.

Clive war nicht ganz sicher, warum er sich bei ihr vergewissert hatte. Aber er war immer der Ansicht gewesen, dass Theaterbars etwas fürs Theaterpublikum waren. Für die Zeit vor der Vorstellung und danach.

Da er nun die Gewissheit hatte, dass es erlaubt war, betrat er die Bar. Es war irgendwie ein Zwischending, hatte etwas von einem Pub und einem Coffeeshop. Allerdings war es künstlerischer aufgemacht als all die Läden, in denen er bisher gewesen war, und hatte große Fenster mit einem guten Blick nach draußen. Ein wunderbarer Ort, um Leute zu beobachten, befand er, bevor er ein helles Bier bestellte, das sich Stag nannte und an dessen Zapfhahn sich eine kleine Tafel befand, die es als Angebot der Woche bewarb. Er nahm sein Bier und wählte einen Platz, von dem aus er das Kommen und Gehen auf dem Campus und auch das Theater beobachten konnte.

Obwohl es schon beinahe neun Uhr abends war, herrschte auf den Wegen draußen noch reger Betrieb. Er war sich nicht sicher, wo sich hier auf dem Campus die Studentenunterkünfte befanden, aber er würde wetten, dass sie an einem Ende des Weges zu finden waren, den er im Auge hatte. Diese Strecke verlief in Richtung der Geschäfte und all der in der Nähe befindlichen Läden, in denen es Essen zum Mitnehmen gab, und er war sich sicher, dass die meisten dorthin unterwegs waren. Er erblickte jemanden, der mit einem Eimer Chicken Nuggets unterwegs war, und sah damit seine Vermutung bestätigt. Außerdem musste es wohl irgendwo auf dem Campus ein Fitnessstudio geben. Das hatte er auf einem der Schilder gesehen, und einige Studenten trugen seiner Ansicht nach Sporttaschen mit sich herum. Die Vorstellung, sich in einem Fitnessstudio anzumelden, reizte ihn. Er lachte in sich hinein und verwarf die Idee gleich wieder, während er einen Schluck von seinem Bier nahm. Es hatte einen malzigen Beigeschmack und war sehr süffig. Da es im Angebot war, würde er sich vielleicht noch ein zweites gönnen. Man konnte sich hier gut die Zeit vertreiben, selbst wenn man keine Vorstellung besuchte.

Gerade als er es sich bequemer machte und sein Sakko auszog, begann im Theater ganz offenbar die Pause, denn eine beträchtliche Anzahl von Leuten strömte in die Bar. Es schienen mindestens fünfzig zu sein, und Clive bemerkte, dass auf dem Tresen mehrere Bestellungen vorbereitet waren. Die Gäste legten alle einen Zettel vor, woraufhin ihnen der Barkeeper ein bereitgestelltes Tablett mit Getränken übergab. Es war ein raffiniertes System.

Die Bar war von einem Stimmengewirr aus kurzen Unterhaltungen und Halbzeitbewertungen erfüllt. Und dann rief eine kurze Ankündigung die Leute wieder zurück zu ihren Plätzen, und alle drängelten sich hinaus. Der Kontrast von Lärm und anschließender Stille erinnerte Clive an den Unterschied zwischen seinem Aufenthalt im Krankenhaus und im Labor.

Die Schlüssel lagen auf dem Tisch, und er streichelte sie mit dem Finger, würdigte die Freiheit, die sie ihm verschafft hatten. Das erinnerte ihn daran, dass er so bald wie möglich in seinen Garten zurückkehren wollte. Der Schatten einer Erinnerung beschäftigte ihn immer noch.

Dieses Mal schenkte er dem Schlüsselbund mehr Aufmerksamkeit. Daran befand sich ein Anhänger mit Symbolen aus dem Periodensystem, deren Bedeutung er bereits vor vielen Jahren vergessen hatte. Der andere abgenutzte Anhänger bestand aus einem rechteckigen Stück Plastik in einer Schutzhülle, auf dem ein paar Zahlen standen, bei denen es sich offenbar um ein Geburts- und ein Sterbedatum handelte. Er rechnete kurz nach und stellte fest, dass dieser Person nur siebenundvierzig kurze Jahre vergönnt gewesen waren. Er zog das Stück Plastik hervor, um es sich genauer anzusehen, und entdeckte auf der Rückseite ein Foto, das sein Herz höher schlagen ließ wie bei einem Crescendo. Es zeigte eine junge Keisha mit einem dunkelhäutigen Mann, der zweifelsohne ihr Vater war. Es war in einem Fotoautomaten aufgenommen, und Keisha saß auf dem Knie ihres Vaters.

Es schien so, als sei Clive, ohne es zu wollen, über Keishas *Warum* gestolpert.

23

Keisha

Als ich am Krankenhaus eintreffe, ist es bereits dunkel. George wartet wie versprochen am Haupteingang auf mich, um mir den Weg zu Lucys Station zu zeigen. Er sieht unglaublich cool aus, wie er so an der Wand lehnt mit einem schwarzen Hoody über seiner Uniform. Ich wünschte, ich würde immer noch den Laborkittel über meinem zerknitterten T-Shirt und der Strickjacke tragen. Hätte ich mir vielleicht etwas mehr Mühe geben sollen? Ich versuche den Gedanken gleich wieder auszublenden.

»Hallo«, sagt er.

»Danke, dass du das machst.«

»Lucy ist also deine Kollegin?«

Ich nicke, habe Schwierigkeiten, die richtigen Worte zu finden, da sich meine Angst schlagartig verschlimmert. Ich bin mir nicht sicher, ob mein Treffen mit George der Grund ist. Ich schlucke, um die Trockenheit in meiner Kehle zu lindern.

»Sie ist außerdem meine beste Freundin. Wir wohnen in einer Reihenhaus-WG. Und du bei deinen Eltern, oder? Ich meine, du hättest das mal erwähnt.« Meine Nervosität bringt mich dazu, in Plappern zu verfallen.

»Stimmt. Ich war einige Jahre auf Reisen und habe im Ausland gearbeitet, da muss ich meine Finanzen erst wieder aufbauen. Der staatliche Gesundheitsdienst ist ein Luxus, wenn man Freiwilligenarbeit in Namibia geleistet hat, aber Gutes getan zu haben zählt leider nicht, wenn es um die Kaution geht.«

»Wow.« Ich kann mir nicht vorstellen, wie das gewesen sein muss – ich besitze nicht einmal einen Reisepass.

»Wusstest du eigentlich, dass es eine Bezeichnung für die Furcht vor Krankenhäusern gibt?«

»Wirklich?«, erwidere ich. Es klingt fast wie ein Quieken.

»Nosokomephobie oder so ähnlich. Hattest du schon immer Probleme damit?«

Ich frage mich, wie wohl die Bezeichnung für »Furcht vor allem« lautet. Das käme der Sache schon näher.

»Es ist die Größe, die mir hier zu schaffen macht«, antworte ich, noch nicht bereit, es zuzugeben. »Da verläuft man sich leicht, insbesondere, wenn man nicht genau weiß, wo man hin muss.«

Als wir das Krankenhaus betreten, bin ich angesichts des Andrangs, der hier herrscht, froh, dass ich einen Führer habe.

»Das ist nachvollziehbar, und ich bin gern behilflich. Es ist nur schade, dass ich erst am Dienstag wieder frei habe. Um Clive bei der Wohnungsbesichtigung zu helfen, meine ich.«

Er errötet, was noch nie vorgekommen ist, und ich spüre ein Flattern im Bauch.

»Kann ich dir eine Frage stellen?« Ich werfe einen Blick auf die Leute, die im Flur an uns vorbeigehen, überlege, ob dies der richtige Zeitpunkt ist, es anzusprechen. Nachdem ich mich versichert habe, dass niemand mithört, wage ich es. »Kannst du mir sagen, was wirklich passiert ist, als Clive ins Krankenhaus eingeliefert wurde?«

George schaut sich im Gehen um, ehe er antwortet. »Ein Passant hat es gemeldet. Clive war mit seiner Schubkarre auf dem Rückweg vom Schrebergarten, als er zusammengebrochen ist. Er war verwirrt, und es ging ihm nicht gut. Die Sanitäter haben ihn mitgenommen und auf der Fahrt zum Krankenhaus kam es zu einem kardialen Ereignis. Als er das Bewusstsein wiedererlangte, hat er seine Version der Ereignisse geschildert und daraufhin wurde die Polizei eingeschaltet. Clives Hintertür war unverschlossen, aber es gab keine Leiche, so wie er es beschrieben hatte.«

»Okay«, sage ich, nicht ganz sicher, was ich davon halten soll. »Also, ich weiß nicht. Ich habe irgendwie das Gefühl, dass mehr dahintersteckt.«

»Geht mir auch so. Ich schaue mal, ob ich nicht noch etwas mehr herausfinden kann. Soweit ich weiß, überprüfen sie es noch.«

»Danke. Du bist wirklich sehr hilfsbereit. Ich möchte mehr über das, was passiert ist, erfahren, aber ich weiß nicht, wo ich Antworten darauf bekommen könnte. Ich würde gern Du-weißt-schon-wen irgendwo unterbringen. Und er will unbedingt einen Blick auf seinen Schrebergarten werfen.« Je mehr ich rede, desto ruhiger werde ich.

»Ich werde für den Dienstag, wenn ich frei habe, einen Termin zur Wohnungsbesichtigung ausmachen. Wir müssen herausfinden, was Clive mit seinem Haus vorhat. Wenn er nicht mehr dorthin zurück will, möchte er vielleicht, dass wir das mit seinen Sachen regeln. Oder uns um eine Entrümpelung kümmern.« Georges braune Augen erinnern mich an den perfekten Farbton von Mahagonimöbeln. Für einen Moment verliere ich mich in ihnen.

»Ich werde ihn fragen. Hoffentlich möchte er noch ein paar Dinge behalten. Es ist doch furchtbar schade, dass ihn eine falsche Erinnerung dazu bringt, die echten Erinnerungen loswerden zu wollen. Da steckt ein ganzes Leben in dem Haus.«

Dieser sentimentale Gedanke lässt mich nicht mehr los, bis

wir auf der Station ankommen und George kurz meine Schulter berührt. »Lass uns bald mal darüber reden, und ruf mich an, wenn du etwas für Du-weißt-schon-wen benötigst.«

Er zögert kurz, als wolle er noch etwas sagen, tut es aber nicht. Ich stelle fest, dass ich gern mehr über ihn erfahren würde. Wohin er überall gereist ist und warum er sich entschieden hat, ehrenamtlich zu arbeiten.

»Vielen Dank für alles.« Mehr bringe ich nicht zustande, obwohl ich nicht möchte, dass er schon geht. Ich schaue ihm nach, als er davoneilt.

Lucy sieht blass aus. Ist ganz und gar nicht so lebhaft, wie ich sie kenne. Ich umarme sie, was ungewöhnlich ist für mich und sie überrascht.

»Schmuggelst du mich hier raus?«, fragt sie.

Unwillkürlich entfährt mir ein lautes Lachen. Bei mir hat es in der letzten Zeit genug Heimlichtuerei gegeben.

»Was denn? Was ist los? Irgendwas ist im Gange. Jetzt sag schon.«

Lucy kennt mich einfach zu gut, und ohne weiter darüber nachzudenken, erzähle ich ihr alles.

»Du weißt schon, was du tun musst, oder?«, fragt sie, nachdem ich sie auf den neuesten Stand gebracht habe.

»Was denn?« Meine Stimme kommt mir ganz heiser vor nach dem langen Flüstern.

»Die Sache untersuchen. Wenn du sein Haus ausräumst, erhältst du Zugang zu all seinen Sachen. Vielleicht findest du Hinweise, warum er dauernd von dieser Ehefrau spricht, die er sich aber nur einbildet.«

»Aber das hat die Polizei doch schon getan. Sie haben es ausgeschlossen.«

»Aber es kann ja nicht schaden, mal einen Blick darauf zu werfen. Sobald es mir wieder besser geht, helfe ich mit.«

»Aber erzähl bloß niemandem davon. Ich will nicht, dass einer von uns Ärger bekommt. Und die einzige Untersuchung, auf die es bei dir ankommt, ist die deiner Ärzte, damit sie herausfinden, warum es dir immer noch schlecht geht.«

Als ich gehe, schicke ich ein kleines Stoßgebet zum Himmel, dass zumindest eine Untersuchung bald abgeschlossen sein wird und ich meine Lucy wiederbekomme.

Am folgenden Tag stelle ich nach einer vollen Arbeitswoche fest, dass ich Clive wirklich gern um mich habe.

Er begrüßt die Probanden bei ihrem Eintreffen und bietet ihnen Tee oder Kaffee an. Die meisten nehmen das Angebot an, und während er sich darum kümmert, stelle ich mich vor und gehe die Details mit ihnen durch, die sie bei ihrem Besuch erwarten. Meist handelt es sich um eine Reihe von Tests mit Herzüberwachungssystemen. Die Mehrzahl der Probanden sind bereits das dritte oder vierte Mal bei uns und mit den Abläufen vertraut, aber da es sich um ein Forschungsprojekt handelt, gilt es sicherzustellen, dass sie ihre Zustimmung geben und einen genauen Überblick über das erhalten, was sie tun müssen. Das kann – in Ermangelung eines besseren Wortes – langweilig sein, aber die Studien hätten ohne solche Ausführungen vor keinem Ethikrat Bestand.

Gerade wenn die Probanden den Eindruck erwecken, in Anbetracht all der Formalitäten kurz vor einem Ohnmachtsanfall zu stehen, taucht Clive wieder auf, um mit seinen Gastgeberqualitäten ihre Lebensgeister zu wecken. In der einen Woche, in der er nun hier ist, hat er die Tee- und Kaffeezeremonie auf ein ganz neues Niveau gehoben. Die alten, teilweise schon angeschlagenen Becher – ein Sammelsurium aus Werbegeschenken medizinischer Unternehmen – hat er durch einen Bechersatz aus klassischem zartem Knochenporzellan mit Blumenmuster ersetzt.

»Tee und Kaffee sollten anständig serviert werden. Ich habe gewisse Ansprüche, wenn ich diesen Job erledigen soll«, erklärt Clive mit einem Lächeln.

Dieses Maß an Sorgfalt und Überlegung entlockt auch mir ein Lächeln, selbst wenn es für mich bisher nie von Bedeutung gewesen ist, da mein Interesse allein den Zahlen und Daten gilt, die ich sammle.

Jeden Tag wenn Clive aus seiner Mittagspause zurückkehrt, scheint er einen weiteren Schatz gefunden zu haben, um seinen Pflichten eine weitere Raffinesse hinzuzufügen.

»Wo haben Sie nur all diese Dinge aufgetrieben?«, frage ich ihn, als er plötzlich eine altmodische Zuckerzange hervorzaubert.

»Die hier habe ich in einem Laden einer Wohltätigkeitsorganisation gefunden. Sie glauben ja gar nicht, was man da alles entdeckt!«

»Ich wusste gar nicht, dass es hier in der Nähe so einen Laden gibt.«

Ich habe bis zu meinem Abschluss an dieser Universität studiert und arbeite seitdem hier. Und doch überrascht es mich, wenn ich etwas Neues über die Umgebung erfahre. Das verdeutlicht einmal mehr, dass ich viel zu viel Zeit drinnen verbringe.

»Er ist in einer Seitenstraße. Furchtbare Beschilderung. Ich hätte ihn vermutlich gar nicht entdeckt, wenn ich nicht so neugierig wäre. Dort habe ich fast all diese Schätze gefunden, allerdings nicht die Kekse. Die sind aus dem polnischen Laden.«

Die Kekse sind die andere Sache, die eine gewaltige Verbesserung darstellt. Lucy war immer für diese Dinge zuständig, und da wir nur ein kleines Budget haben, beschränkt sie sich meist auf Butterkekse und trockene Vollkornkekse. Ich denke über meinen gestrigen abendlichen Besuch im Krankenhaus nach. Wie blass sie ausgesehen hat. In den nächsten zwei Tagen wollen sie eine Gastroskopie machen – dazu wird ein Schlauch mit einer kleinen Kamera in ihren Magen eingeführt –, und ich drücke die Daumen, dass damit ihr Krankenhausaufenthalt beendet sein wird. Selbst Clives nette Gesellschaft ist kein echter Ersatz für sie.

Als ich ihn mit der Beschaffung der Vorräte beauftragte, habe ich ihm in aller Deutlichkeit erklärt, dass wir lediglich über eine Mittelzuweisung von drei Pfund pro Woche für Erfrischungen verfügen. Mit dem kleinen Budget auszukommen war immer schwierig gewesen. Und dennoch war er mit einer stattlichen Reihe von Keksen zurückgekehrt.

Nun werden sie jeden Tag auf einem Teller mit einem Spitzendeckchen präsentiert. Die Verlockung ist so groß, dass ich versucht bin, von den neuen zu probieren. Es gibt Karamellwaffeln und Doppelkekse mit Kakaocreme und einem Überzug aus weißer Schokolade. Heute nehme ich mir von beiden einen Probekeks.

Alles, was Clive jetzt noch benötigt, ist ein Teewagen zum Servieren, aber in der Zwischenzeit begnügt er sich mit einem Tablett mit Pünktchenmuster und Griffen, um den Transport von der Küche zum Schreibtisch zu erleichtern und die ganze Aktion mit der von ihm gewünschten gebührend großen Geste zu versehen.

Ich finde langsam Gefallen an dem Spaßfaktor, den er mitbringt, auch wenn es manchmal schon an Exzentrik grenzt. Ich versuche gar nicht erst zu erraten, was ihm als Nächstes einfallen wird, aber ein Lächeln ist dabei garantiert. Vielleicht nicht immer bei mir, aber mit Sicherheit bei den Probanden. Es gelingt ihm, sich auf eine Weise auf sie einzulassen, wie ich es noch niemals zuvor erlebt habe. Wenn sie mit den gereichten Erfrischungen fertig sind, beginnen wir mit den Tests, und die Probanden sind noch mehr vergnügt, als sie es bei früheren Gelegenheiten waren.

Ich frage mich oft, ob solch eine Freude und das Lachen einen Unterschied machen. Ob der Ruhepuls aufgrund dieser flüchtigen Momente höher sein wird. Ob die Woche, in der Clive hier gewesen ist, Auswirkungen auf das Ergebnis meiner Studie haben wird.

»Alles bereit?«, fragt er vom anderen Ende der kleinen Laufteststrecke. Sie ist mit einem genau ausgemessenen Klebeband auf dem Boden markiert. Clive hat unaufgefordert das an einigen Stellen leicht ausgefranste Band erneuert, um sicherzustellen, dass es auch wirklich die exakte Länge hat.

Ich halte die Stoppuhr in der Hand und bemerke, dass ich sie anstarre, ohne aktiv zu werden. »Ja, bin bereit. Sind Sie startklar, Mrs. Baldwin?« Die alte Dame sitzt auf dem Stuhl mit der Anweisung, sich erst in Bewegung zu setzen, wenn ich »Los« gesagt habe.

Ich sehe Clive an, der mich auf diese immer so aufheiternde Art und Weise anlächelt, die ihm zu eigen ist, und ich erwidere sein Lächeln. Das macht mir bewusst, dass weder der rosa Waffelkeks, den sich Mrs. Baldwin nach langer Zeit ausnahmsweise einmal gegönnt hat, noch die Freude darüber, so verwöhnt zu werden, ihre Ergebnisse verändern wird. Ich bin es, die sich dadurch verändert. Ich bin nicht länger besorgt darüber, ob die Vorräte aufgestockt werden oder alles so vorbereitet ist, wie es sein wollte. Ich habe keine Bedenken mehr, welcher Pilz in dieser Woche im Kühlschrank wächst. Bin nicht mehr in Unruhe wegen irgendwelcher Haftnotizen, deren unleserliche Nachrichten kaum zu entschlüsseln sind.

Alles ist so, wie es sein sollte.

Und zum ersten Mal seit langer Zeit hat es eine Veränderung gegeben.

Zunächst keine auffällige Veränderung. Ein oder zwei Schläge, nichts Signifikantes. Aber am fünften Tag mit Clive an meiner Seite beträgt mein Ruhepuls fünf Schläge weniger pro Minute.

Und da ist noch mehr ... Etwas, das für meine Verhältnisse verblüffend ist: Ich habe ein Zeitfenster verpasst.

Am Ende des gestrigen Tages standen weniger Messungen in meinem Notizbuch als jemals zuvor. Vermutlich sind die Ingwerkekse schuld. Die haben mich abgelenkt. Clive konnte es einfach nicht glauben, dass ich noch nie welche gegessen hatte. Er bestand darauf, dass ich einen Keks koste, und meine Sinne wurden so sehr von diesem Snack überrumpelt, der einem auf der Zunge zergeht, dass ich gleich zwei gegessen habe.

Zwei Kekse und keine halbstündliche Messung. Es ist eine ganz neue Welt.

»Los«, rufe ich der armen Mrs. Baldwin zu, die geduldig abgewartet hat und sich vermutlich fragt, ob die Überprüfung ihrer Reflexe auch Teil des Tests ist.

Ich konzentriere mich auf sie, während sie auf und ab geht und Clive aufmerksam zur Kenntnis nimmt, wie viele Male sie dies getan hat. Wir haben eine beglückende Harmonie erreicht. Jeder mit seinem eigenen Hang zum Exzentrischen und seinen eigenen methodischen Vorgehensweisen. Heute trägt er ein blaues Sakko und eine Fliege, wie ich sie bisher nur aus *Mary Poppins* kannte. Sogar seine Garderobe entlockt mir ein Lächeln.

Ich wollte ihn schon die ganze Zeit einmal nach seiner Vergangenheit fragen. Ob er außer in seine erfundene Ehefrau jemals in eine andere verliebt gewesen war. Sich in jüngeren Jahren vielleicht einmal verlobt hatte. Aber ich möchte vermeiden, ihn auf dumme Gedanken zu bringen, wovor mich Dr. Hutchins gewarnt hatte. Mir bleibt nichts anderes übrig, als abzuwarten und zu hoffen, dass er diese Dinge einmal selbst zur Sprache bringt.

Nachdem uns Mrs. Baldwin mit einigen in ein Papiertuch eingeschlagenen rosafarbenen Waffelkeksen wieder verlassen hat, erkundigt sich Clive bei mir, ob wir in der Mittagspause über die Besichtigung einiger seniorengerechter Wohnungen reden könnten.

»Oh.« Es kommt nur selten vor, dass ich über Mittag etwas zu erledigen habe – abgesehen davon, bei Tess vorbeizuschauen, wenn ich die Möglichkeit habe. »Ich habe schon etwas vor.«

»Wirklich?« Der überraschte Ton in Clives Stimme ist nicht zu überhören. »Aber natürlich«, schiebt er rasch hinterher. »Warum sollte es auch anders sein.«

»Ich weiß sehr wohl, dass ich ein Gewohnheitstier bin.« Ich lächle ihn an, wohl wissend, dass die Bezeichnung auch auf ihn zutrifft. »Aber wie es der Zufall so will, habe ich ein Date.«

Clive zieht eine Augenbraue in die Höhe. »Tatsächlich? Also, das dürfen Sie sich natürlich nicht entgehen lassen.«

»Es ist das einundvierzigste«, sage ich, und sobald es heraus ist, ist mir gleich klar, dass ich es besser für mich behalten hätte.

»Das einundvierzigste? Könnte man das nicht schon als Beziehung bezeichnen? Sie haben den oder die Glückliche bisher noch nie erwähnt.«

»Es ist nicht mein einundvierzigstes Date mit derselben Person. Es ist ein erstes Date. Ehrlich gesagt, bin ich mir nicht sicher, ob ich in Verabredungen dieser Art gut bin, daher all diese ersten Dates. Tess ist der Ansicht, dass es für jede und jeden von uns da draußen jemanden gibt. Sie ist es, die mich dazu ermuntert hat, es zu versuchen.« Ich habe keine Ahnung, warum ich Clive all das erzähle.

»Wenn Tess glaubt, dass es für uns alle jemanden da draußen gibt, was glauben Sie denn dann?«

Ich denke einen Moment darüber nach. Ich glaube an die Physiologie. Ich glaube, dass es nur für gewisse Dinge eine Garantie gibt, bis es sie dann plötzlich nicht mehr gibt: das Einatmen, die elektrischen Impulse des Herzens und die Fähigkeit, uns aufrecht zu halten, die wir dem Cerebellum verdanken. Das sind die Dinge, von denen ich glaube, dass der menschliche Körper dazu imstande ist. Aber es sind diese Interaktionen mit all ihren Unbekannten, die ich nicht zu verstehen vermag.

»Ich glaube, dass es der menschliche Körper irgendwie wissen würde, wenn er ›dem Einen‹ begegnet. Dass er auf irgendeine Weise oder in irgendeiner Form reagiert und es einen wissen lässt. Es dürfte für Sie vermutlich keine Überraschung sein, wenn ich Ihnen verrate, dass ich immer meinen Puls messe, wenn mein Date eintrifft. Ich rechne jedes Mal damit, dass er ein wenig in die Höhe schnellt.« Ich höre auf zu reden, bemerke, dass meine Hand auf meinem Pulspunkt liegt, fast so, als hoffte ich, einen Anflug von diesem Gefühl zu verspüren, um zu wissen, worauf ich zu achten hätte.

»Es ist nicht immer so. Es ist nicht immer Liebe auf den ersten Blick.«

»Aber für Sie war es das, nicht wahr?« Ich ergreife die Gelegenheit, um einen Blick in Clives Welt zu erhaschen. Die Geschichte von seiner ersten Begegnung mit Nancy hatte nach der wahren Liebe geklungen. Als er zum ersten Mal den Tanztee erwähnt hatte, war es mir so vorgekommen, als hätte ihn in dem Moment Amors Pfeil getroffen, ihm das Herz gestockt oder es ein anderes Zeichen gegeben. Ich schüttle den Kopf, habe mich für einen Moment vergessen. Nancy gibt es nicht. Diese Geschichte ist nie passiert.

»O ja. Es kann wirklich so sein. Ich wusste es in dem Moment, als Nancy mich ansprach. Aber ich bin mir nicht sicher, dass es das Herz ist, das als Erstes reagiert. Es sind die Pupillen, die sich weiten oder die Wangen, die erröten. Das Herz kommt später. Wo findet denn Ihr ›Date‹ heute statt?«, fragt er und verleiht dem Wort, das wohl sonst eher nicht zu seinem Sprachgebrauch zählt, eine besondere Betonung.

Ich starre ihn für eine geschlagene Minute an. Die Erwähnung von Nancy hängt zwischen uns in der Luft. Es fühlt sich an wie Reibungselektrizität, als ob ein Geist an uns vorüberginge. Er erwähnt sie so häufig, dass nicht einmal ich mehr sicher bin, was ich glauben soll. Vielleicht hat Lucy ja recht. Vielleicht sollte ich einmal einen Blick darauf werfen, ob an dieser Geschichte nicht doch mehr dran ist. Ich schüttle das Gefühl ab und beeile mich, seine Frage zu beantworten.

»Im Café. Tess arrangiert das Ganze immer. Sie ist der Ansicht, dass ich in der Lage sein sollte, unter hundert Dates die Liebe zu finden. Ich bin mir da nicht so sicher.«

»Dürfte ich dabei Mäuschen spielen? Ich kann mich ja an

einen anderen Tisch setzen und schauen, ob Ihre Wangen erröten. Wenn Ihr Puls nichts verrät, dann benötigen Sie vielleicht jemanden, der die Anzeichen im Blick hält.«

Mein erster Impuls ist abzulehnen. Insbesondere, da ich es bei Lucy bereits getan hatte, von der ich weiß, dass sie überhaupt nicht in der Lage ist, sich unauffällig zu verhalten. Ich finde das ganze Gerede schon seltsam genug, ohne die Sache nun auch noch stressiger zu machen. Aber dann denke ich darüber nach, dass Clive einen positiven Einfluss auf meine Pulsfrequenz zu haben scheint. Seine Anwesenheit könnte beruhigend auf mich wirken.

»Zählt das mit zu Ihrer Hilfe bei meiner Studie?«

»Wenn Sie es so bezeichnen wollen, dann ja.«

Ich nicke. »Ich nehme an, dann ist das in Ordnung. Aber wundern Sie sich nicht, falls ich verschwinden sollte.«

Denn noch bevor wir überhaupt dort sind, bin ich mir bereits ziemlich sicher, dass das passieren wird.

24

Clive

Im Gegensatz zu Keisha war Clive nicht so erfahren darin, den besten Platz für seine Zwecke auszuwählen. Er hatte sich zwar in die Nähe von ihr gesetzt, aber dummerweise in die falsche Richtung, was bedeutete, dass er zwar imstande war mitzuhören, aber nicht mit anzusehen, was vor sich ging.

Clive hatte den jungen Mann noch hereinkommen sehen, bevor er Platz nahm. Er trug einen auffälligen Bart und ein kariertes Hemd, dessen Ärmel aufgerollt waren. Soweit er wusste, lautete die Bezeichnung, um ihn zu beschreiben, »Hipster«. Clives schlecht gewählter Platz mit dem Rücken zu den beiden erlaubte ihm zumindest festzustellen, dass er ein angenehmes Rasierwasser benutzte.

Die Unterhaltung begann nicht sehr verheißungsvoll, da der Hipster als Erstes gleich die Einrichtung des Cafés verunglimpfte. »Von dem ganzen Einhorn-Zeugs in diesem Laden bekommt man ja Albträume, findest du nicht?«

»Ich finde, es heitert einen auf«, erwiderte Keisha. Sie war auch nicht gerade eine Freundin von Glitzer, aber Tess war eine ihrer besten Freundinnen, und sie würde immer zu ihr halten. So war sie nun einmal.

Innerhalb von wenigen Minuten war die Unterhaltung quasi zum Erliegen gekommen. Die Dinge liefen nicht nach Plan – am allerwenigsten für Clive, der nicht sehen konnte, was vor sich ging, ohne Verdacht zu erregen. Beim nächsten Mal musste er sich wirklich einen besseren Platz aussuchen.

Hinter ihm ertönte der Klingelton eines Handys.

»Tatsache? Jetzt?«, hörte er den jungen Mann sagen. »Bin auf dem Weg.«

An dieser Stelle getraute er sich, seinen Kopf ein wenig zu drehen.

»Sorry. Vielleicht 'n andermal«, sagte der Hipster, bevor er zur Tür eilte und verschwand.

»Na, das ging aber schnell. Wieso hatte er es denn so eilig?«, fragte Clive, der sich zu einer ziemlich kreidebleichen Keisha an den Tisch setzte.

»Bei seiner Exfreundin haben gerade die Wehen eingesetzt!«

Da das Rendezvous im Handumdrehen vorüber war, und das aus gutem Grund (oder furchtbarem, je nachdem, wie man die Sache betrachtete), hatte Clive nicht genug Interaktion mitbekommen, um eine richtige Bewertung abzugeben, und so blieb ihm nur zu sagen, dass es zum Scheitern verurteilt gewesen sei, was nicht Keishas Schuld war.

Nachdem sie Date Nummer einundvierzig zum Blindgänger erklärt hatte, erzählte Keisha Clive anschließend beim Mittagessen von der Vereinbarung, die sie mit George getroffen hatte, der Clive bei der Wohnungsbesichtigung helfen sollte. George musste am Wochenende arbeiten, aber das passte offenbar gut, weil die Besichtigungen nur unter der Woche stattfanden. Clive wusste, dass er so lange nicht warten konnte. Aber seine Dringlichkeit bezog sich nicht darauf, Wohnungen anzusehen, sondern er wollte unbedingt zu seinem Schrebergarten. Da es

Freitag war, entschied er auf der Stelle, dass er sich noch am selben Abend auf dieses Abenteuer begeben würde.

Nun, da er wusste, was vor ihm lag, zog sich der Rest des Tages hin. Als Keisha in der Bibliothek war, um eine medizinische Fachzeitschrift zu besorgen, druckte sich Clive Straßenkarten für die Strecke aus, die er nehmen musste.

Bevor sich Keisha endlich in den Feierabend verabschiedete, stellte sie noch ihre üblichen Fragen, erkundigte sich, ob er allein klarkommen würde. »Ich werde morgen gegen elf vorbeikommen, um nach Ihnen zu sehen. Wir können dann zusammen bei Tess im Café etwas essen.«

»Könnte es am Wochenende irgendwelche Probleme geben, weil ich hier bin? Werden die Leute nicht eher bemerken, wer kommt und wer geht?«

»Wir haben schon des Öfteren übers Wochenende Schlafstudien durchgeführt, wenn die Leute unter der Woche keine Zeit dafür hatten. Es wird für Sie auf dem Campus nicht viel anders sein als sonst. Ich werde nur nicht so viel Zeit wie sonst hier verbringen.«

Clive hätte um ein Haar erwidert, dass das bei ihm heute Abend auch der Fall sein würde. Aber er entschied sich, die Sache mit dem Schlüsselbund erst noch für sich zu behalten, denn er wollte vermeiden, dass Keisha versuchen würde, ihm sein Kleingartenanlagen-Abenteuer auszureden. Und er wollte ebenso wenig, dass sie erfuhr, welch einen tiefen Einblick in ihr Leben er erhalten hatte.

Nachdem Keisha gegangen war, wartete er nur zehn Minuten, ehe er sich auf den Weg machte. Er wollte so viel wie möglich von seinem Ausflug bei Tageslicht machen.

Zu Fuß bis in den östlichen Teil war ein ganz schöner Marsch, der ihn entlang zweispuriger Straßen führte, die verdeutlichten, wie groß Southampton war. Glücklicherweise ließen diese Straßen trotz ihrer Größe und des dahindröhnenden Berufsverkehrs noch Raum für Fußgänger und Radfahrer, sodass er sich keiner Gefahr aussetzte, während er die paar Kilometer zurücklegte. Er blickte dabei hauptsächlich auf grauen Beton, da viele der Häuser ein Stück weit von der Straße zurückgesetzt von Mauern versteckt standen. Es war nicht die allerschönste Strecke, aber er hatte sich für den kürzesten Weg entschieden. Die Aussicht wurde besser, als er den Fluss erreichte. Hier am Itchen war eine der Stellen, von wo aus man den neuen und den alten Teil der Stadt sehen konnte. Lagerhäuser, die schon bessere Tage gesehen hatten, standen neben protzigen, neu errichteten Wohnblöcken. Kirchtürme und am Fluss gelegene Pubs hatte er von hier aus ebenso im Blick. Die Brücke schien mindestens anderthalb Kilometer lang zu sein, und Clive entschied sich, eine Pause einzulegen und den kleinen Proviant aus seiner Tasche hervorzuholen, bevor er den Fluss überquerte.

Es tat gut, die Frühlingsbrise auf seiner Haut zu spüren. Das Wetter war viel freundlicher als in den letzten Tagen. Die Stürme hatten den Weg frei gemacht für diese heiteren frischen Abende.

Es war ein guter Platz, um seinen Donut zu essen, den er extra für diese Gelegenheit gekauft hatte, um bei Kräften zu bleiben. Er war sich sicher, dass all diese jungen Jogger heutzutage auch energiereiche Zwischenmahlzeiten zu sich nahmen, um durchzuhalten. Diese waren vermutlich nicht so zuckerhaltig, aber er war ein alter Mann, der sich von einem Herzleiden erholte. Sollte ihn diese Leckerei umbringen, würde er das gewissermaßen als Triumph betrachten.

Das Flusswasser war trüb, und sonnenbefleckte Boote schaukelten unter einer lockeren Wolkendecke im anbrechenden Abend vor sich hin. Wenn man den Wettervorhersagen glauben durfte, würde dies einer der schönsten Aprilmonate seit Langem werden. Aber egal, wie nett es auch war, einen Abendspaziergang zu machen, dies hier würde am Ende eher einer Wanderung gleichkommen. Insbesondere, da er die Strecke ja auch noch zurücklaufen musste.

Clive ließ die Hälfte des Donuts für später übrig und machte sich wieder auf den Weg. Der schwierigste Teil der Strecke lag nun vor ihm, denn es galt eine Steigung zu bewältigen. Clive kam außer Atem und verschwitzt an der Straße an, in die er abbiegen musste, und nahm sich einen Moment Zeit mit seinem Taschentuch, um sich zu sammeln. Er würde außerhalb der Öffnungszeiten dort ankommen, aber glücklicherweise war er seit Langem im Besitz eines Schlüssels für das Haupttor. Er gehörte zu den Sachen, die er bei seiner Einlieferung ins Krankenhaus bei sich gehabt hatte. Wenn das so weiterging, hatte er bald eine Schlüsselsammlung!

Da war immer noch ein Bruchteil von Licht am Himmel, und die Straßenlaternen waren noch nicht angegangen. Als er sich seinem Ziel näherte, nahm er noch einmal all seine letzte Kraft zusammen. Er wollte so bald wie möglich in seinem Schrebergarten sein, seinem Zufluchtsort. Wenn es möglich war, dass ein Herz irgendwo hingehörte, dann gehörte das seine auf jeden Fall zwischen die Erbsen und die Karotten, und es schlug ein wenig heftiger, je näher er ihnen kam. Als er in Sichtweite gelangte, begann er fast zu joggen. Er musste unbedingt dorthin. Musste die Antworten bekommen, die er sich dort zu finden erhoffte.

Weit und breit war niemand zu sehen, und das Haupttor ließ

sich mit Leichtigkeit öffnen. Er entschied sich, es wieder zu schließen, nachdem er auf der anderen Seite war, denn er wollte nicht, dass irgendwelche Gelegenheitsdiebe die Situation ausnutzten.

Clives Garten war der erste auf der rechten Seite, daher war er im Handumdrehen dort. Er blickte im Zwielicht über seine Parzelle hinweg in der Hoffnung, dass er sich wieder an irgendetwas erinnern würde. Vielleicht wäre die Stelle, wo er zusammengebrochen war, eine Hilfe? Aber da war nirgendwo inmitten der vernachlässigten Zwiebeln und dem Spargel etwas zu entdecken, das darauf hindeutete, dass dort ein Körper gelegen hatte. Stattdessen war alles so, wie es gewesen war, nur überwucherter. Auch die Folientunnel, die er aufgebaut hatte, waren noch intakt.

Irgendetwas hatte ihn bewogen herzukommen. Er hatte keine Erinnerung an seinen Zusammenbruch, aber er hatte gehofft, dass er es sich wieder ins Gedächtnis rufen könnte, wenn er hier war. Herausfinden könnte, was dazu geführt hatte, dass er sich ein ganzes Leben mit Nancy eingebildet hatte. Er hoffte auch, dadurch die Version der Ereignisse zu löschen, die sich ständig in seinem Kopf wiederholte. Seit Beginn seines Krankenhausaufenthalts zog es ihn wieder an diesen Ort zurück.

Als er an seinem Schuppen ankam und den Schlüssel ins Schloss steckte, spürte er, wie etwas seinen Arm durchfuhr, einer statischen Aufladung gleich. Das war wohl die Aufregung. Es schoss so schnell an seinem Arm hinauf und wieder hinunter, dass ihm ein Schauer über den Rücken lief und er Gänsehaut bekam. Er blickte sich um, ob noch jemand hier war.

Doch da war niemand. Er war allein. Beruhigt betrat er seinen Schuppen.

Er freute sich, seinen Liegestuhl mit dem gestreiften Segeltuch wiederzusehen. Er musste sich etwas ausruhen. Offenbar hatte er seine Kondition doch ein wenig überschätzt. Das Gute daran, wieder in seinem Stuhl zu sitzen, bestand darin, dass es sich anfühlte wie eine zweite Haut. Sobald er es sich darin bequem gemacht hatte, fehlte ihm seine übliche Thermoskanne mit Tee, die er sich für gewöhnlich zu Gemüte führte. Das war eine weitere Erinnerung daran, dass dies keine gewöhnlichen Umstände waren. Wenigstens hatte er noch die Flasche Wasser aus seinem Proviant. Er nahm einen Schluck davon, aber es war nicht das Gleiche. Nichts fühlte sich mehr so an wie früher. Es war seltsam zu spüren, dass etwas fehlte und zu wissen, dass es größtenteils seine Erinnerungen waren. Wie sollte er das Puzzle wieder zusammenfügen, wenn er nicht wusste, welche Teile dazugehörten?

Jedenfalls spendete ihm der muffige Geruch in seinem Schuppen ein wenig Trost, den er im Krankenhaus zu keinem Zeitpunkt empfunden hatte. Das bedeutete, dass er in der Lage war, ein wenig klarer zu denken, und genau deshalb war er ja hier. Um etwas Klarheit zu erlangen.

Im Schuppen war es jetzt dunkel, und sicherlich schwand inzwischen auch draußen das letzte Tageslicht. Eine Taschenlampe lag für ihn bereit. Nachdem er sie in der Hand hielt, inspizierte er die Ecken seines alten Schuppens. Wenigstens dieser Raum hier war wie ein alter Freund für ihn. Er war voller Spinnweben und Krimskrams und Werkzeugen und musste unbedingt einmal entrümpelt werden, aber meistens war er viel zu beschäftigt draußen auf der Parzelle, um sich Gedanken über das Durcheinander hier drinnen zu machen.

Unter seinen Sachen befanden sich zahllose in Schränken

gestapelte Pillendosen, in denen er kleine Dinge wie Nägel und Schrauben aufbewahrte. Überall lagen alte Geschirrtücher herum, die er nun als Öllappen benutzte oder um den Lehm von seinen Werkzeugen zu entfernen. Er besaß drei Paar Gummistiefel. Es gab jede Menge Zubehör und allen möglichen Firlefanz, den er hier anstatt zu Hause aufbewahrte, damit Nancy ihm nicht vorwerfen konnte, Dinge zu horten.

Da war sie wieder. Als ob er ein Zuhause mit einer Ehefrau hätte. Jeder sagte ihm, dass sie nicht existierte. Und dennoch tauchte sie immer wieder in den Windungen seiner Gedankengänge auf.

Er betrachtete die Sachen erneut und versuchte sich daran zu erinnern, warum er sie – abgesehen von Nancy – hier aufbewahrte. Weil er wollte, dass es im Haus anständig aussah. Und dennoch blieb die Vorstellung von Nancy bestehen und bereitete ihm Kopfschmerzen, die er nicht gebrauchen konnte. Nicht, wenn er noch diesen anstrengenden Marsch zurück zu seiner gegenwärtigen Bleibe vor sich hatte.

Eine Notiz neben seiner leeren Thermosflasche erregte seine Aufmerksamkeit. Es war eine herausgerissene Seite aus seiner Schrebergartenkladde. Er konnte sich gar nicht erinnern, sie herausgerissen zu haben, und doch musste es so gewesen sein. Es war schließlich seine Handschrift. Er warf einen Blick auf das, was so wichtig gewesen war, dass er deshalb seine geliebte Kladde mutwillig beschädigt hatte. Er hatte in Großbuchstaben darauf NEUER KLEINGÄRTNER gekritzelt und mehrmals noch einmal mit dem Kugelschreiber nachgezogen, damit es richtig fett war. Die Information war ganz offenbar wichtig gewesen, ergab für ihn aber keinen Sinn. Und dennoch schien sie bedeutsam zu sein. Er betrachtete die Seite erneut, aber da er keine weiteren Informationen zu entdecken vermochte, faltete er das Blatt und steckte es weg. Er müsste einen Blick in seine Kladde werfen, um nachzuschauen, ob sich darin etwas fand, das zur Aufklärung dieses eigenartigen Vermerks beitrug. Es gab immer mal wieder neue Kleingärtner. Manche Leute hielten aber lediglich eine Saison durch, bevor sie zu der Entscheidung gelangten, dass es nichts für sie war.

Während Clive darüber nachgrübelte, warum er diese Notiz geschrieben hatte, schloss er die Augen und gönnte sich noch etwas Ruhe. Es tat gut, an einem heimeligen Ort zu sein, der einem selbst gehörte, und einfach eine Weile dazusitzen und dabei den vertrauten Geruch von Holzbeize einzuatmen. Er hatte viel zu viel Zeit in den Räumlichkeiten anderer Leute verbracht.

Er hatte noch nicht richtig überprüfen können, wie es seinem Garten ging. Es war zu dunkel draußen, um irgendetwas ohne Taschenlampe zu sehen, und er wollte vermeiden, noch mehr Aufmerksamkeit auf sich zu ziehen, als er es ohnehin schon tat. Es gab eine ganze Häuserreihe, die auf dieses Fleckchen Grün schaute, und einer der Nachbarn würde ihn wahrscheinlich wegen Gemüsediebstahl anzeigen. Das war bedauerlicherweise schon des Öfteren vorgekommen, und da sein Garten der erste war, wurde er häufiger geplündert. Er würde niemals dieses eine Jahr vergessen, als ihm kurz vor Halloween irgendwelche Mistkerle sämtliche Kürbisse bis auf einen gestohlen hatten.

»Das ist nicht gut. Dieser Stuhl ist einfach zu bequem.« Das klang wie eine Zeile aus *Goldlöckchen und die drei Bären*, aber es war ein Versuch, sich vor dem drohenden Einschlafen zu bewahren. Das konnte er auf keinen Fall riskieren. Denn er musste sich unbedingt erinnern.

Dieser Ort rief ihm viele Dinge ins Gedächtnis: die Aussaaten, die normalerweise jetzt im Frühjahr anstanden, die Früchte, die er eigentlich ernten sollte, aber vernachlässigt hatte, und die nun verdarben, das Entrümpeln, das er erledigen musste, zu dem er aber nie kam – doch nichts davon entsprach dem, wonach er suchte. Was war hier geschehen? Und warum hatte er diese Notiz geschrieben? Hatte sie überhaupt eine Bedeutung?

Wenn er sich zu lange Zeit nicht bewegte, könnte er Krämpfe in den Beinen bekommen, und dann würde er den Rückweg niemals schaffen. Also beschloss er, den Rest von seinem Donut zu essen und noch etwas Wasser zu trinken, in der Hoffnung, dadurch gewappnet zu sein. Er kam nicht umhin, sich darüber zu ärgern, dass er umsonst hergekommen war und dass er mit seinem Besuch keine Erinnerungen geweckt hatte, die ihm eine Hilfe sein konnten. Auch wenn es nett war, einige Zeit an einem so vertrauten Ort zu verbringen, so hatte er doch nicht das bekommen, weshalb er eigentlich hergekommen war. Wenn er doch nur wüsste, worum es sich dabei handelte.

Alles war so, wie es sein sollte. Alles in seinem Schuppen war so, wie er es in Erinnerung hatte. Abgesehen von dem Namen »Nancy«, der noch in seinen Gedanken nachklang, und einer eigenartigen nutzlosen Notiz, gab es nichts Konkretes.

Clive entschied, dass es an der Zeit zu gehen. Sein Hiersein führte nur zu einer noch größeren Verwirrung.

Draußen war es fast schon dunkel, und lediglich ein paar in der Nähe stehende Straßenlaternen warfen einige Lichtsplitter auf die Parzelle. Schwer zu sagen, ob etwas anders war. Es gab keine Pfeile, die auf das deuteten, was ihm ermöglichen würde, all das freizugeben, woran er sich nicht zu erinnern vermochte.

Als er sich auf den Rückweg machte, fühlte sich Clive ziemlich geschafft. Er fragte sich, ob er langsam den Verstand verlor.

Er hatte versucht, sich nicht anmerken zu lassen, dass er diese flüchtigen Gedanken an Nancy hatte, aber je häufiger sie auftauchten, desto besorgter wurde er. Die Diagnose eines vorübergehenden Deliriums erschien immer unwahrscheinlicher. Denn für ihn war Nancy real.

Es war ein Tiefschlag für ihn, hier in seinem Schrebergarten, nicht die erhofften Antworten gefunden zu haben.

25

Keisha

All mein Kümmern um Clive hat dazu geführt, dass ich mich selbst vernachlässigt habe. Das wird besonders deutlich, als ich auf mein Abendessen blicke und mich frage, wann ich zuletzt vor einem derart kümmerlichen Mahl gesessen habe. Meine Nudeln sind glibberig und alles andere als verlockend. Ich sitze auf dem Sofa, starre die Wand an und fühle mich irgendwie kaputt. Mir ist klar, dass ich daran arbeiten muss, zur Normalität zurückzukehren. Aber das scheint mir unmöglich, solange Lucy immer noch krank ist und es keine Planungssicherheit für Clive gibt.

»Wie sieht's aus?«, frage ich Rob, als er nach Hause kommt und ich immer noch so dasitze.

Rob ist inzwischen zu einem zweiten Hiro geworden, der wie unser hauseigener Eremit kommt und geht, ohne Spuren zu hinterlassen. Jeden Tag kehrt er mit einem abgepackten Sandwich und einer Tasche voller Wäsche zurück, die er für Lucy erledigt. Er kocht nicht mehr und kehrt nur noch zum Schlafen nach Hause zurück. Da ich ja mit Clive beschäftigt war, habe ich Rob schon seit Tagen nicht mehr gesehen.

»Morgen wollen sie die Spiegelung machen. Wenn das erledigt ist, hoffe ich, dass Lucy der Entlassung einen Schritt näher kommt. Sie geben ihr immer noch flüssige Nahrung, um mögliche Entzündungen abklingen zu lassen.«

»Das klingt eigentlich wie eine gute Nachricht.« Mein schlechtes Gewissen meldet sich, und ich lege unwillkürlich zwei Finger auf meinen Radialispuls. Ich war einfach zu beschäftigt und zu müde, um einen weiteren Besuch bei Lucy in Betracht zu ziehen. Ich hoffe inständig, dass sie bald nach Hause entlassen wird. Zu sehen, wie erschöpft Rob ist, erinnert mich daran, dass wir alle unter Druck stehen.

»Soll ich etwas zu essen bestellen?«, frage ich ihn, nachdem ich meine ungegessenen Nudeln, aus denen inzwischen ein fester Klumpen geworden ist, lange genug auf meinem Teller herumgeschoben habe.

Rob lässt sich auf das Küchensofa fallen, als hätte ihn meine Frage umgehauen. »Seit wann isst du denn so was? In all der Zeit, die ich dich kenne, hast du noch nie etwas zu essen bestellt.«

»Ich glaube, es ist so weit. Es ist an der Zeit, einmal zu sündigen. Es wird auf jeden Fall schmackhafter sein als das hier.«

Ich hasse Verschwendung. Ich denke an Clive, der noch nie neue Kleidung gekauft hat. Aber selbst ich bin in der Lage einzugestehen, wenn etwas ungenießbar ist.

Wir einigen uns auf Chinesisch und entscheiden uns für die Gerichte mit dem größten Gemüseanteil. Es dauert eine Dreiviertelstunde, und obwohl mir der Magen knurrt, erledigen wir beide die Dinge, die wir zu erledigen haben. Rob kümmert sich um die Wäsche und stellt die Maschine an. Ich befördere meine ungegessene Mahlzeit in den Müll, spüle meinen Teller und wische obendrein noch mit einem Tuch die Oberflächen ab.

Als es an der Haustür läutet, ist aus dem Magenknurren ein Rumoren geworden, und ich bin mir nicht sicher, ob dies von der bloßen Aussicht auf baldige Sättigung kommt, oder ob es einen Ruf hinaus in die Wildnis darstellt, um allen mitzuteilen, dass mein Bauch der erste in der Schlange sein muss.

Zur Enttäuschung meines Magens erwarten mich auf der anderen Seite der Tür keine kostenlosen Krabbenchips. Stattdessen erblicke ich PC Doyle und einen Kollegen, die vor unserem Haus stehen.

»Guten Abend, entschuldigen Sie die späte Störung, aber wir versuchen es seit zwei Tagen, und niemand hat sich gemeldet.«

Ich spüre, wie es mir den Boden unter den Füßen wegzieht.

»Das tut mir leid. Wie kann ich Ihnen helfen?«

Bitte gehen Sie wieder, hallt es durch meinen Kopf. Ich wünsche wirklich niemandem, dass er in Not gerät, aber wenn die beiden jetzt etwas ziemlich Dringendes von hier weglocken würde, dann wäre das wirklich eine wunderbare Wendung der Ereignisse.

»Wir würden gern mit Mr. Ellington sprechen. Soweit uns bekannt ist, wohnt er hier bei Ihnen. Es geht um sein Haus.«

»Er ist nicht da«, erwidere ich in Ermangelung einer besseren Erklärung.

»Können Sie uns sagen, wo er sich aufhält?«

Nein, kann ich nicht.

Das Wissen darum, dass ich die Polizei im Haus habe und nicht mit der Wahrheit rausrücken darf, reicht aus, dass ich den Drang verspüre wegzurennen. »Er ist unterwegs.« Das ist zumindest keine Lüge.

»Alles in Ordnung?« Rob tritt neben mich an die Tür, nachdem er bemerkt hat, dass ich mich nicht mit einem Lieferdienstfahrer unterhalte.

»Wissen Sie, wo Mr. Ellington hingegangen ist?«, PC Doyle klingt ungehalten.

»Wer?«, fragt Rob.

»Er hat gesagt, dass er sich mit einem Freund im Pub treffen will. Ich weiß aber nicht, in welchem. Kann ich ihm etwas ausrichten?«, frage ich rasch, in der Hoffnung, mit meinem Wortschwall den fragenden Ausdruck auf dem Gesicht meines Mitbewohners zu kaschieren.

»Wir müssen mit Mr. Ellington persönlich reden. Würden Sie ihn bitten, mich anzurufen, wenn er zurück ist?« PC Doyle blickt über meine Schulter zu Rob hinüber. »Sie wissen auch nicht zufällig, in welchen Pub Mr. Ellington gegangen ist?«

Rob blickt mich nach Antworten suchend mit ausdrucksloser Miene an. »Nein. Keine Ahnung.«

»Hmmm ...«, sagt der Polizeibeamte nachdenklich. »Wir haben den ganzen Abend Dienst. Bevor meine Schicht zu Ende ist, will ich etwas von ihm gehört haben, verstanden?« Er reicht mir seine Karte.

Genau in dem Moment taucht ein erschrocken dreinblickender Auslieferungsfahrer auf. Seinem Alter nach zu urteilen ist er Student, und sein Gesichtsausdruck besagt, dass er noch nie zuvor einer Sache, die nach Ärger riecht, so nahe gewesen ist. »Lieferservice«, sagt er mit matter Stimme.

»Ich werde dafür sorgen, dass er sich bei Ihnen meldet, sobald er zurück ist.« Ich versuche, dabei souverän zu klingen, und drücke die Daumen, dass Rob nichts sagt, was alles verderben könnte.

Die Polizei zieht von dannen, aber nicht, ohne mir zuvor noch Blicke aus zusammengekniffenen Augen zuzuwerfen. Mir dämmert, dass auch ich gerade zum ersten Mal einer nach Ärger riechenden Sache so nahe gewesen bin.

Sobald der Auslieferungsfahrer verschwunden ist und ich

die Tür schließe, reißt Rob die Krabbenchips auf und bietet mir einen an, bevor er sich selbst einen nimmt.

»Was hatte das denn zu bedeuten?«

Ich verteile unsere Bestellung von Hähnchen süßsauer mit Gemüsenudeln auf zwei Teller, und trotz allem, was vor sich geht, knurrt mir weiterhin der Magen.

Lucy hat ihm offenbar nichts erzählt, genau wie ich sie gebeten habe. »Sie versuchen nur, jemanden zu erreichen.«

»Schon klar, aber wen? Und wie kommen sie darauf, dass er hier zu finden ist? Es sei denn, wir haben einen neuen Mitbewohner, von dem ich nichts weiß?«

»Er ist kein Mitbewohner. Sie glauben nur, dass er hier wohnt.« Wir setzen uns an den Tisch, möchten beide endlich etwas essen.

»Wieso? Was ist los?« Robs Gesicht nimmt einen besorgten Ausdruck an, und eine weitere Falte erscheint auf seiner Stirn.

Ich zögere für einen Moment, was aber vor allem daran liegt, dass ich auf dem größten Hähnchenstück herumkaue. Das ist seit vielen Jahren zum ersten Mal wieder ein Gericht vom Chinesen, und es ist einfach göttlich. Das letzte muss beinahe zehn Jahre her sein, als wir gerade hier eingezogen waren.

»Kein Grund zur Sorge. Es ist nur jemand, dem ich zu helfen versuche.«

»Hoffentlich nutzt dich da niemand aus. Da draußen laufen einige üble Leute rum. Wenn du sagst, dass das hier seine Adresse ist, dann könnte es um Kreditkartenbetrug und anderen Kram gehen. Weißt du, wo er ist?«

»Ich weiß genau, wo er ist.«

»Und wer ist es? Könntest du vielleicht etwas ausführlicher sein?«

Das möchte ich vermeiden. Ich will nicht noch jemanden in

diesen vorläufigen Plan hineinziehen. »Er ist in der Nähe. Wenn wir mit dem Essen fertig sind, rufe ich ihn an und sorge dafür, dass er sich bei der Polizei meldet.«

»Und wo genau in der Nähe? Komm schon, Keisha. Ich habe all meine freie Zeit im Krankenhaus verbracht. Wenn hier etwas Interessantes läuft, dann musst du es mir erzählen. Bei uns stand noch nie die Polizei vor der Tür, und wenn sie noch mal auftauchen, dann willst du doch bestimmt, dass ich dir Rückendeckung gebe, oder?«

»Ich habe nichts verbrochen. Zumindest nichts, was mir Ärger mit der Polizei einbringen würde, aber im Institut könnten sie etwas dagegen haben. Deshalb habe ich nur wenigen Leuten davon erzählt.«

»Weiß Lucy Bescheid? Ich bin mir ziemlich sicher, dass ihre Krankenhauseinweisung als Alibi gelten wird, wenn es so weit kommen sollte. Erzählst du es mir jetzt oder nicht?«

Ich gebe schließlich nach. Wenn es Lucy schon weiß, dann schadet es nicht, auch Rob davon zu erzählen.

»Einer der Probanden hatte keinen Platz, wo er hinkonnte, als er aus dem Krankenhaus entlassen werden sollte. Es ist ein älterer Mann, und er hat niemanden. Er hat mir leidgetan. Da kam ich auf die Idee, ihn vorübergehend für kurze Zeit, im Schlaflabor im Institut unterzubringen. Es wird zurzeit nicht genutzt. Ich fand, es sei eine Verschwendung, dass dort ein leeres Bett steht, während er eins benötigt. Tagsüber hilft er mir aus, solange Lucy noch nicht wieder da ist.«

Rob kaut auf seinem Essen herum, während er die Information aufnimmt. »Okay. Aber das ist doch durchaus vernünftig, warum also diese Geheimnistuerei? Und warum glaubt die Polizei, dass er hier ist?«

»Im Institut wissen sie nichts davon. Mir war klar, dass sie es nicht erlauben würden. Die hätten etwas über Sicherheit und Gesundheitsschutz und Versicherung gemurmelt und gleich abgelehnt, ohne es überhaupt in Erwägung zu ziehen. Deshalb habe ich gesagt, dass er vorübergehend hier wohnt, damit er für die Entlassung eine Adresse angeben konnte.«

»Was hat dich dazu gebracht, es überhaupt in Erwägung zu ziehen? Das klingt gar nicht nach einer Idee, auf die du normalerweise kommen würdest.«

»Er hat mir leidgetan.« Aber es war mehr als das. »Er hatte eine schwere Zeit. Er dachte, in seinem Haus sei etwas Schreckliches passiert, und sah sich nicht in der Lage, dorthin zurückzukehren. Ich glaube, ich fühlte mich ihm irgendwie verbunden, und da ich wusste, was er kürzlich durchgemacht hatte, war mir klar, dass ihm jemand helfen musste, warum also nicht ich?«

»Weil du Ärger im Institut bekommen könntest? Oder mit der Polizei?«

»Als ich anfing, über mögliche Konsequenzen nachzudenken, hatte ich es ihm bereits angeboten. Ich hatte nicht wirklich so weit vorausgedacht, als der Vorschlag sozusagen schon auf dem Tisch lag und er ihn in Erwägung zog. Bisher hat es gut geklappt, und es ist ja auch nur vorübergehend. Ich dachte, dass alles reibungslos läuft. Aber das war, bevor ich wusste, dass die Polizei versucht hat, ihn zu erreichen.«

»Warum wollen sie denn mit ihm reden?«

Dieser Teil ist kompliziert, und ich werde nicht einmal ansatzweise versuchen, ihn umfassend zu erläutern. »Es gab möglicherweise einen Einbruch in seinem Haus, und er möchte wegen dem, was geschehen ist, nicht wieder zurück.«

»Dann sorg mal besser dafür, dass deine neue Aushilfe bei denen anruft, bevor sie anfangen, gründlicher nach ihm zu suchen.«

Angesichts der Geschehnisse hatte ich die Zeit ganz aus den Augen verloren. Es wurde langsam spät. »Du hast recht. Er könnte schon im Bett sein, und es klang nicht so, als wären sie geneigt abzuwarten.«

Ich lasse meine erst zur Hälfte verspeiste Portion stehen, um mein Handy zu holen. Clive besitzt kein eigenes, aber da er ein Experte darin geworden ist, Anrufe entgegenzunehmen, hege ich die Hoffnung, dass er so vernünftig ist, dies auch außerhalb der Bürozeiten zu tun.

Es läutet am anderen Ende, bis der Anrufbeantworter anspringt.

»Er geht nicht ran«, teile ich Rob mit. »Ich werde es noch mal versuchen.« Wenn er wirklich schon schlief, könnten zwei oder drei Versuche nötig sein, ehe er das Läuten mitbekam. Nach dem vierten Versuch bin ich mir nicht mehr so sicher, dass ein simpler Anruf die Lösung ist. »Er nimmt nicht ab.«

»Vielleicht hat er Angst ranzugehen, weil er befürchtet, damit zu verraten, dass er dort ist. Gibt es eine andere Möglichkeit, ihn zu erreichen?«

»Nein.« Meine Stimme ist schrill. Wieso hatte ich nicht daran gedacht, wie wir Kontakt zueinander aufnehmen konnten, falls es ein Problem gab. »Was, wenn er gestürzt ist?«

»Mir fallen eine Menge Gründe ein, die erklären könnten, warum er nicht ans Telefon geht. Und auch eine Menge Gründe, die nichts mit einer Verletzung zu tun haben. Ich bin sicher, es geht ihm gut. Er kann das Telefon wahrscheinlich nicht hören, wenn er schon in diesem Raum im Bett liegt.«

»Ob es ihm nun gut geht oder nicht, das ändert nichts an der

Tatsache, dass ich ihn erreichen muss. Ansonsten wird die Polizei wieder hier auftauchen und wissen wollen, warum er noch nicht zurück ist.«

»Das sind diese Fälle, in denen ein Auto nützlich wäre, denn es würde nicht schaden, wenn wir jetzt ein bisschen schneller als bei eurem halbstündigen Morgenspaziergang dort sein könnten. Kennst du jemanden, der uns hinfahren kann?«

Ich denke zuerst an George, aber da ich seinen Schichtplan für diese Woche kenne, weiß ich, dass er keine Zeit hat. Da es Abend ist, beschließe ich, dass es das Beste wäre, Tess zu fragen, denn um diese Zeit hat das Café geschlossen.

Glücklicherweise ist sie noch nicht im Bett und nur zu gern bereit, uns zu helfen, nachdem ich ihr den Grund genannt habe. Clive hat es ihr angetan. Er ist ein paarmal zum Frühstück bei ihm gewesen, und sie hat mir beim Mittagessen davon erzählt. Momentan drehen sich viele unserer Gespräche um Clive, und es ist keine Überraschung, dass ich wegen ihm anrufe.

»Ich komme, so schnell ich kann.«

Während wir warten, schalten wir die Beleuchtung im Haus aus. Wenn PC Doyle noch einmal herkommen sollte und alles dunkel ist, wird er hoffentlich glauben, dass wir schlafen, und uns in Ruhe lassen. Ich möchte die Polizei nicht zweimal an einem Tag belügen.

Ich hoffe nur, dass es Clive bei unserem Eintreffen gut geht.

Unterwegs, in Tess' Wagen, weichen meine Finger nicht eine Sekunde mehr von meinem Pulspunkt. Eine Viertelstunde ist das schon so, und langsam habe ich kein Gefühl mehr in meinem Arm. Die Phase des Ameisenlaufens liegt bereits hinter mir. Inzwischen ist da ein prickelndes Taubheitsgefühl entlang des ganzen Arms.

Trotzdem vermag ich meine Finger nicht von meinem Hals wegzunehmen. Mein sechster Sinn sagt mir, dass etwas nicht stimmt.

Mir ist bewusst, dass es vernünftig wäre, mit der Pulsmessung aufzuhören, insbesondere, da ich nicht einmal korrekt zähle. Was hilft es schon zu wissen, dass mein Herz schlägt? Mir ist klar, dass ich besorgt bin. Ich weiß, dass etwas nicht stimmt. Aber ich kann einfach nicht anders.

Ich zähle die Autos, an denen wir vorbeifahren, um die Angst zu lindern, und bin froh, dass weder Tess noch Rob mich beachten. Tess konzentriert sich auf das Fahren, und Rob, der offensichtlich erschöpft ist, döst vor sich hin.

Es ist nicht gerade hilfreich, dass ich in Gedanken sämtliche Eventualitäten durchgehe. Als Clives vorübergehende Betreuerin gehört es zu meinen Aufgaben, dafür zu sorgen, dass er in Sicherheit ist. Plötzlich scheint es nicht mehr einfach nur damit getan zu sein, ihm eine Unterkunft zu geben. Vielleicht ist die ja eine Todesfalle. Vielleicht reichen sämtliche Sicherheitsaufkleber dieser Welt nicht aus, um einem Mann zu helfen, der seinen Weg verloren hat.

Eingelegte Zwiebeln. Urplötzlich kommen mir diese denkwürdigen Momente meiner ersten Begegnung mit Clive in den Sinn. Der strenge Geruch. Sein Schrebergarten. Wenn er weggelaufen sein sollte, wäre das wohl der Ort, wo er hingehen würde? Er sprach zumindest oft genug davon.

Zum ersten Mal und ohne darüber nachzudenken, ziehe ich die Hand von meinem Hals weg und versuche, George eine Textnachricht zu schicken. Ich muss ihn auf dem Laufenden halten. Und sollte Clive nicht im Labor sein, dann würden wir möglicherweise seine Hilfe benötigen. Sollte das wirklich der Fall sein, weiß ich wenigstens, wo wir zuerst nachschauen.

26

Clive

»Keisha«, flüsterte Clive. Er war sich nicht sicher, warum er dauernd ihren Namen sagte. Es kam ihm vor, als würde er im Schneckentempo über den Gehsteig schleichen – seine Kräfte schienen ihn knapp einen Kilometer vor dem Campus zu verlassen.

»Keisha«, wiederholte er, und dabei wurde ihm bewusst, dass es eine Quelle der Ermutigung für ihn war. Ein Teil von ihm wollte aufgeben, sich für den Abend unter einem Busch zusammenrollen, ohne einen Gedanken daran zu verschwenden, wann ihn dort jemand finden würde. Aber er wollte sich seine Niederlage nicht eingestehen, wollte nicht der Mann sein, der nach seiner Frau nun auch noch seinen Verstand verlor. Also sprach er den Namen der Freundin aus, nicht den der Frau, die er verloren hatte. Clive versuchte ihn lauter zu sagen, doch es war kaum mehr als ein Krächzen.

Er war sich nicht sicher, warum er wegen des Besuchs seines Schrebergartens so dickköpfig gewesen war. Sein Proviant war längst aufgebraucht. Der eine Donut hatte ihm herzlich wenig gebracht. Er hätte besser eine ganze Tüte davon mitnehmen sollen.

Es war eine verflixte Erleichterung, als er die Geschäftsstraße in der Nähe der Universität erreichte. Auch wenn er gern etwas getrunken hätte, blieb er nicht stehen, denn er hatte Angst, dass er sich dann nie mehr in Bewegung setzen würde. Sobald er wieder im Labor war, würde er gleich ins Bett kriechen und dort so lange wie möglich bleiben. Vielleicht würde er nach seinem langen Ausflug sogar endlich wieder einmal richtig schlafen können.

Als er in die Gasse einbog, die bereits zum Campus gehörte, reagierte sein Verstand nur träge angesichts des hell erleuchteten Labors. Er war doch wohl nicht so dumm gewesen, das Licht anzulassen?

Beim Betreten zuckte er zusammen, denn am Schreibtisch saß ein fremder Mann. Clive presste eine Hand gegen seine Brust. Sein Herz musste sich beruhigen. Er wollte nicht, dass es erneut geschwächt wurde.

»Alles in Ordnung?«, fragte er, als sei es etwas völlig Normales, kurz vor Mitternacht ein privates Labor zu betreten.

»Sie müssen Clive sein.« Der junge Mann erhob sich und reichte ihm die Hand.

Also doch Freund und nicht Feind. »In der Tat. Und Sie sind?«

»Rob. Lucys Freund. Wie ich heute Abend erfahren habe, wohnen Sie offenbar bei uns.«

»Ist alles in Ordnung?«, wiederholte Clive. Er hatte nicht mit Besuchern gerechnet, und ganz sicher nicht um diese Zeit. Seine Gedanken sprangen für einen Moment zu Lucy und wie krank sie gewesen war.

»Haben Sie schon mit Keisha gesprochen?«

»Nein.« Es rührte ihn auf eine gewisse Weise, ihren Namen zu vernehmen, nachdem er ihn auf dem Weg hierher so viele Male wiederholt hatte. Keisha bedeutete, dass er zu Hause angekommen war.

»Sie hat versucht, Sie zu erreichen.«

»Und wieso hat sie versucht, mich zu erreichen?«

Genau in diesem Moment ging die Tür auf, und er erhielt die Erklärung aus ihrem Mund.

»Sie müssen sich mit der Polizei in Verbindung setzen.«

27

Keisha

Ich möchte damit aufhören. Ich möchte aufhören mit Tabellen und Zahlen, die für sich genommen keine Bedeutung haben. Ich möchte aufhören mit der Arbeit, damit ich den ganzen Tag an Lucys Bett im Krankenhaus sitzen kann, bis sie sie wieder gesund gemacht haben. Ich möchte mich zu einem Ball zusammenrollen, bis es wieder eine Perspektive für alles gibt. Ich habe mich da reingeritten und weiß nicht, wie ich wieder rauskomme.

Ich bin noch nie mitten in der Nacht im Labor gewesen. Dieser Ort hat etwas Trostloses an sich, wenn das Tageslicht fehlt. Die farbigen Gymnastikbälle und das Ergometer sind jetzt graue, unbelebte Objekte.

Clive spricht gerade am Telefon, und Rob und ich verstecken uns in der Teeküche, versuchen leise zu sein, während wir aufmerksam zuhören. Als wir hier ankamen und es keine Spur von Clive gab, geriet ich in Panik. Er hat mir nicht erzählt, dass er kommen und gehen kann, wie es ihm gefällt. Nicht, dass es daran etwas auszusetzen gäbe, aber ich hätte es schon gern gewusst. Denn dann hätte ich ihm ein billiges Handy mit Guthabenkarte besorgt, um ihn in einem Notfall wie diesem hier erreichen zu können. Stattdessen haben wir uns zunächst aufgeteilt. Ich habe mich auf dem Campus umgesehen, Tess ist mit dem Wagen zur Kleingartenanlage gefahren und Rob im Labor geblieben, falls

Clive zurückkäme. Glücklicherweise tauchte er zwanzig Minuten später auf.

Nach seiner Rückkehr wirkt er ziemlich derangiert. Sein Jackett sitzt nicht richtig, ein Spinnennetz hängt in seinen wenigen noch verbliebenen grauen Haaren und seine Wangen sind gerötet, als hätte er Fieber. Seine Entschuldigung, er sei nur kurz etwas einkaufen gewesen, halte ich für falsch, und dies führt dazu, dass ich nun alles hinterfrage.

»In Ordnung, ja, alles klar. Bis dann«, sagt Clive am Telefon.

Es ist unmöglich zu hören, was am anderen Ende gesagt wird. Ich bin neugierig, möchte Bescheid wissen, obwohl es mich genau genommen nichts angeht. Andererseits wird mir bewusst, dass es mich seit einem gewissen Punkt doch etwas angeht. Denn ich mag Clive.

»Mhm-hm. Werde ich machen«, sagt er.

Ich öffne die Kühlschranktür und stecke meinen Kopf hinein, um mich kurz abzukühlen. Hier drin stehen neben Clives Rote-Bete-Saft-Flaschen mit ihren einheitlichen Etiketten auch ein paar Dinge, mit denen er sich in Schwung hält – unter anderem ganz hinten auch ein Glas mit eingelegten Zwiebeln. Ich habe keine Ahnung, wann er das reingeschmuggelt hat. Nach einer Minute beginnt mich der Magnet mit dem Plastikschweinchen anzugrunzen, den Lucy dort angebracht hat, um sich die ständige Mampferei zwischendurch abzugewöhnen. Ich muss mich sehr beherrschen, um das Ding nicht für immer zum Schweigen zu bringen, indem ich es »aus Versehen« zu Boden fallen lasse.

Ich glaube, ich bin in Rekordzeit einmal über den ganzen Campus gelaufen, bevor ich Clive im Fenster des Labors erblickt habe. Nun so verschwitzt hier herumzusitzen bessert meine Laune auch nicht gerade. Ich wäre gern sauer auf ihn, aber im Moment bin ich dazu viel zu erschöpft. Ein glücklicher Umstand sowohl für Clive als auch für das Schweinchen.

»Was haben sie gesagt?«, erkundige ich mich, sobald Clive das Telefonat beendet hat.

»Sie möchten Montagnachmittag mit mir reden. Kein Grund zur Beunruhigung, haben sie mir versichert. Sie müssen nicht so besorgt aussehen, Keisha. Ich stecke nicht in Schwierigkeiten.«

»Wo werden Sie sich mit ihnen treffen? Sollen Sie zur Wache kommen?«

»Ah. Sie sagten, sie wollten vorbeikommen, um sich zu Hause mit mir zu unterhalten. Ich schätze, die Rede war nicht vom Labor«, sagte Clive mit einem Kichern. »Es war wohl etwas unüberlegt von mir, zuzustimmen.«

»Wann wollen sie denn kommen?«

»Am frühen Nachmittag. Gegen zwei Uhr.«

»Okay«, erwidere ich, obwohl es ganz und gar nicht okay ist. »Brauchen Sie jemanden, der mit dabei ist? Ich bin mir nicht sicher, ob ich so kurzfristig freinehmen kann.«

»Ich komme schon allein zurecht. Ich kann mir ein Taxi zu Ihrem Haus nehmen, dann muss ich niemandem Unannehmlichkeiten bereiten.«

»Sind Sie sicher?«, erwidere ich, wohl wissend, dass ich selbst sehr unsicher bin, was diese Sache betrifft. Aber ich bin einfach zu erschöpft, um mir einen anderen Maßnahmenplan einfallen zu lassen.

»Das wird schon klappen.«

Ich wünschte, meine Müdigkeit würde mir eine solche Überzeugungskraft erlauben.

Tess kehrt von der Kleingartenanlage zurück und besteht darauf, Rob und mich nach Hause zu fahren. Da wir niemanden mehr länger als nötig wachhalten wollen, stellen wir sicher, bevor wir uns auf den Weg machen, dass es Clive gut geht (ich nehme rasch ein paar Messungen vor, um auszuschließen, dass seine geröteten Wangen ein Hinweis auf etwas anderes sind).

»Alles in Ordnung?« Tess deutet bei ihrer Frage auf die Blutdruckmanschette.

Ich sollte eigentlich nicken. Ich möchte etwas Beruhigendes von mir geben, versichern, dass es ihm gut geht. Aber stimmt das auch? Sein Puls ist normal, sein Blutdruck ist auch in Ordnung, aber sagen mir diese Werte wirklich alles, was ich wissen muss? Denn es kommt mir so vor, als ob die Gewissheit, dass seine Pulsfrequenz innerhalb der korrekten Parameter liegt, nicht die ganze Geschichte erzählt, genauso wenig, wie Clive es tut.

28

Clive

Als endlich Ruhe herrschte (erstaunlich, wie viel doch mitten in der Nacht auf so einem Campus los sein konnte), holte Clive seine Schrebergartenkladde aus der Nachttischschublade, wo er sie aufbewahrte. Vielleicht war das, was er gefunden hatte, nur eine halbe Notiz. Was für sich genommen keinen Sinn ergab, könnte es aber durchaus, wenn er den Rest von dem fand, was er sich notiert hatte.

Es war eine braune Moleskinkladde und schon ziemlich abgegriffen. Clive war stolz auf die Dinge, die er auf diesen Seiten dokumentierte. Er würde diese Kladde niemals ohne einen triftigen Grund verunstalten, denn er hatte sehr viel Zeit und Mühe in ihren Inhalt investiert.

Er blätterte eine Seite nach der anderen um. Seit mindestens zehn Jahren besaß er sie nun schon, und sie enthielt sämtliche Informationen über seinen Schrebergarten aus jeder Jahreszeit. Er wusste, welche Kartoffelsorte am besten gediehen war, welche biologischen Mittel er ausprobiert hatte, als es einmal einen besonders schlimmen Blattlausbefall gegeben hatte, und in welcher Reihe er jedes Jahr welche Samen gesät hatte.

Seit seinem Aufenthalt im Krankenhaus hatte er die Kladde zwar die ganze Zeit bei sich gehabt, sie aber kein einziges Mal aufgeschlagen. Es hatte ihm einfach nicht der Sinn danach gestanden. Denn was brachte es ihm schon, wenn er nicht gerade mitten in der Planung für sein weiteres Vorgehen steckte. Es hätte seine Stimmung nur noch weiter nach unten gezogen. Selbst jetzt stimmte es ihn traurig, dass er nicht jeden Tag in seinem Schrebergarten war und säte, damit die Saat in den kommenden Wochen aufging.

Er heiterte sich mit einem Schluck Kakao auf. Es war der erste mit einem Schuss Whisky, nachdem er in dem polnischen Laden durch die Spirituosenabteilung spaziert war und rasch herausgefunden hatte, dass Whisky mit Whisky übersetzt wurde und sie einige Miniaturflaschen im Angebot hatten. Die waren für seine Zwecke perfekt.

Die herausgerissene Seite war leicht zu finden. Sie glich einer Narbe in der Mitte der Kladde, erinnerte ihn an die Narbe in seiner Armbeuge.

Er schüttelte den Kopf über diese weitere Erinnerung, die eigentlich gar keine war.

Er stellte seinen Becher ab und wandte seine ganze Aufmerksamkeit der Kladde zu, bog sie weit auf, um sie genauer betrachten zu können. Aber außer der Reißlinie, wo das Papier entfernt worden war, konnte er nichts entdecken. Und es gab keine anderen Notizen oder Hinweise, warum er die Seite herausgerissen haben könnte. Die einzigen Anhaltspunkte befanden sich auf der nächsten Seite, wo sich die von ihm notierten Worte durchgedrückt hatten, weil er beim Schreiben den Stift offenbar so fest auf das Papier gepresst hatte.

Clive holte die Notiz aus seiner Tasche um nachzuschauen, ob sie übereinstimmte und ob es eindeutig seine Handschrift war. Sie war es in der Tat, aber das brachte ihn kein Stück weiter bei der Frage, was NEUER KLEINGÄRTNER zu bedeuten hatte oder warum er deshalb seine geliebte Kladde verunstaltet hatte.

Es war nicht wirklich die Antwort, die er sich erhofft hatte. Nach all der Mühe war es nur noch eine weitere Sache, an die er sich nicht erinnern konnte und die er nicht verstand. Das einzig Positive war, dass die Kombination aus Bewegung und einem mitternächtlichen Whisky dazu führte, dass er zum ersten Mal nach einer gefühlten Ewigkeit schlief, als hätte er keinerlei Sorgen.

In der Nacht träumte er von Nancy.

29

Keisha

Am Morgen nach einer unruhigen Nacht mit nur wenig Schlaf beschließe ich, eine Liste zu schreiben. Ich beginne sie bei meiner morgendlichen Schüssel Reis niederzukritzeln.

Listen sind meine erste Wahl, wenn das Leben nicht nach Plan verläuft, und ich habe keine Ahnung, wie ich es geschafft habe, ohne sie durch die letzte Woche zu kommen. Ich ziehe es vor, Ziele zu notieren statt Aufgaben. Eine Aufgabenliste wie zum Beispiel »Wäsche erledigen« und »Pass auf, dass sich Lucys roter Tanga nicht wieder in der Waschmaschine verfängt«, verschafft mir nicht die gleiche Befriedigung wie Ziele niederzuschreiben.

– Doktorarbeit abschließen und herausfinden, ob Rote-Bete-Saft hilft, gebrochene Herzen zu heilen
– Tess' hundert Dates hinter mich bringen

Es ist sehr viel leichter, so etwas aufzuschreiben, als die dem Ganzen zugrunde liegende eigentliche Hoffnung:

– Jemanden finden, der mein gebrochenes Herz zu lieben vermag

Auf einmal stelle ich fest, dass ich weine. Es fühlt sich gar nicht mehr so befriedigend an, die Liste zu schreiben. Stattdessen kommt sie mir viel zu bedeutend vor. Eine viel zu große Aufgabe, um sie zu bewältigen. Ich fühle mich überfordert.

Die Sache ist die: Es gibt nicht gerade viele Leute, die meine Begeisterung für die Studie nachvollziehen können, die Teil meiner Doktorarbeit ist. Solange ich denken kann, habe ich mich für das Broken-Heart-Syndrom interessiert. Es kommt mir so vor, als sollte ich dieses Rätsel lösen. Als sei dies mein Lebensziel. Niemand versteht vollkommen, wie es zur Takotsubo-Kardiomyopathie kommt. Die plötzliche Ballonierung eines Gefäßes ist ein wenig erforschtes Leiden, und obwohl es Medikamente gibt, die die überlebenden Patienten zu heilen vermögen, haben wir bislang keine Möglichkeit, es gar nicht erst dazu kommen zu lassen. Es gibt keinen Algorithmus, der darauf hinweist, wer die Leidtragenden sein werden und wer davon verschont bleibt. Ich habe mein Leben in dem Bestreben im Labor verbracht, wenigstens einen Menschen zu retten. Um dafür zu sorgen, dass zumindest ein Herz am Ende nicht zerbrochen ist. Ich bin fest entschlossen, das eine Leben, das ich nicht retten konnte, wiedergutzumachen.

An den Tagen, an denen ich endlose Daten in eine Tabellenkalkulation aufnehme, muss ich mich öfter daran erinnern, dass all das eines Tages jemandem helfen wird. Ich werde möglicherweise nicht dabei sein, wenn dies geschieht, aber ich könnte eines Tages den Lebensweg eines Menschen verändern.

Als ich mir die Tränen wegwische, wird mir klar, welchen Fehler ich begangen habe. Ich sollte versuchen, die Ziele in kleinere Schritte zu unterteilen.

Ich weiß, was ich vor allem anderen als Erstes tun muss:

– Eine neue Unterkunft für Clive finden

Die Sorge wegen Clives Unterbringung im Schlaflabor ist einfach zu groß geworden – insbesondere jetzt, wo ich weiß, dass er draußen herumgelaufen ist. Etwas daran gefällt mir nicht, und ich weiß, dass ich mit ihm darüber reden muss, damit ich das Problem auf den Punkt bringen kann.

– Lucy soll wieder ganz gesund werden

Bei dem Gedanken kullert mir eine weitere Träne über die Wange. Meine Freundin fehlt mir sehr. Normalerweise würde ich solche Anliegen mit ihr besprechen. Wenn sie wieder zurück ist im Labor und auch zu Hause, dann wird meine Welt zu fünfzig Prozent wieder so sein, wie sie sein sollte.

Clive ist wirklich eine große Hilfe gewesen. Andererseits ist das Beschriften des Telefons mit »Die Leute hören dein Lächeln!« nicht das Gleiche wie mit Fachärzten für Kardiologie in verschiedenen Ländern zusammenzuarbeiten. Das dazu erforderliche Wissen kann ich ihm nicht in zwei Wochen beibringen.

Es nimmt mir ein wenig den Druck von der Brust, diese Dinge aufzuschreiben. Es fällt mir schwer einzugestehen, dass ich trotz des Versuchs, das Richtige zu tun, letztendlich das Gefühl habe, dass es das Falsche gewesen ist.

Neben diesen Zielen notiere ich mir noch weitere Mini-Ziele.

– George anrufen
– Herausfinden, wie lang die Warteliste für die Wohnungen ist, in die Clive gern einziehen würde.

Ich füge einen Strich für einen weiteren Listenpunkt hinzu, bin mir aber nicht sicher mit der Formulierung. Eigentlich hatte ich *Mit Clive über seine Befragung bei der Polizei sprechen* notieren wollen, oder sollte es besser *Mit der Polizei sprechen* heißen?

Weshalb auch immer sie mit ihm reden wollten, es schien wichtig zu sein. Was mit ihm passiert ist und warum er immer noch eine Ehefrau erwähnt, die nie existiert hat, ist weiterhin mit einem Fragezeichen versehen. Je mehr Zeit ich mit Clive verbringe, desto stärker wird mein Bedürfnis, Antworten darauf zu bekommen, aber desto weniger bin ich in der Lage, irgendetwas herauszufinden. Ich hoffe, dass die Polizei der Aufklärung einen Schritt näher gekommen ist. Denn welche Hoffnung etwas herauszufinden bleibt mir noch, wenn mich all meine Nachforschungen nur in Sackgassen führen?

30

Clive

Clive gewöhnte sich langsam daran, fremde Räume in Anspruch zu nehmen. Als Erstes versuchte er sich mit dem Grundriss von Keishas Zuhause vertraut zu machen. Es würde merkwürdig aussehen, wenn einer der Beamten nachher die Toilette benutzen wollte und er keine Ahnung hätte, wo sie sich befand.

Da es sich um ein Haus mit Mietern handelte, fühlte es sich sehr viel mehr wie ein Herumschnüffeln an. Während sich das Labor in Räumlichkeiten befand, die der Universität gehörten, waren dies hier die Privaträume der Leute. Glücklicherweise musste er nicht in die Schlafzimmer gehen, nur mal kurz den Kopf zur Tür reinstecken, um nachzusehen, welches angeblich seins war.

Es gab einen schmalen Flur mit einem Zimmer auf der linken Seite und einem Schild, auf dem zu lesen stand: *Hiro. Eintritt verboten!* Keisha hatte ihm bereits gesagt, dass er es nicht betreten sollte. Sie wussten nie, ob ihr Mitbewohner zu Hause war, und ganz offenbar wollte er nicht gestört werden. Clive hoffte sehr, dass er nicht zu Hause war. Es wäre nicht leicht zu erklären, warum er hier auftauchte und kurze Zeit später dann auch noch die Polizei.

An den Flur schloss sich der Wohnraum an. Er war ordentlich und sehr einfach gehalten. An einer Wand befand sich eine

Küchenzeile, es gab einen Esstisch und eine Sitzecke mit einem Sofa und einem Fernseher. Der Boden und die Küchenwand waren weiß gefliest, fast so, als hätte der Vermieter bei einem Sonderangebot zugegriffen. Auch die Wände waren weiß, und auf dem Sofa lag ein weißer Überwurf. Nirgendwo hingen Bilder, sodass das Ganze fast schon ein klinisches Erscheinungsbild hatte.

Das brachte Clive nach längerer Zeit zum ersten Mal dazu, an sein Zuhause zu denken. Sein Wohnzimmer war sehr viel gemütlicher und farbenfroher als das hier. Wenn auch zugegebenermaßen etwas altmodisch, aber Clive hing an dem braunorangefarbenen Teppich mit Wirbelmuster, den er heutzutage nirgendwo mehr bekommen würde. Hier war nichts, um den Raum zu füllen, aber bei ihm standen alte Kisten, Regale voller Krimskrams und Ziergegenstände. Er hatte zwei Sessel mit hohen Lehnen und ein Sofa – alles in Grün. Der Ton biss sich zwar ein bisschen mit dem Teppich, aber genau deshalb gefiel es ihm. Sein Zuhause war so farbenfroh wie er selbst, befand er, während er das Hawaiihemd bewunderte, das er heute trug. Er hatte gehofft, dass ihn die hellroten und orangefarbenen Blüten nach seinem gescheiterten Ausflug zum Schrebergarten aufheitern würden. Bisher war es ihm noch nicht gelungen herauszufinden, warum er diese Notiz gemacht hatte, und sein Hemd hatte auch nicht die erhoffte aufmunternde Wirkung gehabt. Soweit er es beurteilen konnte, war Keisha immer noch nicht gut auf ihn zu sprechen, und das Einzige, was er vorzuweisen hatte, war dieses blöde Stückchen Papier, das keinen Sinn ergab.

Er dachte noch etwas weiter darüber nach, während er im Haus herumlief, die Treppe zu den anderen Zimmern hinaufstieg. Es schien wichtig zu sein, und dennoch sagte ihm NEUER

KLEINGÄRTNER überhaupt nichts. Es stand sicherlich nicht im Zusammenhang damit, warum er Nancy verloren hatte. Er überlegte, ob er Keisha davon erzählen sollte, aber dann müsste er eingestehen, was er im Schilde geführt hatte. Obwohl er langsam ohnehin mit dem Gedanken spielte, reinen Tisch zu machen.

Ein Klopfen an der Tür beendete seine kurze Hausbesichtigung.

Clive ließ sich Zeit mit dem Rückweg ins Erdgeschoss. Er hatte zwar ein munteres Lächeln aufgesetzt, als er mit Keisha darüber gesprochen hatte, aber er fürchtete sich vor dem Treffen mit den Polizisten. Eigentlich hätte das hier doch schon längst vorbei sein sollen, wenn er sich das Verbrechen nur eingebildet hatte.

»Ah, Mr. Ellington, endlich. Es war gar nicht so leicht, Sie zu erreichen«, sagte der Polizeibeamte, als Clive die Tür öffnete.

»Das tut mir leid.« Clive führte PC Doyle und seinen Kollegen in den Wohnraum. »Darf ich Ihnen etwas zu trinken anbieten?«

»Nein, vielen Dank. Wie kommt es, dass Sie nicht hier waren, als wir versucht haben, Kontakt mit Ihnen aufzunehmen?«

Clive atmete erleichtert auf, als sie sein Angebot ablehnten. Obwohl er sich mit dem Haus vertraut gemacht hatte, war es ihm überhaupt nicht eingefallen nachzusehen, wo sie die Becher aufbewahrten. Da wäre er ja gleich aufgeflogen.

»Ich habe mich nach Wohnungen umgesehen. Das hier ist zwar alles sehr nett, aber nicht ganz mein Geschmack. Ich brauche etwas, wo ich mich wieder zu Hause fühle.«

»Was das angeht, habe ich gute Neuigkeiten für Sie.«

»Ach ja?«

Da er der Polizei gegenüber nicht ganz ehrlich war, kam er

sich ein bisschen wie ein Krimineller vor. Sein Aufenthalt in der Universität war zwar nicht gerade ein Schwerverbrechen, aber wenn es herauskäme, könnte es als Hausfriedensbruch angesehen werden. Aus irgendeinem Grund war er überzeugt davon, dass er in Schwierigkeiten steckte. Er hatte nicht damit gerechnet, dass sie ihm eine gute Nachricht überbringen würden.

»Ja, die kriminaltechnische Untersuchung hat nichts ergeben. Ihr Haus gehört wieder Ihnen. Wir wollten sichergehen, aber nun können Sie jederzeit wieder einziehen.«

»Wirklich? Man hat *nichts* gefunden?« Insgeheim hatte Clive damit gerechnet, dass die Polizei etwas entdecken würde.

»Rein gar nichts.«

»Aber …« Seine Gedanken kehrten zu dem zurück, wovon er überzeugt gewesen war, dass es sich so zugetragen hatte. Es war ihm alles so real vorgekommen.

»Mir ist bewusst, dass das, was sich in Ihrem Kopf abgespielt hat, sehr verstörend gewesen ist. Es war ein ungewöhnlicher Fall für uns, und aufgrund Ihres veränderten Bewusstseinszustands wollten wir keine Möglichkeit ausschließen und sichergehen, dass wir nichts übersehen haben.«

»Aber das haben Sie doch, nicht wahr?«

»Und was wäre das?« Die beiden Beamten sahen sich an, und in ihren Gesichtern spiegelte sich Mitleid mit dem exzentrischen alten Herrn in seinem bunten Hemd.

»Nancy.« Es fiel ihm schwer, ihren Namen auszusprechen.

»Nancy war nicht dort. Nancy war niemals dort.«

»Wenn das wahr ist, warum fühlt es sich so an, als wäre sie dort gewesen?« Clive wusste, dass etwas nicht stimmte, aber sich mit der Polizei zu streiten schien kein kluger Schachzug zu sein, nicht einmal in seinem neuen Leben als Kleinkrimineller, egal, wie sehr er auch langsam daran glaubte, dass er recht hatte und sie sich irrten.

»Wie schon gesagt, wir sind allem nachgegangen. Wir haben mehr überprüft, als wir ursprünglich beabsichtigt hatten, nur um sicherzugehen. Sie waren auch noch nie verheiratet, selbst das haben wir abgeklärt. Ich möchte Sie nicht beunruhigen und auf den Tatsachen herumreiten, aber wie die Ärzte schon gesagt haben, wurden diese Geschehnisse und die Erinnerungen an Nancy eindeutig durch das Delirium herbeigeführt.«

Es schien unmöglich, dass Nancy erfunden war. Obwohl Clive bereits sämtliche Erklärungen kannte, hatte er, wie ihm nun bewusst wurde, durch die Mitwirkung der Polizei Hoffnung geschöpft. Nicht, dass er jemals den Wunsch gehabt hatte, nach Hause zu kommen und seine Frau tot vorzufinden. Das würde niemand wollen. Er hatte darauf gehofft, dass dieses Gefühl von Kameradschaft und einem gemeinsamen Leben echt war. Er sah es immer nur bruchstückhaft. Die Momente, wenn er zu seiner wundervollen Frau zurückkehrte, die einen Auflauf mit Gemüse aus dem Schrebergarten zubereitet hatte. Und diese Momente sah er dann ein weiteres Mal, nur dass er dann allein war und das Gemüse selbst wusch und hackte. Zwei Versionen seines Lebens spielten sich in seinem Kopf ab, und er bemühte sich, den Unterschied zu erkennen.

»Das Wichtigste, was wir Ihnen mitteilen wollten ist, dass Sie wieder in Ihr Haus zurück können.«

Clive schüttelte den Kopf. Auch wenn sie ihn zu überzeugen versuchten, dass sein Leben mit Nancy nicht real war, fühlte es sich ohne sie irgendwie nicht mehr wie ein Zuhause an. Es ergab zwar überhaupt keinen Sinn, aber in seinem Kopf war da dieser blutbefleckte Teppich, und das reichte aus, um nicht mehr klar denken zu können.

»Ich werde weiterschauen, ob ich woanders etwas finde. Trotzdem vielen Dank.«

Er wollte nicht undankbar klingen, aber seine niedergeschlagene Stimme verriet ihn. Er hatte sich wieder in einen Griesgram verwandelt. Nach seinem Ausflug war das nicht anders zu erwarten gewesen.

»Sollten Sie einmal ein Anliegen haben, dann haben Sie ja meine Karte«, sagte PC Doyle.

Clive nickte betrübt. Die falschen Erinnerungen riefen zu viele Gefühle hervor. »Wenn Sie erfahren, dass jemand herausgefunden hat, wie man Erinnerungen löscht, dann lassen Sie es mich wissen.« Er versuchte sich an einem Lächeln, doch es wollte ihm nicht so recht gelingen.

31

Keisha

»Du siehst elend aus«, sagt Tess, als ich am darauffolgenden Dienstag im Café eintreffe. Gestern hatte ich es nicht geschafft, weil ich sicherstellen musste, dass Clive rechtzeitig zu seinem Termin mit der Polizei im Haus war, und dann hatte ich mir die ganze Zeit über, die er dort war, Sorgen gemacht.

»Ich bekomme einfach nicht mehr genug Schlaf. Wie du weißt, waren die letzten Tage ziemlich ungewöhnlich.«

»Hast du eine Ahnung, wie Clives Termin gelaufen ist?«

Ich setze mich an meinen Stammplatz, und Tess beglückt mich sogleich mit einer großen vegetarischen Lasagne, die offenbar für uns beide gedacht ist, denn sie setzt sich zum Essen dazu.

»Clive hat gesagt, sie hätten ihn bloß wissen lassen, dass er wieder in sein Haus ziehen kann.«

»Hätten Sie ihm das nicht auch am Telefon sagen können.«

Ich zucke mit den Schultern. »Wenn man bedenkt, wie ihn seine Wahnvorstellung mitgenommen hat, wollten sie vermutlich nicht riskieren, dass er allein ist, wenn sie es ihm sagen und es womöglich zu einem weiteren kardiologischen Ereignis kommt. Das war vielleicht eine kleine Demonstration, dass sich die Polizei durchaus auch um das Wohlergehen älterer Mitbürger schert.«

»Glaubst du wirklich, dass es nicht mehr war? Erzählt dir Clive denn alles?«

»Da bin ich mir nicht mehr so sicher. Er hat mir auch nichts weiter über Freitagabend erzählt. Aber ich habe eigentlich keinerlei Grund, an ihm zu zweifeln. Ich glaube, es liegt einzig daran, dass ihm seine Erinnerung nicht alles sagt. Vermutlich steckt doch mehr dahinter. Lucy rät mir in jedem Videochat, dass ich versuchen soll, etwas herauszufinden, aber es gibt nichts, was ich überprüfen könnte.«

»Wie geht es Lucy?«

»Besser, jetzt wo sie die Gastroskopie hinter sich hat. Sie werden ihr das Ergebnis bald mitteilen, aber sie sagte, dass sie schon mehr Appetit habe.«

»Das ist gut.«

»Stimmt.« Mein eigener Magen fühlt sich auch besser an, als hätte sich ein Spannungsknoten gelöst. »George kommt gleich noch vorbei. Vielleicht kann er uns sagen, was er davon hält. Er sieht sich heute Nachmittag mit Clive eine Seniorenwohnung an, damit der sich hoffentlich nicht mehr länger im Schlaflabor verstecken muss.«

»George, hm?« Da ist ein Funkeln in Tess' Augen.

Ich schüttle den Kopf, um sie gleich von jeglichen Gedanken in diese Richtung abzubringen. »Er hilft nur dabei, dass Clive eine neue Wohnung findet, das ist alles.«

Tess tunkt ein Stück Knoblauchbrot in ihre Lasagne-Soße. »Es ist eine Schande, dass Clive nicht in sein Haus zurückziehen kann, obwohl dort doch alles in Ordnung ist. Ich vermute, dass ihn auch die Polizei nicht davon überzeugen konnte?«

Ich schüttle den Kopf, während ich mir auch ein Stück Brot nehme. Normalerweise sündige ich nicht, aber so, wie diese

Woche läuft, habe ich das Gefühl, dass eine kleine Extraportion Kohlenhydrate nicht schaden könnte.

»Es ist wirklich eine Schande. Als ich zum ersten Mal seine Darstellung der Ereignisse gehört habe, war ich geschockt. Selbst jetzt läuft mir noch ein Schauer über den Rücken, wenn ich daran denke, und welche Bilder mir dabei durch den Kopf gingen. Und das als Außenstehende. Ich mag mir gar nicht vorstellen, wie es für jemanden gewesen sein muss, der der festen Überzeugung ist, dass es sich wirklich so zugetragen hat. Aus dem Grund musste ich ihm einfach helfen. Ich habe vollkommen verstanden, warum er nicht mehr dorthin zurück wollte.«

Bei der Erwähnung des Schauers bahnt sich einer seinen Weg durch mein autonomes Nervensystem, und ich bekomme Gänsehaut an den Armen. Bilder aus der Vergangenheit versuchen an die Oberfläche meines Bewusstseins zu dringen. Der Gedanke an Blut ist dafür verantwortlich, Blut, das sich angesammelt hat, nicht mehr gepumpt wird, eine Lache an einer Stelle gebildet hat, an der es nicht sein sollte.

»Ich habe mir da etwas überlegt ... Meine Untermieterin Ines, die ausländische Studentin, zieht Ende der Woche aus, und die Universität hat mir für die nächste Auslandsstudentin abgesagt, kann aber nicht gleich für Ersatz sorgen, daher wird das Gästezimmer oben für ein paar Wochen leer stehen.«

»Wirklich?«

»Ja. Sollte Clive also nicht gleich in seine neue Wohnung einziehen können, dann würde ich es ihm gern anbieten, bis die nächste Studentin eintrifft.«

An der Tür des Cafés ertönt das Glöckchen und kündigt einen neuen Gast an. Es ist George, der auf uns zukommt. Ich freue mich, ihn zu sehen, obwohl ich immer noch esse und es mir lieber wäre, wenn er mir nicht beim Kauen zuschauen würde. Da ist wieder dieses Flattern in meinem Bauch, was seltsam ist, wo ich mich doch gar nicht krank fühle.

»Lass dir gesagt sein, Liebe beginnt mit vierzig!«, erklärt Tess, bevor sie aufsteht, um eine weitere Portion für George zu organisieren.

Ich bin für einen Moment verwirrt und benötige eine Minute, ehe mir klar wird, dass sie damit auf die Nummer meines Dates mit ihm anspielt, das gar kein Date war.

Nachdem wir die Höflichkeiten hinter uns gebracht haben und Tess damit fertig ist, für Essen und Trinken zu sorgen, kommen wir rasch auf das Thema Clive zu sprechen.

»Die Polizei hat also nichts gefunden?«, fragt George, der sich über seinen Teller hermacht, als bekomme er nur selten etwas derart Schmackhaftes vorgesetzt.

»Laut Clive hat die Untersuchung nichts ergeben. Sie wollten ihn nur wissen lassen, dass er wieder in sein Haus zurückkann«, bestätige ich.

George nickt und schluckt einen Mundvoll von seinem Essen hinunter. »Die Polizei ist seine ganzen Krankenunterlagen durchgegangen. Dr. Hutchins sagte, dass die alten Arztberichte immer noch fehlen würden. Ihr müsst mir schwören, dass ihr niemandem auch nur ein Sterbenswörtchen davon erzählt. Ich bekomme einen Riesenärger im Krankenhaus, wenn jemand herausfindet, dass ich mit euch darüber gesprochen habe.«

Ich bin also nicht der einzige Mensch, der ein Risiko eingeht, um Clive zu helfen.

»Meine Lippen sind versiegelt«, sage ich, und Tess murmelt ihre volle Zustimmung.

»Laut den Aufzeichnungen der Sanitäter hat man ihn nicht weit von der Kleingartenanlage gefunden. Höchstwahrscheinlich auf seinem Nachhauseweg. Es ging ihm zu der Zeit sehr schlecht, er hat unzusammenhängend gesprochen, immer nur gesagt, dass er wüsste, was passiert sei. Die Polizei wollte überprüfen, ob das, wovon er berichtet hat, irgendwo anders passiert sein könnte. Es schien sie nicht zu interessieren, dass seine alten Arztberichte fehlen.«

»Und sie sind sich sicher, dass Nancy nicht real ist?«, erkundige ich mich, um Klarheit zu erlangen.

»Keiner, der Clive kennt, weiß irgendetwas über sie. Sie sind mit mir alles durchgegangen, was sie untersucht haben, und ich fürchte, sie ist ein Fantasiegebilde.« George nimmt einen Schluck von seiner Cola light. »Sie sind wirklich sehr gründlich gewesen. Laut ihrer Überprüfung ist nirgendwo erfasst, dass er jemals verheiratet gewesen ist. Soweit sie wissen, hat Nancy niemals existiert, und sie wurde mit Sicherheit nicht kürzlich in Clives Haus ermordet.«

Tess lässt sich nach hinten plumpsen. »Was für ein grauenvoller Albtraum.«

»Aber für Clive ist das Ganze ja nicht erfunden«, sage ich. »Für ihn ist es so real, als sei es tatsächlich passiert. Deshalb hat er auch solche Angst, in sein Haus zurückzukehren.«

»Es ist schlimm, dass ihm seine Fantasie einen so grausamen Streich spielt. Aber wie gesagt, die Polizei hat die Sache wirklich ernst genommen, konnte aber nichts zutage fördern.«

»Der arme Clive«, sage ich.

»Jetzt müssen wir nur eine Lösung für das Haus finden. Ich werde mich heute Nachmittag noch einmal mit ihm unterhalten, wenn ich ihn zur Wohnungsbesichtigung begleite. Sollte es wirklich sein Wunsch sein, könnte er das Haus mit unserer Hilfe verkaufen.«

»Und sich von einer Erinnerung verabschieden, die es nie gab«, fügt Tess wehmütig hinzu.

32

Clive

Clive begann den Morgen wie derzeit üblich mit seinem Rote-Bete-Saft. Anfangs hatte ihm der erdige Geschmack nicht zugesagt. Er zog es eigentlich vor, mit einer heißen Tasse kräftigem schwarzem Tee in den Tag zu starten, aber inzwischen gewöhnte er sich langsam an den Geschmack. Doch um ehrlich zu sein, konnte es auch daran liegen, dass er ihn immer wie einen Tequila runterkippte. Er notierte wie jedes Mal die nötigen Angaben für Keisha. Im Grunde wiederholten sie sich: die Chargennummer, die Menge, die Uhrzeit. Aber sie benötigte die Aufzeichnungen für ihre Studie. Durch den Saft fühlte er sich immerhin für den Tag gerüstet, und als George eintraf, um ihn zu der Wohnungsbesichtigung abzuholen, war er wesentlich optimistischer gestimmt als in der jüngsten Zeit.

»Das ist wirklich nett von Ihnen. Und das auch noch an Ihrem freien Tag«, sagte Clive.

»Tut mir leid, dass es nicht schon früher geklappt hat.«

George hielt Clive die Autotür auf, damit er einsteigen konnte, und wiederholte das Ganze beim Aussteigen, als sie an der Wohnanlage angekommen waren. Sie war nur einen Steinwurf von der Kleingartenanlage entfernt auf dem alten Gelände einer Privatschule errichtet worden, die einen Teil ihres Grundstücks verkauft hatte.

Clive freute sich darauf, einen Blick in die Anlage werfen zu können. Er hatte von der anderen Straßenseite aus zugesehen, wie sie hochgezogen worden war, während er seine Karotten und Kartoffeln ausgrub. Zumindest wäre er nicht weit von dem Ort entfernt, an dem er sein wollte. Auch wenn er sich nicht mehr so sicher war, wo sich der befand. Er kam sich vor, als wäre sein Anker gekappt worden und er würde nun verzweifelt versuchen, etwas zu finden, woran er sich festhalten konnte.

»Ich glaube, wir müssen zur Musterwohnung. Der Makler sagte, dass er sich dort mit uns treffen würde, um uns herumzuführen. Was ist Ihr erster Eindruck?«

»Es ist eine Verbesserung im Vergleich zu meiner gegenwärtigen Wohnsituation.« Clives Lächeln erreichte seine Augen nicht.

»Ist es schwer gewesen, dort untergebracht zu sein?«, fragte George, als sie sich auf den Weg zu einem zentralen Gebäude mit roten Flaggen machten, auf denen neue Wohnungen zum Verkauf angeboten wurden.

»Ganz im Gegenteil. Es war ein Vergnügen. Ich glaube, ich werde es vermissen.«

»Ist es im Labor unterhaltsamer als in Ihrer Kleingartenanlage?«

»In gewisser Weise schon. Meine Fähigkeiten bei der Teezubereitung sind noch nie so geschätzt worden.«

»Ich bin mir sicher, dass man Ihre Dienste auch weiterhin gern in Anspruch nehmen würde, wenn Sie sie anbieten.«

»Glauben Sie?«

»Fragen kostet doch nichts.«

Clive hatte die Möglichkeit weiter auszuhelfen, überhaupt nicht bedacht. Bei dem Gedanken daran lächelte er erneut, doch dieses Mal strahlten seine Augen. Sie betraten den Verkaufsraum, doch dort wartete niemand darauf, sie in Empfang zu nehmen.

»Werden Sie Ihr altes Haus nicht vermissen?«, erkundigte sich George.

Clives Lächeln erstarb, und er sagte mit einem leeren Gesichtsausdruck: »Ich glaube nicht. Die Erinnerungen an mein Leben dort sind seit ... nun ja, Sie wissen schon ... ziemlich verworren. Meine vorrangige Erinnerung besteht aus etwas, das dort gar nicht passiert ist. Ich habe nicht das Gefühl, dass mich irgendetwas dorthin zurückzieht. Da ist nur diese letzte Erinnerung, die mich wegstößt.«

»Möchten Sie nicht wenigstens einmal im Haus vorbeischauen? Vielleicht würde es ja ein paar glückliche Erinnerungen wecken?«

»Ich habe – ehrlich gesagt – Angst, dass diese Bilder in meinem Kopf dann noch schlimmer werden könnten. Aber bitte erzählen Sie das niemandem! Ganz besonders nicht Keisha.« Clive blickte sich um, um sicherzugehen, dass nicht gerade in diesem Augenblick jemand auf sie zukam.

»Hand aufs Herz!«

»Nach dem, was passiert ist, hätte ich mich am liebsten umgebracht. Ich war zutiefst davon überzeugt, dass Nancy einem Verbrechen zum Opfer gefallen ist.« Allein ihren Namen auszusprechen schien seinem Herzen schon zuzusetzen. »Ich wollte auch sterben und vor meinen Schöpfer treten. Das Leben schien mir nicht mehr lebenswert. Ich wollte zu ihr, wollte bei ihr sein. Auch wenn es verrückt klingt, ich bin mir nicht sicher, was schmerzhafter war ... Meine tote Frau zu sehen oder gesagt zu bekommen, dass ich überhaupt keine Frau hatte. Die Liebe, die ich für sie empfunden habe, war so real. Selbst jetzt noch fällt es mir schwer zu akzeptieren, dass das alles seine Existenz nur einem Fieber zu verdanken hat.« Bei allem, was mit ihr zu tun hatte, war er sich so sicher gewesen, bis man ihm mitgeteilt hatte, dass es ganz und gar nicht so war.

»Wow. Wenn man es so betrachtet, verstehe ich es jetzt besser. Egal, welche Erinnerungen auch in dem Haus stecken mögen, sie sind es nicht wert, dass Ihr Herz möglicherweise noch einmal gebrochen wird, nicht wahr?«

»Genau. Wenn man bedenkt, wie schlecht es in der letzten Zeit alles verkraftet hat, dann könnte es sein, dass es einem altem Sack wie mir den Rest gibt.«

»Und das wollen wir ja auf keinen Fall.«

Clive nickte. »Da stimme ich Ihnen zu. Das wollen wir auf keinen Fall. Und ich bin froh, das sagen zu können. Wissen Sie, wenn eine solche Liebe, wie ich sie mir vorgestellt habe, existiert, dann lohnt es sich, doch noch etwas länger auf diesem Planeten zu verweilen. Keisha und Sie haben mir gezeigt, dass das Leben vielleicht doch gar nicht so schlecht ist ... Sie beide haben mir mit Ihrer Herzensgüte geholfen.«

»Hoffen wir, dass so etwas wirklich existiert.«

»Für einen von uns bestimmt. Ich bin dafür schon zu alt, aber Sie noch nicht.« Clive sah George mit einem schelmischen Grinsen an, denn er erinnerte sich an den verklärten Blick, den der Junge in Keishas Gegenwart immer bekam.

»Nehmen Sie mir die Frage bitte nicht übel, aber was sollen wir denn nun mit dem Haus machen?«

Clive dachte einen Moment nach, rieb sich das Kinn. »Das Vernünftigste wäre wohl, es zu verkaufen.«

»Und was ist mit Ihren Sachen? Möchten Sie die nicht für Ihre neue Wohnung verwenden?«

»Einige davon vielleicht.«

»Wissen Sie schon, was Sie gern behalten würden?«

»Meinen Sessel. Den Esstisch. Meinen Wasserkessel und den Toaster.«

»Wir werden eine Liste schreiben. Ich kann dafür sorgen, dass alles, was Sie behalten wollen, hierher geliefert wird.«

Sie redeten, als hätten sie die Wohnung bereits besichtigt. In diesem Moment kam ein Mann in einem Anzug zur Tür herein geweht.

»Entschuldigen Sie die Verspätung.« Er schüttelte ihnen die Hände, verzichtete allerdings auf die Gepflogenheit, sich vorzustellen. »Dann wollen wir mal. Sie bevorzugen eine Erdgeschosswohnung, richtig?«

»Ich dachte, das wäre sinnvoll. Was meinen Sie, Clive?«

»In der Tat. Damit bleibt mehr Kraft für den Schrebergarten übrig.«

»Sie haben Glück, wir haben noch eine übrig. Ich werde sie Ihnen zeigen.«

Der Makler hetzte sie, als könne er nur fünf Minuten seiner kostbaren Arbeitszeit für ihre Besichtigung erübrigen. Eine seltsame Art, um eine Wohnung zu verkaufen.

»Barrierefreier Zugang, lediglich ein Eingang im Erdgeschoss, sodass der Flur praktisch eine Erweiterung der Wohnung darstellt.« Er ratterte die Informationen über die Wohnung so rasch hinunter, dass Clive bereits durch die Küche, den Wohnraum und das Schlafzimmer hindurch war und die begehbare Dusche gezeigt bekam, bevor er überhaupt die Möglichkeit hatte, all das zu erfassen.

»Ich hoffe, Sie können mithalten«, flüsterte er George zu.

»Gerade so.«

Am Ende ihres Kurztrips stellte Clive fest, dass er außer Atem war. Die Wohnung war zwar klein, reichte aber aus, dass ein Mann in seinem Alter erledigt war, wenn man ihn so durch die Gegend scheuchte.

»Also, was halten Sie davon? Sie müssten sich heute noch entscheiden. Es gibt weitere Interessenten für die Erdgeschosswohnung. Meiner Erfahrung nach sind die bei Senioren sehr beliebt.«

»Ich müsste vorher noch eine wichtige Sache überprüfen.«

»Und was wäre das?«

»Ich muss herausfinden, wie lange ich benötige, um von hier zu meinem Schrebergarten zu laufen. George und ich werden einen kleinen Spaziergang machen, um herauszufinden, ob die Entfernung annehmbar ist.«

»Und falls sie es sein sollte?«

»Dann kommen wir ins Geschäft. Und jetzt seien Sie ein braver Junge und warten Sie, bis wir wiederkommen.« Clive hatte kein Problem damit, so mit jemandem zu reden, der sich nicht einmal die Mühe gemacht hatte, sich vorzustellen. George erwies sich als erstklassiger Komplize und unterdrückte auf dem Weg nach draußen ein Grinsen.

»Was halten Sie von der Wohnung?«, fragte George, als sie den gepflegten Vorplatz hinter sich gelassen hatten.

»Nicht genug Farbe für meinen Geschmack. Aber das lässt sich ja ändern.« Die Wohnung hatte ihn an das Haus erinnert, das sich Keisha mit den anderen teilte. Alles sehr zweckmäßig und an Ort und Stelle, aber ohne jeden Charakter. Er war gespannt, welche Schmuckstückchen er im Secondhandladen finden würde, um die Bude aufzupolieren.

»Ist sie denn nahe genug am Schrebergarten? Ich glaube nicht, dass wir etwas finden werden, das noch näher dran liegt.«

»Ich weiß bereits, dass sie nahe genug ist, aber ich wollte nicht gleich unterschreiben. So unverschämte Verkäufer mag ich nämlich nicht. Ich bin in der glücklichen Lage, dass ich das Haus, in dem ich wohne, geerbt habe. Ich musste nie eine Hypothek abbezahlen, daher habe ich genug gespart, um die Wohnung zu kaufen, aber solche Leute motivieren mich nicht gerade, mein Geld auf den Tisch zu legen.«

»Ah, Sie lassen ihn also zappeln.«

»Natürlich. Außerdem ist es eine wunderbare Gelegenheit, Ihnen meinen Garten – meinen ganzen Stolz – zu zeigen. Und zu sehen, wie es ihm in meiner Abwesenheit ergangen ist. Es macht Ihnen doch nichts aus, oder? Wenn ich Sie von etwas abhalten sollte, dann sagen Sie es bitte.« Vielleicht würde es ja seine Erinnerungen zurückbringen, den Garten bei Tageslicht zu sehen.

»Nein, schon gut. Ich habe Zeit.«

Als sie die Einmündung erreichten, zögerte Clive. Es war ein Einblick in sein altes Leben. Wenn er sich entschied, die Seitenstraße hinunterzulaufen, statt in Richtung der Kleingartenanlage, dann würde er zu seinem Haus gelangen. Er warf einen Blick hinüber, erinnerte sich an die vielen Male, die er hier mit seiner Schubkarre entlanggegangen war. Leer auf dem Hinweg und meist bis zum Rand gefüllt auf dem Nachhauseweg. Hatte es wirklich nie jemanden gegeben, der am anderen Ende auf ihn wartete?

»Sind Sie sicher, dass Sie es nicht wenigstens noch einmal sehen wollen, bevor Sie irgendwelche wichtigen Entscheidungen treffen? Sie müssen ja nicht hineingehen«, sagte George, der sein Zögern bemerkt hatte.

Die Gewissheit, dass Nancy nicht da sein würde, löste eine Bestürzung bei Clive aus, die ihn völlig überrumpelte. Da war ein so großer Kloß in seinem Hals, dass er vorsichtshalber rasch ein Taschentuch aus seiner Jackentasche hervorholte.

»Tut mir leid«, sagte er und wischte sich die Tränen eine nach der anderen fort.

»Kein Grund, sich zu entschuldigen. Ich glaube, ich habe meine Antwort bekommen. Ich habe nur gefragt, um sicher zu sein.«

»Vielleicht werde ich es eines Tages schaffen, dort vorbeizugehen, ohne dass es mich aus der Fassung bringt. Aber wenn ich nicht einmal die Straße hinaufschauen kann, ohne dass es passiert, wird das wohl in naher Zukunft nicht der Fall sein.«

Clive wischte sich ein letztes Mal über das Gesicht und steckte das Taschentuch wieder in seine Jackentasche. »Und jetzt zeige ich Ihnen meinen ganzen Stolz.«

Der Schrebergarten war definitiv nicht so gepflegt wie gewohnt, und es gab einigen Wildwuchs, aber es war nicht so schlimm, wie er es sich vorgestellt hatte. Er vermutete, dass einige seiner Gartenfreunde, die wussten, dass es ihm schlecht ging, ein bisschen darin herumgewerkelt hatten, damit er wenigstens halbwegs ordentlich aussah.

»Sehr beeindruckend«, bemerkte George, der seinen Blick über den Garten und den Rest der Anlage wandern ließ.

Clive entdeckte Frank, der zwei Reihen weiter in seinem Garten mit Unkrautjäten beschäftigt war. Er würde über irgendwelche neuen Besitzer Bescheid wissen. »Gehen Sie nur und schauen Sie sich meine Folientunnel an. Habe ich selbst gebaut. Ich sage nur mal rasch Frank dort hinten Guten Tag.«

Es war schön, ein vertrautes Gesicht zu sehen.

»Hallo, Clive. Siehst gut aus. Wie geht's dir? Sehen wir dich bald wieder öfter hier?«

Clive verbrachte einen Moment damit, Frank über seinen

Gesundheitszustand ins Bild zu setzen und ließ ihn wissen, dass er in eine Wohnung umziehen würde und erst dann wieder regelmäßig in seinem Garten anzutreffen wäre.

»Ich hätte da mal eine Frage, Frank. Habe ich dir je von einer Frau namens Nancy erzählt?«

Wenn sie real war, dann hätte er sicherlich mit seinen Freunden über sie gesprochen.

Frank, der auf seiner Schaufel lehnte, schüttelte den Kopf. »Eine Nancy hast du nie erwähnt.«

»Oh.« Wieso überraschte ihn das? »Gibt es vielleicht bei den neuen Kleingärtnern eine Frau mit diesem Namen?«

Vielleicht war das ja die Verbindung. Vielleicht hatte er eine Frau mit diesem Namen kennengelernt, sich Hals über Kopf in sie verliebt und sich dermaßen in das Ganze hineingesteigert, dass es bei ihm zu dieser Verwirrtheit gekommen war.

»Nein. Die beiden neuen Besitzer sind Männer. Ich hatte bisher noch nicht die Gelegenheit, mich mit ihnen zu unterhalten, aber ich habe sie noch nie mit Familie oder in Begleitung von anderen Leuten hier gesehen. Wieso?«

»Ach, nicht so wichtig.« Nicht der Rede wert. Er hatte sich bloß eine andere Antwort erhofft.

»Alles klar bei Ihnen?«, erkundigte sich George, als Clive zurückkehrte.

Wenn er das nur wüsste.

Die Kleingartenanlage war neutraler Boden. Hier war das Durcheinander seiner Erinnerungen weniger spürbar. Das war sein Schuppen. Das waren seine Geräte. Das war sein Hobby.

Hier musste er seine Frau nicht vermissen. Er musste nur sein Bestes versuchen, um sich nicht näher mit dem Gedanken zu befassen, dass sie nicht zu Hause auf ihn wartete.

33

Keisha

Eine Menge Fragen haben sich bei mir angesammelt. Ich möchte etwas über Clives Vergangenheit erfahren. Möchte wissen, wo er letzten Freitag gewesen ist. Möchte hören, wie die Wohnungsbesichtigung gelaufen ist. Aber ich zögere jedes Mal. Sobald ich ihm eine Frage stellen will, schweben meine Finger plötzlich stattdessen über dem Pulspunkt. Ich habe wirklich keine Lust auf eine Konfrontation, und ich habe das Gefühl, als könnte es hierbei dazu kommen. Wie soll ich ihn bitten, mir die Wahrheit zu sagen, wenn er sie manchmal selbst nicht zu kennen scheint? Stattdessen lähmt meine Unbeholfenheit mal wieder – wie so oft – meine Fähigkeit, mich ganz natürlich zu verhalten.

Wir befinden uns gerade mitten in einem sechsminütigen Gehtest, als das Telefon läutet. Mrs. Baldwin ist für ihren wöchentlichen Check bei uns. Ihre Wangen sind gerötet, und ich bin mir nicht sicher, ob es nur an der Anstrengung liegt oder an Clives Gesellschaft. Ich messe mit der Stoppuhr; und Mrs. Baldwin ist auf dem Weg in ihre vierte Minute. Clive ist damit beschäftigt, zu notieren, wie viele Runden sie schafft. Beides muss korrekt durchgeführt werden, und daher lassen wir das Telefon läuten. Jemand hinterlässt eine Nachricht auf dem Anrufbeantworter. Erst nachdem Mrs. Baldwin dank Clive ein weiteres Mal mit ein paar in Papiertuch eingeschlagenen rosafarbenen Waffelkeksen gegangen ist, habe ich die Möglichkeit nachzuschauen, wer angerufen hat.

Als ich herausfinde, dass es Rob gewesen ist, rufe ich ihn sofort zurück.

»Ist alles in Ordnung?« Jedes Mal, wenn er anruft, flattert mein Herz wie ein Vogel im Käfig. Lucys Erkrankung ist ein Rätsel gewesen und ich kann nichts dafür, dass mein Verstand immer gleich zwei Schritte voraus ist und sich den schlimmstmöglichen Ausgang vorstellt.

»Lucy wird in ein paar Tagen entlassen.«

»Wirklich? Das ist ja toll.« Eine Mischung aus Schock und Freude überkommt mich. »Geht es ihr denn gut genug, dass sie nach Hause kommen kann?«

»Die Ärzte haben das Problem gefunden und sind der Ansicht, dass sie sich mit einer Antibiotikatherapie rasch wieder erholen wird.«

»Woran hat es denn gelegen?« Nach all den Wochen, in denen es ihr schlecht ging, hatte ich die Hoffnung verloren, dass es einfach zu kurieren wäre.

»Nachdem die Entzündung abgeklungen war, haben sie ein Stück Eierschale entdeckt, das in Lucys Magenschleimhaut eingebettet war. Die Wahrscheinlichkeit, dass so etwas passiert, ist laut den Ärzten äußerst gering, aber es war ein großes Stück und steckte an einer Stelle, die von den natürlichen Verdauungsenzymen des Magens nicht erreicht wurde, weshalb es zu einer großflächigen Entzündung kam, die sie so krank gemacht hat.«

Ich starre in Clives Richtung, blinzle, vermag es einfach nicht zu glauben. In all den Wochen, in denen Lucy krank gewesen ist, habe ich Hypothesen über alle nur erdenklichen Erkrankungen aufgestellt, die entweder langfristig oder unheilbar waren. »Also haben sie die Schale entfernt, und Lucy wird wieder gesund?«

Soll das ein Witz sein?

»So sieht's aus. Sie hat schon wieder Appetit. Ich sollte ihr eigentlich ein Sandwich kaufen, wobei sie mir komischerweise verboten hatte, ein Eiersandwich mit Kresse mitzubringen, haha. Aber sie muss erst noch vorsichtig sein mit dem Essen. Die Ernährungsberaterin sagte, dass ihr von Heißhungeressen nach einer solchen Phase nur schlecht werden würde, daher bekommt sie für die nächsten zwei Wochen einen Speiseplan, den sie befolgen soll.«

»An den sollte sie sich aber auch besser halten.« Ich lache vor Staunen, kann es kaum fassen. »Und lass sie bloß nicht kochen. Du weißt ja, dass das Letzte, was sie vor ihrer Erkrankung gegessen hat, ein Omelette gewesen ist.«

Ich spüre so etwas wie einen Adrenalinkick. Ich kann es einfach nicht glauben. Nachdem ich aufgelegt habe, springe ich vom Stuhl auf. All die Gedanken an meine vorherigen Fragen sind wie weggeblasen.

»Da klingt aber jemand ziemlich glücklich«, sagt Clive von der Teeküche, wo er Becher und Teller spült.

»Das bin ich auch«, erwidere ich. *Und wie!* »Lucy geht es besser.« *Lucy wird wieder gesund.* Ich erzähle ihm rasch die Einzelheiten.

»Sie glauben also, dass die Kochkünste Ihrer Freundin daran schuld sind?«, fragt Clive mit einem Lachen.

Ich nicke. Ich wäre zwar nie so unhöflich und würde es ihr unter die Nase reiben, aber es sieht ganz so aus. »Ich erinnere mich noch genau daran, dass wir beide als Letztes ein Eiergericht gegessen haben. Das war an dem Morgen, als wir bei Ihnen gewesen sind. Anfangs dachte ich, sie hätte eine Lebensmittelvergiftung, Salmonellen oder sonst was. Aber ich habe nicht verstanden, warum es nicht uns beide erwischt hat.«

»Ich glaube, jetzt verstehe ich das mit den Aufklebern«, sagt Clive, und sein Gesicht verzieht sich zu einem kleinen Lächeln.

»Das ist nur zu Lucys eigenem Wohl, das können Sie mir glauben. Und nicht etwa, weil ich ein bisschen neurotisch bin.« Ich lächle ebenfalls.

Lucy geht es besser.

Clive wird bei Tess einziehen.

Es bewegt sich etwas, auch wenn ich stillstehe.

Aber unter meinen Jubel mischt sich rasch Traurigkeit, als mir bewusst wird, dass niemand mehr Kekse auf Zierdeckchen servieren wird, wenn Clive fort ist.

34

Clive

Clive amüsierte sich immer prächtig, wenn er die Gelegenheit bekam, Keisha zum Mittagessen zu begleiten. Auch wenn sie nicht am selben Tisch saßen. Das würde erst nach der Beendigung von Date Nummer zweiundvierzig geschehen.

Auf der Tageskarte stand ein Cornedbeef-Eintopf. Clive liebte Hausmannskost, und es war schon viele Jahre her, dass er dieses Gericht gegessen hatte. Daher fiel ihm die Entscheidung leicht, als Tess seine Bestellung aufnahm und ihm dabei verschwörerisch zublinzelte.

»Sie weiß also, dass Sie hier sind?«, flüsterte ihm Tess zu.

»Ich habe ihre Erlaubnis«, bestätigte Clive nickend.

Er war in Sachen Partnersuche nicht unbedingt auf dem Laufenden. War nicht mit der Nutzung von Internet und Handy-Apps vertraut, um die Liebe zu finden. Aus diesem Grunde fand er all dies sehr unterhaltsam.

Auch wenn es nicht unbedingt die richtige Herangehensweise war. Schließlich war er nicht hier, um sich zu amüsieren oder um negative Kommentare von sich zu geben, sondern um zu beobachten, als würde er an einer Studie über menschliches Verhalten teilnehmen. Er war sich ziemlich sicher, dass Keisha es so sah.

Clive dachte über sein Liebesleben nach, aber diese Erinnerungen waren nicht vorhanden. Es gab nur Bruchstücke. Und diese Momente wurden ihm auch gleich wieder genommen. Es war seltsam. Durch seine Delirepisode wusste er, wie es sich anfühlte, wenn man verliebt war. Aber Keisha wollte wissen, ob der Puls anstieg oder sich das Herz zusammenzog, wenn es sich verliebte. Und ähnlich wie bei dem Forschungsprojekt an dem er teilnahm, bei dem das Herz für gewöhnlich auch nicht überwacht wurde, wenn es zerbrach, war dies auch der Fall, wenn es sich verliebte. Es war unwahrscheinlich, dass genau in dem Moment jemand anwesend war, um den Puls und den Blutdruck zu messen, was offen gestanden auch gut war, denn es würde diesen besonderen Moment ruinieren.

Clive hatte sich am heutigen Tag für ein rosafarbenes Hemd entschieden, um zwischen den Pastelltönen im Café nicht aufzufallen. Allerdings war er nicht so weit gegangen und hatte auch noch etwas mit Pailletten angezogen, um zur Inneneinrichtung zu passen. Vermutlich würde Keisha das ohnehin nicht als Tarnung ansehen.

Er beendete seine Tagträumerei, als das Glöckchen an der Eingangstür des Cafés ertönte und für einen Moment wusste er nicht so recht, wo er hinschauen sollte. Er wollte nicht starren, das wäre zu offensichtlich. Wenigstens hatte er dieses Mal einen besseren Blickwinkel gewählt.

Der Mann, der zur Tür hereinkam, war groß und schlaksig und hatte einen zu ausgeprägten Adamsapfel, als wäre er noch nicht wirklich in seinen Körper hineingewachsen. Er hätte gut und gern einer der Studenten sein können, der zum Mittagessen vorbeikam.

Clive blickte zu Keisha hinüber, deren Finger auf diese ganz bestimmte Art und Weise auf ihrem Handgelenk lagen, die das, was sie tat, so unauffällig machte. Ihre Wangen waren nicht gerötet. Wenn überhaupt, war sie bleicher als sonst.

Der schlaksige Kerl – oder Date Nummer zweiundvierzig, unter welchem Namen er von nun an bekannt sein würde – holte sich einen Kaffee und ging damit zu Keisha hinüber. Er wirkte wie ein nervöser Bewerber bei einem Vorstellungsgespräch, der sich bereits bewusst war, dass er nicht die nötige Qualifikation für den Job hatte.

Clive saß nicht nahe genug, um zu hören, was gesagt wurde (aller guten Dinge waren drei und vielleicht hätte er beim nächsten Mal mehr Glück mit seinem Beobachtungsposten), aber sie unterhielten sich, was doch eigentlich ein gutes Zeichen war. Er wünschte, er könnte Lippen lesen, aber vermutlich starrte er ohnehin schon zu oft hinüber, dabei versuchte er doch, sich unauffällig zu benehmen!

Eins fiel ihm allerdings auf: Keisha lächelte nicht. Was auch immer gesagt wurde, sie hatte bisher nicht einmal mit dem Mundwinkel gezuckt, und überhaupt war da keine Spur von Heiterkeit. Dabei waren dies Dinge, die Clive in einer Beziehung für unerlässlich hielt. Dinge, die das Herz dazu brachten, noch stärker zu lieben. Momente, die es einem leichter machten, einen Menschen von Tag zu Tag mehr wertzuschätzen.

Ein Zittern durchlief ihn und er bekam eine Gänsehaut. Das überwältigende Gefühl, geliebt zu haben, durchdrang ihn bis in sein tiefstes Inneres. Welch eine Schande, dass man ein Herz nicht an einen Lügendetektor anschließen konnte! Für den Moment musste er es so akzeptieren wie es war. Er wusste, wie es war zu lieben, auch wenn er es nicht einzuordnen vermochte.

Keisha stand von ihrem Stuhl auf. Sie sagte etwas zu dem

Mann und flitzte Richtung Toiletten. Dabei schaute sie nicht in Clives Richtung, sodass sie keine Blicke tauschen konnten, die ihm Aufschluss gaben, wie die Sache lief.

Er schaute stattdessen zu Tess hinüber. Sie würde wissen, ob das jetzt ein gutes oder ein schlechtes Zeichen war.

Von seinem Beobachtungsposten aus bemerkte Clive, dass Keisha anstatt Kurs auf die Toiletten im hinteren Teil zu nehmen, plötzlich zur Seite Richtung Küche verschwand.

Kurz darauf trat Tess an seinen Tisch, stellte seinen Cornedbeef-Eintopf vor ihn hin und setzte sich zu ihm. »Jetzt kommt der interessante Teil«, sagte sie.

»Inwiefern?«, fragte Clive und ließ es sich schmecken.

»Mal sehen, wie lange er braucht, bevor er es kapiert.«

»Dass sie sich verdrückt hat?« Da er mit gedämpfter Stimme sprach, klang es theatralischer, als er es beabsichtigt hatte.

Date zweiundvierzig war mit seinem Handy beschäftigt.

»Ja, und es kann auch lustig sein, wie sie reagieren.«

»Zum Beispiel?«

»Das war bisher sehr unterschiedlich. Von gleichgültig bis wutentbrannt.«

»Und worauf tippen Sie heute?«

Tess blickte zu dem jungen Mann hinüber. »Eine Viertelstunde, bis er es bemerkt und fassungslos. Und Sie?«

»Fünf Minuten und wütend.« Clive zog eine buschige Augenbraue in die Höhe.

»Mal sehen, wer näher dran ist.« Tess stand vom Tisch auf und räumte einen anderen ab, ehe sie sich wieder auf den Rückweg zum Tresen machte und ihren Beobachtungsposten dahinter einnahm.

Clive tat der Junge leid. Die Partnersuche in der heutigen

Zeit musste schon ohne solche Erlebnisse schwer genug sein. Obwohl Keisha vermutlich ihre Gründe hatte. Um sicherzustellen, dass seine Wette mit Tess fair ablief – und wahrscheinlich auch, weil er seit Kurzem zu viel Zeit mit Keisha verbracht hatte – beschloss er, die Zeit zu stoppen, bis der junge Mann aufbrach. Wie es der Zufall so wollte, hatte er nämlich die Stoppuhr aus dem Labor in seiner Tasche. Er startete sie und nahm sich vor, aus Gründen der Genauigkeit eine Minute zu addieren.

Während die Sekunden schon bald zu Minuten wurden, vertilgte Clive seinen Eintopf. Er war wirklich köstlich. Die Küche hier war großartig. Dieses Rezept wäre besonders gut geeignet, wenn er einmal einen Überschuss an Kartoffeln hätte, die gegessen werden mussten.

Der Gedanke brachte ihn auf eine Idee. Wenn Tess für seinen Vorschlag offen wäre, könnte er dem Café all das zukommen lassen, was über seinen Eigenbedarf hinausging. Auf diese Weise würden Gerichte wie dieses hier mit regionalen Produkten zubereitet. Es machte Spaß, über etwas Produktives nachzudenken, während er zusah, wie die Sekunden und die Minuten vorbeitickten. In den vergangenen Wochen – oder vielleicht sogar Jahren – hatte er eine Art Auszeit genommen, und es war erstaunlich, dass ihm diese fremden jungen Leute so bereitwillig geholfen hatten. Es wäre schön, wenn er ihnen irgendwie für ihre Freundlichkeit danken könnte.

Es dauerte ganze zehn Minuten, bis Date zweiundvierzig überhaupt von seinem Handy aufblickte. Es war traurig, die jüngere Generation so zu sehen. Sie waren immer auf dem Sprung. Liefen immer einem Trend hinterher. Waren nie wirklich ganz bei der Sache. Nicht in der Lage zu bemerken, wenn sich ein Date in Luft aufgelöst hatte.

Date zweiundvierzig starrte wieder auf sein Handy und tippte auf dem kleinen Display herum, als wäre das wichtiger als nachzusehen, ob es der Frau, mit der er hier verabredet war, gut ging.

Wenn Clive nicht mit Sicherheit gewusst hätte, dass Keisha einen anderen Ausgang genommen hatte, wäre er selbst auf die Suche nach ihr gegangen. Wenigstens konnte er sich, während er hier saß und Zeuge der ausbleibenden Reaktion wurde, davon überzeugen, dass Keisha nichts verpasste. Dieser junge Mann war sicherlich nicht der Richtige für seine junge Freundin.

Tess lehnte mit verschränkten Armen am Schrank hinter dem Tresen, und als Clive in ihre Richtung blickte, verdrehte sie so dramatisch die Augen, dass Clive an sich halten musste, um nicht laut zu lachen.

Scheinbar hatte der erstickte Laut, den er von sich gab, aber ausgereicht, um Date zweiundvierzig aufzuwecken. Der Junge blickte sich um und schien zum ersten Mal zu realisieren, dass seine Verabredung nicht mehr da war.

Er schlich sich aus dem Café, als wäre das etwas ganz Normales für ihn.

»Ich werd nicht mehr«, sagte Clive, nachdem sich die Tür hinter ihm geschlossen hatte. »Läuft das heutzutage wirklich so ab?«

Tess brachte ihm einen heißen Kakao. Den trank er nach dem Essen immer anstelle eines Desserts.

»Also ehrlich, ich weiß ja, dass das, was Keisha da macht, unverschämt ist, aber sie könnten doch wenigstens herauszufinden versuchen, ob es ihr gut geht? Frauen brauchen ja schon mal länger, wenn sie auf Toilette gehen. Man sollte doch wirklich erwarten, dass sie mal nachfragen. Von all den anderen Dates haben mich nur drei Männer gebeten, nachzuschauen, ob bei ihr alles in Ordnung ist.«

»Wirklich? Das sind ja ganz furchtbare Zahlen, und wir wissen beide, wie sehr sie Zahlen liebt. Wo auch immer Sie diese Männer herbekommen, ich bin mir sicher, dass sie nicht den Landesdurchschnitt repräsentieren.«

»Das will ich schwer hoffen.«

»Gehe ich recht in der Annahme, dass Sie normalerweise in Keishas Namen diese Verabredungen für sie mittels einer Telefonanwendung treffen?«

Tess nickt. »Aber ich kann nichts für die mangelnde Qualität da draußen.«

»Aber natürlich nicht, meine Liebe. Ich habe mich nur gefragt, ob es wirklich der beste Weg ist, um geeignete Kandidaten auszuwählen.«

»In meinem Freundeskreis nutzen die meisten das Internet oder Dating-Apps. Obwohl sie dabei vermutlich keine Freundin bitten, es in ihrem Namen zu tun. Mir ist klar, dass das nicht sonderlich kreativ ist, aber angesichts von Keishas Widerwillen, die Sache anzugehen, ist es der beste Weg.«

»Aber ist es nicht ein wenig, ich weiß auch nicht ... langweilig und unpersönlich?« Clive versuchte sich eine Vorstellung davon zu machen, aber wie so viele Dinge in letzter Zeit vermochte er das Ganze nicht so recht zu erfassen.

»Die Sache ist die: Es gibt alle möglichen Wege, um neue Leute kennenzulernen. Aber dabei liegt der Schwerpunkt immer auf Geselligkeit. Und Keisha ist nicht so der gesellige Typ. Sie weiß sehr genau, was sie mag, und sie zieht es vor, sich an das zu halten, was ihr zusagt. Es hat eine ganze Weile gedauert, bis ich sie dazu gebracht habe, dieser Sache hier zuzustimmen.«

»Es ist wirklich schade, dass es heutzutage keine Jugendgruppen und Tanztees mehr gibt wie zu meiner Zeit.«

»Meiner Ansicht nach würden Sie Keisha unter keinen Umständen zum Tanzen bringen.«

»Das stimmt. Ich habe es einmal versucht. Sie hat es nicht gut aufgenommen.«

Tess lachte. Ihr Lächeln strahlte wie der Glitzer in ihrem Café. »Im Augenblick fällt mir nichts Besseres ein. Sollten Sie eine Idee haben, dann lassen Sie es mich wissen. Aber vergessen Sie dabei nicht, dass sie sich hier im Café wohlfühlt. Hier kann sie ihr Getränk selbst bezahlen, und es gibt keine Diskussion darüber, wer die Rechnung begleicht. Außerdem wäre da noch der Hinterausgang, falls sie ihn nötig haben sollte, und sie benutzt ihn eigentlich fast immer. Sie mag es, wenn das Ganze nach ihren Regeln abläuft.«

»Haben Sie es schon einmal mit Zeitungen versucht?«

»Was denn, etwa mit Kontaktanzeigen? Gibt es so was überhaupt noch?«

»Wie wäre es, all die einsamen Herzen auf einen Schlag hierher einzuladen?«

»Als Keishas Dates? Ich bin mir nicht sicher, ob das funktionieren würde, wenn hier über fünfzig von den Typen sind.«

»Nein, natürlich nicht. Wir müssten uns vorher über die Angaben im Klaren sein, aber Sie haben die Sitzmöglichkeiten. Wäre es nicht möglich, so eine Art Speeddating zu veranstalten? Und wenn wir Keisha dazu überreden können, dann wären Sie vielleicht in der Lage, auf einen Schlag mehr als nur eine Nummer von Ihrer Tafel zu streichen. Wenn sie daran glaubt, dass man im ersten Moment, wenn man einem Menschen begegnet, herausfinden kann, ob ihm dein Herz gehört und sie es vorzieht, wegzulaufen, falls kein Fünkchen an Herzreaktion zu verzeichnen ist, dann sollten drei Minuten doch eigentlich die ideale Länge für ein Date sein, nicht wahr?«

»Da ist was dran.« Tess schaute nach oben, als versuche sie, sich ihre eigenen Gedanken anzusehen. »Warum bin ich nicht auf so was gekommen? Ich bin mir nur nicht sicher, wie bald ich in der Lage wäre, das zu organisieren.«

»Ich kann Ihnen dabei helfen. Wenn ich demnächst bei Ihnen wohnen darf, brauche ich etwas, womit ich mir die Zeit vertreiben kann. Schauen wir einmal, ob wir nicht etwas Geld für das Café verdienen können und dabei außerdem noch Keishas große Liebe finden.«

»Das wäre wunderbar. Ist es denn in Ordnung für Sie, bei mir zu wohnen? Ich freue mich darauf, Sie eine Weile hier zu haben.«

»Ich bin überglücklich. Das mit dem Schlaflabor war wunderbar, aber es war nur für eine Weile gedacht. Es ist sehr großzügig von Ihnen, mir Ihr Gästezimmer anzubieten, und es ist ideal, während ich die Sache mit der neuen Wohnung unter Dach und Fach bringe.«

Das Glöckchen ertönte eine weiteres Mal und kündigte Keishas Rückkehr an. Als sie sich zu ihnen gesellte, konnten sie nur hoffen, dass der Rest ihres Mittagspausengesprächs länger dauern würde als ihr Date.

DRITTER TEIL

Das linke Atrium

Der linke Vorhof des Herzens, der das sauerstoffreiche Blut
aus der Lunge aufnimmt. Mit anderen Worten:
der Punkt, an dem wir zu gesunden beginnen.

35

Keisha

In all den Jahren, die ich als wissenschaftliche Mitarbeiterin für die Southampton University arbeite, habe ich mir noch nie einen Krankentag genommen. Bis heute.

Es kommt mir irgendwie falsch vor, weil ich weder erkältet bin noch im Krankenhaus liege wie Lucy. Aber dies ist ein Tag für die seelische Gesundheit. Ein Tag, den ich benötige, weil mir alles zu viel geworden ist und weil ich heute Morgen beim Aufwachen die Finger förmlich in meinen Hals hineingestöpselt hatte, meine Angst so übermächtig war, dass sie mich zu ersticken drohte. Clive ist vorübergehend zu Tess gezogen. Lucy wird morgen aus dem Krankenhaus entlassen. Ich habe dieses Zeitfenster von vierundzwanzig Stunden ohne jede Verantwortung, aber die Wände kommen auf mich zu, erlauben mir nicht, die Finger von meinem Hals zu nehmen.

Es musste im Schlaf begonnen haben, während meines Traums. Scheinbar passiert meine Pulsmessung inzwischen so instinktiv, dass sie auch stattfinden kann, wenn ich mich überhaupt nicht im Wachzustand befinde. In meinem Traum hatte ich keinen Herzschlag. Ich habe eine Messung vorgenommen, wie ich es häufig tue, nur dass ich dieses Mal nicht damit belohnt wurde, meinen Herzrhythmus aufzuspüren. Da war nichts. Zum ersten

Mal in meinem Leben spürte ich, wie es ist, wenn man einen Herzstillstand erleidet.

Der Traum brachte viele beunruhigende Erinnerungen mit sich, und als ich aus dem Schlaf schreckte, vermochte ich mich nicht davon abzuhalten, die Messung vorzunehmen. Ich musste diesen Rhythmus spüren, um mich von jener Zeit und jenem Ort loszureißen, an dem es keinen gegeben hatte.

Auch wenn ich in der Lage bin, mir mit einer Hand Tee und Toast zu machen, bin ich nicht imstande, heute das Haus zu verlassen. Daher nehme ich mein Frühstück mit ins Bett und schlüpfe unter die Decke, um einen Kokon zu schaffen. Die Vorstellung von Krümeln im Bett hält mich normalerweise von diesem Ort fern, aber heute ist er mir ein Trost. Am Ende benötige ich vier Stunden, bis ich es schaffe, meine Finger von meinem Hals wegzuziehen.

In meinem Traum durchdrangen mich all meine Gedanken und Empfindungen wie winzige Glasscherben, die in mein Nervensystem krochen. Aus irgendeinem Grund erinnert mich das an Clives Narbe, die meiner nicht unähnlich ist. Sie ist fünf Zentimeter breit, wirkt aber eher wie aufgeschlitzt statt geschnitten. Je mehr ich über Clive erfahre, umso deutlicher wird mir, dass diese Narbe ein Geheimnis birgt.

Ich betrachte meine eigene. Niemand weiß, welche Geheimnisse diese Narbe verdeckt oder zu welchen Tragödien sie geführt hat. Diese Geheimnisse sind in London geblieben, in meiner Vergangenheit gefangen. Ich habe nicht zugelassen, dass sie mir hierher folgen. Ich halte diese Geschichte unter Verschluss und lasse kein Wort darüber verlauten. Zu niemandem. Die Tätowierung war mein Versuch zu verbergen, dass es sie jemals gegeben hat.

Ob das Gleiche auch auf Clives Narbe zutrifft? Oder wartet er vielleicht nur darauf, dass eine Person das, was er verborgen hält, zum Vorschein bringt?

Meine Finger schweben wieder über meiner Halsschlagader, begierig darauf, die nächste Messung vorzunehmen, obwohl es noch zu früh dafür ist.

»Niemand weiß davon«, hatte er gesagt. *»Es ist mein Geheimnis. Und nun ist es unser Geheimnis.«*

Je länger ich darüber nachdenke, desto öfter frage ich mich … Bin ich vielleicht diese Person, auf die er wartet? Soll ich vielleicht herausfinden, was dazu geführt hat, dass sein Herz gebrochen ist? Und das nicht etwa auf die Weise, wie ich es mit der Studie für meine Dissertation beabsichtigt hatte, sondern indem ich herausfinde, was Clive zugestoßen ist?

Ich möchte, dass mein Leben wieder zur Normalität zurückkehrt. Ich hoffe, dass Lucys Rückkehr nach Hause der erste Schritt in diese Richtung ist. Dann kann die Arbeit wieder zu der routinemäßigen Abarbeitung von Aufgaben zurückkehren, aus der sie für gewöhnlich besteht – selbst wenn das eine Rückkehr zu langweiligen Keksen bedeutet. Und jegliche zukünftige Kontakte zu Studienteilnehmern werden sich auf die vereinbarten Termine beschränken, ohne die zusätzlichen Risiken, Freundschaften zu schließen und sich genötigt zu sehen, irgendjemandem beizustehen.

Trotz meiner Versuche, meine Gedanken in eine andere Richtung zu lenken, kehren sie immer wieder zu dem Traum zurück. Ich weiß nicht, wie ich dieses Gefühl, keinen Puls zu spüren, ausblenden soll. Die Erinnerung an meinen Vater ist näher an der Oberfläche, als sie es jemals gewesen ist. Sie treibt dort und weist ohne jeglichen Zweifel darauf hin, dass es meine

Schuld gewesen ist. Dass ich nicht in der Lage gewesen bin, sein gebrochenes Herz zu retten.

Meine Bewältigungsstrategie hatte immer darin bestanden, meinen Puls zu messen. Das mag vollkommen irrational sein, zumal ich nicht damit aufhören kann, aber ich stelle immer wieder fest, dass es die einzige Beruhigung ist, die mir hilft. Ich weiß, dass das blödsinnig ist, denn hätte mein Herz Probleme, wäre die Wahrscheinlichkeit, noch in der Lage zu sein, meinen eigenen Puls zu messen, äußerst gering.

Aber das, was einmal dazu diente, mir die Sicherheit zu geben, dass ich noch am Leben bin, hält mich allmählich vom Leben ab.

Heute sollte ich eigentlich im Labor sein. Ich sollte bei Tess vorbeischauen und sicherstellen, dass Clive sich dort eingewöhnt. Ich sollte alles für Lucys Heimkehr vorbereiten.

Stattdessen stecke ich fest. Ich funktioniere nur insofern, dass es reicht, um Tee und Toast zu machen, zur Toilette zu gehen und meinen Puls zu messen. Ich schaffe es nur für jeweils zwei Minuten die Messung zu unterbrechen. Das weiß ich, weil ich mitgezählt habe.

Jede dieser Einhundertzwanzig-Sekunden-Perioden ist länger als jeder Popsong, den ich mir jemals im Radio angehört habe. Sie erscheinen mir länger als die fünfminütige Wartezeit auf den Bus. Länger als die Zeit, die es gedauert hat, bis die Sanitäter vor all den Jahren eingetroffen sind. Sie erscheinen unendlich länger als so viele Dinge, doch natürlich ist es nicht so.

Es dauert zwei Minuten, um mir die Hände zu waschen. Es dauert zwei Minuten, um mir Butter aufs Brot zu schmieren. Es dauert zwei Minuten, einen frischen Schlafanzug anzuziehen. Man kann in zwei Minuten eine Menge schaffen.

Um die Mittagszeit wird mir klar, dass es an der Zeit ist, die Sache in den Griff zu bekommen. Die Logik und mein Verstand sagen mir, dass *nichts Schlimmes passieren wird.* Wenn ich meine Hand wegnehme und dem kleinen Stück Haut schätzungsweise eine Stunde zum Atmen gebe, wird alles wieder gut werden. Mir wird nichts geschehen. Mein Herz wird nicht stehen bleiben. Das Leben wird weitergehen. Aber wie kann ich da sicher sein? Wie kann überhaupt irgendjemand sicher sein?

Letzten Endes benutze ich die rationale Seite meines Gehirns, um mich zu entwöhnen. Aus zwei Minuten werden drei, und aus drei werden vier. Ich benötige lediglich gut eine Stunde, um eine Unterbrechung von zehn Minuten zu erreichen. Als mir klar wird, dass ich bei dem Tempo noch viel zu lange hier sein werde, traue ich mich, die Unterbrechungen um jeweils zwei Minuten zu erhöhen, um auf meine übliche halbstündliche Pause zu kommen.

Als ich endlich so weit bin, verspüre ich in meinem erschöpften Zustand so etwas wie Euphorie, die sich mit einem Gefühl des Scheiterns mischt. Wenn es inzwischen so weit mit mir gekommen ist, warum versuche ich dann überhaupt noch zu funktionieren? Warum nicht der Angst die Oberhand überlassen? Ich finde Gefallen an dieser Möglichkeit. Warum ist es überhaupt von Bedeutung?

Der Gedanke lässt meine Narbe pulsieren, ohne dass ich überhaupt mit den Fingern nach ihr tasten muss. Ich schwöre mir, dass so etwas nicht noch einmal passieren wird. Selbst wenn es bedeutet, dass ich ständig meinen Puls messen muss, ich werde es niemals wieder so weit kommen lassen, dass mir das als die beste Lösung erscheint.

36

Clive

Als Clive vor Keishas Haus eintraf, war er froh, dass er dieses Mal dort nicht auf die Polizei warten musste.

»Ziehen Sie sich Schuhe an«, sagte er im Befehlston, als sie ihm die Haustür öffnete.

»Ich bin nicht richtig angezogen um rauszugehen.« Sie war blass und an ihrem Hals war eine Druckstelle, aus der wohl ein Bluterguss werden würde, und das genau auf ihrer Halsschlagader.

Clive brauchte keinen naturwissenschaftlichen Abschluss, der die Voraussetzung für eine Anstellung im Kardiolabor war, um eine Erklärung dafür zu finden.

»Dann ziehen Sie sich eben um. Ich habe das Taxi jetzt schon weggeschickt, und ich kenne sonst niemanden hier in der Gegend, also werden Sie mich reinlassen müssen, bis Sie fertig sind um rauszugehen.« Clive wusste, dass ein bisschen liebevolle Strenge erforderlich wäre. Das sagte ihm sein Gespür, auch wenn er es nicht zu erklären vermochte. Um den Schock ein wenig abzumildern, hatte er eine Tüte voller ungewöhnlicher Geschenke mitgebracht, die er im Haus verteilen würde, während sich Keisha umzog.

Glücklicherweise ließ sie ihn rein, doch ihr Zögern signalisierte Widerwillen.

»Manchmal wird einem alles zu viel. Ich kenne das. Was halten Sie von einem kleinen Spaziergang? Eine Runde um den Block?«

Keisha war nicht in der Lage, seinem Blick standzuhalten. Ihre Augen huschten umher, ruhten nie längere Zeit auf einer Stelle.

»Ich kann auch wieder gehen, wenn Ihnen nicht danach ist. Ich dachte bloß, es hilft vielleicht.«

»Ich würde ja gern mitgehen. Ich muss mich nur eben fertig machen.« Sie hatte noch ihren Morgenmantel an und trug ihn wahrscheinlich schon den ganzen Tag.

»Lassen Sie sich ruhig Zeit. Ich fühle mich ja hier eh schon wie zu Hause.«

Und genauso benahm er sich auch. Das Erste, was er aus der mitgebrachten Tüte zog, war eine bunte Obstschüssel, die er auf der Küchenseite in der Nähe der Mikrowelle platzierte. Als Nächstes war ein billiges Ölgemälde an der Reihe, das er irgendwo ergattert hatte. Ein Portrait von einer Frau, die aus dem Fenster hinaus in die Ferne blickt. Sie schien am Beginn von etwas zu stehen, und draußen erwartete sie ein herrlicher Tag. Bei seinem ersten Besuch hier war ihm aufgefallen, dass der Vermieter sich nicht die Mühe gemacht hatte, die Halterungen und Befestigungen der Vormieter zu entfernen. Daher befand sich bereits ein Nagel in der Wand, der nur darauf wartete, dass er das Bild daran aufhing. Zum guten Schluss holte er noch eine hübsche rosafarbene Glasvase aus der Tüte hervor mit passenden rosafarbenen Blumen, die er besorgt hatte. Nachdem er sie aus dem Papier ausgewickelt und in die Vase gestellt hatte, bewunderte er sein Werk. Seine Fundstücke aus dem Secondhandladen taten diesem weißen Kasten gut. Er hoffte, dass es bei

Keisha auch der Fall sein würde – und auch bei Lucy, wenn sie heimkam.

Keisha tauchte in Jeans und einem T-Shirt wieder auf, das vorn einen Aufdruck trug, der mit Algebra zu tun hatte, aus dem er aber nicht schlau wurde. Trotzdem war es schön, sie einmal nicht in dem Laborkittel zu sehen, den sie sonst immer trug.

»Ich hoffe, Sie haben nichts dagegen, dass ich Ihnen ein paar Dinge mitgebracht habe, um den Raum ein wenig aufzuheitern. Ich dachte, das wäre doch schön für Lucy, wenn sie aus dem Krankenhaus kommt. Und für Sie auch.«

»Es sieht hübsch aus. Vielen Dank.«

»Dann schnappen wir doch jetzt mal ein bisschen frische Luft, ja?«

»Ich danke Ihnen«, antwortete Keisha widerspruchslos mit erstickter Stimme, die so gar nicht wie sonst klang.

Während sie eine Weile nebeneinander hergingen, herrschte eine wohltuende Stille zwischen ihnen. Es war ziemlich frisch, als wolle der Tag bereits aufgeben und schon wieder schlafen gehen. Clive wusste nur zu gut, wie sich das anfühlte.

Es herrschte immer noch Schweigen, während sie versuchten, ihre Schritte einander anzupassen. Keisha ging viel langsamer als sonst, und Clive steigerte sein Tempo so weit, dass er bequem mithalten konnte.

»Freuen Sie sich schon darauf, Lucy wieder zu Hause zu haben?« Eigentlich eine ziemlich alberne Frage, wie Clive fand, aber er wollte irgendwie ein Gespräch in Gang bringen.

»O ja und wie. Es ist nicht das Gleiche ohne sie.«

»Und vermutlich bin ich kein besonders guter Ersatz gewesen«, erwiderte er in der Absicht, dabei jovial zu klingen, was aber ziemlich danebenging.

»Sie waren großartig. Unerwartet, das schon, aber dennoch großartig.«

»So großartig war ich gar nicht. Ich muss Ihnen etwas beichten«, sagte er, denn das schlechte Gewissen nagte an ihm.

»Was denn?«

»Letzten Freitag, als ich noch so spät unterwegs gewesen bin, da war ich gar nicht kurz etwas einkaufen. Sondern ich habe meinem Schrebergarten einen Besuch abgestattet.« Dieses Geständnis war ihm peinlich. Für gewöhnlich log er nämlich nicht. Benutzte nicht einmal irgendwelche kleinen Notlügen. Aber er war sich so sicher gewesen, dass er es aus einem guten Grund tat.

»Aber der ist doch ganz schön weit weg! Kein Wunder, dass Sie einen so roten Kopf hatten. Wieso haben Sie das getan?«

Clive war erleichtert, dass Keisha nicht verärgert klang. »Seit ich ins Krankenhaus eingeliefert wurde, dachte ich, dass ich dort Antworten finden würde. Irgendetwas, wodurch das Ganze einen Sinn ergeben würde. Ich wollte unbedingt dorthin, um herausfinden, ob das tatsächlich der Fall wäre.«

»Und war es so?«

»Nein, ganz und gar nicht. Es war eine bittere Enttäuschung. Das Einzige, was ich gefunden habe, war eine Notiz in meiner Handschrift, die aber keinen Sinn für mich ergibt. Nichts, was meinem Gedächtnis auf die Sprünge helfen würde, um sie zu verstehen.«

»Wie lautete die Notiz denn?«

»Da stand nur NEUER KLEINGÄRTNER. Aber ich habe mich bei einem Freund erkundigt, und da gibt es keine Frau, die Nancy heißt. Ich erinnere mich nicht einmal daran, die Notiz geschrieben zu haben. Keine Ahnung, worum es da ging.«

»Glauben Sie, dass es wichtig ist?«

Clive zuckte mit den Schultern. »Wenn es so wäre, dann würde es bestimmt mehr Sinn für mich ergeben. Wie auch immer. Ich wollte mich nur entschuldigen, dass ich nicht offener gewesen bin. Ich dachte, Sie würden dann versuchen, mich davon abzubringen, und es schien mir wichtig zu sein, auch wenn sich das nun als falsch herausgestellt hat.«

»Ist schon in Ordnung. Ich bin froh, dass Sie es mir gesagt haben.«

»Jetzt, wo das erledigt ist, wäre da noch etwas, worüber ich mit Ihnen reden wollte. Ich übernachte jetzt zwar nicht mehr im Schlaflabor, aber ich würde Ihnen sehr gern weiter als ehrenamtlicher Helfer zur Hand gehen. Das heißt, wenn Ihnen das recht wäre.«

»Das würden Sie tun?«, erwiderte Keisha überrascht.

»Ja. Ich könnte es vermutlich nicht jeden Tag einrichten, aber ein paar Nachmittage in der Woche wären bestimmt drin.«

So etwas wie ein kleines Lächeln stahl sich auf ihre Lippen. »Das wäre toll. Ich würde Sie vermissen, wenn Sie nicht mehr da wären. Wir müssten es natürlich über den Dienstweg erledigen und Sie als Ehrenamtler registrieren lassen. Lucy wird noch ein paar Tage brauchen, bis sie wieder in Form ist, und Ihre Hilfe zu schätzen wissen, während sie zu Kräften kommt. Ich freue mich darauf, sie Ihnen bald richtig vorstellen zu können – ich glaube, Sie beide werden sich gut verstehen.«

»Ich freue mich darauf, sie besser kennenzulernen. Es kommt mir so vor, als würden wir uns bereits kennen.« Es war seltsam, durch Aufkleber Näheres über einen Menschen zu erfahren.

»Wie ist es denn so bei Tess? Haben Sie sich schon eingelebt?« Zu seiner Freude begann sich Keisha durch das Gespräch und vielleicht auch durch seine Entschuldigung langsam zu öffnen.

»Ich lebe immer noch aus dem Koffer, aber langsam gewöhne ich mich daran. Dort ist es natürlich viel heimeliger, was hauptsächlich an Tess' Kochkünsten liegt.« Clive tätschelte seinen Bauch, der sich bereits rundete. »Ich brauche mehr als diesen Spaziergang, um mich in Form zu halten. Ich freue mich schon darauf, den Schrebergarten wieder auf Vordermann zu bringen. Ich wünschte, er wäre nicht so weit weg und leichter zu erreichen. Das war seit Jahren meine Form sportlicher Betätigung. Ich muss unbedingt wieder damit anfangen.«

»Sind Sie sich sicher, dass Sie uns alles überlassen wollen, was Ihr Haus angeht?«

Clive nickte mit Nachdruck. Er war noch nie in seinem Leben so von etwas überzeugt gewesen. »Ich kann mich glücklich schätzen, dass ich so nette Menschen getroffen habe, die bereit sind, mir zu helfen. Ich weiß, dass es viel verlangt ist, aber wenn Sie damit einverstanden sind, wäre ich Ihnen wirklich dankbar. Ich bin zu dem Schluss gekommen, dass es mich nur krankmachen würde, noch einmal dorthin zurückzukehren.«

»Sie müssen sich hauptsächlich bei George bedanken. Er ist derjenige, der die Sache organisiert. Wir haben uns überlegt, dass es das Beste wäre, alles für Sie in Kartons zu verpacken und, falls nötig, zwischenzulagern. Auf diese Weise könnten Sie die Sachen noch einmal durchsehen und sich entscheiden, was Sie behalten wollen und was Sie weggeben möchten.«

»Ich wäre Ihnen sehr verbunden, wenn Sie das für mich tun würden. Ich bezahle Sie natürlich für Ihre Zeit. Es ist eine Belastung, die Sie sich eigentlich gar nicht antun müssten, und ich weiß, dass Sie es nur machen, weil Sie gute Menschen sind.«

»Keiner von uns möchte Geld dafür haben. Wir wollen sicherstellen, dass Sie zufrieden und glücklich sind und alles geregelt ist. Und wir können nachvollziehen, dass das in diesem Haus nicht möglich ist.«

Sie erreichten eine Straßenecke und bogen ab. In den Häusern hier war Mehrfachbelegung wohl die Regel, denn es gab mehr Autos als Gebäude, und sie mussten auf dem Gehweg des Öfteren fragwürdig geparkten Wagen ausweichen.

»Danke, dass Sie so verständnisvoll sind. Gibt es noch etwas, worüber Sie gern reden würden?« Clive spürte, dass Keisha noch etwas anderes durch den Kopf ging.

Eine lange Pause folgte, in der die zerbrochenen Zweige, die ein kürzlicher Aprilschauer zu Boden gerissen hatte, unter ihren Schuhsohlen knirschten.

»Darf ich Ihnen eine persönliche Frage stellen?«

Clive hatte in der letzten Zeit eine Menge persönlicher Fragen beantworten müssen. Wenn man sich in der Obhut eines Krankenhauses befand und von der Polizei überprüft wurde, war das unvermeidlich.

»Sie dürfen.«

»Sie haben mir doch einmal Ihre Narbe gezeigt. Ich würde sehr gern wissen, wie Sie dazu gekommen sind.«

»Ich wär früher Löwenbändiger«, erwiderte Clive. »Einer hat mich mal erwischt.«

Es war seine Standardantwort, doch das erhoffte Lachen, das er normalerweise erntete, blieb aus.

»Wie sind Sie wirklich dazu gekommen?«

»Wenn ich das wüsste.« Clive legte die Hand auf seine Armbeuge. Die Narbe war nicht sichtbar, da er eine Jacke trug, aber er wäre selbst mit verbundenen Augen in der Lage, die genaue Stelle ausfindig zu machen.

»Wissen Sie es wirklich nicht?«

»Es war ein Angriff mit einer Kettensäge. Ich war ein Zufallsopfer«, sagte er mit einem Schmunzeln in der Hoffnung, Keisha ein Lächeln abzuringen. Doch sein gewohnter Humor funktionierte nicht. Er musste offenbar einmal seine Witzesammlung entstauben. »Ich weiß es wirklich nicht«, sagte er schulterzuckend.

Keisha wandte den Blick ab, achtete mehr darauf, wo ihre Füße landeten. Da war ein kleiner Riss im Pflaster, der an einen Strahlenkranz erinnerte, durch den das Unkraut hindurchwuchs. Ein achtlos weggeworfenes Papierchen mit Kaugummi darin. Ein glückloses Rubbellos in einer Pfütze.

»Mir ist etwas zugestoßen«, sagte Clive, »aber ich weiß nicht, was. Meine Erinnerungen von damals sind nie zurückgekehrt. Soweit ich weiß, wurde ich überfallen, aber das ist schon so lange her. Manchmal, wenn ich mit dem Finger über die Stelle streiche, spüre ich eine Verbindung, als könnte ich zurückgehen, um herauszufinden, was passiert ist. Aber ich fülle immer nur die Lücken. Also, wenn mich Leute danach fragen, dann erfinde ich eben eine Antwort. Aber ich schätze, das wussten Sie bereits.«

»Sie haben also wirklich keine Ahnung? Haben Sie den Ärzten davon erzählt?«

Clive schüttelte den Kopf. »Nein. Es ist ja schon eine Ewigkeit her und macht mir nicht zu schaffen. Es ist eine alte Armverletzung, für die ich nichts kann. Ich sehe keinen Grund, Leuten davon zu erzählen.«

»Ich wollte nur wissen, ob Sie sich wirklich nicht daran erinnern oder ob es ein Ablenkungsmanöver ist.« Keisha sah ihn auf diese Weise an, als könne sie in ihn hineinsehen. Ihn durchschauen. »Tut mir leid, dass ich gefragt habe. Ich wollte nur sicher sein.«

»Und sind Sie es jetzt?«

»Ja, ich glaube schon.«

Clive wünschte, er könnte das auch von sich behaupten. Er war sich bei gar nichts sicher. Seit Jahren hatte er einen Fuß vor den anderen gesetzt und die Vergangenheit hinter sich gelassen. Sie schien dort zu sein, wo sie hingehörte. Er wusste nicht, was passiert war. Wusste es heute nicht und hatte es auch damals nicht gewusst. Denn wenn du nur oft genug behauptest, ein Löwenbändiger zu sein, glaubst du dann nicht irgendwann selbst daran?

37

Keisha

Ich spüre, wie die Angst meine Haut zum Kribbeln bringt. Sie ist nie weit von der Oberfläche entfernt, und nun findet sie hindurch, weil ich mich auf unbekanntes Terrain begebe. Ich hatte eigentlich geglaubt, dass es mir leichter fallen würde, weil das Haus Clive gehört. Weil er ein Freund ist, in dessen Gegenwart ich mich wohlfühle und ich mich deshalb auch in seinem Heim wohlfühlen würde.

Aber während ich darauf zugehe, wird mir bewusst, dass das nicht stimmt. Irgendwie hat sich wohl Clives Angst vor diesem Ort auf mich übertragen. Ich rechne mit Blutspritzern auf sämtlichen Küchenoberflächen, obwohl ich weiß, dass keine dort sein werden.

Ich versuche stattdessen, an später zu denken. Wenn Lucy wieder zu Hause sein wird. Ich habe für ihre Rückkehr aus dem Krankenhaus ein Banner vorbereitet, mache mich aber aus dem Staub, damit die zwei etwas Zeit für sich allein haben.

Mit diesen glücklichen Gedanken schaffe ich es ohne Panikattacke bis zu Clives Haus. Darüber bin ich froh. Ich möchte nicht, dass ich jedes Mal, wenn ich mich mit George treffe, in diese peinliche Lage gerate. Er würde meine sonderbare Seite noch deutlicher vor Augen geführt bekommen.

George ist bereits damit beschäftigt, mehrere braune Kartons vorzubereiten, damit wir sie vollpacken können. Ich stelle fest, dass ich mich darauf freue, einem Freund auszuhelfen und den Tag damit zu verbringen, sein Haus auszuräumen.

Vor dem Haus befindet sich eine kleine perfekte Rasenfläche, die umgeben ist von Pflanzen, die im Sommer wieder blühen werden. Offenbar kümmert sich Clive gut um seinen Vorgarten.

George blockiert die Veranda mit seinen Versuchen, die Kartons zusammenzubauen.

»Ich habe die hier über Freecycle bekommen. Da war jemand kürzlich umgezogen und hatte noch eine ganze Ladung davon übrig, die er loswerden wollte. Die sind für unsere Zwecke perfekt.«

»Da würde Clive dir zustimmen.« Ich lächle bei dem Gedanken an seine Vorliebe fürs Upcycling. Er ist ein Ökokrieger der ersten Stunde, und vermutlich weiß er gar nicht, wie sehr er damit im Trend liegt.

»Ich habe sie bisher nur zusammengefaltet und überall im Haus verteilt, aber noch nicht mit dem Packen angefangen. Ich muss dich warnen, es gibt eine Menge zu tun. Sehr viel mehr, als ich mir vorgestellt habe. Vermutlich haben wir gar nicht genug Kartons.« Er faltet einen weiteren zusammen, nimmt ihn mit ins Haus hinein und macht damit den Weg für mich frei, um einzutreten.

»Wo soll ich anfangen?« Während ich mich umblicke, wird mir klar, dass Clive offenbar ziemlich sammelwütig ist. Im Flur gibt es Bilder und Regale voller Krimskrams. Einen Spiegel in Muschelform und kleine Schmuckkästchen aus echten Muscheln. Eine ganze Eulensammlung aus Keramik, Holz und Plastik. Mir bleibt der Mund offen stehen, als ich die Anzahl der Gegenstände in mich aufnehme.

»Wo immer du willst. Du hast die Qual der Wahl. Wenn wir heute jeder ein Zimmer schaffen, wäre das ein Wunder.«

George reicht mir den Karton, den er in den Händen hält, und kehrt auf die Veranda zurück, um die restlichen Kartons zusammenzubauen, damit wir die Haustür wieder schließen können. Ich bemerke das Flattern in meinem Bauch, und zum ersten Mal gestehe ich mir ein, dass es die Reaktion auf seine Nähe ist.

»Wir sollten Ausschau nach Dingen halten, die uns mehr über Clives Geschichte verraten«, sage ich, um mich von meiner Erkenntnis abzulenken.

»Ich bin mir nicht sicher, ob uns Clives Secondhandsammlung da groß weiterhelfen wird.« Unsere Finger berühren sich, als ich ihm den Karton abnehme, und es ist zu spät, um meinen Puls zu messen.

Ich schüttle den Gedanken ab. Dass mein Magen verrücktspielt, hat nichts zu bedeuten. Ich sollte mich jetzt lieber konzentrieren.

»Es scheint tatsächlich eine Menge zu tun zu geben. Ich mache mich dann mal an die Arbeit.« Ich gehe mit meinem Karton bis ans Ende des Flurs, wo es zwei Türen gibt. Die erste führt ins Wohnzimmer, was mir ein guter Startpunkt zu sein scheint. Doch ich gehe nicht sofort dort hinein. Stattdessen zieht es mich in die Küche.

Sie ist so wie in Clives Schilderung von dem Tatort, den es nie gegeben hat. Mittendrin befindet sich eine Tür, die zu dem Anbau führt. Es ist der Durchgang, der mit Clives Beschreibung von dem roten Fleck übereinstimmt.

Bloß dass es keinen roten Fleck gibt, nur die Rückstände, die die Spurensicherung hinterlassen hat, als sie Fingerabdrücke gesichert haben. Wir müssen dafür sorgen, dass alles wieder sauber ist, bevor ein Makler irgendwelche Fotos macht.

Die Frühstückstheke ist so, wie ich sie mir vorgestellt habe. Als ich den Küchenbereich betrete, kann ich nicht umhin, die Teppichfliesen anzustarren. Ich bin mir nicht sicher, was ich erwartet hatte. Insbesondere, da ich ja schon weiß, dass es dort gar nichts zu sehen gibt.

Mir wird klar, dass ich hier in der Küche nichts zusammenpacken möchte. Ein Teil von mir glaubt, dass ich es wie eine Tatortuntersuchung behandeln und versuchen würde, die Dinge zu ermitteln, die die Polizei übersehen hat. Ich betrachte das Haus bereits wie einen Ort, an dem etwas Furchtbares passiert ist, und nicht wie ein Zuhause. Ich habe noch Lucys Vorschlag im Kopf, dass ich Nachforschungen anstellen sollte, und dazu kommt noch mein eigenes Gefühl, dass mehr dahintersteckt. Aber was sollte ich finden? Ich denke darüber nach, während ich mit dem Finger eine Spur in den Resten des grauen Pulvers hinterlasse, das an der Glasscheibe der Tür haftet. Gewiss nichts, nachdem das Haus einer so gründlichen Überprüfung unterzogen worden ist.

Es ist ein alberner Denkprozess, und ich säubere meinen Finger und begebe mich ins Wohnzimmer, um dort loszulegen. George hat recht, das wird keine leichte Aufgabe werden. Sämtliche Oberflächen sind mit Ziergegenständen bedeckt. Mitten auf einer Anrichte steht eine übergroße Schneekugel mit dem Blackpool Tower. Ein Regal ist bis zum letzten Zentimeter mit Büchern vollgestopft. Und eine Vitrine ist mit weiterem Nippes gefüllt.

»Siehst du, was ich meine?«, fragt George, als er mich dort stehen sieht, wie ich mich fassungslos im Raum umblicke. »Da hat sich ziemlich was angesammelt, nicht wahr? Ich wollte nicht entscheiden, was mitkommt und was hierbleibt, also dachte ich, dass es einfacher wäre, alles einzupacken. Aber das war, bevor ich gesehen hatte, was es alles einzupacken gibt.«

»Aber wir werden Clive nicht herbringen, um die Entscheidungen zu treffen. Das wird er schon noch selbst erledigen, wenn wir alles für ihn in Kartons verstauen.«

»Dann werde ich mich mal für alle Fälle um einen Lagerraum kümmern, denn er wird all das Zeug mit Sicherheit nicht in seiner Wohnung unterbringen können. Und ich habe so ein Gefühl, dass wir noch mehr Zeitungspapier benötigen werden, um die Sachen einzuwickeln.«

Während ich mich umschaue, frage ich mich, wie er all diesen Krimskrams überhaupt in diesem Haus unterbringen konnte. Eigentlich war dies unmöglich, und dennoch hatte er es geschafft, alles hineinzuquetschen.

»Das glaube ich auch«, stimme ich ihm zu.

»Warten wir mal ab, wie weit wir heute kommen. Ich werde oben im Schlafzimmer anfangen. Ich denke, er hätte gern noch ein paar von seinen restlichen Klamotten, und vermutlich wäre es ihm lieber, wenn ich das erledige.«

»Danke«, sage ich zu George, als der sich aufmacht, um die Aufgabe in Angriff zu nehmen.

Ich beginne mit den Ziergegenständen auf dem Kaminsims. Während ich sie einsammle, frage ich mich, ob sie Erinnerungen bergen. Ob er die Eule aus Kieselsteinen einmal selbst aus Steinen gebastelt hat, die er vielleicht an einem Lieblingsstrand gesammelt hatte. An einem Ort, an den Clive vielleicht einst mit dem Bus gereist war.

Oder hatte in dieser kleinen Silbervase einmal ein ganz besonderer Blumenstrauß gestanden? Nelken für seine Mutter?

Oder Blumen aus seinem Schrebergarten? Jedes Teil, das ich wegpacke, erzählt eine Geschichte, aber es ist schwer zu sagen, ob diese Geschichten Clive gehören oder den Menschen, die diese Dinge einst besessen haben. Ist diese Schneekugel mit »Oxford« auf der Vorderseite ein Hinweis darauf, dass er selbst einmal dort gewesen ist? Vielleicht sogar dort studiert hat? Oder war sie lediglich ein Schnäppchen, das er seiner Sammlung aus dem Secondhandladen hinzugefügt hat?

Nach den ersten Teilen beginne ich konsequenter einzupacken. Wenn ich über jeden Gegenstand nachdenke, werde ich für immer und ewig hier sein. Das Gute daran ist, dass ich keine Entscheidungen treffen muss, ob etwas aufbewahrt oder weggegeben wird. Und dass keiner der Gegenstände mir gehört und ich daher auch nicht in irgendwelchen Erinnerungen schwelgen muss, die ich jedes Mal, wenn ich einen in die Hand nehme, wiederaufleben lasse.

Stattdessen greife ich für jedes Zeitungsblatt nach einem Teil, wische mit einem alten Lappen, den ich gefunden habe, den Staub ab und wickle es ein, um es dann sorgfältig im wartenden Karton zu verstauen. Ich komme mir vor, als würde ich ein Puzzle aus Erinnerungen zusammensetzen, ohne zu wissen, wie das Gesamtbild am Ende aussehen wird.

Während ich diesen Gedanken nachgehe, ist von oben Knarren zu hören, was mich daran erinnert, dass George dort das Gleiche macht. Clives Kleiderschrank wird ebenfalls eine Garderobe aus Sammelstücken enthalten, die aus Secondhandläden stammen. Ob Clive sie wohl ausgewählt hatte, weil sie ihm gefielen oder um sich ein Potpourri der Farben aus dem Leben anderer Menschen zu verschaffen? Vielleicht tut man so etwas, wenn man nicht mit Bestimmtheit zu sagen vermag, wer man ist.

Einige Menschen verstecken sich hinter Laborkitteln. Andere eignen sich Teile aus dem Leben fremder Menschen an und machen sie sich zu eigen.

Allein das Kaminsims nimmt eine ganze Weile in Anspruch. Als Nächstes entscheide ich mich dafür, die Vitrine durchzugehen. Sie enthält ähnlichen Kram und außerdem noch eine große Löffelsammlung, einige davon angelaufen, andere – offenbar Neuzugänge jüngeren Datums – blitzblank. Die Stiele sind mit Wappen oder Bildern versehen und viele davon benennen die Orte, woher sie stammen. Ein altmodisches Pendant zu einem Facebook-Check-In.

Ich versuche, mich nicht schon wieder mit einzelnen Gegenständen aufzuhalten, aber bei einigen vermag ich einfach nicht zu widerstehen. Ich wünschte, Clive wäre hier, damit ich ihn fragen könnte, aber andererseits bin ich froh, dass er es nicht ist, denn dann würde er das Spurensicherungspulver sehen, das so viele Oberflächen bedeckt.

»Wie kommst du voran?«, erkundigt sich George, nachdem wir beide ein paar Stunden rumgewerkelt haben.

»Es ist einfach unglaubliche viel. Diese Vitrine ist dermaßen vollgepackt mit Kram.« Ich habe sie erst zur Hälfte ausgeräumt, denn es verbirgt sich mehr darin, als man auf den ersten Blick vermutet. »Wie sieht's bei der Kleidung aus?«

»Ich kann mit Sicherheit sagen, dass Clive einen Hut für jede Gelegenheit besitzt und genügend Gürtel, um einen Monat lang jeden Tag einen anderen zu tragen. Ich habe einen Koffer für ihn gepackt, damit er noch weitere Klamotten zur Verfügung hat, aber ich musste auch schon Kartons verwenden.«

»Ich vermute, dass dort oben eine Menge mehr ist als nur seine Kleidung.«

»O ja. Wenn du glaubst, das Bücherregal da sei beeindruckend, dann mach dich oben auf etwas gefasst.«

»Hat er wirklich so viele?«

»Ja. Und ich habe mich bisher noch nicht getraut, einen Blick ins hintere Schlafzimmer zu werfen.«

»Ich schätze, wenn man lange Zeit irgendwo lebt, dann merkt man gar nicht, wie viel Zeug sich ansammelt.«

»Wie lange hat Clive überhaupt hier gewohnt?«

Ich zucke mit den Schultern. »Genau weiß ich es nicht. Das habe ich ihn nie gefragt. Vermutlich schon eine ganze Weile.«

»Wie schade, dass er nicht mehr zurückkehren kann.«

»Hast du eine Ahnung, ob sie jemals diese fehlenden Krankenunterlagen gefunden haben?«

»Bisher wohl nicht. Falls doch, ist es unwahrscheinlich, dass sie es mir sagen würden. Keiner weiß, dass ich ihm helfe, also warum sollten sie? Ich werde aber mal nachbohren. Wieso fragst du?«

Ich zögere einen Moment, frage mich, ob ich einen Vertrauensbruch begehe, wenn ich dies mit George bespreche.

»Clive hat eine alte Armverletzung. Er kann sich nicht daran erinnern, wie es passiert ist, und ich habe mich bloß gefragt, ob es vielleicht von Bedeutung sein könnte … Offenbar hat er den Ärzten nichts davon erzählt, weil er es nicht für wichtig hielt.«

George fährt mit der Hand über seine Eintagesbartstoppeln. »Mal sehen, was ich herausfinden kann. Aber ich bezweifle, dass seine aktuellen Probleme mit einer alten Armverletzung zusammenhängen.«

»Es wäre toll, wenn du das tun würdest. Clive kommt mir ein wenig niedergeschlagen vor, seit er in seinem Schrebergarten gewesen ist und es ihm nicht seine Erinnerung zurückgebracht hat oder ihm vielmehr nicht geholfen hat zu vergessen.«

Für einen Moment überdenken wir beide die Lage. Mir fällt erst jetzt auf, dass George gar nicht seine Berufskleidung trägt, sondern Jeans und ein schlichtes graues T-Shirt. Damit sind wir kleidungstechnisch gesehen praktisch Zwillinge. Aber mir wird gerade noch rechtzeitig bewusst, dass es total uncool wäre, darauf hinzuweisen.

»Sollen wir eine Mittagspause einlegen?«, frage ich George, denn ich möchte, dass sich mein Magen beruhigt. »Ich habe uns etwas zu essen mitgebracht. Ich dachte mir schon, dass wir dafür nicht viel Zeit verschwenden und uns weiter durchkämpfen wollen.«

»Damit lagst du nicht falsch.«

Ich hole die Lunchpakete hervor. Da George alles andere organisiert hat, habe ich zur Unterstützung unserer Bemühungen einige Snacks mitgebracht: Cracker, rohe Gemüsestreifen, gekochte Eier (von denen ich die Schale sorgfältig entfernt habe) und Käsewürfel. Es ist eine zufällige Mischung, aber ich versuche mich möglichst ausgewogen zu ernähren, und es gibt keine Beschwerden von George. Da wir in Clives Haus sind, fällt mir ein, dass jetzt eigentlich die eingelegten Zwiebeln fehlen. Vermutlich wird er mit mir schimpfen, weil ich sie vergessen habe. Aber wir werden wohl ohnehin über einen Vorrat stolpern, wenn wir uns erst die Küche vornehmen.

Nach unserer kleinen Stärkung kehren wir wieder in unsere jeweiligen Zimmer zurück, um weiter einzupacken. Nachdem ich mit der anderen Hälfte der Vitrine fertig bin, wende ich mich der Anrichte zu. Darauf steht jede Menge Krimskrams, den ich herunternehme und Stück für Stück einwickle. Als ich dann einen Blick hineinwerfe, entdecke ich Kartons, in denen sich Papierkram befindet. Dieser Teil dürfte leichter zu erledigen sein. Ich hole einen Karton hervor, in dem sich offenbar Rechnungen aus jüngerer Zeit befinden. Im nächsten entdecke ich Versicherungspapiere. Ein anderer enthält wichtige Dokumente, die mit dem Haus zu tun haben.

Der letzte Karton ganz hinten in der Anrichte hat sich etwas verklemmt und ich benötige beide Hände, um ihn herauszuziehen. Es ist ein offener alter Schuhkarton voller Fotos. Einige alte Schwarz-Weiß-Fotos, andere in Farbe.

Erst als ich den Inhalt des Schuhkartons erblicke, fällt mir auf, dass bei allem, was im Zimmer herumsteht, nirgendwo Bilderrahmen mit Fotos wie diesen zu sehen sind. Ohne herumzustöbern, versuche ich herauszufinden, ob ich Clive auf denen, die obenauf liegen, entdecken kann. Doch da nicht nur mindestens dreißig Jahre vergangen sind, sondern auch die volle Haarpracht der Herrschaften, lässt sich nur schwer sagen, ob Clive einer dieser Männer ist. Ich frage mich nicht weiter, ob es sich auch hierbei wieder um Funde aus Secondhandläden handeln könnte, und nehme den Deckel, der sich unter dem Karton befindet, und verschließe ihn damit, denn das geht mich nichts an.

Dabei fällt ein einzelnes Foto zu Boden.

Ich hebe es auf, um es zu den anderen zu legen, vermag aber nicht zu widerstehen und werfe einen Blick darauf.

Auf der Rückseite steht mit kleiner Schrift nur immer wieder der Markenname der Firma, die das Foto entwickelt hat. Als ich es umdrehe, erblicke ich einen Strand, der mir nichts sagt. Die Farben sind mit der Zeit verblasst. Ein Paar, das einen Arm um die Taille des anderen gelegt hat, schaut mit breitem Grinsen in die Kamera. Der Mann ist eindeutig Clive. Trotz der verblassten Farben sind das unverkennbar seine kristallblauen Augen.

Ich bin mir bewusst, dass es sich um ein Foto handeln könnte, das jemandem lieb und teuer gewesen ist, auch wenn es seit Jahren nicht mehr angeschaut wurde.

Aber hat das etwas zu bedeuten? War es bloß ein Zufall, dass es unter den Deckel geraten ist? Oder wurde es aus einem bestimmten Grund dort versteckt?

Ich beschließe, es oben auf die anderen Fotos zu legen, und klebe den Deckel zu. Clive wird es dort finden, wenn er seine Sachen auspackt.

Nach einer kurzen Unterbrechung für meine Pulsmessung fahre ich bis weit in den Nachmittag und den Abend hinein fort. Und die ganze Zeit über bin ich wie besessen von diesem Karton mit den Fotos. Immer wieder werfe ich einen Blick in seine Richtung. Ließe sich das Unmögliche möglich machen und Nancy in diesem Karton aufspüren?

38

Clive

Nun, da Clive bei Tess wohnte, musste er seine Abende nicht allein verbringen, was das Beste an der ganzen Sache war. Es bestand keine Notwendigkeit mehr, sich irgendwie zu beschäftigen, da er Gesellschaft hatte und die Möglichkeit, sich einen Film anzuschauen. Seit seinem Einzug hatte er mitbekommen, wie viele Arbeitsstunden Tess in das Café unter ihrer Wohnung steckte, das Café, das sie mit so viel Liebe und Leidenschaft betrieb. Sie selbst war nicht mehr auf der Suche nach einer neuen Liebe (nachdem ihr ihre Exfreundin so wehgetan hatte) und kümmerte sich deshalb gern darum, jemanden für Keisha zu finden.

An diesem Abend führte sie ihm vor, wie sie im Laufe des Experiments Verabredungen für ihre Freundin ausgewählt hatte.

»Wie nennt sich das noch mal?«

»Tinder.« Tess stellte zwei Tassen mit heißem Kakao für sie beide auf dem Wohnzimmertisch ab und setzte sich wieder zu Clive aufs Sofa. Sie hatte sich extra die Mühe gemacht, ihn mit der Kaffeemaschine zuzubereiten, die auch eine Kakaofunktion hatte und daher war er mit Schlagsahne und schaumigen Marshmallows versehen. Welch ein Genuss!

»Wie kommen Leute nur immer auf solche Namen?«

»Nun, es ist das englische Wort für ›Zunder‹, was zum Entfachen eines Feuers verwendet wird. Ich vermute, dass der Name daher kommt.«

»Ist ein Foto wirklich in der Lage, ein Feuer zu entfachen?«

»Normalerweise beinhaltet das Ganze auch noch ein paar Textnachrichten.«

»Wissen die Männer denn, dass es gar nicht Keisha ist, die ihnen antwortet?«

»Ja. Ich lasse sie wissen, dass ich Blind Dates für sie ausmache. Es braucht nicht viel, um herauszufinden, ob ein Mistkerl darunter ist. Schon wenn mich jemand nach einem Foto von mir fragt und ob ich Lust auf einen Dreier hätte, weiß ich, dass ich diesen Kontakt blockieren sollte.«

»Du meine Güte! Das klingt aber unromantisch.« Clive griff nach seiner Tasse und genoss die Wärme. Tess hatte neben der Schlagsahne auch noch etwas von dem gesalzenen Karamellsirup aus dem Café hinzugefügt, was dem Getränk eine köstliche Note verlieh und es so fast schon einem Dessert gleichkam.

»Wie wollen Sie denn an Ihre Kandidaten kommen?«, erkundigte sich Tess.

»Verstehen Sie mich bitte nicht falsch. So, wie Sie die Sache angegangen sind, entspricht das vermutlich genau der Art und Weise, wie man dabei heutzutage vorgeht. Ich dachte mir nur, dass wir sie, wenn wir schon so eine Veranstaltung planen und dafür werben, im Vorfeld dazu bringen könnten, uns in einem Brief ein paar weitere Details zu nennen.«

»In einem Brief? Meinen Sie per E-Mail? Ich glaube nicht, dass heutzutage noch jemand weiß, wie man einen in Papierform verschickt.«

»Ich will doch schwer hoffen, dass diese Kunst noch nicht verloren gegangen ist. Und mit Keisha allein ist es auch nicht getan. Wir benötigen noch weitere Frauen für diese Veranstaltung.«

»Natürlich.«

»Werden Sie auch teilnehmen?«, erkundigte sich Clive.

»Nicht, wenn der Cafébetrieb dabei weiterlaufen soll. Und wie Sie wissen, sind nicht alle von uns auf der Suche nach einem Mann. Einige hätten gern eine Frau in ihrem Leben. Das sollten wir dann beim nächsten Mal machen.«

»Und auch noch eine Veranstaltung für uns Golden Oldies. Lassen Sie uns erst einmal abwarten, wie viel Geld es dem Café einbringt und ob es sich überhaupt lohnt weiterzumachen.«

»Wir können die Teilnahme an der Veranstaltung ja einschließlich eines Getränks und eines Stück Kuchens anbieten. Auf diese Weise nehmen wir schon einen bestimmten Betrag ein, und alles andere darüber hinaus ist ein Bonus.«

»Das ist eine ausgezeichnete Idee. Wer weiß, vielleicht verhelfen wir dabei nicht nur Keisha dazu, ihre große Liebe zu finden.«

»Wenn uns das mit Keisha gelingen sollte, dürfte es an ein Wunder grenzen.«

Aus irgendeinem Grund verspürte Clive das Bedürfnis, seinen Puls zu messen, als er an sie dachte. Ganz offenbar hatten sie schon zu viel Zeit miteinander verbracht.

»Also schön, dann bringen wir die Sache mal ins Rollen und notieren uns den Plan.«

Sie verbrachten den Rest des Abends damit, die Details zu besprechen. Clive hatte Freude daran, etwas zu tun, von dem er hoffte, dass es Keisha helfen würde. Selbst wenn sie auf diesem Weg nicht ihre große Liebe fand, käme sie dadurch wenigstens dem Ende ihrer Hundert-Dates-Challenge ein Stück näher.

Angesichts der gewaltigen Größe der zu bewältigenden Aufgabe, die er mit ihrer Hilfe an diesem Wochenende zum Abschluss bringen würde, war dies nur eine Winzigkeit, die er für sie tat. Er dachte daran, wie sie und George zusammen in seinem Haus arbeiteten. Die beiden waren so großzügige Menschen.

Bei dem Gedanken daran fiel ihm ein, dass es nicht schaden könnte, wenn George an diesem Abend für Keisha ebenfalls teilnehmen würde. Er hoffte nur, dass der auch bereit wäre zu kommen, wenn er ihn fragte. Denn wenn es bei ihm nicht bereits gefunkt hatte, wäre es da nicht wunderbar, wenn es bei dieser Gelegenheit klappen würde?

39

Keisha

Als wir Clives Haus verlassen, ist es stockdunkel. Die Stunden sind vergangen, ohne dass ich es bemerkt habe, und der Himmel gleicht einer schwarzen Leinwand, auf der die Sterne hinter kaum sichtbaren Wolken verborgen sind. Lediglich der Mond strahlt hell.

»Wie kommst du nach Hause? Bist du mit dem Wagen da?«

»Ich besitze gar keinen Führerschein. Ich bin zu Fuß hergekommen.« Zu meiner Überraschung entschlüpft mir ein kleines Lachen. »Mir war gar nicht bewusst, dass es schon so spät ist.«

»Wenn die Kartons nicht so viel Platz erfordern würden, hätten wir uns überlegen können, im Haus zu übernachten. Ich würde dich ja mitnehmen, aber ich kann dir nur einen Platz auf dem Gepäckträger von meinem Rad anbieten. Mein Vater hat die Kartons vorbeigebracht, ist aber heute irgendwo zum Abendessen eingeladen, also keine Chance, dass er uns abholt.«

»Das macht nichts. Aber ich will auf jeden Fall nach Hause. Lucy wollte sich heute ausruhen, aber ich hoffe, dass ich sie wenigstens morgen früh sehen werde.«

»Klar. Dann begleite ich dich bis zur Haustür.«

Es war nicht gerade ein kurzer Fußmarsch, aber ich hatte nicht vor, sein Angebot abzulehnen. Denn ansonsten hätte ich mir ein Taxi nehmen müssen, und die Preise in Southampton sind so aberwitzig hoch, dass ich das nur mache, wenn es absolut notwendig ist.

Wir sind bereits gut einen Kilometer unterwegs, ohne ein Wort gesagt zu haben. Es ist schon komisch, dass ich tagsüber in der Lage gewesen bin, kurze Gespräche über Clives Sachen zu führen, aber nun plötzlich überhaupt keine Ahnung habe, was ich sagen soll. Mir liegen so viele Fragen auf der Zunge, und es gibt so vieles, was ich gern wissen würde. Ich sollte ihm von dem Foto erzählen, aber das Bedürfnis, mehr über ihn zu erfahren, ist größer. Ich wüsste so gern, wohin er überall gereist ist und welchen Menschen er bei seiner Freiwilligenarbeit geholfen hat. Am Ende schaffe ich nur, das rauszubringen, was mich am meisten interessiert.

»Was hat dich dazu gebracht, von deinen Reisen zurückzukehren?«

»Zeit und Wurzeln.«

Ich werfe ihm einen verdutzten Blick zu. »Ich nehme an, dass du damit nicht deine Haarwurzeln meinst?«

George lacht, und ich staune, dass ich mich trotz all meiner Nervosität in der Gegenwart dieses Mannes wohlfühle.

»Nein, Wurzeln in dem Sinne, dass ich mich irgendwo niederlassen wollte. Ich war schon zu lange weg. Aus einer Spritztour sind fünf Jahre geworden. Dann ging es meiner Mutter eine Weile schlecht, und ich hatte das Gefühl, zu weit weg zu sein. Ich wusste, dass es Zeit war, nach Hause zurückzukehren.«

»Tut mir leid, dass es deiner Mutter nicht gut ging.« Ich unterlasse es, etwas über meine Eltern zu sagen. Er muss nicht wissen, dass meine Mutter gestorben ist, als ich noch ein Baby war und auch nichts von den tragischen Umständen beim Tod meines Vaters erfahren.

»Die gute Nachricht ist, es ging ihr bald besser, aber sobald ich wieder zu Hause war, wollte ich bleiben. Wohlgemerkt, nicht für immer im Haus meiner Eltern! Ich spare, um was Eigenes zu finden. Wie sieht's bei dir aus? Willst du immer mit Lucy zusammenwohnen?«

»Solange sie es mit mir aushält«, erwidere ich lachend, wohl wissend, dass wir uns schon vor Jahren hätten abnabeln sollen. Aber da wir es nicht getan haben, wird es vermutlich so lange wie möglich dabei bleiben.

Als wir in der Nähe des Hauses angelangt sind, schwingt sich George auf sein Rad und saust den Hügel hinunter davon. Und ich dachte, es gibt noch richtige Kavaliere! Als er verschwunden ist, verspüre ich mit einem Mal Schuldgefühle wegen all der Dates, bei denen ich einfach die Flucht ergriffen habe. Vielleicht fühlt es sich so an ... als hätte ihnen jemand für einen Moment den Boden unter den Füßen weggezogen. Nicht dass ich mir deshalb Sorgen machen würde. Es jagt mir keine Angst ein, allein nach Hause zu laufen. Ich habe Selbstverteidigungskurse absolviert, und ich würde wetten, dass ich unter gewissen Umständen in der Lage wäre, auch den übelsten Spinner in die Flucht zu schlagen.

Während ich noch über solche Umstände nachdenke, ist George auch schon wieder zurück, radelt machomäßig die Anhöhe hinauf. Eindeutig, um anzugeben. Vielleicht ist es irgendein seltsames Alphamännchen-Gehabe. Diese Straße hat eine ziemlich starke Steigung, und man muss schon recht sportlich sein, um nicht vom Rad zu fallen. Aber selbst wenn er mir das damit beweisen wollte, werde ich nicht darauf hereinfallen. Oder? Mein Magen fühlt sich an, als wäre er aus Marshmallows gemacht, so wie er auf all das reagiert, was vor sich geht.

Er kommt kurz vor meinen Füßen zum Stehen, als wolle er mich auf die Probe stellen, ob ich wegspringe.

»Was hatte das denn zu bedeuten?«, frage ich ihn.

»Abendessen«, sagt George, der von seinem Fahrrad springt und eine offene Spitztüte mit Pommes frites hervorholt. »Ich dachte, wir sollten vielleicht etwas essen.«

Sobald ich die heißen salzigen Pommes koste, überdenke ich meine Theorie in Bezug auf George kurz noch einmal und gelange zu der Schlussfolgerung, dass er kein seltsamer Kerl ist, sondern ein absolutes Genie. Für eine Frau, die eigentlich einen großen Bogen um jegliches Essen zum Mitnehmen macht, ist das hier nun schon das zweite Mal in dieser Woche, dass ich es tue, und es erinnert mich daran, warum die Leute sich so etwas gönnen. Diese Pommes sind das Leckerste, was ich seit langer Zeit gekostet habe. Ich versuche, nicht über den Salzgehalt nachzudenken.

Ich halte die nächste in den Himmel, um zu sehen, ob ihre Form der Sichel des Mondes gleicht. Das habe ich als Kind immer getan. Jedes Mal, wenn wir uns Pommes im Freien gegönnt haben, haben mein Vater und ich herauszufinden versucht, ob eine der Form einer Welle oder eines Windschutzes entsprach, dem Mond oder einem schiefen Schornstein. Mir wird bewusst, dass ich das als Erwachsene nie mehr getan habe. Ich wollte nicht in der Vergangenheit verweilen, aber hier neben George, in diesem Moment, tue ich es. Die eine passt nicht genau, also esse ich sie und versuche es mit der nächsten und dann mit der übernächsten. Anstatt mich zu fragen, was ich da mache, beteiligt sich George, und nach einer Weile haben wir zwei Pommes in der Form des Mondes gefunden.

Nachdem wir uns verabschiedet haben, lege ich die beiden sichelförmigen Pommes auf meine Kommode.

Falls jemand genau hinschaut, könnte er meinen, dass es die Form eines Herzens sein sollte.

Es fällt zwar nur in die Kategorie »Einfache Freuden des Lebens«, aber es fühlt sich tatsächlich so an, als ich Lucy am nächsten Morgen einen Kräutertee zubereite. Ihre Abwesenheit hat mir bewusst gemacht, wie gern ich sie um mich habe, selbst wenn sie manchmal ein Tollpatsch ist. Aber sie ist mein Tollpatsch.

»Also, daran könnte ich mich gewöhnen«, sagt sie.

»Und das darfst du auch – für eine Weile. Aber wehe, du nutzt es aus!«

»Kann ich dir heute bei Clive im Haus helfen?«

»Du sollst es zwar nicht ausnutzen aber auch nicht übertreiben! Jetzt, wo du wieder zu Hause bist, musst du es langsam angehen.«

»Spielverderberin! Ich erwarte, dass du mich heute Abend auf den neuesten Stand bringst!«

Nachdem ich sichergestellt habe, dass Lucy alles hat, was sie benötigt, und sie angewiesen habe, sich zu benehmen, verlasse ich das Haus. Ich hoffe nur, dass ich nicht demnächst auch hier Haftnotizen anbringen muss.

Auf dem Weg zu Clives Haus entscheide ich mich, kurz im Café vorbeizuschauen, um mit ihm zu sprechen und herauszufinden, wie Tess damit zurechtkommt, dass er bei ihr wohnt.

Da das Café noch nicht geöffnet hat, begebe ich mich gleich in die Küche, wo Tess mit ihren morgendlichen Vorbereitungen beschäftigt ist.

»O Gott, das ist ja so romantisch«, seufzt sie, als ich ihr vom gestrigen Tag erzähle. Es ist zwar noch früh, aber sie bereitet schon eine marokkanische Lamm-Tajiine für die Tageskarte zu. Sonntags öffnet sie später, aber viele Anwohner kommen wegen der köstlichen Mittagsgerichte vorbei.

»Was soll daran romantisch sein?« Dreckig und verschwitzt entspricht ganz und gar nicht meiner Vorstellung von Romantik.

»Ihr habt euch im Mondlicht eine Tüte Pommes frites geteilt. Wenn du mich fragst, dann ist das der Inbegriff von Romantik.«

»Der Tag hatte noch einiges andere zu bieten als das.« Ich werfe einen Blick zu der Tür hinüber, die zu der Treppe und der Wohnung oben führt. »Ist bei Clive alles in Ordnung?«

»Es geht ihm gut. Er steht nur nicht gern zu nachtschlafender Zeit auf, wie er es ausdrückt. Ich kann es ihm nicht verdenken, aber dieser Laden braucht einen frühen Vogel wie mich, um die Dinge am Laufen zu halten. Bedeutet das jetzt, dass die Suche vorbei ist?«, fragt Tess.

Ich denke an das Foto. Wie ich überhaupt nicht nach Hinweisen gesucht hatte und es sich mir dennoch offenbart hat. »Die Suche wonach?«

»Der Liebe deines Lebens. Wenn du es bis zum zweiten Date mit George geschafft hast, kann ich ja die Tafel abwischen und unser Experiment als Erfolg verbuchen, nicht wahr?«

»Das war kein Date. Wir haben bloß Clive geholfen. Die Tafel kann bleiben.«

»Spielverderberin.«

»Du bist die Zweite, die das heute zu mir sagt. Ich will nur sicherstellen, dass *dein* Herz nicht gebrochen wird, wenn dieses Hirngespinst namens Partnervermittlung nicht hinhaut.«

»Dann setzen wir die Suche halt fort.«

»Kann ich noch irgendetwas tun, bevor ich mich wieder auf den Weg mache?«

»Würdest du die paar Teile dort spülen, wenn es dir nichts ausmacht?«

»Kein Problem, wird erledigt.« Das ist schließlich das Mindeste, was ich tun kann, da sie mich an diesem Morgen mit dringend benötigtem Koffein versorgt.

Während das Wasser läuft, gibt mir das Geräusch die Gelegenheit, Tess etwas zuzuflüstern. Ich bin zu der Ansicht gelangt, dass ich jemandem erzählen muss, was ich entdeckt habe.

»Ich habe ein altes Foto gefunden. Es war versteckt. Es dürfte mindestens fünfzig Jahre alt sein. Darauf ist ein junger Clive mit einer Frau zu sehen. Ich kann nicht umhin, mir vorzustellen, dass das Nancy ist.«

Ich verspüre sofort Erleichterung, als ich meine Entdeckung mit ihr teile. Ich weiß, dass Tess mir einen vernünftigen Rat geben wird.

Sie hält sogleich inne, scheint die Vorbereitung der Zutaten für den Moment vergessen zu haben.

»Wie können wir herausfinden, ob sie es ist?«

»Ich sehe keine andere Möglichkeit, als Clive das Foto zu zeigen. Aber ich halte das für keine gute Idee. Er hat genug Kummer gehabt. Wer weiß, was ihr Anblick bei ihm auslösen könnte, falls sie es sein sollte. Eigentlich deutet gar nichts auf sie hin, wenn da nicht dieses Gefühl wäre. Eigentlich bin ich eine Verfechterin der Genauigkeit, das ist mir sehr wohl bewusst. Und normalerweise würde ich keinen Gedanken an meinen angeblichen sechsten Sinn verschwenden. Aber ich glaube, dieses Mal gewinnt er. Wir sollten versuchen, mehr herauszufinden.«

»Hatte die Polizei nicht ausgeschlossen, dass Nancy überhaupt jemals existierte?«

»Sie hatten ermittelt, dass Clive nie verheiratet war. Aber ob das bedeutet, dass sie nie existiert hat … da bin ich mir nicht sicher.« Ich drehe den Wasserhahn zu, damit die Schüssel nicht überläuft, und daher wird unser Geflüster nicht mehr länger vom laufenden Wasser übertönt.

»Soll ich versuchen, etwas herauszufinden?«, erkundigt sich

Tess. »Mein Onkel Gary ist Genealoge und könnte vielleicht das eine oder andere in Erfahrung bringen.«

»Wenn die Polizei nicht in der Lage gewesen ist, einen Heiratseintrag zu finden, bezweifle ich, dass du etwas finden würdest. Aber das dürfte weniger Schaden anrichten, als irgendetwas zu triggern, was Clives Gehirn vor ihm zu verbergen versucht. Ich schlage vor, dass wir uns mit Todesfällen befassen. Vielleicht finden wir heraus, was mit Nancy passiert ist.«

Von der Treppe ist das Knarren eines Dielenbretts zu hören, und wir wenden uns beide mit geröteten Wangen wieder unseren jeweiligen Tätigkeiten zu.

»Guten Morgen. Wie ich sehe, gibt es heute mehr als nur einen frühen Vogel. Ich dachte mir doch, dass ich Gezwitscher gehört habe.«

»Guten Morgen, Clive«, erwidere ich. Er scheint mir gut gelaunt zu sein, und daraus schließe ich, dass er nicht gehört hat, worum es bei dem Gezwitscher ging.

»Ich habe Keisha gerade von unserer Speeddating-Idee erzählt, und sie ist begeistert. Sie kann es kaum erwarten.«

Wie bitte?

»Oh, das ist ja toll. Ich war schon in Sorge, Sie würden mich der Einmischung beschuldigen. Dabei hatte ich wirklich nur Ihr Bestes im Sinn«, sagt Clive, ehe er sich ans Abtrocknen macht.

»Das ist sehr nett von Ihnen.« Ich bin mir nicht ganz sicher, wovon er da redet. Ich hoffe nur, dass er das Gleiche von unserer Einmischung halten wird, wenn er es jemals herausfinden sollte.

40

Clive

Clive fühlte sich sehr wohl in seiner Rolle als Organisator des Speeddatings. Wenigstens hatten ihm diese wenigen Wochen, die er wie in einem Schwebezustand verbracht hatte, eine Reihe von neuen Hobbys und Freizeitbeschäftigungen eingebracht.

Tess hatte ihn davon überzeugen können, dass die Veranstaltung mehr Anklang finden würde, wenn sie neben den schriftlichen Anmeldungen auch E-Mails zulassen würden – insbesondere was die Altersgruppe anging, auf die sie abzielten. Und das schien eine gute Entscheidung gewesen zu sein, da bisher lediglich ein einziger Anmelder die »Schneckenpost« benutzt hatte, wie Tess sie nannte. Bei dieser Veranstaltung hatten sie sich für eine Altersgruppe von fünfundzwanzig bis vierzig entschieden. Clive hatte die Leute gebeten, ein paar Angaben zur Person zu machen (Alter und so weiter) und ein paar Zeilen über das zu verfassen, was sie glücklich macht. Die Antworten hatten von »Zeit mit der Familie verbringen.«, »Auf einer Wiese liegen und in den Himmel schauen.« bis zu »Ein ganzes Tablett mit Donuts vertilgen.« gereicht und ihn auf neue Ideen gebracht, wie er selbst seine Zeit demnächst verbringen konnte. Im Posteingang der E-Mail-Adresse, die sie extra eingerichtet hatten, befanden sich bereits genug Anmeldungen von Männern. Bei den Frauen fehlten ihm nur noch zwei, und er hatte schon zahlreiche

Anfragen erhalten, ob sie auch Veranstaltungen für andere Altersgruppen anbieten würden.

Die rege Beteiligung war nicht nur seiner Zeitungsanzeige und den von ihm in der Nachbarschaft aufgehängten Plakaten zu verdanken, sondern auch der Eventseite, die Tess auf Facebook eingerichtet hatte. Gemeinsam waren sie sehr erfolgreich gewesen, und Clive saß zurzeit an Tess' Computer, um die Zahl der Anmeldungen zu beschränken. Anstatt die Plätze nach der Reihenfolge des Eingangs zu vergeben, wie es eigentlich sein sollte, versuchte er Amor zu spielen, indem er diejenigen Männer aussuchte, von denen er glaubte, dass sie zu Keisha passen würden. Obwohl er sich dabei fragte, ob er bei seiner Auswahl überhaupt so genau sein wollte, wenn er sie doch eigentlich in Wahrheit lieber mit George verkuppeln würde. Nicht, dass er den Jungen schon überredet hätte teilzunehmen. Er hatte George eine Weile nicht mehr gesehen, da der an seinen freien Tagen unter Hochdruck daran arbeitete, sein Haus auszuräumen.

Als Clive mit dem ganzen Verwaltungskram fertig war, hatte er sieben Kandidaten und fünf Kandidatinnen für das Speed Dating ausgesucht – Keisha nicht eingeschlossen. Sollten sich keine weiteren Frauen mehr finden, konnten sie immer noch an einem Tisch ein Date mit einem Stück Kuchen organisieren. Schließlich wollte doch niemand Kuchen in sich reinstopfen, während ihm seine Verabredung gegenübersaß, die er gerade erst kennengelernt hatte.

Um sich für einen Moment abzulenken, tippte Clive »Neuer Kleingärtner« in die Suchleiste ein, als würde das Internet irgendwie die Lösung für ihn parat haben. Natürlich bestanden die Treffer zumeist nur aus praktischen Anleitungen für Anfänger dieses Hobbys. Er löschte seine Suchanfrage und wünschte, dass er dies ebenso mit den Gedanken tun könnte, die immer noch an ihm nagten.

Um sie loszuwerden entschied er sich, George anzurufen.

»Wie läuft's, mein Junge?«

»Wir kommen allmählich voran. Sie haben so viel Sachen! Wie lange haben Sie hier gewohnt?«

Clive musste nachdenken. Das war wieder einmal etwas, das er eigentlich mit Leichtigkeit beantworten können sollte, was er sich aber erst einmal ins Gedächtnis rufen musste. »Schon mein ganzes Leben. Es ist mein Elternhaus. Ich bin dort geboren.«

»In dem Fall sind es also die Schätze eines ganzen Lebens.«

»Eines ganzen Lebens. Ja.« Vermutlich hatte George recht. »Ich wollte Sie etwas fragen.« Er musste wieder zurück auf die Spur finden, bevor er vergaß, warum er ihn eigentlich angerufen hatte.

»Was denn?«

»Tess und ich richten eine Speeddating-Veranstaltung im Café aus. Wir versuchen damit neue Einnahmequellen zu schaffen. Mir fehlt noch ein Mann, und da habe ich an Sie gedacht. Könnte ich Sie dazu überreden teilzunehmen? Ich würde zum Dank auch die Gebühr für Sie übernehmen.«

»Das müssen Sie nicht tun.«

»Es gibt auch Kuchen. Ich würde ja selbst einspringen, aber dazu bin ich zu alt, und es würde Beschwerden geben.«

»Was gibt es denn für Kuchen? Denn wenn es Ihr roter Samtkuchen ist, dann bin ich dabei.«

»O ja, Tess' roter Samtkuchen ist wirklich köstlich! Ich werde dafür sorgen, dass er im Angebot ist.«

»Wann findet das Ganze denn statt? Ich müsste erst noch in meinem Dienstplan nachschauen. Wenn ich Zeit habe und wir hier fertig sind, werde ich einspringen. Sie dürfen mich gern mit Kuchen entlohnen.«

Clive teilte ihm die Einzelheiten zu der am kommenden Freitag stattfindenden Veranstaltung mit und drückte die Daumen. Er hoffte, dass George es schaffen würde. Clive selbst kam als Ersatzmann auf gar keinen Fall in Frage.

41

Keisha

Ausnahmsweise hält sich Lucy einmal an das, was man ihr sagt, und befolgt auch gewissenhaft die Anleitung der Ernährungsberaterin. Sie nimmt nur weiche Nahrung zu sich, wie beispielsweise Suppen, und trinkt die Milchshakes, die man ihr mitgegeben hat, um ihre Kalorienaufnahme zu erhöhen. Nicht einmal Rob muss ihr zusetzen, und ich stand noch kein einziges Mal kurz davor, einen Aufkleber auszudrucken.

Die Tatsache, dass sie so folgsam ist, dient als Beweis für die Schwere ihrer Krankheit. Man sieht es ihren Bewegungen an. Sie ist langsamer, muss sich ihre Kräfte einteilen. Wir beginnen mit täglichen Spaziergängen um den Block, wie ich es mit Clive gemacht habe, und beim siebten Spaziergang bemerke ich so langsam eine Veränderung. Die alte Lucy kehrt zurück.

»Wie läuft es mit deinen Nachforschungen?«, fragt sie. Ich habe ihr von dem geheimnisvollen Foto erzählt, das ich getrennt von den übrigen gefunden hatte.

»Tess' Onkel kennt sich mit Ahnenforschung aus, und er geht der Sache für uns nach. Aber ehrlich gesagt, glaube ich, dass ich mir falsche Hoffnungen gemacht habe. Es gibt keinerlei Anhaltspunkte dafür, dass sie es ist.«

»Gibt es sonst noch etwas, was du tun könntest, um es herauszufinden?«

»George überprüft, ob sie die fehlenden medizinischen Unterlagen gefunden haben, aber das wird uns wahrscheinlich in Bezug auf Nancy auch nicht helfen. Allerdings könnte sich darin eine Erklärung finden, warum er manchmal durcheinander ist. Ich hoffe nur, dass nicht irgendetwas Tragisches zum Vorschein kommt. Davon hatte er in der letzten Zeit wirklich schon genug.« Davor habe ich Angst, und das ist der Grund, warum ich zögere, mich noch weiter mit der Vergangenheit zu beschäftigen.

»Ich kann es kaum erwarten, ins Labor zurückzukehren und ihn wiederzusehen.«

»Das wird nicht mehr lange dauern. Du wirst hoffentlich schon bald so weit sein. Ich kann es kaum erwarten, dass Clive dich mit einem Nachmittagstee und Plätzchen verwöhnt.«

Es tut gut, zu sehen, wie die Farbe unterwegs in Lucys Wangen zurückkehrt, und gemeinsam darüber zu lachen, dass das Labor nun im Besitz eines kompletten Teeservices einschließlich einer altmodischen Zuckerzange ist.

Der Elan, den ich durch Lucys Wiederherstellung empfinde, trägt mich durch den Tag bis in die abendliche Datingveranstaltung hinein, obwohl mir davor graust. Ein Date ist schon schlimm genug, aber acht hintereinander scheinen mir etwas zu viel des Guten zu sein. Trotz aller Versicherungen von Tess und Clive, dass es die Sache einfacher machen würde, als wieder davonzulaufen, bin ich mir da nicht so sicher. Wenn ich es auf meine Weise tue, kann ich wenigstens meinen gewohnten Ablauf beibehalten. Kann hinterher meinen Puls messen. Kann den Raum verlassen, um Peinlichkeiten zu vermeiden. Ich habe keine Ahnung, ob ich überhaupt in der Lage bin, diese neue Art der Partnersuche zu bewältigen. Ich werde zwischendurch nicht zur Toilette laufen können, ohne den Anschein zu erwecken,

Blasenprobleme zu haben, und das ständige Pulsmessen dürfte merkwürdig aussehen – sogar noch merkwürdiger als sonst.

Tröstlich ist, dass ich an meinem Stammplatz sitzen werde, in meiner Komfortzone. Und ich werde früh genug dort sein, damit ich noch etwas trinken kann, bevor die anderen eintreffen.

»Geht es Ihnen gut?«, erkundigt sich Clive dann im Café bei mir. Er ist damit beschäftigt, dem Ganzen noch den letzten Schliff zu verleihen. Geht von Tisch zu Tisch, um einzelne Rosen in die kleinen Vasen zu stellen. Das passt nicht so ganz zu Tess' glitzerndem Einhorn-Motto, aber wenigstens verzichten sie darauf, die Blumen auch noch mit Glitzer zu besprühen.

»Ist es schlimm zuzugeben, dass ich froh bin, wenn es vorbei ist?«

»Denken Sie doch nur einmal daran, was Sie sich damit an Zeit und Nerven ersparen. Das hier bringt Ihnen auf einen Schlag acht weitere Kreuze auf dieser Tafel ein.«

Clive hat mich voll und ganz durchschaut. Er weiß, dass ich nur hier bin, um diese Challenge schneller zu beenden. Und ich kann diesem teuflischen Experiment erst dann ein Ende bereiten, wenn ich die Hundert erreicht habe. Aber egal wie sehr ich auch glaube, dass Tess falsch liegt, würde ich mir jetzt, wo wir beinahe bei der Hälfte angelangt sind, wünschen, dass sie in gewisser Weise recht behält.

Nach und nach treffen Leute ein. Die Frauen werden direkt an die Tische geführt, die Männer dagegen von Clive zu einem größeren Seitentisch geleitet. Zu Beginn der Veranstaltung ziehen die Männer eine Nummer aus einem Hut, um zu ermitteln, an welchem Tisch sie beginnen sollen. Dieses Verfahren erscheint mir im Vergleich zu anderen fair, auch wenn ich nicht umhinkomme zu bemerken, dass die Zettel verschieden groß sind. Ich widerstehe aber dem Drang zu verlangen, dass sie alle auf die gleiche Größe zugeschnitten werden und jeder noch einmal neu zieht. Es würde eigentlich keinen Unterschied machen.

Ich starre in meinen Kaffee. Versuche, direkte Blickkontakte zu vermeiden. Ich bin aufgeregt und habe keine Ahnung, wie sich das auf die Messung auswirken wird. Ich versuche, vor dem eigentlichen Beginn noch unauffällig eine vorzunehmen, und wie erwartet, habe ich einen zu hohen Ruhepuls.

Tess bittet um Ruhe. Die Männer reden unentwegt miteinander wie Kameraden, die einen Angriff planen. Mein Unbehagen nimmt zu.

Also, wenn es mir zu viel wird, werde ich nicht hierbleiben. Schließlich kann ich jederzeit gehen. Die Tür zur Welt da draußen befindet sich direkt dort drüben. Nur ein paar Schritte entfernt.

Tess gibt Anweisungen, wie der Abend vonstattengehen wird. Die Frauen müssen sich keine Gedanken über einen Tischwechsel machen, sie bleiben, wo sie sind. Die Männer werden an ihrem ersten Tisch Platz nehmen und dann jedes Mal, wenn die Zeit um ist und die Glocke erklingt, im Uhrzeigersinn an den nächsten Tisch wechseln. Jedes Date dauert drei Minuten.

»Würden sich die Herren nun bitte an den Tisch mit der gezogenen Nummer begeben, damit das erste Date beginnen kann.«

Zum ersten Mal erblicke ich einen Holzlöffel auf dem Tisch, der sonst nicht da ist. Er ragt aus dem Speisekartenhalter hervor und trägt die Zahl Drei, die aus einer Reihe von kleinen Herzen besteht. Ich bin mir sicher, dass es sich dabei um ein Schnäppchen aus dem Secondhandladen handelt, das sie für den Abend aufgepeppt haben.

Mein erstes Date nuschelt so schrecklich, dass ich mir nicht sicher bin, ob sein Name Fred oder Algernon oder Phillip lautet. Möglicherweise hat er auch drei Vornamen, da ich ihn zweimal gebeten habe, seinen Namen zu wiederholen und er jedes Mal völlig anders klang.

Er beginnt gleich mit der Killerfrage: »Was machst du beruflich?«

»Hör zu, wenn du noch sieben weitere hiervon machen willst, dann rate ich dir, nicht mit dieser Frage anzufangen. Das kann ein echter Gesprächskiller sein. Was machst du, wenn es etwas ist, das du furchtbar findest oder von dem du noch nie gehört hast? Du musst zu Beginn eine gemeinsame Basis finden. Rede über Hobbys. Rede über deine Haustiere.«

Fred Algernon Phillip verbringt daraufhin die restlichen drei Minuten damit, meinen Beruf auf indirektem Weg herauszufinden. »Haben deine Hobbys etwas damit zu tun, was du beruflich machst? Wie viele Arbeitskollegen hast du? Fährst du mit dem Auto zur Arbeit?«

Date zwei und drei könnten Zwillinge sein. Wenn sie nicht wenigstens verwandt sind, dann haben sie sich mit Sicherheit gemeinsam vorbereitet. Sie stellen fast identische Fragen, die vielleicht unkonventionell sein sollen, aber ihre Originalität einbüßen, wenn beide mit demselben Opener beginnen: »Was war der schlechteste Film, den du je gesehen hast?«

Es gleicht auf seltsame Weise einem Bewerbungsgespräch mit Fragen, die darauf ausgelegt sind, mir eine Falle zu stellen.

Sobald ich beim vierten Date angelangt bin, komme ich zu dem Schluss, dass es sinnlos ist, weiter meinen Puls zu messen. Er ist nicht etwa deshalb erhöht, weil ich die Liebe meines Lebens gefunden habe, sondern weil ich gerade gestresst bin. Was mich allerdings zugegebenermaßen nicht veranlasst, weglaufen zu wollen, wie ursprünglich vermutet. Stattdessen stelle ich überraschenderweise fest, dass ich kurz davor bin, mich zu amüsieren.

Es ist recht nett, mit anzusehen, wie andere im Raum ebenso katastrophale Dates haben wie ich. Zum ersten Mal achte ich auf einige der anderen Frauen. Am Nebentisch sitzt eine wunderschöne, asiatisch aussehende junge Frau, die mir ein strahlendes Lächeln zuwirft, als sich unsere Blicke begegnen. »Bitte sag mir, dass es besser wird«, fleht sie mich an, bevor sie ihr nächstes Date mit demselben breiten Lächeln begrüßt.

Es ist George. Wie konnte ich ihn nur übersehen? Er ist einen Tisch vor dem Typ mit den drei Vornamen.

Mein nächstes Date bewegt sich in einem solchen Schneckentempo vorwärts, als würde es ihn allein schon ermüden, sich von einem Tisch zum anderen zu bewegen.

Ich sehe zu George hinüber, und unsere Blicke begegnen sich, aber er unterhält sich gerade mit meiner wunderschönen Tischnachbarin.

»Hallo, ich bin Edward. Bist du oft hier?« Mein Date kichert und streckt mir zur Begrüßung die Hand entgegen.

Die Unterhaltung mit ihm fällt für den Rest der drei Minuten leicht. Im Großen und Ganzen ist er netter als viele meiner fünfundvierzig bisherigen Dates. Sollte ich mich jetzt auf die Toilette verdrücken, wäre er vermutlich so gentlemanlike zu bemerken, wenn ich nicht wiederkomme. Aber die angenehme Leichtigkeit, mit der ich mit ihm plaudere, liegt zum Teil daran, dass ich mit den Gedanken woanders bin. Während des dreiminütigen Dates und der verbliebenen drei, die noch folgen, konzentriere ich mich hauptsächlich auf George und die Frage, warum er hier ist.

Als die Glocke zum letzten Date erklingt, setzt mein Herzschlag für einen Moment aus. Bis sich George auf dem Stuhl gegenüber von mir niederlässt, gibt es eine längere Pause, so als würde die Zeit langsamer vergehen. Dummerweise verpasse ich die Gelegenheit, herauszufinden, ob mein Herz nun höher schlägt.

»Clive hat praktischerweise vergessen zu erwähnen, dass du auch hier sein wirst.«

Der Einstieg in dieses Date ist unangenehmer als bei den sieben anderen zuvor. »Er hat dich aber auch nicht erwähnt.«

»Zählt das als Verkuppelungsversuch?«

»Tut mir leid, dass das hier ein vergeudetes Date für dich ist«, sage ich.

»Kein Grund, dich zu entschuldigen. Du Ärmste hast fast das ganze letzte Wochenende mit mir verbracht. Da sind weitere drei Minuten vermutlich zu viel für dich.«

»Ach, du meine Güte! Ist das etwa dein Ex?«, erkundigt sich eine andere Tischnachbarin, die sich ganz offenbar nicht wirklich mit ihrem eigenen Date beschäftigt.

Die neugierige Frage schockiert mich, und in einem raren Moment der Spontaneität beschließe ich, mich zu revanchieren. »Ist er, ja. Aber wie du gehört hast, schafft er gerade mal drei Minuten. Deswegen können wir nicht zusammen sein.« Ich habe keine Ahnung, was in mich gefahren ist, aber ich finde, das hier geschieht ihr ganz recht, wenn sie eine private Unterhaltung belauscht.

»Stimmt nicht«, gibt George zurück, der mitspielt. »Meine Höchstleistung war drei Minuten und siebenundzwanzig Sekunden. Aber wenn du meine Zeit stoppst und zusätzlichen Druck auf mich ausübst …«

Ich kann nicht anderes, als über Georges Entgegnung und den Schock auf allen Gesichtern in Hörweite zu lachen.

»Vielleicht sollten wir es noch einmal versuchen. Wenn du glaubst, dass du volle drei Minuten und dreißig Sekunden schaffst, dann haben wir vielleicht noch eine Chance.«

Nun hören uns weitere Leute zu.

»Würdest du die Eieruhr mal wegschmeißen und diesen Druck rausnehmen? Ich bin mir nicht sicher, ob ich jemals in der Lage sein werde, so lange durchzuhalten, wenn ich genau weiß, wie viele Sekunden ich noch weitermachen muss.«

»Okay, mach ich. Aber nur, wenn du jetzt mit mir kommst und mir den Beweis lieferst, dass du die drei Minuten dreißig schaffst. Ich glaube dir das nämlich nicht.«

»Für dich tue ich doch alles.« George springt so schnell auf, dass sein Stuhl umkippt. »Nimm meine Hand. Gehen wir's an.«

Tess steht wie angewurzelt mit der Glocke in der Hand da und starrt uns an. Sie scheint ihre Aufgabe als Zeitnehmerin völlig vergessen zu haben.

Ich ergreife Georges Hand, werfe dabei ebenfalls meinen Stuhl um. »Gleich hier? Oder sollen wir warten, bis wir zu Hause sind?«

Als ich den entsetzten Ausdruck auf Tess' Gesicht erblicke, wäre mir beinahe ein Glucksen herausgerutscht. Aber es gelingt mir, ernst zu bleiben.

»Lass uns nach Hause gehen, Liebling. Ich bin so froh, dass uns das hier wieder zusammengebracht hat.«

Ich schaffe es sogar, keinen Blick mehr in andere Gesichter zu werfen, renne stattdessen an Georges Hand aus dem Café hinaus, und draußen schaffen wir es noch, bis zum Ende der Straße zu laufen, ehe wir in schallendes Gelächter ausbrechen.

»Also ehrlich, wer macht denn so was?« Ich bekomme kaum Luft, weil mich unsere kleine Inszenierung so zum Lachen gebracht hat.

»Wenigstens haben wir es geschafft, dass sie rot geworden ist.«

Ich kann einfach nicht aufhören zu lachen, und zum ersten Mal in meinem Leben scheine ich davon Seitenstiche zu bekommen. Ich war noch nie so nah dran, spontan zu sein, und es hat etwas Befreiendes an sich, das mir überraschenderweise gefällt.

»Und ich würde gern darauf hinweisen, sollten wir beide jemals …« George hält einen Moment inne, und unser Kichern lässt nach. »Also, dann würde es wesentlich länger dauern als drei Minuten und dreißig Sekunden.«

Jetzt bin ich diejenige, die errötet. »Das will ich aber auch schwer hoffen.« Denn trotz all meiner Fehlschläge, einen Freund zu finden, weiß ich über diesen Teil von Beziehungen sehr gut Bescheid.

»Sollen wir was essen gehen? Ich bin am Verhungern. Ich glaube, wir haben das peinliche Kuchenessen nach dem Datemarathon verpasst.«

»Ich würde sehr gern etwas essen. Vielleicht eine Bratwurst, damit ich Maß nehmen kann«, sage ich mit einem Lächeln, und das Lachen von vorhin sprudelt wieder aus uns beiden hervor. Streng genommen ist dies das erste Mal in meinem Leben, dass ich flirte, und ich lache noch etwas lauter, weil ich ganz offenbar entsetzlich schlecht darin bin.

42

Clive

Nach dem unglaublichen Erfolg ihres Speeddating-Abends hatte Clive Tess den Rest des Wochenendes dabei geholfen, eine weitere Veranstaltung zu planen, und sich gefragt, wie die Sache wohl gelaufen war. Er konnte es kaum erwarten, Keisha wiederzusehen, damit sie ihn auf den neuesten Stand brachte. Er war sich nicht sicher, ob er jemals herausfinden würde, ob George wirklich länger konnte, wie so lautstark behauptet, aber die Tatsache, dass sich die beiden – wenn auch nur im Scherz – Hand in Hand davongemacht hatten, war ein ganzes Stück besser als jede von Keishas bisherigen Verabredungen. Und sehr viel besser als alles andere, worauf er gehofft hatte. Außerdem hatte sich der dramatische Abgang der beiden als guter Eisbrecher unter den restlichen Teilnehmenden erwiesen.

Tess hatte einen ganz netten Gewinn erzielt, insbesondere durch die Leute, die zum Netzwerken dort geblieben waren, wie man es heutzutage wohl ausdrückte. Diese nächste Speeddating-Veranstaltung, die Clive und Tess planten – dieses Mal für eine höhere Altersgruppe –, sollte in zwei Wochen stattfinden, gefolgt von einigen Abenden für die LGBTQIA-Community.

Am Montag spazierte er zum Labor. Keisha hatte das Wochenende mit Lucy verbracht, und da dies Lucys erster Arbeitstag war, machte Clive einen kurzen Abstecher zu seinem polnischen Lieblingsladen, um ein paar Vorräte zu besorgen. Als Erstes wählte er einen Biskuitkuchen mit Zuckerguss aus, der wirklich köstlich aussah, und entschied sich dann für Waffeln mit Schokofüllung und die rosa Waffeln mit Vanillecreme, die sich großer Beliebtheit erfreuten.

Keisha telefonierte bei seinem Eintreffen, und da keine Spur von Lucy zu entdecken war, beschäftigte er sich mit den üblichen Aufgaben, die er am Montagnachmittag zu erledigen versuchte. Zunächst eine schnelle Reinigung der Küchenoberflächen und – falls nötig – des Kühlschranks. Anschließend füllte er die Kekse auf und begann damit, den Kuchen auf einen Teller zu verfrachten, als er hörte, wie jemand das Labor betrat.

Es war eine junge Frau, und Clive meinte sie wiederzuerkennen. »Sie müssen Lucy sein! Freut mich, Sie wiederzusehen«, sagte er.

»Und ob ich das bin.« Lucy grinste ihn an und umarmte ihn zur Begrüßung. »Alles, was sie über mich erzählt hat, stimmt nicht.«

Keisha telefonierte immer noch.

»Machen Sie es sich bequem. Was hätten Sie gern zu trinken? Setzen Sie sich nur hin, ich bringe es Ihnen dann.«

Lucy zog ihre Jacke aus und schob ihre Tasche mit dem Fuß unter den Schreibtisch. »Ein Tee mit viel Milch und drei Würfeln Zucker wäre toll. Ich habe viel über Ihre Gastgeberqualitäten gehört.«

»Hoffentlich nur Gutes.«

»Allerdings.«

Lucy nahm Platz, und Clive achtete darauf, alles perfekt anzuordnen, bevor er es hinüberbrachte.

»Alles in Ordnung?«, erkundigte er sich, als Keisha ihr Telefonat beendet hatte. Sie war ganz grau im Gesicht. So schrecklich aschfahl wie jemand, der gerade eine furchtbare Nachricht erhalten hat.

»Schön, dass Sie wieder da sind«, sagte Keisha, umarmte ihn und drückte ihn dabei ganz fest.

Clive entging nicht, dass sie der Frage auswich.

»Wer war das am Telefon?«, fragte Lucy.

»Das war George. Bloß etwas wegen der Studie.«

»Hat's Ihnen Freitagabend gefallen?«, erkundigte sich Clive beherzt. Vielleicht war der Grund, warum alle Farbe aus ihrem Gesicht gewichen war, ja, dass der Liebe junger Traum schon vorbei war.

»Hat es diesen ganzen Abend am Freitag nur gegeben, damit ich mehr Kreuze auf meine Tafel bekomme?«

»Genau acht in einem Rutsch. Das ist doch nicht schlecht, oder?«

»Also haben Sie nicht bloß versucht, George und mich zu verkuppeln?«

»Es wäre doch töricht gewesen, Sie beide nicht einzuladen. Ich hatte Angst, dass Sie mir aufs Dach steigen würden, wenn ich es vorher erwähnt hätte. Ich wollte das Ganze nicht noch nervenaufreibender gestalten, als es ohnehin schon war. Sie beide schienen es ja mit Humor genommen zu haben.«

»Ich glaube, es blieb uns am Ende nichts anderes übrig.«

»Also bekomme ich keinen Ärger?«

»Nicht heute.«

»Und ist alles in Ordnung zwischen Ihnen und George?« Clive versuchte Keishas Reaktion einzuschätzen.

»Ist hier beziehungstechnisch irgendetwas passiert, wovon ich wissen sollte?« Lucy griff nach dem kleinen Teller und der

Kuchengabel, die ihr Clive hinhielt, um ein Stück Biskuitkuchen in Empfang zu nehmen.

»George und ich sind nur Freunde. Genauso, wie er es beim Date Nummer vierzig gewesen ist.«

»Ihr zwei hattet schon mal ein Date?«, erwiderte Lucy fragend. »Was habe ich denn noch alles während meiner Krankheit verpasst?«

»Es war kein richtiges Date. Tess hatte es arrangiert, aber da waren wir uns bereits im Krankenhaus begegnet, und George ist dann nur noch gekommen, weil unser gemeinsames Interesse Clive galt. Nicht, weil er tatsächlich an einem Date interessiert war. Er kam ins Café, um sich mit mir über Clive zu unterhalten. Damals haben wir uns geschworen, ihm zu helfen. Ich schätze, da sind wir wohl gewissermaßen zu Ihren Betreuern geworden«, sagte sie und sah Clive an.

»Wohl eher zu meinen Schutzengeln. Ich weiß nicht, wo ich heute ohne Sie beide wäre.« Keisha und George hatten es gemeinsam geschafft, Clives sämtliche Habseligkeiten einzupacken, und inzwischen befand sich alles in einem gemieteten Lagerraum. Nachdem der ganze Krimskrams verschwunden war, hatte ein Immobilienmakler Fotos gemacht. Nun warteten sie nur noch darauf, dass das Haus verkauft wurde, und damit wäre dann eine weitere Sache geregelt.

»Das ist aber viel mehr, als hier sonst für gewöhnlich in zwei Wochen passiert. Ich werde dieses Labor nie mehr verlassen«, verkündete Lucy und verteilte dabei noch ein paar Kuchenkrümel als Zugabe auf den Boden.

Für den Rest des Nachmittags tat Clive alles, um sicherzustellen, dass es Lucy gut ging. Sie war so völlig anders als Keisha, sehr viel entspannter und daher viel chaotischer. Aber auch sehr aufgeweckt. Sie nahm Notiz von all den kleinen Veränderungen, die er vorgenommen hatte.

»›Die Leute hören dein Lächeln.‹ Guter Spruch, Clive«, bemerkte sie, als sie ihren einzigen Anruf an diesem Nachmittag entgegennahm.

Keisha schien mit ihren Gedanken weit weg zu sein, und sie schaute immer wieder auf ihr Handy, was sehr ungewöhnlich für sie war. Sie machte es öfter, als ihren Puls zu messen, und das wollte etwas heißen.

Der erste Studienteilnehmer an diesem Nachmittag traf ein und die Zubereitung des Tees war wie immer eine gute Therapie. Das Gerede über George veranlasste Clive, an die Wohnung zu denken, in die er bald einziehen würde. Er hatte ein Angebot abgegeben, das akzeptiert worden war, und nachdem nun alle Prüfungen erfolgt waren, hatte ihm sein Anwalt grünes Licht für die Unterschrift gegeben, was er bislang aufgeschoben hatte. Er hatte sich eingeredet, dass es an dem wenig entgegenkommenden Verhalten des Verkäufers lag. So wie der sie bei der Besichtigung behandelt hatte, wollte er ihm die Sache nicht so leicht machen und ihm das ganze Geld in den Rachen werfen, das sie verlangten. Aber es gab einen Unterschied zwischen jemandem eine Lektion zu erteilen und ein Eigentor zu schießen. Wenn er nicht langsam einen Zahn zulegte, bestand die Gefahr, dass er sein neues Heim verlor. Und es gab keine anderen in der Nähe seines geliebten Schrebergartens, daher wäre es dumm von ihm, sich diese Wohnung entgehen zu lassen.

Aber es war gar nicht das, was ihn davon abhielt. Es war die Tatsache, dass er einfach nicht herauszufinden vermochte, was dort schiefgegangen war. Vielleicht sollte er einmal mit den neuen Kleingärtnern sprechen. Vielleicht würden die sich an das erinnern, was ihm nicht mehr einfiel.

Clive ging zu Keisha hinüber, um mit ihr darüber zu reden, und er bemerkte, dass sie ihren Kuchen kaum angerührt hatte. Inzwischen dürfte er trocken geworden sein. »Wenn Sie mal eine freie Minute haben, würden Sie dann bitte bei George nachhorchen, wann er wieder Zeit für mich hat? Ich würde meinem Schrebergarten gern noch einmal einen Besuch abstatten. Ihn vielleicht etwas in Ordnung bringen, wenn es das Wetter zulässt.«

»Ist das ein weiterer Versuch, mich dazu zu bringen, George zu treffen? Denn Sie wissen ja, dass Sie ihn mit dem Handy, das Rob Ihnen besorgt hat, kontaktieren können.«

»Ich weiß nicht, wie man solchen Firlefanz benutzt. Immer wenn ich damit etwas anzustellen versuche, mache ich irgendetwas falsch.«

»Wenn das kein Trick ist, werde ich George eine Textnachricht senden und nachfragen, wann er für Sie Zeit hat.«

»Vielen Dank«, sagte Clive. »Ist alles in Ordnung? Sie sahen ein bisschen blass aus, als Sie vorhin mit ihm gesprochen haben.« Lucy stand am geöffneten Kühlschrank und flötete hinein, daher schien es ihm ein günstiger Zeitpunkt zu sein, danach zu fragen.

Keisha schluckte und nickte. »Sie haben möglicherweise Studienteilnehmer Nummer sechs für mich.«

»Das ist doch gut, oder? Es sei denn, er reagiert allergisch auf Rote Bete!«

»Ja, das ist großartig.«

»Aber er wird bestimmt nicht so gut sein wie die Nummer fünf.«

»Nein, ganz bestimmt nicht«, erwiderte Keisha mit dem Anflug eines Lächelns.

»Weißt du eigentlich, dass wir keine Salatcremetütchen mehr im Kühlschrank haben, die seit 2015 abgelaufen sind? Ich hatte mit mir selbst gewettet, dass sie dieses eine Jahr noch darin überstehen würden. Sie sind viel zu tüchtig, Clive«, rief Lucy hinter der Kühlschranktür hervor.

Keisha blickte wieder auf ihr Handy. »Ich müsste einmal kurz rausgehen. Kommt ihr zwei klar?«

Lucy kam zu ihnen herüber und warf Clive einen Blick zu, den er so interpretierte, dass man die Frage getrost mit Ja beantworten konnte.

»Tun wir«, sagte er. »Sie hoffentlich auch.«

Aber das war schwer zu beurteilen, da sich Keisha bereits auf den Weg gemacht hatte.

43

Keisha

Im Augenblick mache ich mir keine Sorgen um mein Herz, sondern um meinen Kopf. Er fühlt sich an, als stünde er kurz davor zu explodieren. Sie haben Clives fehlende Krankenunterlagen gefunden. George hat mich angerufen, um mich wissen zu lassen, dass er die Gelegenheit nutzt, um einen Blick hineinzuwerfen, ehe sie an die Polizei weitergegeben werden. Ich warte darauf, von ihm zu hören. Um zu erfahren, ob es irgendetwas Wichtiges gibt, von dem ich wissen sollte.

Als eine Textnachricht mit einem Ping auf meinem Handy eintrifft, beginnt sich sogleich alles um mich herum zu drehen.

Nancy existiert.

Im Handumdrehen beginnt es in meinem Kopf zu hämmern, und ich lese die Nachricht immer und immer wieder, achte dabei darauf, dass Clive es nicht mitbekommt. Es dauert eine Weile, bis ich verarbeitet habe, dass sie von Tess stammt, nicht von George.

Das kann doch unmöglich sein. Tess muss sich geirrt haben. Vermutlich ist die Autokorrektur schuld. Ich lasse Lucy und Clive im Labor zurück und bete, dass alles gut wird.

Es kommt mir vor, als würde mein Herz heftig gegen meinen

Brustkorb schlagen, so als hätte ich meine Kräfte beim Joggen überschätzt. Es ist eine schwere Aufgabe, ruhig zu bleiben und mir nicht anmerken zu lassen, dass etwas nicht stimmt. Und zwar dermaßen, dass mir bewusst wird, dass es nicht warten kann, und ich beschließe zu gehen.

Sobald ich um die Ecke verschwunden bin und weit genug weg, rufe ich Tess an. »Was soll das heißen, ›Nancy existiert‹?«

»Mein Onkel Gary hat sich bei mir gemeldet. Er kennt sich wirklich mit Familiengeschichte und dem ganzen Zeug aus.«

»Okay. Und?«

»Es ist nirgendwo verzeichnet, dass Clive geheiratet hat, wie die Polizei schon sagte.«

»Und wie kommt es dann, dass du mir eine Nachricht schreibst, sie würde existieren?« Soweit ich weiß, tauchen Menschen nicht aus heiterem Himmel auf.

»Genau deshalb ist es praktisch, wenn man einen Onkel hat, der weiß, wonach er sucht.«

Dieses Herausfiltern von Informationen ist eine Qual, und wenn es sich nicht um ein Telefonat handeln würde, hätte ich Tess bereits an ihrem Blusenkragen gepackt, damit sie mir verrät, was sie weiß.

»Er hat sich andere Informationen besorgt, um den Stammbaum von Clives Familie zu erstellen. Als er das Wählerverzeichnis für Clives Immobilie durchsucht hat, war für eins der Jahre eine Nancy als dort wohnhaft aufgeführt.«

»Was? Das verstehe ich nicht. Also war er doch verheiratet?« Das Hämmern meines Herzens verwandelt sich in ein Vibrieren.

»Nein, das ist ja gerade der Punkt. Sie ist nicht unter Nancy Ellington erfasst. Ihr Name ist Nancy Fuller. Die beiden waren nicht verheiratet. Da das Wählerverzeichnis nur alle vier Jahre erstellt wird, ist es lediglich eine Momentaufnahme. Clives Vater, Keith, hat auch zu der Zeit dort gewohnt. Clives Mutter war da schon einige Jahre tot, und sein Vater ist ein paar Jahre nach der Erstellung dieses Verzeichnisses verstorben. Seitdem hat Clive immer nur allein dort gewohnt.«

»Wow! Konnte dein Onkel sonst noch etwas herausfinden? Ist Nancy auch schon tot?«

Wie traurig, dass Clive, der einmal von Menschen umgeben gewesen war, die er liebte, nun völlig allein dastand. Nicht nur seine Eltern waren gestorben, sondern, wenn seine lückenhaften Erinnerungen der Wahrheit entsprachen, dann war auch Nancy bereits tot.

»Er versucht es immer noch herauszufinden. Diese Aufzeichnungen sind ein wenig kompliziert, da sie nicht immer die wahren Verhältnisse wiedergeben. Nur wenn jemand als verstorben bestätigt wurde, ist das in diesen Aufzeichnungen angegeben. Falls das nicht geschehen ist, besteht keine Klarheit. Nancy könnte also bereits verstorben sein, und ihr Tod wurde nicht offiziell festgestellt, aber sie könnte auch noch am Leben sein.«

»Also wissen wir es nicht?« Es fällt mir schwer zu entscheiden, ob ich Hoffnung oder Hoffnungslosigkeit empfinde. Nancy existiert. Oder zumindest ist sie kein Fantasiegebilde. Aber da Clives »Wahnvorstellung« darauf hindeutet, dass sie tot ist, wie hoch ist da die Wahrscheinlichkeit, dass sie noch lebt? Sein Traum muss eine Art unterdrückte Erinnerung sein. Mein Verstand hat Mühe mitzuhalten. Wie wird sich der arme Clive wohl fühlen, wenn er es erfährt?

»Es gibt da noch ein paar andere Möglichkeiten, die er sich ansehen will. Er wird sich in den nächsten zwei Tagen bei uns melden.«

»Clives fehlende Krankenunterlagen sind wiederaufgetaucht. George schaut mal hinein, ob etwas Wichtiges drinsteht«, sage ich, obwohl es mir schwerfällt, einen zusammenhängenden Satz zu sprechen.

»Vielleicht erfahren wir daraus auch etwas über Nancy.«

»Hoffentlich.«

Mein Magen krampft sich fester zusammen als jemals zuvor. Ich frage mich, ob sich Lucy wohl so gefühlt hat, als es ihr schlecht ging. Ich streiche mit der Hand über meinen Pulspunkt, aber ausnahmsweise, um meine Narbe zu spüren, nicht um meinen Puls zu messen.

Würde ich es erfahren wollen? Wenn wir die Wahrheit über Nancy herausfinden, sollen wir es Clive dann sagen? Wenn die Geschehnisse, die mit meiner Narbe zusammenhängen, nicht so klar wie der helle Tag wären, würde ich mich daran erinnern wollen?

»Erzähl Clive nichts davon«, sage ich schließlich zu Tess. »Ich glaube, wir sollten erst noch einige Sachverhalte klären und dann entscheiden, was wir tun.«

Wir halten eine Zeitbombe in den Händen, und ich für meinen Teil habe keine Ahnung, was ich damit anfangen soll. Soweit es Clive angeht, ist Nancy bereits verstorben. Er hat sich vorgestellt, wie sie getötet wurde, bloß um dann zu erfahren, dass sie gar nicht real ist. Es wird ein harter Schlag für ihn sein, wenn wir ihm erzählen, dass wir uns geirrt haben. Dass sie tatsächlich existiert, aber vor langer Zeit gestorben ist.

Er sollte das nicht noch einmal ertragen müssen. Niemand sollte das.

44

Clive

Keisha war für den Rest des Tages beschäftigt. Clive registrierte, dass sie später am Nachmittag das angebotene Gebäck ablehnte und sich ganz auf ihren Computer konzentrierte, sodass er und Lucy einander ein bisschen besser kennenlernen konnten. Er wusste inzwischen, dass sie ein herzensguter Mensch war.

Glücklicherweise hatte Keisha George erreicht, und der war imstande, ihn schon am nächsten Tag an der Wohnung abzusetzen, damit er sich noch einmal umsehen und auch seinem Schrebergarten einen Besuch abstatten konnte. Wie immer war er froh, dort zu sein. George versicherte sich erneut, dass es ihm gut ging, ehe er sich winkend verabschiedete.

Clive wollte diesen nächsten Umzug noch einmal genau durchdenken. Er war an dem Punkt angelangt, wo alles bereit war, um zum Abschluss gebracht zu werden. Er musste nichts weiter tun, als grünes Licht zu geben. Aber er zögerte es hinaus und hatte gesagt, dass er sicherheitshalber noch einmal vor Ort ein paar Maße überprüfen wolle. Aber das war nicht der wahre Grund. Er wollte ein Gespür dafür bekommen, ob er das Richtige tat, und hoffte, dass ihm dies bei einem weiteren Besuch gelingen würde.

Als er die Wohnung zum zweiten Mal besichtigte, fiel Clive auf, wie langweilig und nichtssagend sie war. Und so winzig im

Vergleich zu seinem Haus. Aber das hier war das Beste, was er tun konnte, nicht wahr?

Er schaute sich noch einmal jeden Raum an, versuchte, mehr Begeisterung für die Wohnung aufzubringen. Sie erinnerte ihn an das Schlaflabor. Es war alles vorhanden, was er benötigte, aber mehr auch nicht. Er konnte ein Häkchen an alles Praktische machen, was man zum Leben so brauchte: eine Stelle zum Waschen, eine Stelle zum Kochen, eine Stelle zum Hinsetzen, eine Stelle zum Schlafen. Das war ja auch alles nicht grundsätzlich falsch, es fehlte nur das Gefühl von einem Zuhause.

Aber daran musste sich Clive gewöhnen. Viele Menschen in seinem Alter landeten an Orten, die sie nicht als ein Zuhause betrachteten. Und sein altes Haus war auch nicht länger ein Zuhause.

»Alles in Ordnung bei Ihnen?« Der übereifrige Verkäufer war wieder da, obwohl Clive darum gebeten hatte, etwas Zeit allein hier verbringen zu dürfen.

»Sie haben in diesen Wohnungen ziemlich an Farbe gespart, finden Sie nicht?«

Der Verkäufer blickte sich um. »Es ist eine wundervolle, weiße Leinwand, nicht wahr? Es wird absichtlich so gemacht, damit die Person, die einzieht, dem Ganzen ihre ganz persönliche Note verleihen kann. Sie können es in Ihrer Wunschfarbe streichen lassen.«

Clive fragte sich, ob es ihn wohl sonderbar erscheinen ließe, wenn er sich im Badezimmer einschließen würde. Er machte sich keine großen Gedanken darüber, dass er unhöflich wirken könnte. Dieser Mann hatte nicht nur seine Bitte ignoriert, ihn alleinzulassen, sondern er hatte zudem eine gewisse Herablassung in der Stimme, die kaum zu ertragen war.

»Ich bin ein alter Mann. Mir wäre es lieber, wenn sie dem Ganzen schon den letzten Schliff gegeben hätten.«

Anstatt auf weitere bevormundende Bemerkungen zu warten, machte sich Clive auf den Weg zu seinem anderen Ziel. Glücklicherweise hatte George zugestimmt, ihn vor Beginn seiner Schicht hier abzusetzen. Die war heute kürzer, und daher würde er ihn in ungefähr fünf Stunden wieder an der Kleingartenanlage abholen, wenn er so lange dort bliebe. Clive wollte die Gelegenheit nutzen, einmal einen richtigen Tag in seinem Garten zu verbringen. Der Abstecher in die Wohnung diente lediglich der weiteren Zerstreuung.

»Wenn Sie es wünschen, könnte ich Ihnen die Telefonnummern von zuverlässigen Anstreichern und Raumgestaltern nennen.«

Der Verkäufer hatte sich an Clives Fersen geheftet, und der war dieser Tage nicht wirklich in der Lage, einen Zahn zuzulegen.

»Was ich mir gewünscht hätte, wäre mir die Wohnung ohne Unterbrechung ansehen zu dürfen. Dann hätte mein Vorstellungsvermögen vielleicht die Gelegenheit gehabt, das ganze Potenzial zu erkennen. So wie es momentan aussieht, kann ich keine Farbpaletten herbeizaubern, daher werde ich jetzt verschwinden.«

»Verzeihen Sie, Mr. Ellington. Rufen Sie mich an, wenn Sie noch einmal einen Blick darauf werfen möchten.«

Draußen kamen weitere Frühlingsboten zum Vorschein: Entlang der Gehwege blühten Osterglocken, und die Bäume begannen zu knospen. Es war Clives liebste Zeit des Jahres. Wenn die Pläne, die er über den Winter hinweg geschmiedet hatte, in die Tat umgesetzt wurden. Nach all dem Drama der letzten Wochen hatte er sich noch nicht entschieden, was er wo säen und in diesem Jahr am liebsten anbauen würde. Heute wäre er imstande, ein paar konkretere Entscheidungen zu treffen.

Und wenn nichts sonst, so wollte er zumindest einen Teil des Bodens vorbereiten. Es gab bestimmt mehr Unkraut, als seine freundlichen Schrebergartennachbarn in Schach halten konnten. Seine Thermosflasche mit Tee und das prächtige Mittagessen, mit dem ihn Tess versorgt hatte, sollten ihm dabei helfen, ein oder zwei Stunden körperlicher Arbeit zu überstehen. In der restlichen Zeit wollte er seine Entscheidungen in seiner Kladde festhalten und wenn ihm der Sinn danach stand, zur Wohnung zurückkehren und noch eine Weile nachdenken, so wie er es beabsichtigt hatte, bevor er unterbrochen worden war.

Als er sich der Kleingartenanlage näherte, hatte er von der Straße aus freie Sicht, da sie nur ein Maschendrahtzaun von der Welt trennte. Die Vorrichtung gefiel ihm. Sie verhinderte, dass Leute hereinkamen, hielt sie aber nicht davon ab, hineinzuschauen, und verhinderte auch nicht, dass Clive hinausschaute. Er unterhielt sich gern mit Passanten, die dort vorbeiliefen. Er hatte eine erstklassige Lage, um sich mit Fußgängern zu unterhalten, da er die erste Parzelle besaß. Vielleicht würde er ja heute ein paar vertraute Gesichter sehen. Beim Hineingehen kamen alle zuerst an Clives Kompostierbereich vorbei, den er neben seinem Schuppen errichtet hatte. Dort landete bei ihm alles – von Teebeuteln bis zu Kartoffelschalen. Unten am Grund wartete hochwertiger Kompost auf ihn, den er in diesem Jahr gut gebrauchen konnte, wenn er noch einmal ein paar Gladiolen ziehen wollte. Während er um seinen Schuppen herumging, freute er sich darauf loszulegen: der Beginn einer neuen Jahreszeit.

Er entdeckte zwei Disteln, die versuchten, sich in seinem Garten anzusiedeln. Manches Unkraut war hartnäckiger als anderes, daher waren die beiden seine erste Bewährungsprobe an diesem Tag. Clive öffnete seinen Schuppen, legte seine Sachen weg und gelangte dabei zu der Entscheidung, erst einmal eine kleine Teepause einzulegen, sobald er die erste Distel aus dem Boden hatte.

Er verspürte eine große Freude, als er auf die Grabegabel trat und die Zinken in die Erde glitten. Es fühlte sich sogar noch besser an, seine Gartenhandschuhe dreckig zu machen, als er den Kampf beendete und die Wurzel aus dem Boden zog. Man bekam Disteln nur schwer heraus, und es war immer sehr befriedigend, sie loszuwerden. Allerdings ließ er sie normalerweise gar nicht erst so weit kommen.

Als die zweite Wurzel heraus war, legte er eine Mittagspause ein. Tess hatte ihm etwas zu essen eingepackt. Hatte ihm aber nicht verraten, was es war, weil es eine Überraschung sein sollte. Clive rechnete halb damit, dass beim Öffnen Glitzer aus der Tupperware-Dose fallen würde. Darin lagen mehrere Päckchen übereinander. Er wickelte zwei schottische Eier aus, eine kleine Schale mit selbst gemachtem Krautsalat, eine weitere, die Käse und Cracker enthielt, eine Schüssel mit Salat und knuspriges frisch gebackenes Brot. Es war ein Festmahl für einen König, und für einen kleinen ruhigen Moment wollte er es genießen, König zu sein. Alles, was er benötigte, hatte Tess eingepackt: Besteck, Butter, ein Tütchen Salz und ein Tütchen Pfeffer. Mit einem Mal kam ihm der Gedanke, dass dies eine weitere Einkommensquelle für das Café sein könnte. Voll gepackte Picknickkörbe fürs Wochenende. Er kannte einige Angler und andere Kleingärtner, die ein solches Angebot mit Vergnügen annehmen würden. Das kleine Glas mit Piccalilli-Relish bestätigte ihm, dass es perfekt werden würde, denn Tess dachte immer an alles.

Bei den daran anschließenden Gedanken an Tess, Keisha und George begann Clives Magen zu rumoren. Würden diese neuen Bestandteile seines Lebens und diese wunderbaren Menschen immer noch da sein, wenn er von ihnen wegzog? Er hoffte es von ganzem Herzen, aber er hatte in seinem Alter schon genug durchlebt, um zu wissen, dass nichts blieb, wie es war. Wenn er sich doch nur an all das Erlebte erinnern könnte!

Clive legte unwillkürlich zwei Finger auf seinen Hals. Es dauerte nicht lange, bis er den Pulsschlag spürte, nach dem er gesucht hatte. War es seltsam, dass er sich dadurch mit Keisha verbunden fühlte? Es war schon merkwürdig ... Jetzt, da sie nicht mehr jeden Tag zusammen arbeiteten, stellte er fest, dass er sie zu vermissen begann. Dass ihre sonderbaren Angewohnheiten nun etwas Liebenswertes für ihn hatten. Dass er nach einer Weile imstande gewesen war, die Veränderungen ihrer Herzfrequenz ebenso gut zu erkennen wie sie.

Im Augenblick hätte er gern gewusst, ob ihr Herz mit den durchschnittlichen neunundfünfzig Schlägen in der Minute unterwegs war. Er fragte sich, ob es jemals anders schlug, wenn George in der Nähe war, oder ob er bei den beiden komplett danebenlag. Er hätte gern gewusst, was da vor sich ging, aber er hatte nicht aufdringlich sein wollen. Clives Puls war schwach und nicht so stabil, wie er es sich vorgestellt hatte. Nachdem er den letzten Bissen von dem schottischen Ei hinuntergeschluckt hatte, warf er einen Blick auf seine Armbanduhr, um eine vernünftige Pulsmessung durchzuführen. Einige Schläge kamen ihm schwächer vor als andere, sodass er sich nicht ganz sicher war, ob seine Zählung stimmte.

Fünfundvierzig Schläge.

Nach seinen Erfahrungen der letzten Wochen schien ihm das ein wenig niedrig zu sein. Aber wenn er sich recht erinnerte, hatte Keisha gesagt, dass es immer darauf ankam, was für den jeweiligen Menschen normal war. Wenn er sich doch nur daran erinnern könnte, wie hoch sein Wert normalerweise ausfiel. Aber er fühlte sich trotzdem gut. Vor allem dank des hervorragenden Picknickangebots, das er sich zu Gemüte führte.

In der zweiten Paketschicht entdeckte er seinen Nachtisch. Ein Stück Apfelkuchen, das himmlisch duftete und sogar noch besser schmeckte, und bei dem die Säure des Apfels durch die Süße des Teigs perfekt ausgeglichen wurde. Das würde seinen Puls hoffentlich auf Trab bringen – falls er überhaupt höher sein musste.

Er überprüfte ihn ein weiteres Mal, presste seine Finger dieses Mal etwas fester auf seinen Hals, um keinen Schlag zu verpassen. Er war sich sicher, dass er beim letzten Mal nicht alle Schläge erwischt hatte.

Er hatte recht ... siebenundfünfzig.

Das schien angemessener zu sein. Doch selbst nachdem er mit dem Zählen fertig war, beließ er seine Finger an der Stelle, denn er spürte etwas.

Da war eine Erinnerung. Er spürte ihr leichtes Pulsieren unter seinen Fingern, spürte, wie sie versuchte, es an die Oberfläche zu schaffen. Für einen Moment war sie da, und dann nicht mehr. Einer dieser Momente, wenn einem etwas auf der Zunge lag und es einem einfach nicht einfallen wollte, unerreichbar blieb. Er hatte in der letzten Zeit so viele davon.

Er wusste, dass es etwas mit seiner Erkrankung zu tun hatte. Möglicherweise eine Erinnerung daran, als es ihm im Schrebergarten so schlecht gegangen war? Das wäre eine nützliche Erinnerung gewesen. Er hatte gehofft, dass die Erinnerung daran, wie ihn der Krankenwagen hier abgeholt hatte, seine falsche Erinnerung auslöschen würde – an die zu denken er kaum ertragen konnte.

Unter seinen Fingern war sein leichter, kaum wahrnehmbarer Pulsschlag. Und das war alles, woran er sich erinnern konnte … Etwas kaum Wahrnehmbares. Das nützte ihm gar nichts.

45

Keisha

Ich fühle mich gern sicher in meinen Entscheidungen. Als eine Person, die dazu neigt, die Dinge analytisch zu betrachten, bin ich normalerweise imstande, mir darüber klar zu werden, was am besten ist. Ich bin eine große Verfechterin von Wahrscheinlichkeitsaussagen.

Aber was ist, wenn man unmöglich wissen kann, was dabei herauskommen wird? Wenn wir unbekanntes Terrain betreten?

Ich fühle mich schlecht, dass wir uns ohne Clives Wissen alle hier treffen, um über ihn und all das zu reden, was wir herausgefunden haben, während er in seinem Schrebergarten herumwerkelt. Aber dieses Treffen im Café schien die beste Vorgehensweise zu sein. Nachdem Tess die Getränke für Lucy, George und mich auf den Tisch gestellt hat, setzt sie sich zu uns.

»Erzähl ihnen, was du mir erzählt hast, nachdem du Clives Krankenunterlagen gelesen hattest«, sage ich zu George.

Er nimmt sich einen Moment Zeit, um drei Zuckertütchen in seinen Kaffee zu entleeren.

»Clive war in seinen Zwanzigern längere Zeit im Krankenhaus. Man vermutete damals, dass er überfallen worden ist. Er hatte eine Kopfverletzung, in deren Folge es zu einem erheblichen Gedächtnisverlust kam.«

»Was bedeutet das?«, erkundigt sich Lucy.

George zuckt mit den Schultern. »Damals konnte er sich nicht daran erinnern, was geschehen war, und litt an einem Verlust des Kurzzeitgedächtnisses. Ich bin nicht sicher, ob das jetzt irgendeine Bedeutung hat, aber es könnte erklären, warum er so oft verwirrt ist.«

»Ich habe es bisher weder George noch Lucy erzählt«, sage ich zu Tess.

»Was erzählt?«, fragt Lucy und taucht einen Keks in ihren Tee. Eine Sekunde später plumpst die aufgeweichte untere Hälfe in den Becher.

»Tess hat ihren Onkel gebeten, sich ein paar Dinge anzusehen. Er ist Genealoge.«

»Es hat vor Jahren eine Nancy gegeben, die mit Clive in seinem Haus gelebt hat. Aber sie hieß nicht Nancy Ellington, sondern Nancy Fuller. Das könnte zu dem Gedächtnisverlust passen, von dem George spricht.« Tess legt eine Liste auf den Tisch. Fünf Telefonnummern. Fünf Nancy Fuller.

»Warte mal«, sagt Lucy, die den Keks mit einem Teelöffel zu retten versucht. »Also hat Clive jetzt wochenlang über seine Frau geredet, von der jeder behauptet, dass sie nicht real sei, aber jetzt ist sie es plötzlich doch? Das nenne ich mal eine Neuigkeit!«

»Wir nehmen es zumindest an«, sagt Tess.

»Und was sollen wir jetzt tun?«, will George wissen.

Mir wird bewusst, dass ich ihm näher sein will. Neben ihm sitzen will und nicht ihm gegenüber. Was für eine Erkenntnis, und das mitten in einem Treffen, das ohnehin schon reich an Erkenntnissen ist! Es hatte sich vielleicht hier und da zaghaft angedeutet, doch nun ist es passiert. Auf der anderen Seite des Tisches sitzt der Mann, bei dem ich Herzklopfen bekomme.

»Wie können wir sicher sein, dass es eine davon ist?«, erkundigt sich Lucy und zeigt dabei auf die Liste mit den fünf Telefonnummern.

Ich versuche gar nicht erst, meinen Puls zu nehmen, da mir das Atmen schon schwer genug fällt.

»Mein Onkel sagte, dass es vielleicht keine davon ist«, sagt Tess. »Aber er hat keine Aufzeichnungen über ihren Tod finden können. Was nicht bedeutet, dass es keine gegeben hat. Vielleicht hat sie ja geheiratet oder ihren Namen geändert oder ist aus der Gegend weggezogen. Die einzige Möglichkeit, das herauszufinden, besteht darin, diese Nummern anzurufen. Wenn sich dort niemand meldet, der Clive kennt, haben wir es aber zumindest versucht.«

»Das kommt mir doch alles sehr unwahrscheinlich vor«, sagt George.

Lucy ist immer noch damit beschäftigt, ihren Keks mit dem Löffel aus ihrem Becher zu fischen.

»In der Tat«, erwidert Tess. »Aber Clive ist nicht in der Lage, uns die ganze Geschichte zu erzählen. Die einzige Möglichkeit, die wir haben, ist mit Nancy zu reden. Also, ich für meinen Teil möchte die andere Hälfte von Clives Leben erfahren.«

Ich greife nach dem Blatt und reibe mit einem Finger über die Namen, als wäre ich imstande, dadurch telepathische Fähigkeiten zu erlangen, die es mir ermöglichen herauszufinden, welche dieser Frauen wir zuerst anrufen sollten.

»Ich bin nur etwas besorgt, dass wir damit in ein Wespennest stechen könnten. Sollten wir es nicht besser der Polizei erzählen?«

»Die haben doch gar nichts herausgefunden. Und sie wären verpflichtet, es ihm zu sagen, wenn sie neue Informationen hätten. Wenn wir es tun, verhindern wir zumindest, dass er möglicherweise noch mehr leiden muss«, sagt George.

Ich entscheide mich dafür, die Anrufe zu machen. Ich habe das Gefühl, eher eine Antenne für die möglichen Antworten zu haben, ganz so, als wäre es möglich, dem Herz aus der Ferne zu lauschen und zu wissen, was es sagt. Da ich nun einmal praktisch veranlagt bin, beschließe ich die Liste von oben nach unten durchzugehen. Ich stelle mich hinter den Tresen, um die erste Nummer anzurufen, als würde mich das vor der gespannten Erwartung schützen, die um uns herum pulsiert.

»Kennen Sie einen Clive Ellington?«, lautet die Frage, die ich für den Beginn des Gesprächs gewählt habe.

»Das hier ist nicht die Autowerkstatt. Wie oft muss ich das den Leuten denn noch erklären?«, lautet die Antwort bei meinem ersten Anruf.

»Tschuldigung, worum geht's denn? Ich wollte gerade ins Fitnessstudio«, bekomme ich bei meinem zweiten zu hören. Die Frau hat eine viel zu junge Stimme, um unsere Nancy zu sein.

Nach diesen beiden unerfreulichen Antworten bin ich fast schon bereit, die Flinte ins Korn zu werfen. Es ist nicht meine Aufgabe, dieses Puzzle zusammenzufügen. Aber ich weiß, dass ich zumindest diese Liste durchtelefonieren muss, um zu versuchen, das fehlende Teil zu finden.

Beim dritten Anruf herrscht Stille.

»Hallo, haben Sie mich gehört? Sind Sie noch dran?«, frage ich. »Sie *kennen* Clive Ellington, nicht wahr?« Eigentlich wollte ich diese Worte nur im Stillen sagen, aber um ehrlich zu sein, sollte man sie laut in die Welt hinausschreien.

»Ich warte schon viele Jahre darauf, dass jemand anruft«, antwortet die leise Stimme am anderen Ende der Leitung.

46

Clive

Ein paar Stunden in seinem Schrebergarten hatten Clive ausgereicht, bei der Aussicht darauf, bald wieder ganz in der Nähe zu wohnen, ein viel besseres Gefühl zu haben. Die vergangenen Wochen waren voller Ungewissheit gewesen. Das, was Clive als glückliches Leben gekannt hatte, war völlig auf den Kopf gestellt worden.

Selbst jetzt noch, Wochen nachdem es passiert war, fühlte er sich im Wissen darum, was er sich dort vorgestellt hatte, nicht in der Lage, den kurzen Weg zurück in sein altes Leben zu beschreiten. Es war alles noch in seinem Kopf und so lebendig, dass es einem das Herz zerriss.

Stattdessen machte sich Clive nach der Nachricht von George, dass er auf dem Weg zu ihm sei, an den Rest seiner Pläne für den Schrebergarten und was er dort in den kommenden Wochen zu züchten gedachte.

Er hatte sich für einige schnellwüchsige Sorten entschieden, die Tess verwenden könnte: Salat, Radieschen, Frühlingszwiebeln und Ähnliches. Außerdem ein paar Grundnahrungsmittel, die er selbst gern aß: Kartoffeln, weiße Zwiebeln, Schalotten, Karotten, Bohnen und Erbsen. Außerdem wollte er sich einmal an Paprika versuchen, was er bisher nie getan hatte, weil seiner Meinung nach der Boden dafür nicht besonders gut geeignet war. Aber da Tess dieses Gemüse regelmäßig verwendete, fand er den Versuch lohnenswert. Es war eine Art Experiment, daher würde Keisha es gewiss gutheißen. Der Gedanke an Keisha veranlasste ihn, der Liste noch Rote Bete hinzuzufügen. Er begann sich sehr viel besser zu fühlen, und die Behandlung mit dem Saft sowie die Menschen, mit denen er sich umgab, schienen ihm zu helfen. Er plante, seinen eigenen Saft herzustellen, sobald der Testzeitraum vorbei war, um weiter den gesundheitlichen Nutzen daraus zu ziehen, den er verspürte.

Seine Pläne waren lediglich eine abgespeckte Version dessen, was er für gewöhnlich jedes Jahr in Angriff nahm, aber er war spät dran, und außerdem sollte er sich noch etwas schonen. Daher war es nur vernünftig, das Ganze nicht zu übertreiben. Er würde schon genug damit zu tun haben, den Schrebergarten wieder auf Vordermann zu bringen.

Er strich mit der Hand über das Papier seiner Kladde. Er hatte sich alle Mühe gegeben, den Rest der herausgerissenen Seite mit einem Stanley-Messer zu entfernen. Jetzt fiel ihr Fehlen nur noch dann auf, wenn man gezielt danach suchte. Er verstand immer noch nicht, wie und warum es passiert war. Das sah ihm gar nicht ähnlich, aber da blieb ihm wohl nichts anderes übrig, als es – wie so vieles, was passiert war – auf sein Unwohlsein zu schieben. Es würde ein weiteres Geheimnis des Lebens bleiben. Eines, das er in Zukunft ignorieren musste.

Georges Hupen bestätigte ihn darin. Clive schloss ab und warf noch einen letzten Blick auf seinen Garten. Sein Fleckchen Erde war zumindest noch hier, um ihn in Schwung zu halten.

47

Keisha

So muss es sich anfühlen, wenn man fremdgeht. Ich schwitze aus jeder Pore und bin nervöser, als ich es jemals bei einem der vielen Dates gewesen bin.

Das tröstliche Gefühl, das mir mein Stammplatz im Café normalerweise verleiht, empfinde ich heute nicht. Wenn überhaupt, bin ich deshalb nur noch ängstlicher. Was ist, wenn sich Clive ausgerechnet diesen Zeitpunkt aussucht, um hier aufzutauchen? Er ist im Labor und arbeitet mit Lucy zusammen, die ihn dort festhalten soll, aber was ist, wenn er aus irgendeinem Grund in seinem Zimmer oben vorbeischauen muss?

Ich mache mir unnötig Gedanken. Clive wird hier nicht auftauchen, während dieses Treffen stattfindet.

Dieses Treffen, das eigentlich gar nicht möglich sein sollte.

»Meinst du, sie hat Schiss gekriegt?« Tess legt eine hektische Betriebsamkeit an den Tag, kontrolliert die Soßenflaschen, füllt die Salzstreuer nach, staubt all ihre kostbaren Einhörner ab.

»Das würde mich nicht wundern. Ich stehe auch kurz davor zu kneifen.« Ich habe zwei Finger auf meinem Radialispuls, und er springt auf eine Weise umher, wie ich es mir immer für den Fall vorgestellt hatte, wenn ich mich Hals über Kopf verliebe. Aber das hier ist etwas anderes. So fühlt es sich an, wenn man es nicht mit der eigenen Liebesbeziehung, sondern mit der anderer zu tun hat.

»Lass mich nur nicht im Stich«, sagt sie. »Denn dann müsste ich mit ihr reden, und du bist Clives Freundin.«

»Du bist es ebenso«, betone ich, und mir wird klar, wie nervös wir beide sind. George ist im Labor bei der Arbeit, aber selbst wenn er Zeit gehabt hätte, wären es zu viele Leute gewesen.

»Du hast recht. Ich werde das Café schließen. Ich möchte vermeiden, dass sie eintrifft und ich mich gleich entschuldigen muss, um andere Gäste zu bedienen. Wir sollten uns beide Nancys Geschichte anhören.«

Tess dreht das Schild um und schreibt von Hand einen Hinweis, dass das Café wegen unvorhergesehener Umstände geschlossen ist.

»Würde sie dann nicht vielleicht gleich wieder kehrtmachen, wenn sie eintrifft?« Obwohl ich langsam, ebenso wie Tess es bereits vermutet hat, der Ansicht bin, dass Nancy vielleicht gar nicht kommen wird.

»Stimmt. Ich werde es ändern.« Tess formuliert den neuen Hinweis nun folgendermaßen: WEGEN EINER PRIVATVERANSTALTUNG MIT NANCY GESCHLOSSEN.

In den vergangenen Tagen habe ich mir sämtliche Szenarien durch den Kopf gehen lassen, warum Nancy nicht Teil von Clives Leben gewesen ist. Es ist wie ein Puzzle, bei dem zu viele Teile fehlen, um daraus schlau zu werden. Ich hoffe wirklich, dass wir nach dem Treffen mit ihr in der Lage sein werden, das Gesamtbild zu sehen.

»Möchtest du noch etwas trinken oder schon etwas essen? Ich brauche jedenfalls noch einen Kaffee, auch wenn ich jetzt schon ganz zappelig bin.«

»O ja. Für mich bitte auch noch einen.«

Ich schaue zur Tür hinüber, wo das Licht von einem glitzernden Einhorn reflektiert wird und ein Lichtspiel an die Wand des Cafés zaubert wie eine Discokugel – die Bild gewordene Darstellung des großen Zitterns im Raum.

Für den Moment bin ich derart davon fasziniert, dass ich kurz vergesse, warum wir hier sind. Und deshalb zucke ich zusammen, als sich die Tür öffnet. Ohne es zu wollen, erhebe ich mich ruckartig von meinem Platz, sodass Tess vor Schreck beinahe eine Tasse fallen lässt.

Wir fangen uns gleich wieder und können so verhindern, dass wir beide einen Schrei ausstoßen, als wir die gebrechliche Dame erblicken, die das Café betritt.

»Danke für den Hinweis. Es ist mir noch nie passiert, dass ein Café nur für mich allein geöffnet hat«, sagt die Frau in die Stille hinein.

Ich bewege mich mit ausgestreckter Hand auf Nancy zu, hoffe, damit unseren anfänglichen Schock bei ihrer Ankunft wettzumachen. »Ich bin Keisha. Ich freue mich sehr, Sie kennenzulernen.« Ich bin in den letzten Wochen im Umgang mit fremden Menschen ein gutes Stück vorangekommen. Und irgendwie habe ich ohnehin das Gefühl, Nancy bereits zu kennen.

Sie hat ein strahlendes Lächeln. Was sicherlich zum Teil mit ihrem Gebiss zu tun hat, aber es liegt auch eine Wärme darin. Sie hat eine Aura, obwohl ich solche Dinge normalerweise nicht bemerke. Da ist ein Strahlen, das ihre kleine Gestalt umgibt, die kaum größer als einen Meter fünfzig sein dürfte. Ihr weißes Haar ist kurz geschnitten, und sie trägt eine blaue Brille. Dass sie eine Patchworkhandtasche bei sich hat, ist keine Überraschung für mich.

»Ich bin Tess. Eine Freundin von Keisha. Darf ich Ihnen etwas zu trinken bringen? Ich mache uns gerade einen Kaffee. Wir dachten, wir könnten später noch gemeinsam essen.«

»Ich hätte gern einen Kakao«, sagt Nancy, was Tess und mich zum Lächeln bringt.

Mir ist bewusst, dass ich gerade nichts anderes tue, als Nancy anzustarren, und ich bin Tess dankbar, dass sie ein bisschen die Regie übernimmt. Ich schaffe es irgendwie, Nancy zu einem Stuhl an meinem Tisch zu geleiten und mich anschließend auf meinen Stammplatz zu setzen, wobei ich sie weiter anstarre.

»Sie müssen wohl Clives Tochter sein. Ich habe mich immer gefragt, wie sein Leben wohl verlaufen ist. Ich bin froh, dass er wieder jemanden gefunden hat.« Sie sagt es mit einem so freundlichen Tonfall, als wünsche sie dem Mann aus ihrer Vergangenheit alles erdenkliche Glück.

Ich schüttle den Kopf. Ich will jegliche Verwirrung vermeiden. Das Ganze ist ohnehin schon verwirrend genug. »Ich bin nicht Clives Tochter. Nicht einmal seine Enkelin. Clive hat keine Kinder.«

»Oh. Ich hatte die Hoffnung gehabt, dass er welche bekommen würde.«

Ich sollte eigentlich weitere Dinge klarstellen, aber ich will unbedingt etwas über sie erfahren. »Können Sie uns ein bisschen mehr über sich erzählen? Woher kannten Sie Clive?«

»Das ist alles schon lange her. Und ziemlich kompliziert.«

Tess tritt mit einem Tablett an den Tisch, auf dem unsere Getränke stehen. Jeder Unterteller ist mit zwei Keksen versehen. Der zusätzliche Zucker ist willkommen.

»Wir haben genügend Zeit, um Ihnen zuzuhören«, erwidere ich in der Hoffnung, Vertrauen aufzubauen. Sie muss nicht erfahren, dass ich eigentlich wieder zurück ins Labor muss.

»Darf ich fragen, wer Sie sind? Woher Sie wissen, dass ich einmal Teil von Clives Leben gewesen bin?«, erkundigt sie sich.

Mir wird bewusst, dass das ebenfalls nicht so leicht zu erklären ist.

»Ich habe Clive kennengelernt, weil er mir für meine Doktorarbeit vorgeschlagen wurde. Ich verfolge den Fortschritt von Patienten, bei denen das Broken-Heart-Syndrom diagnostiziert wurde. Meine Studie beschäftigt sich mit dem Nutzen von Rote-Bete-Saft in der Genesungsphase. Das Nitrat der Rote Bete erhöht im menschlichen Körper den Stickstoffmonoxidspiegel und … nun, wie auch immer …« Ich bemerke, dass ich Gefahr laufe, die alte Dame zu langweilen. »Das Broken-Heart-Syndrom, auch bekannt als Takotsubo-Kardiomyopathie, ist eine seltene Herzerkrankung, die infolge eines Schocks oder eines Traumas auftreten kann. Sie verursacht eine vorübergehende Schwächung des Herzens. In Clives Fall kam es dazu, weil er glaubte, dass seine Frau, Nancy, gestorben sei.« Ich beschließe, ihr weitere Details über seine Wahnvorstellung zu ersparen. Ihr Gesicht hat schon jetzt einen fahlen Ton angenommen, ohne erfahren zu haben, dass er glaubte, sie sei ermordet worden.

»Nancy?«, wiederholt sie, als wäre es gar nicht ihr Name, den ich da gerade ausgesprochen hatte.

»Ja, Nancy. Er dachte, dass er vor seiner Erkrankung mit einer Frau namens Nancy verheiratet war. Als dies geprüft wurde, stellte sich heraus, dass Clive überhaupt keine Ehefrau hatte. Ihm wurde gesagt, dass dies auf seinen deliranten Zustand zurückzuführen sei, durch den es zu wirren Äußerungen kommt. Wir dachten das auch, bis wir die Historie seines Hauses angeschaut haben und auf eine Nancy gestoßen sind, die dort mit ihm gewohnt hat. Wir glauben, dass Sie das gewesen sind.«

Ihrer Reaktion nach zu urteilen musste es so sein. Sie hat eine Serviette vom Tisch genommen, um sie bei Bedarf als Taschentuch zu verwenden.

»Hat er wirklich Nancy gesagt? Ich hätte nicht gedacht, dass er sich überhaupt noch an mich erinnert.«

»Was meinen Sie damit?«

Nancy benötigt einen Moment, um sich wieder zu fassen. Sie nimmt ihre Brille ab und tupft sich die Augen.

»Clive und ich waren nie verheiratet. Wir waren verlobt, aber die Hochzeit hat wegen dem, was passiert ist, nie stattgefunden. Er war erst vierundzwanzig. Wir waren schon einige Jahre ein Liebespaar, als er eine Kopfverletzung erlitten hat. Das hat alles verändert.«

»Wenn es Ihnen nichts ausmacht, wüsste ich gern, was damals passiert ist?« Obwohl sich das Puzzle langsam zusammenfügt, sehe ich es immer noch nicht in seiner Gänze vor mir.

»Niemand weiß genau, was Clive damals zugestoßen ist. Nach seinem Ausscheiden aus der Armee hat er vorübergehend als Angestellter im Postamt gearbeitet. In seiner Pause ist er damals am Nachmittag zur Bank gegangen, um dort privat etwas zu erledigen. Man vermutete, dass irgendeine Bande davon ausgegangen ist, er habe eine beträchtliche Summe bei sich und ihn deshalb überfallen hat. Dabei wollte er nur einen kleinen Betrag für unsere Hochzeit einzahlen, nichts vom Postamt. Er hat es noch geschafft, nach dem Überfall wieder nach Hause zu laufen, aber er hatte erhebliche Verletzungen erlitten. Offenbar waren mehr als nur eine Person beteiligt. Eigentlich hätte er gar nicht mehr in der Lage sein dürfen, irgendwohin zu laufen. Sie haben ihm zu irgendeinem Zeitpunkt diese Kopfverletzung zugefügt, und es war lange Zeit nicht klar, ob er überleben würde.«

»Hat man jemals herausgefunden, was geschehen ist?«

»Nein. Clive hatte sein Gedächtnis verloren. Er hatte keine Erinnerung mehr an die zurückliegenden Jahre. Und schon gar keine an das, was ihm zugestoßen war.«

»Und keine Erinnerung mehr an Sie«, sage ich, als würde ich den Deckel eines Sargs öffnen, aus dem ein Geist zum Vorschein kommt.

»Nicht eine einzige. Es war eine sehr schwere Zeit. Für uns alle.« Nancy bekommt glasige Augen, so als wäre sie für den Moment an einem anderen Ort und in einer anderen Zeit, und nur die Tränen würden sie in der Gegenwart halten.

»Darf ich Ihnen eine Frage stellen? Sie müssen sich auch nicht genötigt fühlen, sie zu beantworten, wenn Sie es nicht wollen«, sagte Tess.

Nancy erschaudert unwillkürlich. »Nur zu. Wer A sagt, muss auch B sagen, schätze ich.«

»Wir haben nur deshalb herausgefunden, dass Sie real sind, weil wir Ihren Namen in einem alten Wählerverzeichnis unter Clives Adresse gefunden haben. Wenn Sie nicht verheiratet waren, warum haben Sie dort gewohnt? Früher war so etwas doch verpönt, nicht wahr?«

»Das war die schwere Zeit, von der ich gesprochen habe. Clive benötigte aufgrund seiner Verletzungen viel Pflege. Als sie ihn nach Hause entlassen wollten, war er nicht in der Lage, ganz allein ohne Hilfe, für sich zu sorgen. Seine Mutter war ein paar Jahr zuvor gestorben, und sein Vater war selbst nicht bei bester Gesundheit. Keith, sein Vater, schlug vor, dass ich zu ihnen ziehen sollte, um zu helfen. Es war eine Gelegenheit, ihn bei seiner Genesung zu unterstützen, in der Hoffnung, dass er sich mit der Zeit wieder an mich erinnern würde. Es dauerte ein Jahr, bis er wieder auf den Beinen war, aber seine ersten vierundzwanzig Jahre und jede Erinnerung an mich waren wie ausgelöscht.«

»Er hat sich also nicht noch einmal in Sie verliebt, während Sie ihn gepflegt haben?« Das war wirklich filmreif.

»Ich bin nur deshalb so lange geblieben, weil ich an dieser Hoffnung festgehalten habe. Bedauerlicherweise hatte ihn seine Verletzung in einen zornigen jungen Mann verwandelt, der über seinen Zustand sehr frustriert war. Er hat in mir immer nur die Pflegerin gesehen und wirklich geglaubt, dass ich von seinem Vater eingestellt worden war, um mich um sie beide zu kümmern. Als sein Vater starb, habe ich bei den Beerdigungsvorbereitungen geholfen, und da es Clive inzwischen viel besser ging und er in der Lage war, allein klarzukommen, hat er mich entlassen.« Nancy gab ein kleines Lachen von sich. Die Absurdität, die darin lag, war nur allzu offensichtlich. »Da war für mich der Moment gekommen zu verschwinden. Es machte keinen Sinn, sich weiter an eine Beziehung zu klammern, die an dem Tag, an dem er verletzt worden war, geendet hatte. Es brach mir das Herz, aber zu etwas anderem war ich nicht imstande.« Nancy wischt sich über das Gesicht. Die Serviette löst sich mit der zunehmenden Zahl der Tränen auf. »Es tut mir leid.«

»Wir sind diejenigen, die sich entschuldigen sollten. Das hier muss ein ziemlicher Schock für Sie sein«, erwidere ich und hätte mich am liebsten über den Tisch gebeugt, um sie zu umarmen, obwohl ich sonst nie jemanden umarme. Der Schmerz, den diese Frau erlitten hat, ist auch nach all diesen Jahren noch spürbar.

»Ja, es ist ein Schock. Er hat mich in all der Zeit nie bei meinem Namen genannt. Ich hätte nie gedacht, dass er jemals noch einmal meinen Namen aussprechen würde, geschweige denn, dass er glauben könnte, ich sei seine Frau.«

»Würden Sie ihn gern wiedersehen?« Ich muss es einfach wissen. Dass Nancy am Leben ist, verändert alles. Clive sollte nicht noch einmal dieses Trauma durchleben, wenn sie nichts von ihm wissen will. Aber angesichts der Tatsache, dass Nancy hier Tränen über ihre verlorene Liebe vergießt, ist diese vielleicht doch noch nicht ganz verloren.

»Ist er etwa hier?« Nancy blickt sich panisch um.

»Nein, ist er nicht. Ich habe mich nur gefragt, ob Sie sich vielleicht jetzt, wo Sie wissen, dass er eine Erinnerung an Sie hat, mit ihm treffen wollen.« In meiner Vorstellung sehe ich eine glückliche Wiedervereinigung, ohne dabei zu berücksichtigen, was Nancy vor all diesen Jahren durchgemacht haben muss. »Was habe ich mir nur dabei gedacht?«, sage ich. »Sie sind bestimmt verheiratet und haben Kinder. Das alles ist ja schon eine Ewigkeit her. Ich würde es verstehen, wenn Sie ihn nicht sehen wollen. Er hat keine Ahnung, dass wir Kontakt mit Ihnen aufgenommen haben.«

Nancy sammelt sich wieder mit Hilfe weiterer Servietten, die Tess ihr reicht. »Ich habe drei Katzen und keine Kinder. Ich hatte über die Jahre einige Beziehungen, habe es aber nie geschafft, die traumatische Erfahrung mit Clive hinter mir zu lassen. Das Leben kann sehr grausam sein, und ich glaube, ich habe mich immer davor gefürchtet, dass so etwas noch einmal passieren könnte. Bitte erzählen Sie mir doch, welche Erinnerungen Clive an mich hat?«

»Ehrlich gesagt, bin ich mir da nicht ganz sicher. Das Problem besteht darin, dass alles etwas verworren ist. Anfangs dachte er, sie hätten als Eheleute zusammengelebt. Doch nachdem man ihm mitteilte, dass er nur halluzinierte - was mir ebenso zu verstehen gegeben wurde –, habe ich in dieser Angelegenheit nicht weiter bei ihm nachgebohrt. Da es ihn von Anfang an aufgeregt hat, wollte ich ihn nicht noch mehr beunruhigen, insbesondere, weil wir zu der Zeit annahmen, dass Sie gar nicht real sind.«

»Also ist das, woran er sich erinnert, gar kein wahrer Bericht? Vielleicht hat er meinen Namen einfach so aus der Luft gegriffen, ohne wirkliche Erinnerungen daran, was ich ihm einmal bedeutet habe.«

»Ich glaube schon, dass er weiß, wer Sie sind. Meiner Ansicht nach sind es bruchstückhafte Erinnerungen Ihres gemeinsamen Lebens, die ihm wieder einfallen. Er hat mir von seiner ersten Begegnung mit Ihnen erzählt. Und manchmal spricht er von Ihnen, als würden Sie zusammenleben. Jetzt, wo wir wissen, dass Sie einmal Teil seines Lebens gewesen sind, ergibt dies sehr viel mehr Sinn.«

Mit einem Mal wird mir bewusst, dass ich auf keinen Fall mit ansehen möchte, wie diese Frau hier hinausspaziert und nie wieder die Chance hat, Clive wiederzusehen. Sondern ich möchte, dass er ihr Tee aus der Kanne serviert, mit Zuckerzange und rosafarbenen Keksen und allem, was dazugehört. Und ich möchte, dass sie von Clives eingelegten Zwiebeln kostet und mit eigenen Augen sieht, welch einen ungewöhnlichen Kleiderstil er hat.

»Ich bezweifle sehr, dass er wissen würde, wer ich bin. Wenn er sich damals nicht an mich erinnert hat, dann werden ein paar Erinnerungsschnipsel auch nicht dazu führen, dass er jetzt weiß, wer ich bin. Das alles ist fünfzig Jahre her. Er wird sich an eine ganz andere Frau erinnern als die, die Ihnen jetzt gegenübersitzt.«

Tess stellt mit einem Klappern ihre Tasse auf dem Unterteller ab. »Was wäre, wenn es eine Möglichkeit gäbe, ihn zu treffen, ohne ihm vorher zu verraten, wer Sie wirklich sind?«

»Wovon sprichst du?«, frage ich, ohne eine Ahnung zu haben, worauf sie damit hinaus will.

»Von unserer Speeddating-Veranstaltung. Wenn wir Clive dazu bringen mitzumachen, könnten wir Nancy doch als eine der Teilnehmerinnen ausgeben.«

»Wovon sprechen Sie da?«, will nun auch Nancy wissen.

»Also, wenn wir ein Treffen zwischen Ihnen und Clive arrangieren würden, dann müssten wir vorab erklären, wer Sie sind und warum Sie sich treffen. Es gäbe keine Möglichkeit, herauszufinden, ob er sich an Sie erinnert, ohne vorher klarzustellen, wer Sie sind. Und da er glaubt, dass Sie gar nicht existieren, könnte das für ihn unter Umständen traumatisch sein. Wenn Sie beim Speeddating teilnehmen, dann hätten Sie beide die Chance, sich noch einmal ineinander zu verlieben.« Tess hat bei diesem Vorschlag nun selbst feuchte Augen.

»Was halten Sie davon?«, erkundigt sich Nancy bei mir.

Ich lasse mir das Szenario durch den Kopf gehen, während ich an einem der Kekse knabbere. Er schmilzt auf meiner Zunge. Wenn sie beide an der Veranstaltung teilnehmen, ohne dass Clive sie erkennt, wäre nicht noch mehr verloren. Es wäre zwar nicht schön für Nancy, aber wir hätten zumindest unsere Antwort. Sollte er sie aber erkennen, würden wir dann nicht – und dazu braucht es keine Daten oder Statistiken – das Unmögliche erreichen? Wäre dies der Weg, um ein gebrochenes Herz zu heilen?

»Wenn Sie es gern machen würden, dann sollten wir es tun, finde ich«, sage ich zu Nancy. Und bevor ich den Satz überhaupt beendet habe, weiß ich bereits, dass sie Clive sehen will. Sie möchte wissen, ob sich die Liebe ihres Lebens an die Liebe seines Lebens erinnert.

48

Clive

Mit jeder Aufgabe, die Clive dieser Tage ausführte, kam er dem nächsten Kapitel seines Lebens ein Stückchen näher. Er würde die Gesellschaft von Tess vermissen. Ihre Wohnung war das komplette Gegenteil von Keishas Art zu wohnen. Im Wohnzimmer herrschte mit dem terrakottafarbenen Anstrich und dem Wandbehang, in dessen Muster winzige Spiegel eingewoben waren, eine marokkanische Atmosphäre.

Clive war viel zu unruhig, um es sich bequem zu machen, sondern starrte stattdessen in einen der kleinen, runden Spiegel und wünschte sich, es wäre eine Art Bullauge. Er hatte zwar kein solches Tief wie damals, als er zum ersten Mal im Krankenhaus gelandet war, aber er tat sich immer noch schwer damit einzusehen, dass das Leben weitergehen musste. Das war gar nicht so leicht, wenn das Leben nicht so verlaufen war, wie man es sich erhofft hatte. Er war zu alt für einen Neuanfang, auch wenn Keisha und Tess versuchten, ihn vom Gegenteil zu überzeugen.

»Alles in Ordnung, Clive?«, erkundigte sich Tess, als sie ihn dabei erwischte, wie er sein winziges Spiegelbild anstarrte.

»Ich fürchte, meine Nervosität gewinnt die Oberhand. Besteht noch die Möglichkeit, jemand anderen zu finden, der für mich einspringt?«

Keisha kam unten vom Café herauf und gesellte sich zu ihnen. »Sie sehen umwerfend aus, Clive.«

Clive rückte seine Fliege zurecht. Er hatte sich Mühe gegeben. Und er freute sich besonders darüber, dass er sein weinrotes Samtsakko gefunden hatte. Das war nichts, was man im Alltag trug, und daher hatte er sich riesig über die Gelegenheit gefreut es anzuziehen, aber jetzt wurde er mit einem Mal immer pingeliger und fühlte sich viel zu fein angezogen. »Ist das nicht ein bisschen übertrieben?«

»Ganz und gar nicht. Das passt zu Ihnen.«

»Kann ich nicht einfach wieder den Gastgeber spielen? Die Zeiten, um die große Liebe zu finden, sind für mich vorbei.«

»Sie haben mich dazu gebracht, und diese ganze Sache hier war Ihre Idee. Wir werden Sie nicht zwingen, aber es wäre wirklich sehr schade, wenn Sie es nicht tun würden. Nur Mut.«

Nach einiger Überlegung entledigte sich Clive der Fliege und öffnete den obersten Knopf seines weißen Hemds. Es wäre nicht gerade hilfreich, wenn er in Ohnmacht fallen würde.

»Es ist alles vorbereitet. Die Leute dürften bald eintreffen. Kommen Sie nach unten, wenn Sie so weit sind, oder wir können Sie auch rufen«, bot Tess an.

Clive verstand zum ersten Mal, warum Keisha bei diesen Gelegenheiten ihren Notausgang benötigte. Seine Nervosität stieg ins Unermessliche. Das hier war weit außerhalb seiner Komfortzone, und das war ihm erst klar geworden, als er sich fertig machte. Er unterhielt sich ständig mit Frauen: in seinem alten Job bei der Post, mit Passantinnen, die an der Anlage vorbeikamen und seinen Schrebergarten bewunderten, mit den freiwilligen Helferinnen in den Secondhandläden der Wohltätigkeitsorganisationen, in denen er einkaufte. Er war nett zu jedem

Menschen, dem er begegnete. Daher sollte ihm die Aussicht darauf, mit sechs Damen in Folge zu plaudern, eigentlich keine Angst einjagen. Aber die Tatsache, dass es sich quasi um mehrere Rendezvous handelte, ließ ihn das Ganze aus einer anderen Perspektive betrachten. Sein Charme, den er für gewöhnlich zu besitzen glaubte, hatte ihn bereits verlassen und wartete startbereit am Ausgang darauf, dass er ihm folgte.

»Es ist so weit«, rief Tess die Treppe hinauf.

Ein letzter prüfender Blick, und Clive machte sich auf den Weg hinunter ins Café. Alle anderen hatten bereits ihre Plätze an den Tischen eingenommen. Ihm wurde bewusst, dass dies eine etwas andere Veranstaltung werden würde als bei den jungen Dingern. Tess und er hatten einige Veränderungen vorgenommen. Beispielsweise dauerte jedes Date nun fünf Minuten und nicht mehr nur drei, und die Veranstaltung fand am Nachmittag statt und nicht am Abend.

»Sie sind an Tisch zwei, Clive«, sagte Tess mit einem verschmitzten Ausdruck auf dem Gesicht, den er noch nie bei ihr gesehen hatte.

Keisha sah ihn auch anders an. Vielleicht hatte er ja genauso ausgesehen, als er versuchte, sie mit George zu verkuppeln.

Clives Verabredung wartete bereits auf ihn, und niemand im Raum unterhielt sich, als ob es vor dem Ertönen der Glocke verboten wäre.

Sobald Clive seinen Platz eingenommen hatte, erklang sie, und das Geschnatter begann.

»Tut mir leid, dass Sie warten mussten«, sagte Clive. Er hatte das Gefühl, den ganzen Raum zuvor zum Stillstand gebracht zu haben, weil er der Letzte gewesen war, der erst heruntergekommen war, als man ihn rief.

Aus dem Augenwinkel heraus erblickte er Mrs. Baldwin. Er wusste nicht, ob er sich darüber freuen sollte, ein bekanntes Gesicht zu sehen, oder beunruhigt fühlen, weil es sich um einen Verkuppelungsversuch handeln könnte. Nach dem, was er mit Keisha und George angestellt hatte, würde es ihm recht geschehen. Aber es war nicht seine Absicht, sich gegenüber seiner Tischdame unhöflich zu verhalten und mit einer anderen Teilnehmerin zu reden, auch wenn sie ihm bisher noch nicht geantwortet hatte.

Clive schaute sie zum ersten Mal richtig an und fragte sich, warum sie bisher nicht einmal ein »Hallo« zustande gebracht hatte.

»Sie müssen sich nicht entschuldigen«, sagte sie mit erstickter Stimme, als würde ihr etwas die Kehle abdrücken.

Clive hatte aber das deutliche Gefühl, sich entschuldigen zu müssen, ohne zu wissen, warum. »Ich werde es dennoch tun. Ich weiß, dass das eine Lieblingsbeschäftigung von uns Engländern ist, aber ich bin nun mal ein Gentleman, also, es tut mir wirklich leid.«

Nun, da sie miteinander sprachen, schenkte Clive der Dame, die ihm gegenübersaß, mehr Beachtung. Sie trug eine blaue Brille mit Bügeln in einem schicken Design. Das betonte ihre Züge: weißes Haar, hohe Wangenknochen, wunderschöne fast schon violettblaue Augen.

Was natürlich auch an einer antireflektierenden Beschichtung ihrer Brillengläser liegen konnte oder an der Tatsache, dass er sie durch seine Entschuldigung zum Glänzen gebracht hatte.

»Sie sehen wunderschön aus«, sagte er, und das war keine Höflichkeitsfloskel. Dabei fiel ihm zum ersten Mal auf, dass sie im Partnerlook waren, denn sie trug ein weinrotes Samtoberteil, das ein passendes Gegenstück zu seinem Sakko darstellte. »Farblich passen wir schon einmal zueinander«, sagte er, eine Vorstellung, die ihn euphorisch stimmte.

»Das tun wir! Wer hätte das gedacht!«

Clive lehnte sich vor und umschloss eine ihrer Hände mit seinen eigenen. Normalerweise wäre er nicht so aufdringlich, aber da war eine Vertrautheit, die er sich nicht erklären konnte. Es musste an dem weinroten Samt liegen.

»Ich bin Clive. Ich freue mich, Sie kennenzulernen.« Er hatte nur fünf Minuten. Zwei davon waren vermutlich bereits verstrichen. Er wollte nicht noch mehr Zeit verschwenden.

»Ich bin Nancy«, sagte sie und wirkte dabei gelassener als zuvor. Offenbar schien sich auch bei ihr die Nervosität gelegt zu haben.

»Nancy«, wiederholte er. »Ich glaube, ich habe einmal eine Nancy gekannt.«

Die Nancy, die er kannte, war zu viele Male in seinem Leben aufgetaucht und wieder verschwunden, als dass er zu sagen vermochte, ob sie real war oder nicht. Sie schlich sich durch eine Erinnerung hinein oder durch den Geschmack eines köstlichen Kuchens oder auch durch den schwachen Duft von Gladiolen. In der einen Minute da und in der nächsten schon wieder fort. Die Gedanken, die er sich in der letzten Zeit über sie gemacht hatte und die ihm so real erschienen waren … Er hatte sich diese Gedanken aus dem Kopf geschlagen. Man hatte ihn aufgefordert, sie sich aus dem Kopf zu schlagen. Und dennoch war es ihm nicht gelungen, sie abzuschütteln.

»Wie finden Sie das Ganze bisher?«, erkundigte er sich, hatte mit einem Mal alles vergessen, was er eigentlich fragen wollte.

»Erstaunlich«, erwiderte Nancy, die dabei an einem Armband spielte und ihren Blick mehr darauf gerichtet hatte als auf ihn.

Die Glieder der schlichten Goldkette lösten etwas in ihm aus. Etwas, das er zur Abwechslung einmal festzuhalten vermochte, ohne dass es ihm wieder entglitt.

»Bist du *meine* Nancy?«

Aus dem Glanz formten sich Tränen, die sich ihn ihren Augenwinkeln sammelten. »Bin ich das?«, fragte sie.

Er konnte nicht fassen, was hier vor sich ging. Seine Nancy war gestorben. Und dann hatte man ihm erklärt, dass das alles Unsinn sei ... Erfundene Erinnerungen, verursacht durch seine Erkrankung. Es konnte unmöglich sein. Und doch ...

»Ich glaube, du bist es.«

War sie es wirklich? Es gab kein getreues Abbild von der Nancy in seiner Vorstellung. Wenn er dachte, er habe sie gefunden, gelang es ihm nie, einen Blick auf ihr Gesicht zu erhaschen. Nancy existierte für ihn als ein Gefühl. Das Wissen darum, dass er sich mit Haut und Haaren in sie verliebt hatte.

»Ja, ich bin es, aber das ist fünfundfünfzig Jahre her.«

»So lange?«, erwiderte er, und dabei versagte ihm beinahe die Stimme. Er spürte, wie ihm Tränen über die Wangen liefen, so wie ihr jetzt auch – wieder etwas, das sie einte.

Nancy nickte, unternahm einen schwachen Versuch, die Tränen wegzuwischen.

»Was ist geschehen?«

»Ich kann nicht.« Sie schüttelte den Kopf.

Clive hielt immer noch ihre Hand umschlungen und zog sie sanft näher zu sich heran, als wäre sie ein kostbares Juwel. Als könne er, indem er sie festhielt, all das erfassen, was diesen Moment ausmachte. Er vermochte nicht voll und ganz zu verstehen, warum sie so aufgewühlt war, und dennoch flossen die Tränen und dabei verspürte er eine Euphorie, die im krassen Gegensatz dazu stand. Er war sich nicht sicher, wie das richtige Wort lautete … Es war ihm noch nie eins untergekommen, das das genaue Gegenteil von Trauer ausdrückte. Aber er war so voller Freude. Hatte das Gefühl, vor Freude schier zu platzen.

»Das spielt doch jetzt keine Rolle mehr, nicht wahr? Können wir nicht an diesem Punkt mit unserer passenden Garderobe beginnen? Können wir nicht das Beste aus diesen fünf Minuten machen?« Wenn Nancy nicht so aufgewühlt wäre, hätte er ihr auf der Stelle einen Heiratsantrag gemacht. Er wollte kein weiteres Fünf-Minuten-Date mehr. Wieso sollte er, wo er doch die Liebe seines Lebens gleich am ersten Tisch gefunden hatte.

»Ich brauche einen Moment. Etwas frische Luft«, sagte Nancy, stand auf und schritt zum Ausgang.

Clive wusste nicht, wie er darauf reagieren sollte, daher wandte er sich Keisha zu, in der Hoffnung, dass sie einige der Antworten kannte.

»Wie haben Sie …? Was haben Sie …?« Die Sätze entglitten ihm, bevor er sie überhaupt zu beenden vermochte. Das hier war unmöglich.

»Wir waren uns nicht sicher, ob Sie sich an sie erinnern würden.«

Clive spürte, wie sich Frustration in ihm aufstaute. Der alte Griesgram, der er im Krankenhaus gewesen war, kehrte zurück. »Wieso haben Sie es mir nicht gesagt? Mein Gott, sie ist am Leben! Und niemand hat sich die Mühe gemacht, es mir zu sagen, bevor ich mich für fünf lächerliche Minuten an einen Tisch mit ihr gesetzt habe. Finden Sie nicht, dass fünfundfünfzig verlorene

Jahre ein bisschen mehr als das verdient haben? Kein Wunder, dass sie so aufgewühlt ist.«

»Das war meine Idee«, erwiderte Tess, bevor Keisha zu einer Erklärung ansetzen konnte.

»Wir waren uns wirklich nicht sicher, ob Sie sie erkennen würden. Wir hielten es für besser, erst einmal zu schauen, ob sie selbst darauf kommen würden, anstatt es Ihnen zu sagen.«

Diese Erklärung war etwas verwirrend, aber alles andere in Clives Leben war es im Moment ja auch. Er hatte ein ganzes Leben damit verbracht, an Gewohnheiten festzuhalten, um seinen Alltag zu bewältigen, und dabei immer gewusst, dass etwas fehlte, aber nie herausfinden können, was es war. Und nun wusste er es. Und sie war gerade in Tränen aufgelöst wieder aus seinem Leben verschwunden.

Aber im Gegensatz zu dem, was er bei Keishas Dates erlebt hatte, würde er nicht zulassen, dass seine Chance auf die wahre Liebe einfach so hinausspazierte. Er hatte nicht vor, eine Gelegenheit im wirklichen Leben zu verpassen, indem er durch irgendwelche Posts auf Facebook scrollte.

»Ich muss los«, sagte Clive.

Aber als er aus dem Café auf die Straße trat und herauszufinden versuchte, in welche Richtung Nancy gegangen war, bestand die Chance, dass er ein ganzes Leben zu spät dran war.

VIERTER TEIL

Der linke Ventrikel

Die linke Herzkammer – die kräftigste Kammer des Herzens –,
die sauerstoffreiches Blut in den Körper zurückpumpt.
Mit anderen Worten: Der Beginn einer Reise …

49

Keisha

Ich bin nicht imstande zu reagieren. Ich sollte es, aber mein Puls ist in die Höhe geschnellt, und meine Finger pressen sich an meinen Hals, damit das aufhört.

So sollte es nicht ablaufen.

»Los!«, fleht Tess mich an.

Jegliche Unterhaltung im Café ist ins Stocken geraten, die Leute starren mich an. Sie fragen sich alle, was da gerade passiert ist, und ich möchte ihnen erklären, wie sehr ich das hier vermasselt habe. Dass ich trotz all meiner Studienjahre überhaupt nicht weiß, wie das Herz funktioniert.

»Ich werde George anrufen«, sagt Tess, als ich nicht reagiere, weil ich zu sehr damit beschäftigt bin, die Schläge meines Herzens in der Minute zu zählen.

Es sind einfach viel zu viele, das zumindest vermag ich zu sagen. Aber ich muss das jetzt nicht tun. Es ist Zeitverschwendung. Hält mich davon ab, im Hier und Jetzt zu leben.

Obwohl der Sekundenzeiger, auf den ich starre, noch nicht die Zwölf erreicht hat, breche ich ab, bevor ich den Messwert korrekt ermittelt habe. Zum ersten Mal in meinem Leben ist es mir wichtiger zu leben, als zu überprüfen, ob ich am Leben bin.

»Ich rufe George an«, sage ich. »Ich bin für diesen Schlamassel verantwortlich. Ich werde es ihm erklären.« Ich will diejenige sein, die mit ihm spricht, denn ich weiß, dass er es verstehen wird.

Ich überlasse es Tess, nach dieser Unterbrechung die Veranstaltung fortzuführen, und verschwinde, ohne eine Jacke oder irgendetwas Praktisches mitzunehmen.

Der Versuch, meinen Puls zu messen, hat eine Verzögerung von lediglich dreiundfünfzig Sekunden verursacht. Und doch waren es offenbar zu viele, denn ich vermag draußen nichts Weinrotes zu entdecken, dem ich folgen könnte. Ich hatte darauf gehofft, dass es ähnlich wie beim letzten Mal sein würde, als ich nach Clive gesucht und er draußen vor dem Café gesessen hatte. Dass er noch knapp in Sichtweite und leicht zu finden wäre.

Ich rufe George an, während ich die Straße überquere. Gebe dabei aber acht, dass ich nicht über den Haufen gefahren werde.

»Hast du Zeit? Kannst du zum Café kommen?«, frage ich ihn, während ich auf der Suche nach Clive oder Nancy in alle Richtungen schaue.

»Was ist passiert?«

»Clive hat Nancy getroffen.«

Er wusste, dass das der Plan gewesen war, aber aus irgendeinem Grund hatte ich das Gefühl, es noch einmal verdeutlichen zu müssen.

»Und?«

»Möglicherweise bin ich dafür verantwortlich, dass ihre Herzen noch einmal gebrochen wurden.«

Ich merke, dass ich weine. Beginne zu meiner Überraschung sogar zu schluchzen. Es heißt, dass ein Blitz niemals zweimal an derselben Stelle einschlägt. Und doch bin ich der lebende Beweis, dass eine Narbe manchmal eine weitere verursachen kann.

50

Clive

Weit und breit keine Spur von Nancy. Was Clive seltsamerweise wieder glauben ließ, dass er sie sich nur eingebildet hatte. Dass er in seinem Wahn wieder einmal halluzinierte.

Glücklicherweise gelang es ihm, ein Taxi anzuhalten, und er bat den Fahrer, die umliegenden Straßen abzufahren, in der Hoffnung, sie irgendwo zu entdecken. Der Fahrer war sehr zuvorkommend und folgte Clives Anweisungen, während sie beide die Augen nach der Frau offen hielten, die ein Oberteil in der gleichen Farbe wie Clives Sakko trug.

»Ist sie Ihre Frau?«, erkundigte sich der Taxifahrer, als sie um eine weitere Ecke bogen.

»Beinah.« Clive war sich nicht sicher, ob er über damals oder heute sprach. »Würden Sie mich zur Guildford-Gardens-Kleingartenanlage fahren? Sie könnte dorthin unterwegs sein.«

Es bestand die vage Möglichkeit, dass sie eine vertraute Umgebung aufsuchte. Aber um ehrlich zu sein, hatte er keine Ahnung, wohin Nancy gehen würde. Er wusste nichts über ihr Leben, und wenn sie nicht in der Lage war, ihn ins Bild zu setzen, dann war er sich nicht sicher, ob er es von jemand anderem hören wollte. Ganz gewiss nicht jetzt, wo er gerade dabei war, das zu verarbeiten, was vor sich ging. Wenn er zu seinem

Schrebergarten fuhr, gab ihm das wenigstens die Möglichkeit zu einem weiteren Versuch, sich zu erinnern.

Da er am späten Nachmittag an der Kleingartenanlage eintraf, war dort mehr los als bei seinen beiden vorherigen Besuchen. Er hatte nicht die richtige Kleidung an, aber da er die erste Parzelle hinter dem Eingang hatte, bestand die Möglichkeit, unbemerkt in seinen Schrebergarten zu schlüpfen. Er konnte gerade keine Unterhaltung darüber gebrauchen, ob jetzt die richtige Zeit war, um Zuckererbsen zu pflanzen.

Aber als er unbemerkt an seinem Komposthaufen vorbeiging und in seinen Schuppen gelangte, da wusste er nicht, was er eigentlich gerade brauchte. Vermutlich würde es ihm in vielerlei Hinsicht guttun, sich einmal richtig auszuheulen, aber er war immer noch viel zu schockiert, als dass jetzt schon die Tränen fließen konnten. Es wäre schön, wenn er diese fünf Minuten noch einmal erleben dürfte. Wenn er es von Anfang an gewusst hätte, wenn er sie sofort wiedererkannt hätte, wäre er in der Lage gewesen, zum Ausdruck zu bringen, wie sehr er sie liebte. Während er die moschusartigen, holzigen Gerüche seines Schuppens einatmete, hoffte er, dass sie ihn beruhigen würden, aber das Ganze machte seinen Verlust noch unerträglicher.

Wo mochte Nancy nur sein? Würde er sie wiedersehen? Waren diese fünf Minuten die einzigen, die er jemals wieder mit ihr haben würde?

Wenigstens wusste er, dass sie am Leben war. Dass all diese Bilder in seinem Kopf eine bloße Erfindung gewesen waren. Die Leiche. Das Blut auf den Teppichfliesen. Am Türrahmen. Alles nur erfunden.

Dieser kurze Moment im Schuppen, um seine Gedanken zu sammeln, wurde von der plötzlichen Erkenntnis unterbrochen, dass er am falschen Ort war. Jegliche Erinnerungen, die er hatte, würden nicht hier auf ihn warten, sondern zu Hause. Es war endlich an der Zeit zurückzukehren.

Ohne seine Schubkarre benötigte er für den Weg lediglich fünf Minuten. Guildford Gardens lag zwar direkt gegenüber, aber es war eine dieser Straßen, die eine Schleife machte, und er musste erst noch um die Ecke biegen, bevor sein Haus in Sicht kam.

Für einen verzweifelten Moment war er voller Optimismus. Er wollte nur zu gern glauben, dass sie dort stand und auf ihn wartete.

Doch als das Haus in Sichtweite kam, war nichts von ihr zu sehen. Weder am Gartentor noch an der Haustür. Sein Optimismus schwappte einer Welle gleich aus seiner leeren Brust, und so, wie er sich fühlte, fragte er sich, ob dort noch ein Herzschlag war.

Es gab zwei Möglichkeiten, in Clives Haus zu gelangen: durch die Haustür oder durch den Seiteneingang. Er hatte einen Schlüssel für beide. Er hatte sie die ganze Zeit bei sich gehabt, so als sei es trotz seiner Furcht immer schon seine Absicht gewesen, hierher zurückzukehren. Er entschied sich für die Haustür, denn er hatte zu viel Angst, dass die Benutzung des Seiteneingangs wieder Erinnerungen an dieses schreckliche Ereignis wecken würde, das ihm so real erschienen war.

Für einen Augenblick vergaß er, dass Keisha und George im Haus ausgeräumt hatten. Im Laufe der Jahre war es darin mit all dem Krimskrams, den er erstanden hatte, ein wenig eng geworden. Er war wohl ein Mensch, den man als sammelwütig bezeichnen konnte, und wenn ihm etwas gefiel, dann nahm er es mit nach Hause. Nun sah es ziemlich kahl darin aus, so wie es ursprünglich einmal gewesen war. Seine Eltern hatten nicht Clives Sammelleidenschaft besessen, und daher waren nur noch die Teppiche und die Möbel geblieben, die zum größten Teil noch aus der Zeit stammten, als seine Eltern noch am Leben gewesen waren.

Bei dem Gedanken an seine Eltern hier im Haus, insbesondere an seine Mutter, fiel ihm etwas ein ... Und plötzlich erinnerte er sich.

Nicht an alles. Nicht einmal ansatzweise an alles. Aber genug. Die Jahre, die er so oft als die Trauerjahre bezeichnet hatte, fielen ihm Stück für Stück wieder ein.

Er musste unbedingt an die Stelle zurückkehren, die ihn verfolgt hatte. Die Stelle in der Nähe der Frühstückstheke, wo er geglaubt hatte, Nancy blutend auf dem Boden gefunden zu haben. Nun, da er sie lebendig und wohlauf vor sich gesehen hatte, reichte das hoffentlich aus, dass er nicht noch einmal in diesen Albtraum hineingeraten würde.

Als Erstes fiel ihm auf, dass der Teppich anders war. Nicht im Vergleich zum letzten Mal, als er hier gewesen war, sondern im Vergleich zu der Erinnerung in seinem Kopf.

Und dass es in der Tat eine Erinnerung war, wurde ihm schlagartig bewusst. Aber keine, die mit Nancy zu tun hatte, sondern mit ihm selbst ...

Es war Clive gewesen, der dort blutend lag und beinahe an seinen Kopfverletzungen und der Wunde an seinem Arm gestorben wäre. Diese Narbe, wegen der er immer irgendwelche Geschichten erfunden hatte, weil seine echten Erinnerungen daran verloren gewesen waren.

Aber das hier ... das hier war eine Wahrheit, die sich in einer lebenslangen Verwirrtheit versteckte.

Während er so in der Küche stand, kam es zu dem Flashback, vor dem er sich gefürchtet hatte, aber es war ein anderer als erwartet.

Clive hielt sich den Kopf, als er sich an die Schläge erinnerte. Sie waren zu dritt, und jeder von ihnen machte sich einen Spaß daraus, ihn fast totzuschlagen. Die Schnittverletzung an seinem Arm hatte er sich zugezogen, als er zu Boden ging. Hatte ihn sich im Fallen an einem Geländer aufgeschlitzt, als wäre jemand mit einem Messer auf ihn losgegangen. Danach folgten Tritte und Schläge, ehe sie ihn einfach dort zurückgelassen hatten.

Aber er war nicht liegen geblieben und hatte darauf gewartet, dass ihn jemand fand, was er wohl getan hätte, wenn er orientierter gewesen wäre. Er hatte sich aufgerappelt und war nach Hause zurückgestolpert. Etwas, das jemand, der kaum bei Bewusstsein war, eigentlich gar nicht schaffen konnte, und dennoch war es ihm in seinem verletzten Zustand gelungen, es bis dort zu schaffen.

Sein kürzliches Delirium hatte mit alldem nichts zu tun. Es war eine fünfundfünfzig Jahre alte Erinnerung. Nicht Nancy hatte dort sterbend auf dem Boden gelegen, sondern er selbst. Das war der Tag gewesen, an dem alles schwarz wurde in seiner Welt. Erst heute hatte er sich daran erinnert, dass diese Welt einmal bunt gewesen war … Veilchenblaue Augen, von denen er fürchtete, dass er sie nie wiedersehen würde.

51

Keisha

Es ist ein Trost, dass George als Pfleger schon mit vielen verzweifelten Menschen zu tun hatte. Ich schaffe es einfach nicht, mich zusammenzureißen, und bin mir in diesem Moment auch gar nicht sicher, ob es mir überhaupt jemals wieder gelingen wird.

Es ist auch nicht gerade hilfreich, dass ich durch meine Aufregung nicht mehr zu rationalen Überlegungen fähig bin. Ich weiß nicht, was ich jetzt machen soll, nachdem es ganz offenbar nicht damit getan ist, ein paar Straßen abzulaufen, um Clive zu finden. Ich habe sogar schon im nächstgelegenen Secondhandshop nachgefragt, ob sie ihn gesehen haben.

Sobald wir in seinem Wagen sitzen, umfasst George mein Gesicht mit seinen Händen und tupft mir dann mit einem Taschentuch die Tränen ab.

»Hör zu, ich weiß, dass du dir Sorgen machst, aber du musst positiv denken. Nach allem, was wir wissen, könnten sie ja die Gelegenheit genutzt und sich ein Hotelzimmer genommen haben, um die vergangenen fünfundfünfzig Jahre nachzuholen. Wir können nur hoffen, dass er länger als meine drei Minuten schafft, falls das der Fall sein sollte.« Georges Lächeln ist unglaublich schön. »Das hier muss nicht bedeuten, dass alles furchtbar schiefgelaufen ist.«

»Ich weiß, es ist nur …« Ich habe keine Ahnung, wie ich

George meine Angst erklären soll, dass sich die Geschichte wiederholt. Zumindest nicht auf eine wortgewandte und anschauliche Art und Weise. »Sein Herz.«

»Hoffen wir einmal, dass sein Herz brav weitertickt, selbst wenn es unter Schock steht. Lass uns die Sache einfach mal angehen. Wo könnte sich Clive jetzt aufhalten? Kennst du Nancys Adresse? Besteht die Möglichkeit, dass er dorthin gegangen ist?«

»Nein, ich habe nur ihre Telefonnummer.« Der Satz führt mir die Fehlfunktion meines Denkprozesses vor Augen. »Aber ich habe auch seine Telefonnummer. Ich kann Clive auf seinem Handy anrufen!«

Ich habe keine Ahnung, warum ich das nicht gleich als Erstes getan habe, anstatt die umliegenden Straßen abzulaufen. Clives Erreichbarkeit war doch überhaupt der Grund, warum wir ihm ein Handy besorgt haben. Als es zu läuten beginnt, frage ich mich, ob er drangehen wird. Ich vermag dieses Bild nicht aus dem Kopf zu bekommen, auf dem er irgendwo in der Nähe kollabiert ist. Ich weiß, was mit einem Herz in Stresssituationen passieren kann, wenn es nicht in der Lage ist, mit dem Schock fertigzuwerden, den es erlitten hat. Es ist schwer für jemanden, der die Folgen aus nächster Nähe miterlebt hat, sich etwas anderes vorzustellen.

Jedes Mal, wenn es am anderen Ende läutet, steigt der Druck auf mein Herz. Und mit jedem Klingeln, das unbeantwortet bleibt, setzt sich dieses emotionale Auf und Ab fort, und ich spüre meinen Herzschlag bis hinunter in die Bauchhöhle.

»Bitte geh ran.« Ich blicke zum Himmel hinauf, als würde ich daran glauben, dass von dort Hilfe zu erwarten ist. »Bitte, lass ihn rangehen.«

»Hallo? Habe ich die richtige Taste gedrückt? Können Sie mich hören?«

Ich danke den Wolken und allem, was jenseits davon noch sein mag.

»Clive, wo sind Sie?« Mir kommen ein paar Tränen der Erleichterung, auch wenn die Panik erst noch nachlassen muss.

»Ich bin zu Hause.«

»In Ihrer neuen Wohnung?«

»Nein, ich habe beschlossen, dass es an der Zeit ist, nach Hause zu kommen.«

»Sie sind also im Haus? In Ihrem Haus?« Ich bin mir nicht sicher, warum ich es klarstellen muss, aber der Teil von mir, der weiß, dass Clive niemals in der Lage sein wird, in dieses Haus zurückzukehren, vermag nicht Schritt zu halten mit dem, was er da sagt.

»Ja, in meinem Haus. Ich musste nach Hause kommen. Ich musste herausfinden, ob ich mich erinnere.«

»Wir sind gleich bei Ihnen. George ist auch hier. Rühren Sie sich nicht von der Stelle.«

»Ist alles in Ordnung?«, erkundigt sich George, nachdem ich das Gespräch beendet habe.

Die Tränen strömen mir jetzt über die Wangen, und ich lasse es für einen Moment zu, auch auf die Gefahr hin, schrecklich auszusehen. Dann wische ich mir über das Gesicht, um wenigstens einen halbwegs annehmbaren Eindruck zu machen, auch wenn ich vermutlich längst über diesen Punkt hinaus sein dürfte.

»Clive ist in seinem Haus. Ich hätte dieser Sache nie zustimmen dürfen.« Es kommt mir so vor, als hätte ich damit ganz neue Probleme geschaffen und keine Ahnung, wie ich sie wieder in den Griff kriegen sollte.

»Mach dir keine Vorwürfe. Nancy war doch froh, diese Gelegenheit zu haben. Niemand wusste, wie die Sache laufen würde. Betrachte es als einen Versuch, und hoffen wir, dass sich das Ganze schnell bereinigen lässt.«

»Ich habe nur das Gefühl, Clive enttäuscht zu haben. Er ist mein Freund, und ich habe mich zu diesem Weg entschlossen, anstatt ihm davon zu erzählen.«

George nimmt ein Papiertaschentuch aus der Packung, die ich in der Hand halte, und tupft damit noch einmal mein Gesicht ab, da bei mir immer noch die Tränen fließen.

»Aber du hast es aus den richtigen Gründen getan. Ich vermute, dass du die beste Freundin bist, die Clive je hatte. Du und Tess, ihr beide habt in den vergangenen Wochen alles in eurer Macht stehende für ihn getan. Er mag keine Töchter haben, aber es kommt mir so vor, als habe er doch noch eine oder zwei bekommen. Möglicherweise auch drei, wenn wir Lucy hinzurechnen.«

»Und möglicherweise auch einen Sohn«, füge ich angesichts der Rolle hinzu, die auch George in Clives Leben spielt.

»O nein.«

»Nein? Aber du bist eine sehr große Hilfe gewesen. Und gleich fährst du mich zu ihm, damit wir uns vergewissern können, ob es ihm wirklich gut geht. Ich glaube schon, dass er das in dir sieht.«

»Es bleibt beim Nein. Wenn du eine Art Ersatztochter für ihn bist, dann kann ich nicht in die Rolle des Ersatzsohns schlüpfen. Das wäre ja dann so was wie Inzest.«

Zum x-ten Mal verspüre ich in Georges Gegenwart ein Flattern in meinem Bauch. »Was willst du – damit sagen?«

Ich bemerke zum ersten Mal, wie George mich ansieht. Und

mir wird klar, dass sich die Dinge zwischen uns geändert haben. Ich getraue mich immerhin schon Rotz und Wasser vor ihm zu heulen.

»Ich könnte das hier nicht tun, wenn du meine Ersatzschwester wärst«, sagt er, lehnt sich vor und küsst mich auf die Lippen. Es ist eine kleine süße Geste, als wäre er sich unsicher, ob der Kuss willkommen ist.

»Oh«, sage ich. Es liegt an dem Schock, dass meine Reaktion so unzureichend und lustlos ausfällt. Was das Datingexperiment betrifft, haben Tess und Clive anscheinend recht gehabt. Es ist nicht immer das Herz, das als Erstes reagiert. Jeder Teil von mir hat sich danach gesehnt, dass das hier passiert, doch ich hatte keine Sekunde geglaubt, dass George ähnlich empfinden könnte.

»Tut mir leid. Schlechtes Timing. Vergiss einfach, dass es passiert ist.«

»Ich möchte es aber nicht vergessen.« Nicht, nachdem Clive ein ganzes Leben voller Liebe verloren hat, weil ihm die Erinnerungen verloren gegangen waren.

Wenn mich Clive, der fünfundfünfzig Jahre lang die Liebe seines Lebens vergessen hatte, mit seiner Geschichte irgendetwas gelehrt hat, dann, dass ich die Chance auf meine zumindest wahrnehmen sollte.

Ich küsse George auf eine Weise, wie es eigentlich getan werden sollte. Auch wenn wir doch sicherstellen wollten, dass bei Clive alles in Ordnung ist, zählt für eine Minute oder auch zwei nur das Gefühl, wie Georges Zunge an meiner entlanggleitet. Das erinnert mich daran, wie es ist, am Leben zu sein. Es lässt mein Herz endlich höher schlagen. Hilft vielleicht sogar ein wenig dabei, es zu heilen.

»Ich möchte niemals einen Moment wie diesen vergessen«, sage ich, als ich mich von ihm löse.

»Ich auch nicht«, erwidert George und küsst mich sicherheitshalber gleich noch mal.

Ich muss an dieses alte Sprichwort denken, dass nichts ohne Grund geschieht. Dass ich George niemals begegnet wäre, wenn ich mich nicht mit Clive getroffen hätte und er nicht zu meiner ersten Anlaufstelle bei einem Notfall geworden wäre.

Mit George an meiner Seite ist es so viel leichter, herauszufinden, ob es Clive gut geht. Und wir werden das hinkriegen. Schon bald. Wenn wir es geschafft haben, mit dem Küssen aufzuhören.

52

Clive

Clive war von einer Leere erfüllt, was ein Widerspruch in sich war, und doch spiegelte es die Lage wider, in der er sich befand. Wenn dieses Haus, aus dem so viele seiner Habseligkeiten entfernt worden waren, nicht ausreichte, um diese Leere in ihm zu erzeugen, dann das Wissen darum, was ihm im Leben entgangen war.

Er dachte an all die Mahlzeiten, bei denen er allein am Tisch gesessen hatte. Die Spaziergänge, die er allein unternommen hatte. Die Theaterbesuche auf seinem Einzelplatz. Er hatte sich all die Jahre eingeredet, dass er allein glücklich war, was ja auch stimmte. Weil er nicht gewusst hatte, dass es da diesen einen über alles geliebten Menschen gab, den er zurückgelassen hatte. Doch je mehr er darüber nachdachte, desto mehr schöne Erinnerungen kamen zum Vorschein. Diese Pasteten, an die er sich erinnert hatte, waren von ihr gebacken worden. Diese Beschwerden über seine dreckigen Gummistiefel hatte es wirklich gegeben. Und vor einer Ewigkeit hatte er tatsächlich Gladiolen für sie gepflanzt.

Das Klopfen an der Tür hielt ihn vorerst davon ab, sich weiter damit zu beschäftigen. Es war Keisha. Sie stürzte auf ihn zu und umarmte ihn zum ersten Mal seit sie sich kannten, wobei sie ihn so fest an sich drückte, wie es noch nie zuvor jemand getan hatte.

»Es tut mir so leid. Das ist alles meine Schuld. Ich hätte Ihnen sagen sollen, dass wir das mit Nancy herausgefunden haben und mehr an Ihrer Geschichte dran ist, als wir ursprünglich geglaubt haben«, sagte sie und fügte hinzu, dass George im Auto wartete, damit sie beide etwas Zeit für sich hatten.

»Unfug! Wie sollte es Ihre Schuld sein, dass ich vor einer Ewigkeit überfallen wurde und aus mir dann ein verwirrter, aber mit einigen Erkenntnissen versehener alter Mann geworden ist? Niemand anders als das Leben selbst mit all den Schicksalsschlägen, die es manchmal austeilt, ist dafür verantwortlich. Ich wünschte nur, ich hätte mich schon früher an einiges erinnert.« Irgendetwas machte ihm immer noch zu schaffen.

»Aber das mit Nancy. Ich hätte es Ihnen erzählen sollen. Wir waren uns einfach nicht sicher, ob Sie sich erinnern würden.«

»Anfangs nicht, doch dann, mit einem Mal, wusste ich es wieder mit absoluter Gewissheit. Ich hoffe wirklich, dass sie nicht allzu aufgebracht ist. Können Sie sie anrufen? Nachhören, ob bei ihr alles in Ordnung ist?«

»Dürfte ich zuerst Ihren Puls messen? Ich möchte sichergehen, dass wir keinen weiteren Anfall auslösen.«

»Machen Sie nur.« Clive setzte sich auf das Sofa und hielt Keisha sein Handgelenk hin, was ihn an ihre Narbe erinnerte, die, von der sie nie erzählte, die aber eine Verbindung zwischen ihnen geschaffen hatte. »Wir wollen ja nicht, dass es zu Komplikationen kommt. Wann erzählen Sie mir denn endlich einmal die Geschichte, die hier dahintersteckt?« Er strich sanft über ihr Herztattoo.

Keisha warf einen Blick auf ihre Narbe, und erst in dem Moment bemerkte Clive, dass sie geweint hatte. Offenbar war ihnen heute allen zum Heulen zumute.

»Ich habe sie noch nie jemandem erzählt, verstehen Sie?«

»Ja, das tue ich. Und Sie müssen sie mir auch nicht erzählen, aber ich habe mich daran erinnert, wodurch es bei mir dazu gekommen ist. Und was diesmal dazu geführt hat, dass ich krank geworden bin.«

»Wirklich?«

Clive nickte, während er zusah, wie Keisha sorgfältig seine Pulsschläge zählte und sein Handgelenk erst losließ, nachdem sie eine genaue Messung vorgenommen hatte.

»Alles in Ordnung?«

»Ihr Puls ist perfekt. Keine Veränderungen zu Ihren üblichen Werten, und das trotz des Nachmittags, den Sie hinter sich haben.«

»Ja, der hatte es in sich.«

»Möchten Sie mir davon erzählen? Woran Sie sich erinnert haben?«

Clive schluckte. Er war sich bewusst, dass sie beide ihre Geschichten jemandem erzählen mussten. »Ich kann nicht behaupten, dass alles schon vollständig wieder da ist. Ich scheine mich nur an Teile zu erinnern.«

»Das ist in Ordnung. Ich glaube nicht, dass man den Verstand dazu zwingen kann, sich zu erinnern. Wenn das möglich wäre, hätten Sie dafür gesorgt, dass Ihnen diese Erinnerungen sehr viel früher einfallen.«

Das stimmte. Wenn sich Clive früher an Nancy erinnert hätte, dann hätte er die Chance gehabt, schon weitaus früher zu handeln und nicht erst mit neunundsiebzig. »Sind Sie bereit, sich meine Geschichte anzuhören?«

»Nur wenn Sie bereit sind, sich hinterher meine anzuhören.« Keisha setzte sich in dem Raum, der ohne den ganzen Krimskrams kahl wirkte, neben ihn auf das Sofa.

»Natürlich.« Clive hielt Keishas Hand, als könnten sie einander dabei Halt geben. »Mein Verstand hat in den letzten Wochen wirklich einiges durcheinandergebracht. Es ist immerhin schon ein Fortschritt gegenüber dem verlorenen Wissen, mit dem ich gelebt habe, aber es bedeutet, dass nichts so klar ist, wie es eigentlich sein sollte. Was die Ärzte dem Delirium zugeschrieben haben, war größtenteils darauf zurückzuführen, aber das Delirium basierte auf wahren Ereignissen, die ich schon lange vergessen hatte. Als ich hierher zurückkam, habe ich mich wieder an einiges erinnert, doch nicht an alles. Aber ich weiß, was der Auslöser gewesen ist ... Als ich in meinem Garten war, ist mir einer der neuen Kleingärtner begegnet. Ich hatte das Gefühl, dass ich ihn von irgendwoher kannte, aber ich kam einfach nicht drauf. Deshalb hatte ich mir diese Notiz gemacht. Ich habe versucht, mich zu erinnern. Erst als ich heute auf dem Heimweg war, ist es mir wieder eingefallen. Er war einer der Angreifer. Natürlich war er gealtert, aber er hat eine Tätowierung auf seinem Unterarm, die ich sofort wiedererkannt habe. Eine Meerjungfrau mit Ankern entlang ihrer Schwanzflosse. Als ich die gesehen habe, war plötzlich alles wieder da. All diese fehlenden Jahre kamen in einem Durcheinander von Erinnerungen wieder zurück, die ich nach und nach zu verstehen versuche, damit sie einen Sinn ergeben.«

Keisha drückte mit entgeistertem Gesichtsausdruck Clives Hand, als der fortfuhr.

»Als das vor all den Jahren passiert ist, habe ich es irgendwie geschafft, mich nach Hause zu schleppen. Ich bin in der Küche zusammengebrochen und beinahe verblutet. Ich glaube, dass es Nancy gewesen ist, die mich gefunden hat. Es war ihr Leben, das sich an diesem Tag von Grund auf verändert hat, und sie musste fünfundfünfzig Jahre warten, bis ich mich wieder daran erinnert habe, wer sie ist. Bis ich wieder wusste, dass sie die Frau war, die ich geliebt habe und mit der ich den Rest meines Lebens verbringen wollte.«

»Oh, Clive. Mussten Sie wirklich erst dem Mann begegnen, der Ihnen das angetan hat, um sich an all das zu erinnern?«

Clive nickte weise. »Scheinbar war das Leben so grausam, es zuzulassen.«

»Aber jetzt wissen wir ja von Nancy. Es kann sich ändern.«

»Kommen Sie mir bloß nicht mit zweiten Chancen. Sie haben ja gesehen, wie aufgewühlt sie war.«

Keishas Griff um Clives Hand wurde fester. »Ehrlich gesagt, bin ich überrascht, dass sie überhaupt bereit war, bei der Sache mitzumachen. Ich vermute, sie hat wirklich gedacht, dass Sie sich nicht an sie erinnern würden und es lediglich als eine Möglichkeit gesehen, einen Schlussstrich unter dieses Kapitel ihres Lebens zu ziehen.«

»Und wer weiß, wie es mit diesem Kapitel nun weitergeht. Jetzt sind Sie aber an der Reihe, bevor wir die Gelegenheit verpassen. Worum geht es in diesem Kapitel Ihres Lebens, von dem Sie noch nie jemandem erzählt haben?«

53

Keisha

Ich entscheide mich, eine Pulsmessung bei mir vorzunehmen, da ich dies bei Clive als tröstlich empfunden hatte. Es gibt mir die Gelegenheit, meine Narbe zu spüren und zu entscheiden, ob er wirklich von diesem Geheimnis erfahren sollte, auf das ich mein ganzes Leben aufgebaut habe und das ich dennoch immer ganz für mich behalten habe.

»Ich habe schon einmal ein Herz gebrochen«, sage ich, in dem Bewusstsein, dass dies in jeglicher Hinsicht der Wahrheit entspricht.

»Wie das?«, fragt Clive.

Ich blicke in seine kristallblauen Augen, und mir wird klar, dass es leichtfällt, jemandem davon zu erzählen, der das Gleiche zu verantworten hat. Und auch wenn wir beide dabei nicht die Schuld tragen, fühlt es sich immer noch so an, als würde es auf unseren Schultern lasten. Eine Bürde, die kaum zu ertragen ist.

»Ich habe mir die Verletzung, die zu dieser Narbe geführt hat, selbst zugefügt.« Clive dürfte dies bereits vermutet haben. »Ich war fünfzehn und hatte entschieden, dass ich so nicht weiterleben konnte. Ich wurde schon immer gehänselt, weil ich anders war. Sonderbar. Seltsam. Ich dachte, alles würde besser werden, wenn ich nicht mehr da wäre, also habe ich versucht, mir das Leben zu nehmen.«

»Und was ist passiert?«, erkundigt sich Clive mit sanfter Stimme.

Der Teil, wo ich mich umzubringen versuche, macht mich nicht traurig. Damals dachte ich, ich sei pragmatisch, ohne dabei zu erkennen, was ich möglicherweise anderen damit antue.

»Ich bin nicht dazu gekommen, die Sache zu Ende zu bringen. Es kam alles viel schlimmer.«

»Was könnte schlimmer sein, als Selbstmord begehen zu wollen?«

»Dabei erwischt zu werden.«

»Aber das ist doch nichts Schlimmes. Das dürfte verhindert haben, dass Sie eine passende Narbe auf dem anderen Handgelenk haben.«

Es sind Bruchteile eines Augenblicks. Ereignisse, die in so kurzer Zeit geschahen. Doch auch nach all diesen Jahren kann ich sie immer noch nicht vergessen. Anders als Clive, dem es nicht gelungen ist, sich seine Erinnerungen zu bewahren, habe ich es nie geschafft, meine loszuwerden. Ich weiß nicht, ob ich in der Lage bin, in Worte zu fassen, weshalb es die andere Wunde nie auf mein Handgelenk geschafft hat.

»Es war das Allerschlimmste, was passieren konnte«, sage ich und stelle fest, dass ich nicht weine, mir aber das Atmen schwerfällt. Ich konzentriere mich auf das leere Kaminsims. Denke an all den Krimskrams, der nicht mehr hier ist – Erinnerungen aus dem Leben anderer Menschen.

Ich möchte es nicht laut aussprechen, aber in gewisser Weise könnte dies einem Ausräumen gleichkommen. Dadurch, dass ich mich von etwas trenne, das mir gehört, geht es in den Besitz von jemand anderem über.

»Mein Vater hat mich gefunden. Er wusste, wie sehr ich mich

quälte, und ist früher von der Arbeit nach Hause gekommen. Ich saß in der leeren Badewanne, versuchte keine allzu große Schweinerei zu machen. Er kam zur Tür herein, sah, was ich getan hatte, und griff zum Handy, um den Krankenwagen zu rufen.«

Ich atme kurz durch. Vergegenwärtige mir, dass ich möglicherweise nur deshalb an dieser Erinnerung festgehalten habe, weil ich sie nie mit jemandem geteilt habe. »Zu dem Zeitpunkt war es nicht so schlimm, wie es aussah. Ich hatte einiges an Blut verloren, aber es strömte nicht gerade aus meinem Arm, doch mein Vater zählte mir all die Gründe auf, warum ich am Leben bleiben sollte: dass ich der intelligenteste Mensch war, den er kannte, dass es ein Segen sei, anders zu sein. Er nannte mir all die Gründe, warum ich großartig war, all die Dinge, die ich einmal vollbringen würde. Dass aus mir einmal eine tolle Wissenschaftlerin werden würde, wenn ich mit der Universität fertig war. Er sagte mir, dass er der einzige Mensch sei, auf den ich hören sollte. Nicht auf diese Fieslinge, die nicht begriffen, wer ich war oder wie es sich anfühlte, eine Außenseiterin zu sein. Er hat nicht einmal Luft geholt, während er mit mir sprach, und als er es dann tat, war da nur Angst in seinen Augen.«

Während ich darüber rede, sehe ich es vor mir. So als wäre es gestern gewesen, und nicht vor über fünfzehn Jahren. Die Todesangst in seinen Augen, als er mit dem Handy in der Hand zu Boden fiel. Das Wissen, dass dieser dringende Anruf nicht wegen mir nötig war, sondern nun wegen ihm.

»Er hat eine Takotsubo-Kardiomyopathie erlitten. Ist an einem gebrochenen Herzen gestorben. Nicht ich habe den Tod gefunden, so wie ich es geplant hatte, sondern mein Vater. Ich habe noch versucht, ihn zu retten, und ihn vollgeblutet, während ich mich vergeblich bemüht habe, sein Herz wieder zum Schlagen zu bringen.«

Clive legt seine Arme um mich, und ich merke, dass ich weine, genau wie er. Es sind nicht nur zwei Menschen in diesem Zimmer. Da sind die Geister und die Erinnerungen und die Illusionen ganzer Leben, die mit diebischer Freude um uns herumwirbeln, weil sie uns entdeckt haben.

»Bitte sagen Sie mir, dass Sie sich an all das erinnern, was Ihnen Ihr Vater gesagt hat. Bitte, sagen Sie mir, dass Ihr Gedächtnis nicht die besten Teile ruiniert hat, wie das meine!«

»Ich erinnere mich daran«, erwidere ich, und dabei wird mir bewusst, dass ich mich all die Jahre möglicherweise mehr mit seinen Worten als mit seinem Tod beschäftigt habe. »Er sagte, ich solle immer auf mein Herz hören.«

»Und ist Ihnen das gelungen?«

»Ich würde es so formulieren: Ich habe mir viele Herzen angehört und was sie mir zu sagen haben.« Ich brachte ein kleines Lächeln zustande. Ich weiß mehr über Herzen als die meisten Menschen, und doch sind sie mir immer noch ein Rätsel.

»Ich weiß, dass Sie alles Menschenmögliche für meins getan haben.«

»Das musste ich. Ich habe es mir bis heute nie wirklich eingestanden, aber ich musste jemanden retten, weil es mir bei meinem eigenen Vater nicht gelungen ist. Mein Leben wäre unvollendet, wenn ich das nicht geschafft hätte. Sie waren meine Chance, ein gebrochenes Herz zu heilen. Ich finde, dass ich dabei durchaus auf mein Herz gehört habe, auch wenn es um das Herz eines anderen Menschen ging. Ich glaube, ich muss einfach sicher sein, dass ich auf mein eigenes Herz hören kann und alles gut wird.«

Ich denke an Nancy und wie sich die Dinge entwickeln. Es ist nicht so, dass die beiden in einem Hotelzimmer gelandet sind, wie George es vermutet hatte. Und es ist nicht so, dass ich die fehlenden Jahre, die Clives Verstand ihm eingebrockt hat, ungeschehen machen kann.

»Es wird doch wieder alles gut, oder?«, frage ich, meine damit aber eigentlich, es wird doch wieder alles gut *zwischen uns*.

»Meine liebe Keisha. An dieser Stelle wird es nun wirklich allerhöchste Zeit, dass wir uns duzen! Denn auch wenn es deiner Aufmerksamkeit entgangen sein mag, so bist du das Liebste, was mir das Leben seit vielen Jahren geschenkt hat – auch wenn du keine eingelegten Zwiebeln magst. Ich kann dir gar nicht genug für all das danken, was du für mich getan hast, und du sollst wissen, dass ich, solange ich lebe, für dich da sein werde. Nicht nur im Labor um auszuhelfen, sondern in welcher Form auch immer. Und auch wenn du in den meisten Bereichen deines Lebens wirklich alles wunderbar meisterst, so habe ich dennoch das Gefühl, dass du meinen Rat zumindest bei deiner Inneneinrichtung gut gebrauchen könntest.«

Ich schließe Clive, dessen Umarmung ich, wie ich erst jetzt bemerke, nicht auf die angemessene Weise erwidert habe, in meine Arme. Damit mag ich sämtliche Probandengrenzen überschreiten, aber er ist mehr als nur ein Freund. Er ist für mich zum Mentor und zu einer Vaterfigur geworden.

»Vermutlich sollte ich dir auch ein paar Tipps für deine nächsten ›Dates‹ geben, aber wie sich herausgestellt hat, bin ich darin noch sehr viel schlechter als du. Meine erste Verabredung in über fünfzig Jahren – und sie hat mich sitzen lassen!«

Ich löse die Umarmung und wische mir durchs Gesicht. Bei dem Gedanken an meinen Kuss mit George werde ich rot.

»Möglicherweise benötige ich keine Datingtipps mehr …«

»Wirklich?« Clive wischt sich mit seinem Taschentuch ebenfalls über die Augen, und das Funkeln ist wieder da.

In dem Moment läutet es an der Tür.

»Das ist vermutlich George. Er wird sich fragen, ob bei uns alles in Ordnung ist.«

Ich habe gar nicht bemerkt, dass ich schon eine halbe Stunde im Haus bin. Ich stehe auf und fühle mich irgendwie leichter. Ich werde nicht aufhören, alle halbe Stunde meinen Puls zu messen, aber ich beabsichtige, auf das Positive zu schauen. Den Blick nach vorn zu richten, anstatt auf Vergangenes.

»Ich mache auf«, sagt Clive.

»Aber nichts verraten«, mahne ich.

»Das würde ich nie tun. Die Geschichten unserer Narben sind unser Geheimnis. Niemand sonst muss davon wissen, es sei denn, wir wollen es so. Du allein entscheidest, wem du es erzählen willst.«

Ich denke für einen Moment darüber nach, während ich Clive zur Haustür folge. Obwohl ich bis heute noch nie jemandem davon erzählt habe, bedeutet das nicht, dass ich es nicht irgendwann tun werde. Wenn der richtige Zeitpunkt gekommen ist, werde ich mit George und Lucy und Tess darüber reden. Ich weiß, dass sie verstehen werden, warum dies ein Teil von mir ist, über den nachzudenken mir schwerfällt. Wo ich normalerweise nur Schuld sehe, die ich auf mich geladen habe. Ein Herz, das wegen mir gebrochen ist und das ich nicht retten konnte. Ich muss mich daran erinnern, dass ich seither versucht habe, es wiedergutzumachen und dass ich mit jedem Tag, an dem ich weitere Statistiken sammle, dabei helfe, jemanden zu retten. Ich mag nicht diejenige sein, die eine Herzdruckmassage ausführt oder die die Messfühler befestigt, aber ich finde heraus, was ich tun kann, um einem Herz nach dem anderen zu helfen.

»George und ich haben uns geküsst«, flüstere ich Clive zu, als er gerade die Tür öffnen will. »Aber dass ich dir das verraten habe, solltest du ihm auch nicht erzählen«, füge ich hinzu, und das vertrauliche Du kommt mir wie selbstverständlich über die Lippen, auf die ich rasch noch meinen Zeigefinger lege, um sicherzugehen, dass er schweigen wird. Auch wenn ich mir dabei ein Lächeln nicht verkneifen kann, denn ich bin froh, dass es etwas gibt, worüber ich mich trotz unser beider Seelenschmerz freuen kann.

Mein Lächeln wird noch breiter, als ich George auf der Türschwelle erblicke. Auch wenn es ein emotionaler Tag gewesen ist, verspüre ich das überwältigende Verlangen, mich auf ihn zu stürzen. Das ist zwar nicht unbedingt sehr damenhaft gedacht, aber angesichts all der ersten Dates, die ich schon gehabt habe, fühle ich mich mehr als bereit, aufs Ganze zu gehen, und hoffe, dass dabei auch eine Daunendecke, ein Bett und noch mehr Küsse eine Rolle spielen werden.

»Ich bedauere ein wenig, dass wir schon die Teebeutel weggepackt haben«, sagt George zu Clive.

»Ich könnte auch eine Tasse vertragen«, stimmt der ihm zu.

»Und da gäbe es noch einen weiteren Gast«, sagt Clive, tritt zur Seite, und Nancy steht vor uns.

54

Clive

Clive und Nancy mussten sich mit Wasser in Gläsern zufriedengeben. Ohne es zu wissen, hatte er sich so viele Jahre auf diesen Moment vorbereitet, und nun, da er da war, hatte er nicht einmal ein Zierdeckchen zur Hand. Es schmerzte ein wenig, dass all die Dinge, die er zum Thema Meer und Küste gesammelt hatte, nicht zum Einsatz kamen.

George und Keisha hatten sich entschuldigt und sie allein gelassen. Nun fehlten ihm die Worte, und es fiel ihm nichts Besseres ein, als sich für seine mangelnden Gastgeberqualitäten und die Vielzahl der Jahre, die zwischen ihnen standen, zu entschuldigen.

»Hier hat sich ja nicht viel verändert«, bemerkte Nancy, die sich in Small Talk flüchtete.

Aber natürlich. Sie hatte ja hier gewohnt. Aber nicht auf die Art und Weise wie sie es hätte tun sollen. Wie er es sich gewünscht hätte. In der Version, in der sie über die Jahre hinweg weiter gemeinsam Tanzunterricht genommen hatten. So, wie er es sich in seiner Verwirrtheit erst kürzlich vorgestellt hatte.

»Es hatte sich schon ein bisschen verändert. Ich habe über die Jahre hinweg einen Haufen Krimskrams gesammelt, aber George und Keisha haben netterweise alles für mich in Kartons gepackt, weil ich vorhatte umzuziehen. Du kannst dich freuen, dass du die aufgeräumtere Version zu sehen bekommst.«

»Ich hätte mir deine Sachen gern angeschaut. Möchtest du denn immer noch umziehen?«

Clive blickte sich in der Küche um, wo sie sich hingesetzt hatten, nachdem die jungen Leute verschwunden waren. Nach allem, was geschehen war, sah er sich in diesem Raum doch nicht mit den Ängsten konfrontiert, von denen er gedacht hatte, dass sie ihn heimsuchen würden. »Ich glaube, ich sollte wieder hierher zurückziehen. Ich glaube, es war die falsche Entscheidung, so rasch umziehen zu wollen. Ich habe mich in so vielem geirrt.«

»Aber nichts davon war deine Schuld.«

Clive nickte zustimmend. Es war grausam, dass ihm sein Verstand solches Unrecht beschert hatte. Dass seine vergangenen Erinnerungen keine vollständige Darstellung der Wahrheit waren. Aber vielleicht war das ja auch ein Segen. Jede Wette würde Keisha wer weiß was dafür geben, wenn sie vergessen könnte, was ihr widerfahren war.

»Jetzt bleibt uns wohl nur noch, das Beste aus der Gegenwart zu machen. Ich kann nicht ungeschehen machen, was passiert ist, oder welchen Schmerz ich verursacht habe, aber ich kann alles in meiner Macht Stehende versuchen, es wiedergutzumachen. Ich kann das, von dem ich glaubte, dass es ein Traum sei, Wirklichkeit werden lassen.«

Clive war sich nicht sicher, ob es der richtige Weg war oder wie es ausgehen würde. Viele Menschen würden vermutlich auf Nummer sicher gehen. Aber wenn ihn das Leben eins gelehrt hatte, dann war es, mutig und tapfer zu sein und sich für nichts zu rechtfertigen.

Er konnte nur hoffen, dass Nancy nicht wegrannte, als er sich nun hinkniete, denn es bestand die große Gefahr, dass er nicht mehr in der Lage sein würde aufzustehen.

»Ich weiß, dass eine Menge Zeit vergangen ist, seit wir ein Paar gewesen sind. So viel mehr Zeit, als mir lieb ist. Und ich weiß auch, dass das, was geschehen ist, nicht bloß eine kleine Gewitterwolke war. Aber du bist der Grund, warum ich weiß, was Liebe ist. Und auch wenn dies fünfzig Jahre zu spät kommt: Willst du mich heiraten, Nancy?«

Möglicherweise hätte er lieber noch damit warten sollen, auf diesen Moment hinarbeiten sollen. Sie zum Abendessen ausführen, zum Tanzen einladen oder zu einem Spaziergang im Grünen. Aber das Leben schien ihm plötzlich sehr kurz. Die Entscheidung nicht zu warten, fiel leicht.

Nancy fasste sich an den Hals, eine Bewegung, die so sehr daran erinnerte, wie Keisha ihren Puls maß, dass Clive einen Moment lang glaubte, Nancy würde das Gleiche tun. Bestand die Gefahr, dass er ihr mit seinem Antrag das Herz brechen würde?

Doch anstatt ihren Puls zu messen, hakte Nancy ihren Daumen unter ihre Halskette und zog sie unter ihrem Oberteil hervor.

»Es gibt nur ein Problem.«

»Und das wäre? Abgesehen von der Tatsache, dass ich nicht aufstehen kann.«

An der Halskette hing ein Ring. Er war wunderschön und mit kleinen Smaragden, Rubinen, Saphiren und Diamanten in Form einer Blume besetzt. Genau die Art von Ring, die er ausgesucht hätte. Nein, haargenau der Ring, den er ausgesucht hatte!

»Ich hatte bereits beim ersten Mal Ja gesagt, also sind wir eigentlich noch verlobt.«

Epilog

Keisha

Drei Monate später

Es scheint, als wolle mir das Leben beweisen, dass es niemals zu spät ist. Wider Erwarten und gegen alle Wahrscheinlichkeit befinde ich mich auf Clives und Nancys Hochzeit. Und nicht nur das – offenbar ist es auch mit einunddreißig Jahren noch nicht zu spät für mich, zum ersten Mal Brautjungfer zu sein.

Ich rege mich nicht einmal darüber auf, dass ich dabei ein weinrotes Patchworkkleid tragen muss, denn Tess und Lucy und zwei von Clives Großnichten, die extra aus Australien angereist sind, tun es ebenso. Und damit passen wir wunderbar zu der weinroten Garderobe von Clives und Nancys Wiedersehen bei ihrem Date, die sie nun wieder tragen. Sie passen auch gut zu dem Blumenschmuck in der St. Saviour's Church, wo die Hochzeit stattfindet. Eine Kirche in der Nachbarschaft, die die beiden im Laufe der Jahre besucht haben, ohne sich wissentlich über den Weg gelaufen zu sein.

In den letzten Monaten hatte sich in Clives Leben so vieles zum Guten gewendet, was nicht wiedergutzumachen schien. Mir ist es ebenso ergangen. Es ist schon seltsam, dass wir manchmal die Narbe sehen, aber nicht wissen, was diese verursacht hat. Dass ein Vorgang wie das Schlagen eines Herzens so einfach und doch so kompliziert sein kann.

»Welch eine Freude, dass uns dieser prächtige Sommertag dabei hilft, diesen wunderbaren Bund, die Vermählung von Nancy und Clive zu feiern«, sagt der Pfarrer, der diese wunderschöne Trauung durchführt.

Ich genieße das alles so sehr, dass ich es wage, eine Pulsmessung ausfallen zu lassen.

Als Nancy »Ja« sagt, bleibt in der kleinen Kirche kein Auge trocken.

Hier kennen alle die Geschichte der beiden. Die Lokalzeitung berichtet von der Hochzeit nach der fünfundfünfzig Jahre dauernden Verlobung. Selbst PC Doyle sitzt schluchzend vor Rührung in einer der hinteren Reihen. Clives alter ungeklärter Fall ist nun mit Hilfe der Überwachungskameras der Anlage und einem Geständnis gelöst, wobei das eine ziemlich leichte Aufgabe gewesen war, da es sich um einen der Kleingärtner handelte.

Ich lächle George in seinem Patchworkjackett an, der als Trauzeuge fungiert. Wie sich herausstellte, stammte Clives berühmt-berüchtigtes Jackett überhaupt nicht aus irgendeinem Secondhandladen, sondern war in Wirklichkeit Nancys Werk, die auch heute immer noch gut mit einer Nähmaschine umgehen kann.

Später dann machen wir uns auf den Weg ins Café, wo Tess süße und herzhafte Snacks vorbereitet hat. Jedes Gemüse im Brotaufstrich stammt aus Clives Schrebergarten, da er nun *Tess's Treats* regelmäßig mit Obst und Gemüse beliefert. Es gibt Quiches, Kartoffelsalat, Couscous, gefüllte Paprika und – wie könnte es anders sein – eingelegte Zwiebeln. Die süßen Köstlichkeiten bestehen aus Rhabarbercreme und Sommerbeeren-Meringues und einer dreistöckigen Hochzeitstorte, die Tess selbst gebacken hat. Clive und Nancy haben ihr offensichtlich die Dekoration überlassen, denn darauf tummeln sich Einhörner zwischen essbarem Glitzer. Es gibt Hunderte anderer Lokale, wo sie ihre Feier hätten abhalten können, aber sie wollten es hier tun. In dem Lokal, in dem sie sich wiedergetroffen haben und als ein Dankeschön an uns alle, die wir ihnen dabei geholfen haben, einander wiederzufinden. Es ist der perfekte Ort. Ich kann sogar auf meinem Stammplatz sitzen.

Clive hält eine wunderschöne Rede, in der er erklärt, dass diese Überraschung nur noch damit zu toppen wäre, wenn Nancy verkünden würde, dass sie schwanger sei.

Ein gefühlvollerer Teil spricht mich besonders an. Als er sagt: »Das Herz ist komplexer, als ich es mir jemals vorgestellt habe. Es besitzt die Fähigkeit sich zu erinnern, aber auch zu vergessen. Es vermag vor Liebe förmlich zu zerspringen. Und ich hatte das Glück, dass mir dies nicht nur einmal, sondern immer wieder passiert ist. Ich kann euch gar nicht sagen, wie viel Liebe ich für die Menschen empfinde, die heute hier bei uns sind, denn ohne eure Hilfe hätten wir einander nicht wiedergefunden.«

Erst später, als Clive und Nancy versuchen, uns das Tanzen beizubringen, habe ich die Gelegenheit, einen Moment mit Clive zu verbringen.

»Endlich kommen wir zu unserem Tanz«, sagt er, als er meine Hand ergreift und seine Finger dabei über mein Herztattoo streichen. »Lass dich einfach von mir führen«, setzt er hinzu, als wenn das so einfach wäre.

Nach zwei Schritten stehe ich bereits auf seinem Fuß. Ich nehme Clive für einen unangemessen langen Zeitraum in Anspruch, da er mir drei Lieder lang Tanzunterricht erteilt, bis Nancy schließlich ihren Bräutigam zurückverlangt.

Es macht mir bewusst, dass wir niemals in der Lage sein werden, verlorene Zeit nachzuholen. Aber wie bei allen Dingen sollten wir das Positive sehen …

Im gleichen Maße, wie uns das Leben in unserer Verzweiflung zu zermürben vermag, so macht es uns auch unerwartete Geschenke der Hoffnung.

Eine wiedergefundene Liebe, die man verloren glaubte …

Eine gebrochene Seele, die geheilt wurde …

Ein so winziges Herz, dass es noch nicht einmal mit dem Doppler zu hören ist …

George und ich warten bis nach den Flitterwochen, um den beiden mitzuteilen, dass sie Großeltern werden.

Was uns wieder zum ersten Teil zurückbringt – dem rechten Atrium – dem Beginn dieser Geschichte. Dem Beginn eines Herzschlags. Die Chance, von Neuem zu beginnen …

Irgendwann in der Zukunft, wenn jemand nachschaut, welche Geschichte wir hinterlassen haben, wird man im Wählerverzeichnis sehen, dass Nancy Ellington in der Tat mit Clive Ellington zusammenwohnt, und dies fünfundfünfzig Jahre nachdem Nancy Fuller nicht imstande gewesen war, mit dem Fremden, den sie liebte, zusammenzuleben.

Und auf der anderen Straßenseite der Guildford-Gardens-Kleingartenanlage, sozusagen direkt um die Ecke, ziehen Keisha Grant und George Palmer in ein blau gestrichenes Haus mit einer farbenfrohen Innenausstattung, die wesentlich beeinflusst wurde von ihrem häufigsten Besucher, der seinen Tee nicht mehr länger allein in seinem Schuppen trinkt, wenn sie zu Hause sind. Und in den nächsten drei Wählerverzeichnissen wird in ihrer wachsenden Familie ein weiterer Name hinzukommen. Glücklicherweise werden alle drei Kinder eines Tages eingelegte Zwiebeln mögen.

Ein Brief von Catherine

Liebe Leser*innen,
dieses Buch liegt mir ganz besonders am Herzen. Die ursprüngliche Idee kam mir nach der Lektüre eines Artikels über das Broken-Heart-Syndrom. Da ich früher als Physiotherapeutin in der Kardiologie gearbeitet habe, war ich überrascht, auf eine Herzerkrankung zu stoßen, von der ich vorher noch nie gehört hatte, und dachte mir gleich, dass sich daraus eine Geschichte machen ließe.

Außerdem erinnert diese Geschichte in Teilen an meine eigenen Großeltern, was ein weiterer Grund ist, warum mir dieses Buch viel bedeutet. Nachdem mein geliebter Großvater (der ein Kleingärtner gewesen ist) 2012 verstarb, hat meine Großmutter ihn ganz furchtbar vermisst und oft den Wunsch geäußert, ihm zu folgen. Ich habe dieses Buch, das – wenn man so will – eine umgekehrte Liebesgeschichte ist, für sie geschrieben. Sie ist kurz nachdem ich es beendet hatte, verstorben und ihrem Mann tatsächlich gefolgt. Die beiden haben sich wie Nancy und Clive beim Tanzen kennengelernt und mir gefällt der Gedanke, dass mein Großvater immer noch zwei linke Füße hat und dass sie nun wieder vereint sind.

Wenn Ihnen der Roman gefallen hat und Sie sich gern über meine aktuellen Veröffentlichungen informieren möchten, dann registrieren Sie sich bitte unter dem folgenden Link. Ihre E-Mail-Adresse wird nicht weitergegeben, und Sie können sich jederzeit wieder abmelden.

www.bookouture.com/catherine-miller

Ich hoffe, dass Ihnen *Gebrochene Herzen schlagen gleich* gefallen hat. Falls dies so sein sollte, wäre ich sehr dankbar, wenn Sie einen Kommentar verfassen würden. Jeder einzelne ist willkommen, denn ich bin gespannt auf Ihre Meinung, und es hilft neuen Leser*innen, meine Bücher zu entdecken.

Ich freue mich immer, von Ihnen zu hören – Sie können auf meiner Facebook-Seite, über Twitter, Goodreads oder meine Website Kontakt zu mir aufnehmen.

Ich weiß, dass wir alle in den letzten Jahren schwere Zeiten durchgemacht haben, und ich hoffe, dass diese Geschichte eine Prise Liebe und Hoffnung mit sich bringt, wie sie das Leben oft benötigt.

Mit lieben Grüßen und herzlichem Dank
Catherine

Twitter katylittlelady
Facebook katylittlelady.author
www.katylittlelady.com

Danksagungen

Dieser Roman wäre ohne die Hilfe der Menschen, die mich bei meinen Fragen zu ihrem Fachgebiet unterstützt haben, nicht zu dem geworden, was er ist. An erster Stelle möchte ich mich bei Dr. Will Nicolson MBChB, PhD, MRCP vom Universitätsklinikum Leicester bedanken, der mir eine unschätzbare Hilfe gewesen ist, um Keishas Job und ihre Doktorarbeit so genau wie möglich darzustellen. Für alle, die es unbedingt wissen wollen, folgt hier eine Kurzdarstellung von Keishas Doktorarbeit, die sich Dr. Nicholson ausgedacht hat und die es meiner Überzeugung nach ins *British Medical Journal* geschafft hätte, wenn sie echt wäre.

Titel:
Mechanistische Einblicke in die Pathogenese der Takotsubo-Kardiomyopathie: Die synergetische Rolle von Stickstoffmonoxid

Zusammenfassung:
Hintergrund:
Die Takotsubo-Kardiomyopathie, auch bekannt als Broken-Heart-Syndrom oder Syndrom des gebrochenen Herzen, weist in rund siebzig Prozent der Fälle einen eindeutigen Stressauslöser auf. Allerdings ist der Wirkmechanismus, durch den der

Stress die charakteristischen kardialen Besonderheiten der apikalen Ballonierung und ST-Hebung verursacht, bisher unbekannt.

Studien haben gezeigt, dass dem Anstieg von Katecholaminen eine entscheidende Rolle zukommt, und zeigten bei Patienten mit einer akuten Takotsubo-Kardiomyopathie höhere Spiegel von frei im Blut zirkulierenden Katecholaminen. Doch Stress ist häufig Teil der Conditio humana, und es ist weiterhin ungeklärt, warum eine bestimmte Person an einem bestimmten Tag anfällig dafür ist, eine myokardiale Inflammation und ein damit einhergehendes Ödem zu entwickeln, das als Takotsubo-Kardiomyopathie bekannt ist.

Stickstoffmonoxid spielt eine Schlüsselrolle bei der Verursachung der Vasodilatation der Blutgefäße und neuere Studien haben gezeigt, dass die Dysregulation von Stickstoffmonoxid Herzinsuffizienz und Arrhythmogenität verschlimmert.

Hypothese:
Die Dysregulation von Stickstoffmonoxid erklärt die Anfälligkeit eines Individuums für den Anstieg der Katecholamine, der die Takotsubo-Kardiomyopathie bewirkt.

Wie Sie sehen, hat Will sich wirklich alle Mühe gegeben, die Studie zu erschaffen, die erklärt, warum Keishas Probanden Rote-Bete-Saft trinken müssen. Ich habe dies so weit wie möglich in die Story einfließen lassen und bin überzeugt, dass Keisha die Studie für ihre Doktorarbeit zu Ende bringen wird. Falls nicht, so ist dies so authentisch wie es nur eben geht, und es kann gut sein, dass Will und seine Kolleg*innen es tun werden. Jegliche Fehler bei der Übertragung der Fakten gehen allein auf mein Konto.

Was das Thema Genealogie angeht, muss ich mich bei meinem Onkel, Malcolm Austen, bedanken. Im Roman ist Tess' Onkel der Fachmann dafür, und ich bin tatsächlich selbst damit groß geworden, denn solange ich mich erinnern kann, hatte mein Onkel Malcolm großes Interesse an der Familiengeschichte. Er ist der derzeitige Vorsitzende der *Oxfordshire Family History Society* und noch in weiteren einschlägigen Gruppen aktiv. Sein Wissen hat über die Jahre etwas auf mich abgefärbt, sodass ich mich mit den Feinheiten ein wenig auskenne und wusste, wie sie sich in die Handlung einbauen ließen. Da ich nun schon mal einen Experten als Onkel habe, war ich natürlich in der glücklichen Lage, mit ihm abzuklären, ob ich alles richtig hinbekommen hatte, auch wenn die geschilderten Umstände höchst unwahrscheinlich sind.

Für gewöhnlich basieren meine Figuren oder Handlungen nicht auf realen Personen oder Orten, aber in diesem Roman diente mir der Schrebergarten meines Großvaters als Vorlage, und das Haus entspricht dem, in dem er mit meiner Großmutter ein Leben lang gewohnt hat. Es war meine Art, die beiden zusammenzubringen, während sie getrennt waren, und als ich den Roman schrieb, hatte ich diese Orte im Kopf. Ich möchte mich bei meiner ganzen Familie für all die glücklichen Erinnerungen bedanken, die ich damit verknüpfe, und hoffe, dass in den kommenden Jahren weitere folgen werden.

Ich habe dieses Buch kurz vor dem Beginn einer Zeit beendet, die zu einer großen Herausforderung für uns alle geworden ist. Covid-19 kam unerwartet. Bei jedem Roman den ich bisher geschrieben habe, wollte ich mich schon immer einmal bei einigen Menschen bedanken, die in der Gesundheitsfürsorge beschäftigt sind und sich um mich und meine chronische Augenerkrankung gekümmert haben. Ein herzlicher Dank geht an Mr. Nigel Hall und die Mitarbeiter*innen der Southampton Eye Unit, die sich seit meinem einundzwanzigsten Lebensjahr um meine Augen kümmern. Ein weiterer Dank geht an meinen Hausarzt Dr. Boddeke und das Team der Cheviot Road Surgery. Ein ganz besonderer Dank geht an die Mitarbeiter*innen der Station F8 im Southampton General Hospital, die sich in dieser Zeit um die Covid-19-Patienten kümmern. Als wir meine Großmutter in ihren letzten Stunden nicht besuchen durften, haben Sie sichergestellt, dass unsere Nachrichten ankamen. Niemals war ich dankbarer für die Hilfsbereitschaft fremder Menschen.

Dieses Buch hat wie immer jede Menge Unterstützung durch den Freundeskreis und die Familie erfahren. Die Überarbeitungen hätten ohne meine Mädels – Amber und Eden –, meinen Partner Ben, meine Mutter und nicht zu vergessen unsere Hündin Tara, so nicht stattgefunden. Ich möchte mich auch bei weiteren Familienmitgliedern, Freundinnen und Freunden bedanken: Brian, Sarah und Shane, Onkel Malcolm und Tante Lesley, Rosie und Jen, Emily und Kaiden, Vee, Don, Ryan und Angela, Sarah, Stacey, Kat und Chrissie. Mein Dank gebührt auch einigen Organisationen, mit denen ich zu tun habe: der RNA Southern Chapter Group, der RNA, der SoA und natürlich der großartigen Gruppe meiner Autorinnenfreundinnen: The Romaniacs.

Ich danke meiner Agentin, Hattie Grünewald, die mich immer in die richtige Richtung lenkt, und meiner Lektorin, Christina Demosthenous, die es ihr gleichtut. Die beiden sind mitsamt den Mitarbeiterinnen und Mitarbeitern von Bookouture und The Blair Partnership, deren Unterstützung ich sehr zu schätzen weiß, ein echtes Dreamteam. Danke für all die Hilfe beim Weiterspinnen meiner Ideen und ihrer Umsetzung bis zur Endfassung.

Schließlich möchte ich mich noch bei all meinen Leser*innen bedanken. Es tut gut zu wissen, dass so viele Menschen Gefallen an meinen Geschichten finden, und ich hoffe, dass Ihnen *Gebrochene Herzen schlagen gleich* beim Lesen ebenso viel Freude bereitet hat wie mir beim Schreiben.